EU NÃO QUERO CONTAR UMA HISTÓRIA

EU NÃO QUERO CONTAR UMA HISTÓRIA

ETAF RUM

Para Reyann e Isah
نور حياتي

*Todos os caminhos levam a você, mesmo aqueles
que eu tomei para te esquecer.*

Mahmoud Darwish

كل الطرق تؤدي إليك، حتى تلك التي أخذتها لانساك.

—محمود درويش

· PRÓLOGO ·

Eu não sei por que estou escrevendo aqui. William disse que isso me ajudaria a me vincular a você, reconciliar o passado e o presente. Preciso voltar lá, preciso encontrar um jeito de chegar até você, mas não sei como.
   Nunca fui boa com palavras. Há coisas que a linguagem não consegue comunicar. Fico mais à vontade com imagens — pinturas, fotos, desenhos.
   Eu pinto imagens na minha mente. Crio uma casa branca com um jardim colorido e um lago tranquilo, coberto de nenúfares verde-esmeralda, depois me coloco dentro dela. Os quartos são iluminados e arejados, com grandes janelas pelas quais observo o mundo. Lá fora, pássaros cantam e flores desabrocham, e tudo parece calmo sob o céu aberto. Fecho os olhos e pinto mais, uma pincelada de cada vez: girassóis, crepúsculos e salas cheias de livros, de modo que eu não fique sozinha.
   Estou tentando ouvir o conselho de William: fechar os olhos e silenciar as vozes em minha cabeça. Mas quando começo a escrever as memórias, tentando colocá-las em frases claras, as palavras não se conectam. Quando, buscando você, eu olho para trás, minha mente dá um branco. Impossível descrever: é um sentimento que não consigo nomear, uma ferida que não consigo enxergar. Às vezes, porém, sinto como se cada osso do meu corpo estivesse em chamas.
   William diz que a escrita pode transformar o indizível em uma história. Só que eu não quero contar uma história. Eu quero me libertar.

· DIÁRIO ·

Desde que você se lembra, desde os seus primeiros passos, sua mãe, a minha Teta, a ensinou a seguir pela vida com cuidado. Ela dizia:
— A sorte está por aí, à espreita.
Ao crescer, você evitava passar por baixo de escadas ou quebrar espelhos. Se derramasse alguma coisa, você se protegia jogando uma pitada de sal sobre o ombro esquerdo. E sabia que coçar a palma da mão significava perder dinheiro, e que nunca deveria olhar um gato preto nos olhos, senão um diabinho a possuiria.
A superstição favorita de Teta era a tabseer[1]: *ler a borra de um café turco no fundo de uma xícara. Ao longo dos anos, você viu Teta realizar o ritual para familiares, vizinhos e amigos, todos ansiosos para descobrir seus futuros. Foram centenas de vezes em que Teta se sentou à mesa diante deles, as mãos envolvendo uma xícara com intrincadas pinturas florais. Eram xícaras pequenas, com menos de cinco centímetros de altura e ainda menores no diâmetro. Ela olhava para baixo, respirava fundo e assentia. Quando por fim olhava para cima, havia nela um ar distinto de sabedoria, um brilho nos olhos.*
Você passava a maior parte do tempo no telhado com Teta, plantando e limpando vegetais, assando pão, pendurando roupas, cantando e

---

1 No mundo árabe, *tabseer* é a pessoa que acredita ser possível prever o futuro de alguém lendo as borras deixadas em uma xícara de café que a pessoa bebeu. [N. E.]

dedilhando seu oud². Seu abrigo era pequeno e apertado, e ali no espaço do telhado, ao ar livre, era possível se sentir liberta.

Certa manhã, enquanto preparava a infusão, Teta lhe disse:

— Eu tinha a sua idade quando minha mãe me ensinou a ler a borra no fundo de uma xícara.

Pairava no ar um delicioso aroma de grãos frescos, moídos na hora. Vocês se sentaram no terraço cimentado do campo de refugiados em que viviam, na Cisjordânia, enquanto Teta iniciava a prática que estava na família havia gerações.

— Antes de tudo, o café turco é uma tradição, um ritual — começou. — Uma arte.

De pernas cruzadas no chão de concreto, você observou Teta colocar duas colheres de pó de café finamente moído em um ibrik³ de cobre de fundo largo, depois o enchendo de água até a metade. Para extrair melhor o sabor, ela o esquentou lentamente num fogo aberto, mexendo e revolvendo até atingir o ponto de ebulição. Assim que a bebida ferveu, ela derramou um pouco de kahwa⁴ em duas xícaras de porcelana que colocou, sobre pires, em uma travessa do mesmo jogo. Aquele conjunto de café lhe pareceu uma obra de arte, os intrincados padrões de cobre brilhante e martelado feitos por artesãos locais, as tulipas e os hamsas⁵ pintadas à mão em azul e branco e destinadas a afastar o mal. Com os olhos fixos em Teta, vocês beberam juntas o perfumado líquido fumegante. Tinha o sabor que você imaginou que o kahwa teria — forte e doce, com um retrogosto escuro e amargo.

— Precisa bebericar aos poucos, Meriem — disse Teta, franzindo os lábios, que tocavam a borda de porcelana. — Depois do último gole, você faz um pedido.

---

2 *Oud* é um instrumento musical de cordas tradicional do Oriente Médio e do norte da África. [N. E.]

3 *Ibrik*, também conhecido como *cezve*, é um recipiente de cobre ou latão usado para preparar café turco. É um utensílio tradicional e popular em muitos países do Oriente Médio, dos Balcãs e da Ásia Central. [N. E.]

4 *Kahwa* é uma bebida quente aromática popular em muitas partes do mundo, especialmente no Oriente Médio e na Ásia Central. É uma mistura de água quente, açúcar e especiarias, como cardamomo, canela e açafrão, muitas vezes preparada com nozes e passas. [N. E.]

5 *Hamsa* é um símbolo comum em muitas culturas do Oriente Médio e do norte da África. É uma mão aberta com cinco dedos estendidos, representando a mão de Deus e a proteção divina. [N. E.]

Você seguiu o exemplo dela, bebendo de ladinho para que os sedimentos repousassem, até que sua xícara estivesse vazia. Quando Teta terminou, colocou um pires sobre a xícara e virou tudo de cabeça para baixo, esperando os dez minutos habituais para que a borra do café secasse. Enquanto isso, você cantava e dedilhava o oud, seus dedos tocando as cordas desse antigo instrumento, sua mãe cantarolando junto em uma concentração tão profunda que, mesmo depois de a xícara secar, alguns segundos se passaram até que ela se desse conta. Por fim, Teta virou a xícara e se inclinou para mais perto de você, que se amontoou sobre ela e olhou para dentro, estudando as listras e granuladas como se lesse um mapa do tesouro.

— Você precisa ter cuidado — *Teta disse em uma voz séria.* — Dá azar ler sua própria xícara, a menos que seja para praticar.

Ao longo dos anos, você e Teta passaram muitas tardes assim, juntas no terraço, debruçadas sobre uma xícara vazia, interpretando redemoinhos, listras e símbolos. Com o tempo, você aprendeu a ler aqueles vestígios. Listras longas significavam que o desejo se tornaria realidade, enquanto as curtas queriam dizer fracasso. Símbolos perto da borda prediziam o futuro, e os na parte inferior tratavam do passado. Um anel representava casamento. Uma flor, felicidade. Pedaços dos grãos de café no pires indicavam que seus problemas estavam acabando.

Mas foi só na noite de seu casamento que Teta concordou em ler sua xícara pela primeira vez.

Sentando-se juntas no terraço mais uma vez, ela colocou a velha bandeja e o jogo de café na mesma disposição: o ibrik no centro, as xícaras gastas nas laterais. Você bebeu o kahwa lentamente, seus dedos tremendo, e notou uma rachadura fina na borda da xícara. Após o último gole, você espalhou a borra sobre o corpo da xícara e a virou sobre o pires. Teta colocou sua aliança por cima de tudo, e as mãos dela ficaram alisando o tecido da túnica enquanto ela esperava a borra secar.

Você a observava com ansiedade, mal conseguindo esperar os dez minutos habituais. Sua mente viajou para uma vida além deste acampamento, onde você passaria seus dias fazendo algo que ama, como cantar, em algum lugar no qual os vizinhos não estariam observando cada um de seus movimentos, esperando que você engravidasse, cortando legumes e fofocando, julgando cada decisão que tomasse.

— Já deve estar seco — *disse Teta, enfim virando a xícara.*

Piscando, você afastou seus pensamentos e respirou fundo. É isso, *pensou.* Um novo começo.

Mas quando Teta olhou para sua xícara, você soube instantaneamente que algo estava errado. Ela a inclinou, franziu a testa e olhou mais de perto, estranhamente silenciosa. Ela raramente precisava de mais do que alguns segundos para interpretar os símbolos, e sua relutância agora fez com que você se enchesse de pavor.

— O que você está vendo? — você finalmente perguntou, sentindo-se nervosa. — Serei uma cantora nos Estados Unidos?

As mãos de Teta tremiam. Por vários segundos ela mirou o próprio colo, o rosto franzido e retorcido, antes de reorganizar a expressão e olhar para você.

— Eu vejo muitos ninhos — ela disse, por fim.

— Gravidez?

— Sim. Muitos filhos.

— Ótimo — você disse, franzindo a testa. — Como a maioria das mulheres que conheço. O que mais?

Teta engoliu em seco, os olhos fixos na xícara. Ela mudou de posição na cadeira, inclinando a xícara para o lado, os dedos sem muita força.

— Há montanhas. Cinco, talvez seis.

— O que isso significa?

Teta piscou; tinha uma expressão dura. Ela sabia que você entendia o que isso significava, mas ignorou sua descrença.

— Montanhas simbolizam dificuldades, obstáculos. — Teta balançou a cabeça, suavizando as feições. — Mas isso pode significar apenas que você terá dificuldades para se ajustar aos Estados Unidos, só isso.

— Mas e se isso significar que algo ruim vai acontecer?

— Não, não — disse Teta, evitando seus olhos. — Todo mundo passa por dificuldades nesta vida, Meriem. Especialmente as mulheres.

Sem se convencer, você olhou para ela.

— O que mais você enxerga?

Teta abriu a boca para logo em seguida fechá-la. Ela balançou a cabeça, e lágrimas brotaram em seus olhos.

— Você não precisa ir, ya binti[6]. Você pode ficar aqui comigo, tranquila, no seu país.

— Bem que eu queria, yumma — você lamentou. — Mas nosso país já não é mais nosso, aqui não tem mais nada para mim.

---

6   Expressão árabe que pode ser traduzida como "minha filhinha". [N. T.]

Afundando-se em direção ao chão, tocando de leve os dedos em suas coxas, você sentiu como se tivesse descoberto algo tarde demais, causando um medo interior que cresceu e se espalhou em você, como se sua alma estivesse sufocando em piche. Como dizer a Teta — impossível — que o medo de deixá-la e começar tudo de novo não se compara ao terror doentio e arrebatador de ficar para trás? Você olha para cima, para Teta, lutando para manter a voz firme:

— Por favor, não se preocupe comigo quando eu estiver nos Estados Unidos. Vou visitá-la sempre que puder, e da próxima vez em que você me vir, serei famosa!

Teta tentou sorrir, mas fez um barulho que parecia uma gargalhada estrangulada, depois começou a chorar, sem conseguir parar. Com a expressão contraída, largou a xícara e enterrou o rosto entre as mãos. Você a observou por um tempo, seu coração batendo rápido demais, suas mãos grudadas em sua garganta. E você não disse nada. Seus dedos apertaram tanto seu pescoço que horas depois, em seu voo para os Estados Unidos, um hematoma azul ficaria gravado em sua pele.

Por fim, Teta controlou a respiração e enxugou o rosto. Ela estudou você por um momento, então levou a mão à nuca para abrir o fecho do colar. Era feito de ouro de vinte e quatro quilates e nele pendia um hamsa azul que a própria mãe de Teta, sua Teta, lhe dera na noite de núpcias.

Ela afastou seu cabelo para o lado e beijou sua testa. Então, puxou-a para si, seu rosto pressionado contra o peito dela.

Lentamente ela pendurou o colar em seu pescoço, quase sussurrando.

— É seu. E sempre vai te proteger.

· 1 ·

Yara estava lavando três xícaras de arroz basmati na pia da cozinha quando a campainha tocou. Com pressa, ela transferiu os grãos para uma panela, acrescentando alho, pimenta-da-jamaica, açafrão e um pedaço de canela, desejando ter uma pimenta dedo-de-moça à mão. Olhando rapidamente para o cronômetro do forno, ela franziu a testa. Apertou os dedos ao redor do cabo da panela e ouviu a voz do marido no corredor.

— *Ahlan wa sahlan*[7] — disse Fadi. — Entre.

Enquanto colocava água morna na panela, ouviu Fadi beijando os pais nas duas bochechas, depois o arrastar de sapatos sendo tirados na porta da frente, depois as duas filhas correndo — seus passos como tambores descendo as escadas.

— *Siti! Seedo*[8]! — elas gritaram com alegria.

Em qualquer outra noite, Yara teria espiado pela cozinha para observar Mira e Jude descendo a escada circular, indo à porta cumprimentar o pai, que estaria voltando para casa do trabalho. Fadi colocaria uma caixa no hall de entrada, limpando as palmas das mãos na calça antes que as filhas abraçassem as pernas dele. Mas aos domingos Fadi não trabalhava e, na maioria das vezes, seus pais apareciam para jantar. Preparando-se para a chegada deles, Yara sempre passava o dia andando pela casa, recolhendo sujeirinhas pelo chão de madeira, antes de se concentrar nas paredes de sua

---

7 Expressão em árabe que significa "bem-vindo". [N. E.]
8 Em árabe, *Siti* significa "avó" e *Seedo*, "avô". [N. E.]

despensa de especiarias, paralisada pelo aroma de azeite, *zatar*[9], pimenta-da-jamaica e coentro, imaginando-se na Palestina, na cozinha de sua avó.

Ela colocou a panela de arroz no fogão e acendeu uma boca. Olhando para cima, encontrou Fadi preenchendo a porta com seu corpo alto e largo.

— Você se superou dessa vez. Está um cheiro delicioso.

Yara enxugou a testa com a ponta do avental. Ela podia ouvir suas filhas na sala, carregando o avô para fora para brincar com elas.

— Obrigada — ela disse, sem olhar Fadi nos olhos.

Ao pegar a garrafa alta de azeite da despensa, Yara sentiu outra presença na cozinha. Quando ela olhou para cima, sua sogra estava ao lado de Fadi.

— *Marhaba* — Nadia cumprimentou-a.

— *Ahlan khalto*[10] — disse Yara, forçando um sorriso. Ela agarrou a ponta do avental, respirando devagar. Abriu a garrafa de azeite e derramou um pouco no arroz.

— Tente não parecer muito animada agora — disse Nadia em árabe enquanto tirava o *hijab*, dobrava-o cuidadosamente e o colocava no balcão. Seu cabelo curto estava tingido de um rico vinho tinto com hena, mas tons de cinza apareciam em suas têmporas.

Fadi tossiu, o rosto ficando vermelho.

— Vou ver como estão as meninas.

Yara podia sentir seu coração começando a disparar quando ele saiu da sala.

— *Shu?* Ainda cozinhando? — Nadia disse, caminhando em sua direção. Ela era uma mulher rechonchuda, com bochechas redondas e olhos pequenos que miravam com expectativa.

— Estou quase terminando — disse Yara.

Ela colocou uma tampa de vidro na panela de arroz, ajustando-a para que o vapor não escapasse.

— Vamos ver o que temos aqui — disse Nadia.

Ela caminhou até a mesa de jantar, olhando os alimentos palestinos básicos que Yara havia espalhado no *sufra*[11]: azeitonas e azeite, homus,

---

9 *Zatar* é uma mistura de temperos popular no Oriente Médio, feita principalmente de tomilho, sumagre, sementes de gergelim e outras ervas e especiarias. [N. E.]
10 Expressão que pode ser traduzida como "Olá, tia" ou "Bem-vinda, tia" (normalmente usada para se referir à irmã do pai ou da mãe). [N. E.]
11 Em árabe, *sufra* significa "mesa" ou "refeição". É uma palavra frequentemente usada para se referir a uma mesa preparada para uma refeição, na qual os alimentos são colocados para serem compartilhados durante uma reunião em família ou entre amigos. O termo também pode ser usado para descrever uma refeição festiva ou um banquete. [N. E.]

pita, tomates fatiados, limões e sálvia, hortelã e salsa que ela escolhera da mini-horta em sua janela.

— Não tem salada? — perguntou Nadia.

— Tem tabule na geladeira.

Nadia assentiu, mais para si mesma, hesitando por um segundo antes de caminhar até o fogão. Uma por uma, ela levantou a cobertura de alumínio de cada prato — *shakshuka*[12] e quibe frito —, deixando o vapor escapar. Yara sentiu as orelhas esquentarem, mas manteve os olhos na água à sua frente, que estava quase em ponto de ebulição. Ela acrescentou uma colher de chá de sal e fechou a tampa.

— O que mais? — perguntou Nadia, olhando o interior do forno.

— *Kebab* com *tzatziki*[13] e arroz amarelo.

— E para o seu sogro? Você sabe que ele não pode mais comer arroz, o nível de açúcar no sangue dele está nas alturas.

Yara engoliu em seco, tentando manter a calma, ultimamente um estado difícil de se alcançar, especialmente na presença da sogra.

— Eu sei — disse ela, inclinando a cabeça em direção à panela elétrica. — Fiz *bulgur*[14] para ele.

— Bom, bom — disse Nadia, passando a mão pelo cabelo enquanto circulava pela cozinha. Ela examinou o piso de carvalho claro e as bancadas de granito branco, que estavam impecáveis apesar dos três pratos que Yara havia preparado. Aparentemente contrariada, ela foi até a sala de jantar, onde apontou para uma teia de aranha entre duas lâmpadas do lustre.

Yara suspirou.

— Desculpe, eu sempre esqueço de tirar o pó dessa coisa.

— Dá para perceber.

Como de costume, apenas alguns minutos na presença de sua sogra e Yara já se lembrava de tudo em que ela estava falhando.

---

12 *Shakshuka* é um prato tradicional do Oriente Médio, que consiste em ovos cozidos em um molho de tomate picante e temperado com especiarias. É bastante popular em países como Israel, Tunísia e Marrocos.

13 *Tzatziki* é um molho popular nas culinárias grega e mediterrânea, feito principalmente com iogurte grego, pepino ralado, alho picado, azeite de oliva, suco de limão, sal e ervas frescas como endro e hortelã. O tzatziki também é difundido entre outros países da Europa Oriental, no Oriente Médio e na Índia. [N. E.]

14 *Bulgur* é um grão de trigo que passa por um processo de pré-cozimento, moagem e peneiramento antes de ser consumido. É um ingrediente comum na culinária do Oriente Médio, particularmente na cozinha turca. [N. E.]

— Você sabe o que dizem — falou Nadia agora, passando o dedo indicador no parapeito da janela e levando-o ao rosto para examiná-lo. — Bagunça na casa é sinal de bagunça interna.

Observando Nadia inspecionar a cozinha, abrindo e fechando armários enquanto o sol se escondia atrás dos pinheiros, Yara sentiu um grande desejo de ficar sozinha, longe do olhar frio e crítico da sogra. Tudo em Yara parecia irritá-la, especialmente nos últimos tempos. Talvez Yara fosse muito rebelde. Talvez Nadia se ressentisse por não ser capaz de controlá-la, porque a nora se recusava a ser o tipo de mulher que Nadia queria que ela fosse, mesmo depois de tanto tempo.

Nos primeiros anos de casamento, Yara ajudava Nadia a limpar da mesma forma que ajudava sua própria mãe: mergulhando as mãos até os cotovelos na pia cheia de louça, agachando-se sob sofás e mesas para pegar migalhas de comida deixadas pelos irmãos mais novos de Fadi, passando e dobrando toda a roupa, esfregando o chão do banheiro, com a cabeça tonta do cheiro que saía ao tirar pelos púbicos do fundo do vaso sanitário. Yara esperava que esses atos de serviço a aproximassem da sogra, mas, para Nadia, a nora estava apenas fazendo o que se esperava dela.

Ao refletir sobre a relação com a sogra, Yara percebeu que a tensão começou na noite do casamento, nove anos atrás, quando Nadia pediu a Yara que começasse a usar um *hijab*. Yara tinha dezenove anos na época, estava no primeiro ano da faculdade e havia voado para a cidade natal de Fadi poucos dias antes do casamento — e morado lá desde então.

— Não, obrigada — Yara disse sem hesitar.

Elas estavam paradas no banheiro enquanto Yara reaplicava o delineador, depois de tê-lo removido duas vezes antes.

— Nada contra o *hijab*, se é isso que uma mulher escolhe para si mesma — disse Yara. — O islã afirma claramente que é minha escolha, mas não sou religiosa, mesmo.

Yara sentiu então o súbito peso do olhar de Nadia, tão reprovador que a fez desviar o olhar de seu próprio reflexo no espelho. Algo se apertou em sua garganta, ela engoliu em seco: uma dor suave pulsou dentro dela, como um pássaro incapaz de bater as asas. Nadia balançou a cabeça lentamente, seus olhos avaliando Yara — esse foi o peso repentino, o julgamento de sua sogra.

— Não se trata apenas de religião — disse Nadia, com os lábios curvados em desaprovação. — Você o usa por modéstia, para evitar *hakyelnas*[15]. Não queremos que as pessoas comecem a falar.

Pessoas..., Yara pensou, engolindo em seco. *Claro.*

Ela não tinha certeza sobre se mudar para o sul, um lugar que só conhecia por meio de seus escritores sulistas favoritos: Flannery O'Connor, Alice Walker, Toni Morrison. De seus livros, ela deduziu que a cultura sulista não era tão diferente da dela: famílias grandes e barulhentas nas quais as mulheres se casavam jovens e tinham muitos filhos; valores conservadores e ênfase na religião e em Deus; receitas centenárias que são passadas de geração em geração; até a obsessão com o chá em todas as reuniões sociais possíveis (embora os sulistas o preferissem gelado, enquanto os árabes o serviam fervendo). As semelhanças a encheram de conforto e medo. Que tipo de vida teria? Ela se encaixaria em um lugar tão familiar e conservador? Ou se sentiria como em todos aqueles anos no Brooklyn: desconectada, desafiadora, sozinha?

Yara gostaria de ter sido capaz de expressar sua hesitação para sua família naquela época, mas lutou para articular seus sentimentos, até para si mesma. As palavras diluíam as coisas, tornavam-nas menores. Crescendo, ela não conseguia explicar como era olhar pela janela todas as noites, esperando que Baba voltasse para casa, ou descrever o medo que a consumia quando seus gritos ecoavam pelas paredes, ou mesmo a sensação de seu rosto pressionado contra o travesseiro para abafar o barulho, apenas para perceber que vinha de dentro dela.

Ela logo aprendeu a desenhar, o que ajudou a acalmar o sentimento distorcido dentro dela, o poço escuro de medo no centro de seu peito, a certeza de que algo estava constantemente errado. Sozinha em seu quarto apertado, Yara desenhava o que via pela janela: uma fileira de casas de tijolos vermelhos, o brilho rosa-alaranjado de um pôr do sol, dentes-de-leão amarelos dançando sob o sol dourado, a turbulência escura e rodopiante de um céu noturno, uma coleção de vinhetas, desenhadas em um frenesi, que a deixavam em um estranho estado de curiosidade emocional, como se seu coração rígido tivesse se aberto para o mundo. Esperava que o prazer que sentia ali fosse suficiente para curar a escuridão que ressoava dentro

---

15 *Hakyelnas*, em árabe, significa "fale com as pessoas". É uma expressão que pode ser usada para incentivar alguém a se comunicar, conversar ou interagir com outras pessoas. [N. E.]

dela, para curar a guerra dentro de sua cabeça. Mas, na verdade, ela se sentia muito distante da pessoa que almejava ser.

Agora, Nadia foi até a geladeira, mas Yara deslizou na frente dela e abriu primeiro, examinando as prateleiras de vidro para se certificar de que estavam limpas. De costas para a sogra, ela disse:

— Tem sido difícil acompanhar tudo nesses dias.

— Percebo — disse Nadia.

O rosto de Yara ficou quente, apesar do ar frio da geladeira. Ela queria confessar a Nadia que estava tentando o seu melhor, mas ultimamente havia essa escuridão que parecia estar ao seu lado como uma sombra.

— Eu sei que você tem lutado este ano — continuou Nadia, como se pudesse ler a mente de Yara. — Mas é hora de você se recompor, querida. Pelo bem de sua família.

Yara fechou a porta da geladeira e voltou ao fogão, onde baixou o fogo do arroz. Ela encostou o quadril no forno e observou a sogra abrir a geladeira, retirar um recipiente após o outro e examinar o fundo em busca da data de validade, resmungando para si mesma quando finalmente encontrou um para jogar fora.

— Por que você não vem comigo à mesquita nesta sexta? — disse sua sogra, depois de pegar o tabule e prová-lo na palma da mão. — Um pouco de socialização pode te animar.

Yara franziu a testa e abriu um armário, fingindo procurar algo lá dentro.

— Faz um tempo que você não vai — Nadia continuou, seus dedos cobertos com azeite e salsinha e hortelã frescas. — E as mulheres têm perguntado sobre você. Seria bom dar as caras.

— Desculpe, não dá. O semestre começa amanhã e terei muito trabalho a fazer.

— Certo. Mas você vai ao casamento de Nisreen neste fim de semana, não? Um Saleh ficaria bem chateado se você não aparecesse.

Yara fechou os olhos, o rosto escondido atrás da porta do armário. A sogra sabia que ela não era uma pessoa animada, que preferia ficar sozinha, mas, mesmo assim, insistia em arrastá-la para todos os eventos árabes da cidade. Yara a acompanhara no passado, apesar de seu desinteresse, sorrindo com perfeita compostura, até entrando nas rodas de fofoca de vez em quando para demonstrar jogo de cintura. Mas ultimamente essas atividades deixaram de ter qualquer significado e ela não conseguia mais fingir o contrário.

— Desculpe — disse Yara, desligando o fogo do arroz, deixando-o descansar. — Não estou com vontade de ir a um casamento.

Nadia ficou em silêncio, enfiando os dedos na tigela de tabule verde brilhante.

— Você não pode continuar evitando todo mundo — ela disse por fim, lambendo os dedos. — Quando foi a última vez que você veio comigo a um casamento ou convidou suas amigas para jantar?

Yara deu de ombros. Tecnicamente, essas mulheres eram amigas de Nadia, não dela. Facilmente se passava uma semana e só recebia mensagens de Fadi, o único amigo que tinha.

— Não só não é saudável ficar sozinha o tempo todo, mas também é importante manter sua posição social na comunidade. É uma cidade pequena e as pessoas vão começar a falar.

Sim, claro, as pessoas.

— O que elas vão dizer? Não estou fazendo nada de errado.

— Como se isso impedisse alguém. As pessoas têm a imaginação solta. Elas não ouvem falar de você por um tempo e presumem todo tipo de coisa... Que você está armando alguma, ou está com alguma doença, ou, Deus me livre, está sofrendo de algo mental, de um *djinn*[16].

Yara revirou os olhos.

— Um *djinn*, sério? Não estamos no Aladdin.

— Você fala como se eu estivesse inventando essas coisas. Você claramente não tem sido você mesma, e não queremos dar a ninguém um motivo para começar as fofocas.

Nadia olhou para ela com aqueles olhos castanhos duros, sua expressão tão séria que Yara se virou. Ela levantou a barra do avental para enxugar o suor da testa.

— Estou preocupada com você, querida — continuou. — Seus olhos estão fundos. Você parece ter envelhecido dez anos. — Ela examinou Yara de cima a baixo. — E por que você está sempre vestida de preto e usando legging? Seu delineador está borrado, suas roupas... Você precisa se esforçar mais. Pelo amor de Fadi.

Yara inclinou-se para o fogão, imaginando quanto tempo isso iria durar. Ela queria dizer a Nadia que gostaria que a coisa fosse tão simples quanto a

---

16 Palavra em árabe que se refere a uma categoria de seres sobrenaturais ou entidades invisíveis na mitologia e no folclore árabes. [N. E.]

aparência. Preferia que fosse algo errado com seu corpo, algo consertável, e não com sua mente. Mas não ousaria admitir isso para a sogra.

Em vez disso, Yara estalou os dedos e olhou para Nadia, para suas bochechas murchas, ombros caídos e a maneira como seu corpo se curvava, como se a vida pesasse sobre ela.

Yara se esforçou para encontrar os olhos de Nadia.

— Isso é o que eu gosto de vestir. Além do mais — ela hesitou —, por que você nunca diz a seu filho para se vestir para mim?

Nadia ergueu as sobrancelhas.

— Não é assim que funciona.

— Por que não?

— Agradar seu marido é seu dever.

— Ah é?

Yara estava rindo agora, achando difícil parar. *Muito típico*, ela pensou. De todas as sogras que ela poderia ter, por que teve que acabar com uma cujos valores eram os mesmos dos quais jurou escapar? Não que isso a impedisse de se casar com Fadi, mesmo que ela soubesse — tinha outros problemas com os quais se preocupar.

— Ah, pelo amor de Deus — disse Nadia, parecendo aflita. — Eu não a vejo abrir um sorriso genuíno há meses, e é isso que você acha engraçado? É pedir demais que se esforce um pouco? Eu tenho tentado segurar minha língua por algum tempo, mas já deu. Você não pode continuar assim.

Yara parou de rir e olhou nos olhos dela.

— Assim como?

— Se arrastando por aí como se estivesse à beira da morte. Você precisa se fortalecer, querida. Tem uma família que depende de você.

Yara se afastou do fogão, a adrenalina correndo nas veias.

— Você fala como se eu estivesse passando o dia na cama. Estou fazendo o possível para cuidar da minha família. Eu cuido das meninas sozinha, vou trabalhar todos os dias, cuido de todas as tarefas domésticas e preparo o jantar para Fadi todas as noites. Talvez se eu tivesse um pouco mais de ajuda com as meninas, poderia me preocupar com minha aparência. Mas esse é o menor dos meus problemas agora.

— Suas filhas são sua responsabilidade — disse Nadia, balançando a cabeça. — Não pode esperar que outra pessoa as crie por você. Se está tão sobrecarregada, tire uma folga do trabalho.

— De jeito nenhum — Yara disse muito rapidamente. — Meu trabalho é a única coisa que faço por mim mesma. Por que eu desistiria dele?

— Por que não? Você não precisa trabalhar. Fadi ganha um bom dinheiro, *mashallah*.

Foi preciso um esforço considerável para não gritar. Sua sogra raramente perdia uma oportunidade de lembrá-la de que Fadi era o provedor da família, como se isso também não fosse a norma em sua própria família. Seus próprios pais imigraram da Palestina para os Estados Unidos pouco depois de se casarem, chegando ao Brooklyn com algumas centenas de dólares no bolso e zero de inglês. A comunidade árabe em Bay Ridge e Baba trabalhando dia e noite para sustentá-los — foi assim que eles sobreviveram.

Nos primeiros meses de seu próprio casamento, Fadi era caixa no posto de gasolina de seu pai, Hasan. Fadi trabalhava lá desde os dezessete anos de idade e, ainda assim, todas as noites ele voltava para o apartamento duro, reclamando de Hasan e jurando que cada turno seria o último.

— Não vejo como um pai pode tratar o próprio filho assim — dizia. — Sempre me menospreza, nunca diz obrigado ou nada.

Não foi até Yara engravidar de Mira que Fadi pensou seriamente em como deixar o negócio do pai. Sem formação universitária, ele decidiu que seria melhor economizar dinheiro para abrir seu próprio negócio do que tentar conseguir outro emprego. Na época, Yara estava matriculada em uma faculdade local e se qualificava para receber ajuda financeira e uma bolsa integral de estudos. A cada semestre, depois que sua mensalidade era paga e seus livros comprados de segunda mão, ela recebia um cheque substancial pelo correio, que Fadi a fazia assinar. Quando por fim economizaram o suficiente, ele largou o emprego e abriu uma empresa atacadista com Ramy, um amigo do colégio. Juntos, eles compravam diretamente dos fabricantes grandes quantidades de mercadorias em geral — acessórios para tabaco, bebidas energéticas, analgésicos, óculos de sol, luvas, baterias e assim por diante — e vendiam em quantidades menores para lojas de conveniência em todo o estado. O negócio estava financeiramente de pé em seis meses e bastante lucrativo em dois anos.

— Meu pai me disse que eu fracassaria sem ele — disse Fadi. — Nunca vi um homem odiar tanto o próprio filho, mas eu dei conta. Provei que ele estava errado.

Yara ficou feliz por ele, mas uma parte dela gostaria de ter feito o mesmo. Fazer algo de si mesma fora dos limites do casamento e da maternidade, fora das expectativas de outras pessoas — como se tivesse crescido em um mundo onde as mulheres pudessem fazer isso.

— Não se trata de dinheiro — disse Yara, pressionando as palmas das mãos em volta da panela de arroz até que sua pele queimasse. — Quero fazer algo da minha vida.

Nadia soltou uma risada perplexa.

— Você *está* fazendo alguma coisa, querida. Você tem uma família e filhos para cuidar.

— Isso não deveria significar que eu não posso fazer mais nada.

— Só que você mal consegue lidar com suas responsabilidades agora. — Nadia examinou Yara, depois voltou os olhos para o lustre. — É hora de você dar um tempo no trabalho e focar na sua família, na sua casa. — Ela fez uma pausa, suavizando a voz. — Você vai se sentir melhor com o tempo, no conforto da sua casa, você vai ver.

Yara ficou em silêncio. Desistir do trabalho não a faria se sentir melhor. Não que ela pudesse esperar que Nadia entendesse, considerando a vida que ela levava. Assim como os próprios pais de Yara, Nadia nasceu e foi criada em um campo de refugiados depois que sua família foi evacuada de sua casa à beira-mar em Yaffa, durante a ocupação israelense da Palestina em 1948. Por causa disso, era impossível para Yara não sentir uma profunda e intensa tristeza pela perda de sua sogra, e nem poderia ignorar que sua percepção do mundo não era culpa dela, mas sim algo enraizado na realidade de onde veio. Claro que Nadia acreditaria que uma mulher pertence à casa. Claro que ela valorizaria a importância de preservar a família, de manter a unidade familiar intacta, com um pai que trabalhava longas horas para trazer o sustento e uma mãe que ficava na retaguarda, cuidando da casa e criando os filhos. À sua sogra tinha sido negado o privilégio de um lar, então é claro que agora, neste belo país, ela insistiria em preservá-lo.

Yara olhou para a panela de arroz, o descanso do alimento quase terminado.

Esses pensamentos sempre sussurraram em seu ouvido, lembrando-a de como ela era boa, lembrando-a de que as coisas que considerava injustas não eram nada se comparadas às lutas de seus ancestrais. E, no entanto, havia dias, agora, em que sua capacidade de simpatizar com a história conturbada de sua família não fazia o que havia feito por muitos anos, que era dispô-la a escutar, a se submeter, a obedecer. Esta noite, como às vezes acontecia agora, ela sentia como se tivesse vivido sua vida carregando um peso do qual não conseguia escapar. Fez questão de manter os olhos na panela, sem mirar os de Nadia, ou então ela cairia de joelhos e gritaria — um lamento tão alto e agudo quanto o de um animal moribundo. Muitas vezes ela teve de dizer a Nadia que, só porque as mulheres de sua família dedicaram totalmente suas vidas a seus filhos e maridos isso não significava que deveria fazer o mesmo. Sentiu uma mancha de tristeza penetrando nela. Talvez fosse por causa dessas gerações de mulheres que a ideia a aterrorizava tão profundamente. Talvez fosse porque ela viu o que esse tipo de vida tinha feito com sua própria mãe, viu isso sugar a vivacidade de seus olhos, testemunhou como isso a deixava queimando de ressentimento: desejando, buscando, incapaz, com medo. Tudo o que ela queria agora era uma vida oposta a isso.

— Você ficou quieta — disse Nadia. — Deve ter percebido que eu tenho razão.

Yara balançou a cabeça, o rosto queimando.

— Não, não mesmo — ela conseguiu dizer.

— Por que não? Fala para mim, o que poderia ser mais importante do que sua família?

Yara espiou o arroz pela tampa de vidro, agora totalmente descansado. Ao pegar um garfo na gaveta, pensou em explicar a Nadia as consequências de suas famílias terem vindo para os Estados Unidos, onde as mulheres eram capazes de ter carreiras e ser mães. Ela poderia dizer a Nadia que talvez devesse pedir ao filho que reduzisse o trabalho para que Yara pudesse avançar em sua própria carreira. Ou a coisa que ela mais queria dizer, mas nunca teve coragem: que toda vez que Nadia lhe dizia para ficar em casa com as crianças, isso apenas aumentava sua determinação de continuar trabalhando. Mas ela sabia que esse argumento não seria bem recebido.

— Não há vergonha em admitir quando as coisas estão pesadas demais para você — disse Nadia, aproximando-se. — Você só está machucando suas filhas fingindo o contrário.

O medo veio ao som da palavra, chegando como uma sensação de peso sob suas costelas. Ela apertou os dedos ao redor do garfo, com as mãos tremendo.

— Pense nas suas garotas, em como tudo isso afeta as meninas.

Yara engoliu em seco, incapaz de suportar a ideia de machucá-las. Nadia não entendeu? Ela estava pensando nas filhas, no seu passado, na necessidade doentia que sentia de deixar tudo para trás. Era tudo o que ela conseguia pensar nesses dias.

Ela levantou a tampa de vidro do arroz e uma onda de vapor atingiu seu rosto. Ela ficou muito quieta, o calor penetrando em sua pele, e se perguntou por que sua vida se desenrolou dessa maneira, apesar de todos os seus esforços, seus sacrifícios, agora repletos de um profundo sentimento de perda.

*

O resto da noite transcorreu da forma que sempre acontecia quando seus sogros estavam por ali. Os adultos jantaram ao redor do *sufra* enquanto Mira e Jude comiam arroz amarelo, com as mãos, assistindo a *Dora, a aventureira* na televisão da sala de estar. Hasan contou uma história sobre uma discussão que teve com o vizinho.

— Ele olha para mim como se eu fosse um rato — disse o sogro, um homem barulhento e desajeitado que falava com as mãos, como se estivesse dirigindo uma orquestra. — Eu disse a ele: "Continue olhando e vou arrancar seu olho".

Nadia fez uma careta.

— Existe alguém na cidade com quem você não teve problemas?

Do outro lado da mesa, Fadi enfiava a comida na boca como se quisesse evitar ter de se juntar à conversa. Com a boca cheia de tabule, virou-se para Yara:

— Está tudo uma delícia, querida.

Ela ergueu a cabeça, mas não conseguiu olhá-lo nos olhos. Em sua mente borbulhavam os pensamentos habituais que tinha sempre que estava perto da família de Fadi: seus sogros estavam lá para mantê-la na linha, caso ela se esquecesse de onde veio — não que fosse possível esquecer.

— Ah, pelo amor de Deus — disse Nadia, quando, ao encher o prato de Jude com arroz, Yara o derrubou e os grãos se espalharam como insetos pelo *sufra*. Tentando limpar a bagunça, Yara derrubou o copo e a água se espalhou sobre a mesa, e depois no chão.

— É exatamente isso que quero dizer, Yara — disse Nadia, levantando-se para pegar um pano. — Outro exemplo de por que você não está indo tão bem quanto diz.

Yara voltou a se sentar, afundada na cadeira, incapaz de se mexer, observando a sogra passar o pano sobre a mesa.

— Já chega — disse Nadia quando terminou de limpar e se recostou na cadeira. — Está na cara que você está mal, e chegou a hora de tomar providências. — Ela se virou para Fadi, que estava sentado de lado à mesa, como se planejasse uma fuga.

— Por que você não conta a ela, Fadi? — Nadia disse, enxugando o suor do lábio superior. — Diga algo.

O rosto de Fadi corou profundamente e Yara sentiu que ele estava escondendo algo.

— Contar o quê? — Yara disse, uma fúria inesperada brotando dentro dela.

Fadi engoliu em seco, evitando os olhos dela.

— Nada, nada. — Então ele se virou para Nadia: — Deixe-me fora disso, *yumma* — ele disse, sua voz afiada. — Estou cheio de merdas com que me preocupar.

— Está, é? — disse Hasan, colocando um espeto de *kafta* na mesa e virando-se para o filho. — O que você quer dizer com isso? Pelas minhas contas, você não passa na loja há semanas. Você ainda tem responsabilidades comigo lá.

Fadi estava dizendo alguma coisa agora, mas Yara não conseguia ouvi-lo. Ela olhou para Mira e Jude, com medo de que pudessem ouvir as vozes altas, mas para seu alívio elas estavam assistindo ao desenho.

Ela tocou a palma da mão aberta em sua bochecha, sua boca, e afundou ainda mais em seu assento. Ela se virou para olhar pela janela. Do lado de fora, a luz suave do pôr do sol era filtrada pelos galhos do carvalho escarlate e dos pinheiros de folhas longas. Yara inspirou e enxugou as palmas das mãos no avental. A intensidade em seu corpo era muito severa, como se algo a pressionasse de todas as direções. Ela não disse nada durante o resto do jantar, e ouviu apenas uma vozinha sussurrante, lembrando-a de todas as coisas que ela poderia ter feito, deveria ter feito, todas as maneiras pelas quais estava fracassando. Ela olhou para o prato, imaginando como seria não sentir nada, fechar os olhos e ouvir apenas o silêncio dentro de sua cabeça.

· 2 ·

Na manhã de segunda-feira, um estridente alarme acordou Yara às seis e vinte. Ela pegou o telefone e desligou o alarme tocando mecanicamente na tela. Vinte e duas notificações: onze e-mails, dois lembretes de calendário, nove comentários no Instagram. Sua mente já estava sobrecarregada como um navegador com muitas abas abertas, cheia de tudo e nada ao mesmo tempo. Ela caiu para fora da cama e entrou no chuveiro, balançando para a frente e para trás sob a água escaldante. O calor entorpeceu sua pele e soltou seus ombros.

Ela acordou as meninas.

— Mira primeiro, depois Jude — disse incitando-as a se vestir rapidamente.

Escovou o cabelo das filhas, preparou o café da manhã e entregou-lhes os almoços que embalou na noite anterior, cada um com um bilhete dentro, antes de empurrá-las porta afora.

No carro, ela colocou o cinto de segurança e garantiu que as meninas fizessem o mesmo. Yara tinha vinte minutos antes da hora de estar no trabalho. Se ela se apressasse, daria tempo. Saiu da garagem com os olhos fixos no espelho retrovisor. E então estava entrando no trabalho, no estacionamento do campus da faculdade, só que não se lembrava de ter dirigido até lá.

Não se lembrava de deixar as meninas na escola.

Não se lembrava de ter se despedido. Elas conversaram durante a viagem? Ela tinha respondido?

Yara olhou para o campus à sua frente com as palavras de Nadia em seu ouvido. Muitos de seus dias passavam assim, com blocos inteiros de tempo borrados ou completamente sumidos. Seu corpo se movia no espaço e no tempo sem ela, sem seu consentimento. Em certos dias, não conseguia se lembrar de ter colocado uma roupa em particular, ou do que tinha acontecido depois de buscar as meninas na escola. Ela pegava sua câmera nesses momentos e tirava fotos, uma após a outra, só para ter certeza de que estava lá.

Talvez estivesse se movendo rápido demais, correndo de uma tarefa para outra. O problema era que, se ela diminuísse a velocidade, tudo só pioraria.

Era o primeiro dia do novo período letivo e a faculdade fervilhava de vida. O sol dourado contra os prédios de tijolos aparentes, os alunos correndo pelo campus para as novas disciplinas, olhando para o horário das aulas ou para mapas em seus telefones.

Pinewood era um campus de cento e vinte hectares, em uma pequena cidade do sul de cinco mil habitantes, então a faculdade era considerada um dos pontos principais do local. Era particularmente bonito no outono sulista. Amplos prédios de tijolos aparentes eram emoldurados por árvores — centenas de bordos e carvalhos tingidos de vermelho e amarelo, e cedros salpicando tudo de verde —, com trilhas serpenteando ao redor do campus, uma delas levando ao lago, um popular ponto de encontro para os alunos nadarem e fazerem piquenique. A vida noturna não tinha muito mais do que um rinque de patinação ou uma pista de boliche. Mais pitoresca do que movimentada.

Em seu escritório no prédio de Humanidades, uma pequena sala no final do corredor do primeiro andar, Yara raramente precisava falar com alguém. Lá, ela preparou o café e montou sua lista de tarefas: *fotografar o laboratório de soldagem, reformular o site da enfermagem, imprimir o programa de aulas.*

Ela tinha vindo para lecionar, mas só foi aprovada para um curso introdutório por semestre, "Respondendo à Arte: Forma, Conteúdo e Contexto". Fora isso, sua carga de trabalho real era como designer gráfica da faculdade: criando calendários, alterando imagens, tarefas repetitivas e enfadonhas. *Que desperdício!* Um pensamento que foi seguido por uma onda de pânico, ao lembrar-lhe de Nadia tentando fazê-la desistir de seu trabalho, como se já não fosse ruim o suficiente não ter o emprego desejado.

Jonathan, o diretor do departamento de Humanidades, havia dito, cinco anos atrás, que a deixaria dar mais aulas de Arte assim que um professor em tempo integral se aposentasse ou saísse do emprego. Mesmo assim, cortes orçamentários foram a desculpa quando ela o confrontou.

Yara sabia que não se parecia com o que ele achava que um artista deveria ser. Ela ainda podia ver o rosto dele na primeira vez em que se candidatou a um cargo de professora.

— Estou totalmente qualificada para o trabalho — disse quando ele piscou, sua voz soando defensiva.

Em seu primeiro período lecionando a disciplina introdutória, ele assistiu à aula dela e ficou surpreso ao ver que ela estava falando sobre as obras da pintora afro-americana Philemona Williamson, e depois sobre obras de Helen Zughaib, uma libanesa. Estava surpreso ao ver Yara recusar-se a pintar a branquitude como a guardiã da alta arte. Ele a repreendeu depois, insistindo que ela trouxesse de volta as aulas sobre Monet e Matisse e usasse obras não aprovadas apenas para dar um sabor, e não como parte do cânone central.

Yara empilhou os programas de aula recém-impressos em sua mesa e começou a grampeá-los. Do lado de fora, crianças passavam despreocupadas, voando em seus skates ao cruzar o pequeno pátio verde. Ela estava grávida de Mira quando entrou na faculdade, e logo depois veio a Jude, sobrecarregando seus créditos a cada semestre, de modo que precisava ter aulas em período integral duas vezes por semana, para minimizar o tempo que passava fora de casa. Não, ela não tinha trabalhado tão duro ao longo dos anos — corrido atrás dos seus diplomas enquanto criava as duas filhas, mantido a casa, enfrentado a sogra e tentado ter sucesso em um mundo que não valorizava suas contribuições — para ficar na frente de uma sala de aula e perpetrar as mesmas injustiças que vicejaram por toda a sua vida. Sua mãe não fez faculdade e seu pai cursou só um semestre na Palestina antes de se mudarem para os Estados Unidos. Ela sabia o quanto era privilegiada por estar aqui, e por isso tinha o dever de espalhar essa consciência. Mas também sonhava em fazer um trabalho significativo, deixar sua marca no mundo. Yara tinha certeza, do fundo de seu ser, que algo bonito queria ser criado por meio dela. Como, exatamente, não tinha certeza. E nem sabia o quê.

Yara examinou a lista mais uma vez, pegou a câmera e saiu de seu escritório para fazer as imagens necessárias do laboratório de soldagem.

Lá fora, o sol se elevava sobre os prédios, aquecendo a paisagem outonal, e notas de pinheiros, abetos e magnólias recendiam no ar. Uma leve brisa passou pelo cabelo de Yara conforme ela atravessava o campus com a câmera pendurada no pescoço. Ela disse a si mesma, mais uma vez, como era sortuda por simplesmente estar aqui.

Durante sua infância, seus pais estavam mais interessados em assegurá-la um casamento do que em educá-la.

— A faculdade vai ser na casa do seu marido — dissera o pai.

Mas, no final do ensino médio, ela conseguiu uma bolsa integral para uma faculdade no Brooklyn, e seu pai permitiu que ela se matriculasse quando prometeu que iria também buscar um casamento. Alguns meses depois de seu primeiro semestre, voltou para casa e encontrou Baba sentado na sala, com seus pais e um jovem que ela nunca tinha visto antes. Antes de Fadi, todos os pretendentes anteriores eram muito sérios. Fadi parecia uma lufada de ar fresco em comparação a eles, e então tudo aconteceu bem rápido. Em poucas semanas, ela se mudou para uma pequena cidade na Carolina do Norte e se casou com Fadi. Transferiu seus créditos escolares para uma universidade a vários quilômetros de distância, cheia de esperança com a promessa de recomeçar com alguém que não atrapalharia seus sonhos.

Em suas aulas de Arte, os outros alunos se vestiam de preto e carregavam grossos blocos de desenho encadernados em couro debaixo do braço. Nas oficinas, eles expressavam ideias sobre a interseção entre história, filosofia e arte, articulando suas opiniões de forma apaixonada e dizendo coisas como:

— A arte não precisa se dirigir a um referendo público além do qual o artista não enxerga.

Eles não se preocupavam em como o mundo os enxergava, mas só com a impressão que deixariam nele. Ficou claro que tinham experimentado o suficiente do mundo para ter uma noção sólida de seu lugar nele, que ninguém que passasse por eles na rua jamais os olharia de soslaio. Ao ouvir aquelas discussões, um sentimento implacável de inadequação crescia dentro dela.

Ela presumiu que obter o diploma a levaria além de suas limitações: sua criação protegida, sua origem imigrante, o fato de não ter tido acesso à arte, ou a sensação, decorrente dessas limitações, de que não tinha o direito de ultrapassá-las. Mas sua graduação não mudou nada. Na verdade, o fato de Yara ter obtido esses diplomas e ainda não ter produzido nada só provou que ela nunca seria o tipo de mulher que sonhava ser — criativa, expressiva, livre —, que não tinha mesmo escapado daquelas barreiras.

Ainda assim, nas horas vagas, que eram cada vez mais raras, Yara pintava na marquise de sua casa, em um cavalete que tinha montado de frente para as janelas. Sempre que ela se sentava ali, naqueles momentos de silêncio, seus pensamentos eram absorvidos pelos traços coloridos, embalados pelos suaves sons de pincel pela tela. Diante do cavalete, ela não se preocupava nem tinha medo. Não pensava no passado, nem remoía lembranças, nem conversava consigo mesma sobre tudo o que já havia feito — ou ainda teria que fazer — em sua vida. Deixada por conta própria, sua mente era incontrolável, assustadora; mas naquele espaço não havia nada com que se preocupar, nenhum zumbido em seus ouvidos, nenhum lembrete de sua própria inadequação. Como ela se sentia livre naqueles momentos, sem vozes em seu ouvido...

Mas fora daquele espaço, o mundo escurecia novamente, sua mente se enchendo com um ataque violento de tudo o que ela queria esquecer. Parecia que nada que Yara fizesse mudaria isso; sempre seria ela mesma, disso não havia como escapar.

No laboratório de soldagem, com alunos com máscaras de aço inoxidável operando máquinas de ponta, ela levou a câmera ao olho, verificou a abertura e focalizou a lente. Ela capturou as faíscas amarelas que voavam ao redor deles.

Na enfermaria, um grupo de estudantes de uniforme azul-claro com estetoscópios pendurados no pescoço examinava uma máquina de gotejamento.

No jardim do departamento de Culinária, arbustos de menta, sálvia e manjericão floresciam com folhas verdes brilhantes, tenras e orvalhadas.

Yara tentou entrar em cada uma dessas salas de aula sem que os alunos percebessem, na esperança de capturar uma imagem espontânea para postar nas contas do Facebook e Instagram da faculdade. Quando começou a fazer esse trabalho para a escola, ela se concentrava em capturar as vistas de tirar o fôlego do campus, imagens que inspiravam admiração. Mas agora o que mais a interessava eram os pequenos detalhes da vida cotidiana, encontrar algo íntimo no mundano, imagens visualmente descartadas que a faziam querer se inclinar e ver melhor — placas de rua, pôsteres descascados, uma lâmina de vidro.

O tempo suavizou quando ela colocou a câmera no olho. O mundo ficou parado e silencioso enquanto ela se concentrava no presente: uma única imagem. Assim como em casa, pintando, sentiu por um momento que o mundo não era um lugar tão terrível, que tudo em sua vida acontecera para trazê-la até aquele instante.

· 3 ·

— Bem-vindos à Introdução à Arte. — Yara ficou no centro da sala de aula bem iluminada e com ar-condicionado e sorriu para o novo grupo de vinte e um alunos do primeiro ano. — Meu nome é Yara Murad e serei sua instrutora. Nos encontraremos aqui duas vezes por semana, às segundas e quartas-feiras.

Em seguida, pediu que eles se revezassem dizendo seus nomes, em que planejavam se formar e o último programa de televisão que maratonaram, um modo de quebrar o gelo, tática que adotava no início de cada semestre. Com um sorriso, olhando diretamente para cada aluno enquanto falavam, ela respondeu:

— Parece legal. Fico feliz que você esteja aqui.

— O último programa que maratonei foi *Mo*, na Netflix — disse Yara quando terminou de percorrer a sala.

Ela cresceu assistindo a programas como *I Love Lucy* e *Seinfeld*, relacionando-se com suas verdades cotidianas, apesar de sentir que veio de um mundo separado. Mas *Mo* foi a primeira vez que ela assistiu a uma série que destacava uma família palestino-americana.

— É o mais próximo que já cheguei de me ver na tela grande — disse ela.

Alguns alunos assentiram, mas a maioria deles olhou-a sem expressão. Ela caminhou até uma carteira vazia no meio da sala, colocando-se no nível deles. Ao sentar-se, ela disse:

— Sei que a maioria de vocês está aqui para cumprir a eletiva de Arte, mas meu objetivo é que encontrem algo realmente valioso nesta disciplina, independentemente da formação ou carreira que querem seguir.

Eles olharam para ela, impassíveis. Ela limpou a garganta e continuou.

— Vocês devem estar pensando: por que arte? O que isso pode fazer por mim? Eu entendo. A certa altura, as Humanidades eram um empreendimento sagrado, mas já não é mais o caso. Agora vivemos em um mundo de mídia de massa e tecnologia, no qual tudo deve ter uma função, e talvez tenhamos perdido nosso apreço pela arte, ou por fazer algo apenas pelo prazer.

Alguns alunos se mexeram em seus assentos. Outros olharam para seus telefones. Yara resistiu ao impulso de se levantar e pegar seus dispositivos.

— A arte é uma janela para o transcendente, para o divino — continuou ela. — E precisamos disso em nossas vidas para fazer uma conexão com algo além do mundo limitado em que vivemos. Minha esperança é que, até o final do semestre, vocês tenham feito algo belo e, com isso, expandido seu relacionamento com beleza em outras partes da sua vida.

Ninguém respondeu. Uma ocorrência comum, ela descobriu, ensinando um requisito de Humanidades em uma escola com cursos de Arte limitados. E não podia culpá-los. Eles estavam aqui por causa de um diploma específico para conseguir um emprego específico para que pudessem contribuir para a sociedade de uma maneira específica. A consequência é que eles encaravam suas aulas como perda de tempo. Yara não sentiu a mesma coisa em seu primeiro ano de faculdade, passando pelas aulas obrigatórias na tentativa de alcançar a linha de chegada? E, no entanto, esperava fazê-los mudar de ideia sobre a arte, que pudessem deixar suas aulas preparados para o mundo de maneiras que não sabiam ser possíveis antes. Em alguns dias ela acreditava que ensinar era sua chance de fazer um trabalho significativo no mundo. Se ela não tivesse como criar algo próprio, talvez pudesse ajudar seus alunos a fazer isso. Era um pensamento que a enchia de esperança no início de cada semestre, acalmando brevemente o sussurro incômodo: que ela estava se acomodando, que nunca faria um trabalho bom ou valioso de verdade.

Depois de mostrar o programa de estudos e os requisitos das aulas e responder repetidamente à mesma pergunta sobre entrega de tarefas atrasadas, ela enfim se virou para o projetor. Com o controle em uma mão e um olho em seus alunos, ela puxou a imagem de uma roda de cores com doze seções.

— Já se perguntaram como artistas e designers encontram suas combinações perfeitas? — Yara começou. — Eles usam a teoria das cores. A roda de cores foi inventada em 1666 por Isaac Newton, que mapeou o espectro de cores em um círculo. Saber combinar cores com precisão, entender como elas se relacionam, é fundamental para artistas, designers, profissionais de marketing e desenvolvedores de marcas.

Alguns começaram a fazer anotações. Outros baixaram a cabeça, olhando furtivamente para seus telefones.

— Eu queria dizer mais uma coisa — Yara pigarreou. — Muitas vezes, quando se fala em artistas influentes, são sempre os mesmos: Van Gogh, Monet e assim por diante. Embora vejamos algumas pinturas familiares neste semestre, também vou mostrar pinturas de artistas negros, artistas dos quais, suspeito, vocês nunca ouviram falar, mas que deixaram uma marca indelével no mundo. Espero que isso abra a porta para vocês explorarem novos movimentos e estilos artísticos. — Ela esperou. Ninguém falou. Ninguém a questionou. — Mas, por enquanto, vamos ver se vocês conseguem identificar as maneiras pelas quais a teoria das cores foi usada nessas pinturas.

No quadro branco, ela avançava por uma série de imagens: a pintura *Rua em Ávila*, de Diego Rivera, com suas suaves variações em tons de vermelho, laranja e amarelo; *Menina Cigana Húngara*, de Amrita Sher-Gil, uma explosão de verdes intensos, ocres e marrons, bem como sua pincelada rigorosa, como se pisasse em um pedaço de grama; *La Mariée*, tapeçaria de Safia Farhat com uma cachoeira de cores — amarelos vibrantes, azuis suaves e vermelho-romã profundos — convidando você a se inclinar para um olhar mais atento. Dentro da sala de aula silenciosa, passando de uma pintura brilhante para a próxima, Yara passou do entusiasmo à sensação de que as paredes estavam se fechando sobre ela. Que todos se viraram para olhar e ver que fraude ela era: dando uma aula sobre arte quando ela não tinha visto nada em primeira mão e não havia criado nada de substancial por si própria.

Ela fez uma pausa em *Terraço do Café à Noite*, de Vincent van Gogh. Uma pintura de um exterior à noite em que figuras minúsculas sentavam-se no terraço, sob a luz lançada por uma lamparina amarela que tremeluzia nas pedras do calçamento como pequenas moedas. Sombras das casas surgiam azul-escuras ao fundo; acima delas, um céu estrelado e brilhante.

— Algum de vocês reconhece esta pintura? — ela perguntou. Alguns alunos assentiram. — É um ótimo exemplo de uso de cores opostas para criar contraste. — Yara olhou para os alunos e depois para o quadro. — Como pode uma pintura retratar a noite sem tinta preta? Aqui, Van Gogh cria luz e intensidade através do forte contraste entre os tons quentes de amarelo, verde e laranja sob o terraço e o azul profundo do céu, reforçado pelas casas azul-escuras ao fundo.

Os alunos continuaram sentados, com expressões sérias em seus rostos. Yara franziu as sobrancelhas e exalou. Eles acharam essas pinturas tão inspiradoras quanto ela ou já estavam entediados? Eles estavam pensando em arte ou em outra coisa? Verificando o relógio e vendo que faltavam cerca de dez minutos para o final da aula, ela voltou para sua mesa e pediu que eles escrevessem livremente sobre uma pintura que acharam interessante.

— Sempre me senti atraída por O Grito, de Edvard Munch — disse Yara, digitando as palavras no teclado. — Foi pintada em 1893 e está na Galeria Nacional e no Museu Munch em Oslo, Noruega.

Ela mostrou a pintura no quadro branco. Sempre que via aquele rosto agonizante, sentia como se um grito infinito passasse por ela também, o grito que passou a vida inteira reprimindo. No entanto, apesar de sua escuridão, ou talvez por causa dela, a pintura a confortou, fez com que se sentisse vista.

Os alunos assentiram em reconhecimento à obra de arte icônica, mas não disseram nada, embora todos tenham seguido as instruções dela para abrir uma página em branco em seus cadernos e começar a escrever.

Aliviada pela pausa, ela voltou para o quadro branco e olhou para o céu vermelho penetrante, o rosto comprido e inquieto. Olhando para aqueles olhos arregalados, uma dor quente encheu seu peito. A pintura era um lembrete de como ela se sentia na maioria dos dias de vida neste mundo, seu corpo tenso ao completar tarefas e tarefas, as horas passando rapidamente, empilhadas umas contra as outras como contas em um cordão que seria a totalidade de sua vida. E quanto de sua vida ela se lembra de ter vivido, afinal? Quanto disso significaria alguma coisa?

Uma jovem na primeira fila levantou a mão. Yara piscou e se viu de volta à sala, a luz do projetor ardendo em seus olhos.

— Sim? Martha, certo?

Martha assentiu com a cabeça, seu rosto brilhante e cheio de energia.

— Tudo bem se eu não souber o nome da pintura? Eu a vejo muito por aí, mas não sei como se chama ou quem é o artista. Mas acho que é um impressionista.

— Claro. Você quer tentar descrever o quadro?

A jovem examinou as unhas e disse:

— Não tem muita coisa acontecendo nele, na verdade. Tem um lago com barcos e um sol pequenino e brilhante ao longe. Você sabe do que estou falando?

— Acho que sim — disse Yara, digitando "impressão nascer do sol monet" em seu teclado. No quadro branco: tons de laranja opacos, azuis e verdes formando o pano de fundo para os barcos verde-escuros e o nascer do sol laranja-vivo.

A jovem sorriu.

— É esse mesmo.

— Que escolha adorável — disse Yara. — Essa pintura tem a fama de ter inspirado o nome do movimento impressionista. *Impressão, Nascer do Sol* retrata o porto de Le Havre, a cidade natal de Monet. Em vez de pintar com precisão ou recriar os detalhes, como outros artistas de seu tempo, Monet tentou pintar os sentimentos provocados pelo nascer do sol, sua percepção da paisagem, e não a própria paisagem.

Sem tirar os olhos da tela, Martha assentiu. Yara voltou-se para a turma.

— Alguém mais gostaria de compartilhar sua escolha?

Todos evitaram os olhos dela, alguns virando as páginas do caderno à sua frente.

Yara esperou, sua mão indo para o amuleto de ouro pendurado em uma corrente em seu pescoço, um amuleto em forma de palma que pertenceu a Teta, sua avó.

E então o tempo acabou e eles estavam todos indo embora, a energia correndo de novo para outro lugar, aparentemente inalterada. Não pela primeira vez, ela se perguntou se arte era algo que se pudesse ensinar, da mesma forma que se ensinava ciências ou matemática. As regras da matemática eram concretas, mas com a arte, o lócus da criação vivia dentro do artista. As regras, os porquês, as críticas, tudo era arbitrário. Como você poderia começar a capturar sua essência, quanto mais transmiti-la a outra pessoa?

Yara pegou suas coisas e saiu da sala de cabeça baixa, sentindo um peso renovado no corpo, os pensamentos dominando sua mente. Como havia desistido de seu próprio sonho de ser uma artista para apenas ensinar a alunos indiferentes?

Diplomas universitários, ela zombou. Ah! Ela pensou que tinha sido empoderada. Ela pensou que tinha encontrado o caminho, feito todas as coisas certas. Ela pensou que seria livre.

Claro, também planejou, sonhou que nunca se casaria. Era um sonho bizarro, mas Yara o imaginara mil vezes: indo para a faculdade, depois se especializando em Direito, depois tendo seu próprio apartamento, com um emprego diurno em que lutaria pelos direitos das mulheres. Depois, viajando pelo mundo e pintando. Ela sempre sentiu esse desejo de fazer algo bonito. Ou, pelo menos, de se livrar dos grilhões do passado. Ela faria arte da própria vida, nunca se restringindo a um homem ou uma casa ou um trabalho esmagador. Mas, obviamente, não aconteceu assim. Cem vezes por dia lembrava a si mesma que essa era sua escolha, sua obra. Ela entrou naquele avião. Ela casou. Por que não lutou pelo que queria? Por que cometeu esse erro terrível? Por que se rendeu à vontade de seus pais?

Assim que essas perguntas surgiam, elas se somavam às seguintes: se ela se sentia assim, com seu imenso privilégio, então o que deviam sentir mulheres muito menos afortunadas do que ela, mulheres como Mama? Uma vez que esses pensamentos começavam, era impossível fazê-los parar.

Ela pensou em Mama, que entendeu o que era ter sonhos não realizados.

— Eu queria ser cantora — ela disse a Yara uma vez, oferecendo-lhe um raro vislumbre de sua infância. — Eu queria que minha voz fosse reconhecida em todo o mundo, como Fairuz.

Quando criança, Mama dedilhava seu *oud* no terraço, cantando ao ar livre. De manhã e à noite, mulheres saíam de seus abrigos, atraídas pelo som suave de sua voz, cantarolando enquanto penduravam roupas em varais, regavam seus jardins, alimentavam as galinhas dentro dos galinheiros. Yara imaginou que todas as suas preocupações tinham desaparecido, como se as melodias de sua mãe fossem um remédio no ar. Teta também ouvia enquanto regava suas plantas, depois passava os dedos pelos longos cabelos escuros de Mama e sussurrava:

— Sua voz tem a capacidade de nos fazer esquecer, *ya binti*.

Foi Teta quem compartilhou as histórias da Palestina com Yara: os campos de oliveiras em chamas que eles foram forçados a abandonar, os invernos rigorosos nos campos de refugiados, a cúpula dourada brilhante da mesquita de Aqsa que eles não podiam mais visitar livremente, ou visitar de forma alguma. O odor podre de fezes do lado de fora das barracas de náilon, as longas filas para conseguir comida nos abrigos da ONU, a pressão dos pesados baldes de água em seus ombros quando ela carregava água de volta ao acampamento. Mama nunca falava dessas coisas.

Às vezes, porém, Baba falava de sua infância no campo de refugiados de Am'ari: arrancando ervas daninhas nos campos com seu pai, chutando uma bola de futebol, descalço pelos becos estreitos de terra, ou serpenteando em torno de varais no telhado de sua casa. Do telhado, Baba podia enxergar todo o campo de refugiados, uma mistura de prédios de concreto estampados no que parecia o meio do nada.

— Não tive um par de sapatos até os onze anos — dizia ele, como se tivesse orgulho dessa adversidade, como se o sofrimento o tivesse feito um homem.

Yara se voltava para Mama, ansiosa para ouvir o que ela tinha a acrescentar, esperando que as histórias de Baba tivessem despertado uma lembrança nela. Mas Mama apenas desviava o olhar, com a voz trêmula:

— Os acampamentos eram um lugar para se viver, como qualquer outro lugar. Por que todo mundo tem essa necessidade de continuar falando sobre eles?

De volta à sua mesa, Yara checou os itens de sua lista de tarefas. Seu estômago roncou. Ela não tinha tempo para almoçar. Em vez disso, preparou outro café, percorrendo o Instagram enquanto esperava a bebida ficar pronta, vendo fotos de pessoas que conhecia dos tempos de escola no Brooklyn, mulheres da comunidade que conheceu por meio de Fadi e sua mãe, parentes distantes na Palestina, seus irmãos, agora espalhados pelo país; até mesmo sua sogra, que se juntara recentemente.

Yara também seguia pessoas que não conhecia, celebridades e influenciadores exibindo fotos hiperproduzidas que a enchiam de inveja. Ela encheu a xícara, tentando manter as mãos paradas, insistindo em não perder mais um minuto rolando a *timeline* sem pensar. Mas havia destinos de viagem com lindos canais e pontes entrecruzadas, mulheres contornando seus rostos com tons de corretivo e bronzeador, anúncios de produtos de que ela não precisava, mas queria ter. O pensamento que passou por sua mente não foi *Por que estou olhando para tudo isso?*, mas *O que as pessoas veem quando olham para mim?* Todo mundo que a conheceu ao longo de sua vida a seguia no Instagram: seus colegas de infância do Brooklyn; membros da família estendida que vivem na Palestina; seus irmãos, agora espalhados pelo país; até mesmo sua sogra, que havia entrado recentemente, intensificando a pressão em cima dela. A cada postagem, ela sentia um desconforto tomar conta dela, uma necessidade desesperada de validação, de provar que estava feliz e próspera, apesar do que havia acontecido. Apesar do que eles pensavam que sua vida seria.

Yara estudou sua caneca, o café que tinha feito sobre a mesa, sua mente começando a se agitar. Distraída, tomou um gole e clicou em seu próprio perfil. Em uma de suas postagens favoritas, Mira e Jude estão de mãos dadas no balanço da varanda, com begônias penduradas nos vasos de flores da janela ao lado delas. Olhando para os rostos sorridentes de suas filhas, os ombros de Yara relaxaram. A maneira como a luz iluminava a pele delas a enchia de calor, como se ela estivesse sentada ao sol com as filhas, ela mesma uma jovem. Yara adorava fotografá-las no finzinho da tarde, enquanto brincavam de amarelinha ou sopravam bolhas de sabão no quintal, parecendo serem as crianças mais felizes do mundo.

Ela agora buscou as fotos que tinha em seu celular, e encontrou a mais recente delas. De novo na varanda, de novo no balanço, mas dessa vez com Fadi no meio, os braços em volta delas. Ela postou a foto no Instagram, acrescentando uma citação de Nawal al-Sa'dawi como legenda: "O amor me fez uma pessoa diferente. Tornou o mundo belo." Uma pontada de profundo embaraço a percorreu enquanto lia as palavras. Ela guardou o telefone e voltou para a mesa para terminar o resto do trabalho.

— Concentre-se — disse a si mesma. Mas ela não conseguia se concentrar.

A cada poucos minutos, parava para verificar quantas pessoas tinham visto a foto, se deram *like*, quem tinha escrito um comentário. Ela olhou para a foto dentro da grade de suas outras postagens, avaliando se as cores se complementavam, e a abriu de novo para inspecioná-la.

O tempo passou. Ela atualizou o post. Abriu seus outros aplicativos de rede social. No Facebook, as calotas polares estavam derretendo. No Twitter, Elon Musk disse que a liberdade de expressão é essencial para o funcionamento da democracia. De volta ao Instagram, Beyoncé estava lançando um *teaser trailer* de outra música inspirada em Jay-Z. Yara colocou o telefone no bolso apenas para pegá-lo mais uma vez, sem vontade de refletir sobre como ela costumava ficar com o telefone na mão só para evitar pegá-lo toda hora, ou como o desejo constante de estar conectada apenas a deixou se sentindo mais sozinha. Em vez disso, seus olhos dispararam pela tela sem rumo. O que ela estava procurando? Não tinha certeza, mas quanto mais coisas aconteciam lá fora, menos coisas aconteciam dentro dela, e isso pelo menos proporcionava algum alívio.

Yara desejou poder ouvir Mama cantando agora, desejou que sua doce voz pudesse ajudá-la a se esquecer de tudo.

Por volta das três horas, ela já tinha olhado tanto para a foto que não enxergava mais Fadi e as meninas sorrindo para ela. Em vez disso, via seu pai, com o rosto tenso e brilhante, e uma versão mais jovem de si mesma, olhando para ele suplicante. Sentiu-se como um pano molhado sendo espremido com muita força, seu corpo lembrando e tentando fazê-la saber. Sua mão formava um punho ao redor do telefone. Ela empurrou seus pensamentos confusos para longe e apagou a postagem.

· 4 ·

Yara fechou e trancou a porta de seu escritório antes de notar Amanda e Michelle, ambas professoras em tempo integral, do outro lado do corredor e congelar.

Merda. Elas a tinham visto. E Yara tinha que passar por elas para sair do prédio.

— Já está indo? — disse Amanda.

Se Yara estreitasse os olhos, poderia apagar quase totalmente a colega. Amanda lecionava Estudos Femininos e de Gênero na faculdade — "Estudos Feministas", dizia ela sempre que alguém perguntava. Ela tinha cabelo amarelo-pálido e olhos azuis penetrantes. Ao se aproximar, Yara viu que Amanda tinha aplicado um delineador muito pesado para sua tez clara.

— Terminei meu trabalho e estou indo buscar minhas filhas na escola — disse Yara.

— Eles têm programas extracurriculares nas escolas locais, sabia? — disse Amanda. — Meus filhos adoram os que frequentam.

— Sim... bem, prefiro eu mesma buscá-las.

Michelle, que ensinava Comunicação Visual, ergueu os olhos do telefone.

— Como você consegue fazer todo o seu trabalho só nesse tempo?

Yara apertou a alça da bolsa.

— Acho que eu só quero, aí eu vou lá e faço.

— Você tem sorte de que seu emprego é só tirar fotos — disse Amanda, apertando os olhos borrados de delineador. — Eu nunca consigo terminar meu trabalho às três todos os dias. Você é uma boa mãe.

Yara não pôde deixar de se perguntar que estereótipos estariam passando pela cabeça de Amanda: como Yara era fraca e domesticada, uma boa dona de casa. Oprimida pelo casamento e pela maternidade. Muito árabe. No trabalho, sempre que seus colegas perguntavam sobre sua formação, ela dava respostas vagas, sem se comprometer. Se dissesse a eles que era de Nova York e começassem a perguntar sobre a cidade, ela não mencionava que não tinha andado muito pela cidade na juventude. Não queria ver o olhar crítico que eles lhe dariam, como se tivessem confirmado uma suspeita que tinham o tempo todo.

Yara olhou para o corredor, tentando reunir coragem para seguir em frente com seu dia, mas assim que ela mudou sua bolsa de ombro e abriu a boca para dizer adeus, Michelle engasgou.

— Ah, meu Deus — ela disse, seus olhos se movendo rapidamente pela tela de seu telefone. — Você recebeu este e-mail?

Aliviada com a mudança de assunto, Yara enfiou a mão no bolso para pegar seu próprio telefone e atualizou as notificações. Alguns novos e-mails apareceram, o mais recente: "Programa de Pesquisadores Globais — Cruzeiro na Escandinávia".

— A universidade está com um programa para um cruzeiro escandinavo de duas semanas — continuou Michelle. Ela limpou a garganta e começou a ler. — Estamos procurando professores e funcionários para acompanhar os alunos na viagem. O cruzeiro de doze dias incluirá a visita aos imponentes fiordes noruegueses, onde todos poderão aprender sobre a fascinante história viking e ver as opulentas maravilhas arquitetônicas da Noruega, Dinamarca e Suécia. Os alunos também poderão conhecer a vibrante cidade de Oslo, explorar os extravagantes Jardins Tivoli de Copenhague e passear pelas estreitas ruas de paralelepípedos no distrito histórico de Estocolmo. — Michelle fez uma pausa, olhando para cima. — Que sonho!

O coração de Yara batia forte, e ela assentiu lentamente. Esse era o tipo de viagem com a qual sonhava quando jovem: viajando pelo mundo para explorar artes e cenas culturais únicas. Mas, é claro, nunca ousou perguntar aos pais se eles poderiam viajar para qualquer lugar além da Palestina, pedido que ela sabia ser tão ridículo quanto pedir um tapa na cara. Assim como Baba havia dito que ela poderia ir para a faculdade quando se casasse, Yara sabia que viajar só era possível também quando se casasse.

O que as pessoas pensariam?

Ela se perguntava agora o que Fadi pensaria se ele se colocasse em seu caminho.

— Eu fui para a Noruega quando era criança — disse Amanda. — Trolltunga é absolutamente de tirar o fôlego. Você já foi lá?

Michelle franziu a testa.

— Quase não saí do Sul, muito menos do país — disse.

Amanda balançou a cabeça.

— Você está falando sério? Tem tanta coisa para ver fora dessa cidade velha. — Olhando para Yara com aparente interesse, Amanda perguntou: — E você?

— Eu vi fotos da Noruega. No Instagram.

Amanda levantou uma sobrancelha.

— Ixi. Que pena.

Sem olhar para ela, Yara assentiu. A luz no corredor piscou.

— Eu sonhava em visitar Oslo. Há uma pintura lá que eu adoraria ver. Eu estava discutindo isso na minha aula, na verdade.

— Sério? Qual? — perguntou Michelle.

— *O Grito*. Edvard Munch... tenho certeza de que você conhece.

Michelle concordou.

— Você definitivamente deveria se inscrever, então — disse ela. — O prazo é sexta-feira.

— Você vai se candidatar? — Yara perguntou.

— Para uma viagem grátis para a Europa? Óbvio.

— Quem vai cuidar de seus filhos enquanto você estiver fora?

Amanda interrompeu com uma risada curta.

— Sério? — ela disse. — Que machista.

— Roger pode vigiar as crianças — disse Michelle, imperturbável. — Se ele não puder, minha mãe viria da Virgínia para ajudar.

O pescoço de Yara ficou quente.

— Bem legal da parte dela.

— Não entendo por que os filhos são automaticamente considerados responsabilidade da mulher — disse Amanda, tentando encontrar os olhos de Yara. As coisas são assim para você?

Yara engoliu em seco.

— O quê? Ah, não sei.

— Então você vai se candidatar?

Yara enxugou a testa com a manga da camisa.

— Sim. Claro. — Ela puxou a bolsa até o quadril e fingiu olhar para dentro.

— Bem, então estaremos todas competindo — disse Amanda, com um sorriso brincalhão. — Que vença a melhor mulher.

Yara observou Michelle e Amanda darem as costas e partirem, e ficou imóvel até elas virarem no corredor. Ela queria parar Amanda, contar como terminou a faculdade apesar de ser uma mãe recente, que Fadi só apoiaria sua carreira se ela trabalhasse quando as meninas estivessem na escola. Que estava tentando conciliar trabalho, maternidade e jantares caseiros todas as noites. Que tudo o que queria era dar mais aulas, fazer mais do seu trabalho, enquanto sua sogra constantemente a lembrava de como ela estava falhando em ser o tipo de mulher que deveria ser.

Mas como poderia transmitir isso sem promover o estereótipo que Amanda acreditava ser o dela? Antes de mais nada, como Amanda poderia entender seu mundo? Não, Yara preferia fingir que as coisas estavam bem a ser objeto de ridículo, pena, ou, pior, validar esses estereótipos. Quem eram elas para questionar sua educação, afinal? Não era como se a cultura norte-americana dominante, centrada nos brancos, fosse melhor. Parecia-lhe que as mulheres eram infinitamente objetificadas, o consumismo governava seus desejos e os vícios eram encorajados e depois estigmatizados. Sem falar que andamos por aí com a cara no celular, sempre em busca de algo mais, algo melhor, algo novo. Como mulher palestina, Yara sabia que tinha que trabalhar duas vezes mais para alcançá-las. Por que o mundo não reconhecia que identidade e privilégio eram acidentes de nascimento? Quanta empatia as pessoas desenvolveriam se entendessem que sua posição na vida não foi decidida por bondade, mérito, falta ou necessidade, mas por sorte e acaso, um cara ou coroa?

Yara atravessou apressadamente o estacionamento do campus, sua bolsa apertada ao seu lado. Talvez o acaso tivesse decidido seu ponto de partida, mas agora ela sentiu uma determinação renovada para desafiar as probabilidades, para criar um novo futuro.

· 5 ·

Yara dirigiu pela estrada rural de mão dupla, passando por diversas casas cercadas por árvores. Ela baixou as janelas e inalou o inebriante cheiro dos campos prontos para a colheita: soja, feno, milho, tabaco. Mais uma vez, aqui estavam os lembretes de como ela era afortunada.

No acostamento, deixou o carro em ponto morto e recostou-se no encosto de cabeça, sentindo a luz do sol aquecer seu rosto. Lá fora, andorinhas voavam pelo céu azul brilhante. Ela abriu a janela toda. O prédio da escola primária brilhava à luz do outono.

Devagar, os carros começaram a se mover, avançando bem aos poucos. Yara sentiu sua intenção anterior deixá-la, substituída por um vazio no centro de seu corpo. Ela tentou entender de onde vinha esse sentimento. De repente, a pessoa que ela queria ser parecia distante, e parecia que sempre estaria fora de alcance. A frustração se espalhou por ela como uma urticária que não conseguia parar de coçar. Pegou o telefone e releu o e-mail de chamada para o cruzeiro, sua mente passando por imagens e memórias como se estivesse mudando as estações do rádio.

Fora dos Estados Unidos, o único lugar para o qual ela viajou foi a Palestina, onde ela visitava sua família na maioria dos verões quando menina. Ela não entendeu para onde eles estavam indo na primeira vez que embarcaram no voo de quatorze horas para a Jordânia partindo do aeroporto JFK. Ao se aproximarem de Amã, uma garoa fina caía sobre o Mar Morto. Por serem cidadãos palestinos, eles não tinham permissão para entrar no país por Tel Aviv, então desembarcaram no Aeroporto Internacional Rainha Alia e pegaram um ônibus para cruzar a fronteira e entrar na Cisjordânia. Se tivessem ido pelo caminho mais rápido, pelo aeroporto de Tel Aviv, não teriam permissão para entrar em Israel e teriam que voltar direto para Nova York.

— Somos as únicas pessoas no mundo que não têm permissão para entrar em nosso próprio país — reclamou Baba.

Na fronteira, eles esperaram na fila por horas, passando por uma extensa checagem. O ar cheirava a suor e cigarro e por muito tempo nenhum dos pais falou, sempre olhando por cima do ombro, olhos escuros, preocupados. Yara esperava ao lado deles, de mãos dadas com os irmãos, todos também calados. Longas filas serpenteavam ao redor deles, centenas de pessoas arrastando suas malas, enxugando o suor do rosto, rezando para ver o outro lado dos postos de controle. Naquela primeira viagem, Yara ouviu um homem contar a história de quando foi revistado e obrigado a esperar nu, em uma sala fria, por seis horas. Ela se perguntou se sua família também seria revistada. Mais tarde ela saberia que esse questionamento extra vinha de viajar sozinho, ou de ter algo na internet que sugerisse apoio à Palestina, ou de um passaporte com carimbo de países muçulmanos, ou de ter um nome que parecia ser de origem árabe, ou de meramente parecer um árabe.

A visão de Teta, do rosto da avó, sempre fazia Yara esquecer a espera de horas. Yara passava aquelas manhãs de verão no terraço com ela, debruçada sobre um forno *tabun*, batendo a massa entre as mãos antes de jogá-la no barro quente para assar. Acima delas, uma estrutura envolvia o telhado, coberta de videiras com frutas verdes e roxas prestes a explodir. No andar de baixo, Yara podia ver seus irmãos chutando uma bola de futebol com os meninos da vizinhança, e, ao longe, morros dourados salpicados de oliveiras.

Toda vez que eles voavam de volta para casa, do outro lado da alfândega, Baba dizia a Yara e seus irmãos:

— Temos muita sorte de estar neste lindo país, em *Amreeka*[17]. Mas este lugar nunca será um lar.

— Por que você veio, então? — Yara perguntou certa vez.

— Não tivemos escolha — disse Baba. — Tivemos que dar a todos uma chance de lutar.

---

17 *Amreeka* é um termo usado para se referir aos Estados Unidos da América. A palavra, uma adaptação fonética do termo inglês "America", é comumente utilizada pelos falantes de árabe para se referir ao país em geral ou à cultura e ao estilo de vida americanos. [N. E.]

Ao longo dos anos, ele elaborou esses motivos: não queria criar a família em uma zona de guerra. Não queria que seus filhos vivessem em uma terra que lhes foi arrancada, uma casa que não era mais deles. Não queria que o trauma do passado definisse o futuro deles. Yara murmurou essas palavras novamente agora, esperando para ver os rostos de suas filhas na fila de crianças saindo da escola. *Não queria que o trauma do passado definisse o futuro delas.*

— Vai definir, se você continuar falando sobre isso — Mama disse, balançando a cabeça.

Yara sabia que não devia questionar seus pais. No entanto, perguntou-se se eles previram como seus filhos se sentiriam crescendo em um lugar que nunca seria um lar. Essa sensação de que ela não pertencia a lugar nenhum pairou sobre si durante toda a sua vida: em Bay Ridge, enquanto embarcava no ônibus para sua escola conservadora só para meninas, onde foi ensinada a manter a cabeça baixa e não fazer perguntas; em casa, olhares furtivos para mulheres hipersexualizadas na cultura popular, confusa, até perceber que essas normas pertenciam a um mundo diferente; e mais tarde na faculdade, ouvindo em silêncio todos ao seu redor ostentarem suas histórias de bebidas, cigarros, sexo, um estilo de vida que contradizia tudo o que ela fora criada para ser, e não que ela quisesse aquilo. Mas aonde quer que ela fosse, todos os outdoors, todas as revistas, todos os programas de televisão lhe diziam que o jeito ocidental era como se vivia uma boa vida. O padrão-ouro, o sonho. Isso fez com que se sentisse mais isolada do que nunca, uma estranha em seu próprio corpo.

No entanto, com o passar dos anos, ela teve de reconhecer que sua sensação de deslocamento não era específica dos Estados Unidos. Ela teve o mesmo sentimento de alienação ao visitar a Palestina, sendo também uma forasteira por lá. Seu privilégio como cidadã norte-americana contrastava fortemente com a pobreza e a impotência de centenas de milhares de palestinos que viviam nas cidades em ruínas, que enfrentavam índices assombrosos de desemprego e violência. Isso a enchia de vergonha.

O carro à sua frente entrou em movimento e Yara engatou a marcha. Ao se aproximar da porta principal, uma professora chamou os nomes dos próximos alunos em um megafone. Olhando para Yara, ela sorriu e gritou: "Mira e Jude Murad", e logo as duas garotas estavam correndo em direção ao carro.

Mira subiu no banco de trás, com o vestido rosa brilhante e as sandálias que escolhera naquela manhã, seus longos cabelos castanhos libertos da trança que Yara tinha feito. Atrás dela, Jude arrastou sua bolsa pelo concreto, parando para olhar para um cardeal na árvore, seus cachos dourados há muito tempo fora do arquinho. As meninas eram diferentes como a noite e o dia. Mira era um dia ensolarado, uma criança que adorava roupas neon e acessórios deslumbrantes, enquanto Jude era quieta e curiosa, muitas vezes perdida em pensamentos. Na maioria dos dias, Jude ficava calma e curiosa, seus olhos brilhando sempre que ela aprendia algo novo, mas em outros chorava com facilidade e sem nenhum motivo claro.

— Uma criança sensível — dizia Nadia sempre que testemunhava uma das crises de Jude, olhando para Yara de forma crítica. — Mas isso não deveria ser uma surpresa.

Jude enfiou a bolsa no banco de trás e entrou no carro, batendo a porta. Yara a observou apertar o cinto de segurança, localizando uma grande mancha marrom na frente do novo macacão branco de Jude.

— Seu macacão — Yara disse, estendendo a mão para passar os dedos sobre a mancha.

— Ketchup — Jude disse.

— Mas acabamos de comprar, bebê. Você precisa ter mais cuidado.

Jude franziu a testa e cruzou os braços.

— Desculpe.

O peito de Yara apertou.

— Tudo bem. Eu lavo quando chegarmos em casa.

Yara saiu do acostamento e entrou na estrada principal, seus olhos se voltando para ver Jude no espelho retrovisor. Yara se mexeu no banco, respirando fundo, com um sussurro ininteligível em seu ouvido. Durante as piores brigas de seus pais, Yara imaginou um quarto branco com grandes janelas e a luz do sol amarela se derramando por entre as árvores do lado de fora. Ela parou por um longo momento, colocando-se lá, sentindo o sol contra sua pele, até que os sussurros diminuíram.

Ninguém a avisara disso quando menina, quando ela se enrolou como uma bola até que as vozes começaram a desaparecer. Que os anos passariam e ela ainda recorreria a isso, que viveria num corpo sempre vigilante. Mesmo agora, com suas próprias filhas.

— E então, como foi a escola hoje? — ela perguntou por fim.

— Foi ótimo — disse Mira. — Jogamos futebol no recreio e fiz dois gols.

— Que legal. — Yara encontrou os olhos de Jude no espelho retrovisor. — E você, *habibti*[18]? Aconteceu alguma coisa divertida hoje?

— Não.

— Nada mesmo?

Jude deu de ombros. Sua filha mais nova se parecia tanto com ela, com seus olhos em forma de meia-lua e pele cor de mel.

— Você deve ter feito alguma coisa, certeza — ela disse.

Jude, porém, só franziu a testa e olhou pela janela.

Em um semáforo, Yara verificou seu telefone mais uma vez, mas parou quando viu Jude observando-a pelo espelho retrovisor. Seus olhos pareciam úmidos, mas ela não estava chorando, e sim transbordando de uma energia nervosa que parecia pulsar. A visão da tristeza vazando pelos cantos da boca da filha encheu Yara de náusea. Na maioria dos dias, seu medo de ser uma mãe ruim a paralisava, as vozes em sua cabeça eram tão altas que ela não conseguia ouvir mais nada. Estava falhando com suas filhas? A dor que carregava em seus ossos as contagiou? Ela olhou para as filhas e sentiu a sombra de sua própria infância, revivendo-a através de seus olhos, depois uma tensão avassaladora dentro de seu corpo, um pânico que não sabia como conter. A maternidade deveria ser a coisa mais natural do mundo, mas a visão de tristeza nos rostos de suas filhas fez Yara se sentir mal, agarrando-se a algo profundo dentro dela, uma velha ferida não cicatrizada, aberta mais uma vez.

Ela encontrou os olhos de Jude no espelho de novo.

— O que foi, *habibti*? Por que você está com essa cara?

— Eu não sei — disse Jude, olhando para ela como se procurasse por respostas.

O som de derrota na voz de sua filha e a visão de seus ombros caídos fizeram Yara querer chorar. Como deveria controlar as emoções de suas filhas quando ela mal conseguia controlar as suas próprias?

— Por favor, anime-se — Yara deixou escapar. — Não gosto de te ver triste. E, de verdade, não tem por que ficar com essa cara.

✻

---

18 *Habibti* é uma palavra em árabe que significa "minha querida" ou "meu amor", usada para se referir a uma mulher ou menina próxima e amada. [N. E.]

No momento em que chegaram à biblioteca, Yara tinha um novo *checklist* mental, acelerando as atividades das meninas: primeiro, dever de casa e leitura aqui, na biblioteca, depois aula de ginástica e, em seguida, voar para o supermercado comprar as cebolas roxas que ela tinha esquecido de comprar para o *mujaddara*[19] desta noite. Se ela não se apressasse, não daria tempo de ir ao supermercado. Yara levou as meninas pelos cotovelos ao longo do estacionamento, semicerrando os olhos por causa do sol da tarde. Mira parou na entrada, apontando para uma rosa pálida:

— Olha, mamãe! Não é bonita?

— Sim, sim, mas não temos tempo para isso. Vamos.

Na sala das crianças da biblioteca, havia estantes coloridas alinhadas nas paredes, mesas verdes dispostas no centro e pufes roxos espalhados. Elas se acomodaram em um tapete vermelho e amarelo de bolinhas em um canto sossegado, logo abaixo de um pôster do Dr. Seuss. Yara cruzou as pernas enquanto Mira e Jude estavam deitadas uma de cada lado, apoiando a cabeça com os cotovelos. Mira preenchia uma lição de matemática, enquanto Jude praticava o vocabulário escrevendo a definição de cada palavra em seu caderno. Jude continuou parando entre as palavras, os olhos vagando pela sala.

— Vamos lá, Jude, foco — Yara disse, batendo o dedo indicador na lista de vocabulário.

Jude gemeu.

— Não quero fazer lição de casa. Para quê?

Mira ergueu os olhos da folha de matemática e disse:

— Você precisa. Não quer ser inteligente de verdade?

— Não se para isso eu precisar fazer essas contas inúteis — disse Jude.

Yara não pôde deixar de rir.

— O que eu vou fazer com você, garota?

Meio que sorrindo, Jude se mexeu no tapete, seus ombros relaxando. Ela se virou para Yara:

— Você gostava da escola quando era jovem, mamãe?

Era melhor do que estar em casa, pensou Yara, sentindo um frio na barriga. Evitando os olhos de Jude, ela assentiu:

— Sim, gostava.

— Qual era sua matéria favorita?

---

[19] *Mujaddara* é um prato tradicional da culinária árabe que consiste em uma mistura de lentilhas cozidas, arroz e cebolas caramelizadas. [N. E.]

— Aposto que era Arte — Mira disse.

Yara puxou os joelhos contra o peito.

— Na verdade, nunca tive aula de Arte na minha escola — disse ela. — Então, provavelmente era Inglês. Eu adorava ler.

— É por isso que você nos faz ler todos os dias? — disse Jude.

Ela riu.

— Você me pegou, garota.

— Você não tem que me obrigar — disse Mira, girando o lápis. — Eu amo livros!

Jude ergueu-se sobre os cotovelos e sentou-se nos joelhos, a coluna reta como um lápis.

— Do que mais você gostava quando era pequena?

Yara sentiu a expectativa de Jude.

— Bem, eu adorava cozinhar com a minha avó, Teta.

Na Palestina, ela e Teta faziam pão juntas todas as manhãs, usando a sobra da massa para fazer *fatayer*[20], tortas recheadas com espinafre, carne ou queijo. Teta ensinou-lhe primeiro os pratos básicos: homus com um fio de azeite e uma pitada de sumagre no centro; folhas de uva recheadas com arroz e carne de cordeiro moída; abobrinhas, abóbora, repolho e berinjelas recheadas com arroz temperado e fervidas em um ensopado. Yara aprendeu a fazer *musakhan*, frango assado sobre pão quente coberto com pedaços de cebola caramelizada, sumagre, pimenta-da-jamaica e pinhões; e *maqluba*, uma refeição de arroz e legumes que escorria da panela como cobertura de bolo. Teta a ensinou a filetar e cozinhar peixe, recheando-o com coentro, alho, pimentão vermelho e cominho e marinando-o em uma mistura de coentro e limão picado.

— Depois *rummaniyeh*, lentilhas marrons levemente cozidas com berinjelas descascadas, alho frito e suco de limão — Yara listou para elas. — E melaço de romã.

— O que mais? — disse Jude, ainda insatisfeita.

Yara se levantou; seu rosto ficando quente. Não havia mais nada para contar a Jude. Se as memórias de Yara eram uma pilha de fotos, a maioria delas era da Palestina, com Teta. As duas assando pão, o sorriso de Teta, largo e levemente amarelo, os dedos acariciando a massa, Teta cortando

---

20 *Fatayer* é um prato tradicional do Oriente Médio, especificamente do Levante, que inclui países como Líbano, Síria, Jordânia e Palestina. É uma espécie de pastel ou empada recheada, muito apreciada como lanche ou entrada em festas e reuniões. [N. E.]

uma palma madura, a fruta vermelho-rubi brilhando. Teta podando as oliveiras que plantara com o pai nos acampamentos.

Yara amava Teta como amava as amoreiras em casa, seus doces frutos em forma de lágrima eram de um vermelho profundo, quase preto. Ela a amava como amava os falcões negros deslizando pelo céu aberto de Ramallah, como a sabra no jardim da infância de Mama, como as bagas gordas que arrancava das amoreiras do vizinho. Ela a amava como amava as trepadeiras penduradas no terraço, com suas uvas verdes azedas e folhas musgosas, que elas arrancavam para rechear o *warak dawali*[21].

Havia algumas imagens de Mama e Teta também; Mama dedilhando seu *oud* no telhado, cantando para que os vizinhos pudessem ouvir, sua voz tão doce quanto o cheiro de fruta no ar. Mas as outras fotos na pilha de Yara estavam em branco, momentos dos quais ela não conseguia ou simplesmente não queria se lembrar. Com os cotovelos ao lado do corpo, Yara foi até a estante mais próxima.

— Os melhores momentos da minha infância foram com Teta, na Palestina.

— Mas você sempre nos conta sobre ela — disse Jude. — E quanto a Nova York?

— Não me lembro de muita coisa.

— Por que não? — a menina insistiu. — Baba sempre nos conta histórias de quando ele era jovem.

Yara mudou de posição, pensando como proceder. Suas filhas eram muito pequenas para entender que sua infância foi diferente da de Fadi, de maneiras difíceis de explicar. Fadi às vezes reconhecia que ambos tinham sido criados em lares sem amor.

— Meu pai tratava minha mãe como lixo — dizia. — Ainda trata, na verdade. A relação que tenho com ele seria suficiente para foder alguém, mas as coisas que o vi fazer com ela... xingar e jogar pratos de comida, recusando-se a reconhecer tudo o que ela fez por nós.

Com certa ternura, Yara o escutava falar daquelas lembranças, tanto pela dor que tinha sofrido quanto por reconhecer que sua mãe tinha sofrido.

E ele foi rápido em admitir, com pouco mais do que certa honradez, que isso não era nada comparado ao que Yara havia testemunhado quando criança.

---

21 *Warak dawali* é um prato tradicional do Oriente Médio e do Mediterrâneo que consiste em folhas de videira recheadas. [N. E.]

— Pessoas assim existem mesmo? — ele perguntou a ela uma vez. — Parece algo saído de uma novela.

No início de seu casamento, Fadi a ouviu relembrar um incidente com um olhar suspeito no rosto, como se procurasse uma falha em sua história.

— Imagina — disse ele. — Não tem como alguém ser tão cruel! Memória é uma coisa complicada. Não deve ter sido tão ruim.

— Mas foi, mesmo.

Ela não poderia dizer mais nada. Inspirou e expirou, tentando manter o rosto imóvel. Como se tivesse percebido, como se visse tudo o que a conversa desencadeou dentro dela, ele estendeu a mão para segurar a dela.

— Vem cá — ele disse, sua voz baixa e gentil. — O que aconteceu está no passado, ok? Você não precisa mais viver assim. Eu prometo.

— Você deve se lembrar de algumas coisas, mamãe — disse Jude, trazendo Yara de volta ao presente.

— Sim — disse Yara.

Tremendo, ela passou a mão pela prateleira, procurando a lombada de um livro que elas começaram a ler juntas alguns dias antes.

Ela sentiu Jude observando-a, balançando seu corpo para a frente e para trás, esperando que Yara respondesse. Como ela poderia explicar? As lembranças de Teta vinham com facilidade, vibrantes como as cores da Palestina, brilhando dentro dela como fogos de artifício. Mas quando fechava os olhos e pensava no Brooklyn, a imagem era escura e turva.

— Quem precisa ouvir minhas histórias chatas quando temos tantas boas aqui? — Finalmente encontrara o livro na estante.

Ela as puxou para si novamente, no tapete de bolinhas, abriu o livro em seu colo e leu para elas a história de uma escola secundária de trinta andares construída de lado, por acidente. Mira e Jude riam e se aproximavam mais a cada vez que ela virava a página. Yara fazia uma pausa no final de cada capítulo, observando a expectativa no rosto de Jude.

— Pensei que você não gostasse de leitura, Jude — Yara disse com um sorriso.

Sua filha corou:

— Bom, esse livro é engraçado.

Yara adorava ler com elas, amontoadas, vendo seus olhos se arregalarem de emoção enquanto ela lia, pintando uma história com palavras. Mira sempre escolheu mistérios, enquanto Jude adorava histórias sobre animais. Yara havia lido para elas seus favoritos de infância: *Ali Babá e os quarenta ladrões*, *Sindbad* e *As mil e uma noites*. Ela até contou histórias que Teta lhe contou quando criança, mitos e lendas sobre lâmpadas mágicas e espíritos malignos — e, claro, histórias sobre a Palestina. Naqueles momentos, sentadas próximas e felizes, lendo juntas, a cabeça das meninas pressionadas contra ela, a pele quente delas contra a dela, Yara se sentiu feliz como nunca. Ela gostaria de poder capturar esse sentimento, estendê-lo durante todo o dia como proteção e conforto.

Ela fechou o livro e enfiou a mão na bolsa para pegar a câmera e pediu às meninas que sorrissem para ela.

— Foto de novo não — Jude gemeu.

— Só uma — implorou Yara.

— Se você sorrir, vai levar só um segundo — Mira disse.

Jude se curvou toda, mas olhou para a câmera. Yara tinha pouquíssimas lembranças de seus irmãos na infância. Talvez ela tivesse mais, e felizes, se houvesse algumas fotos para ver. Ela se inclinou para trás e puxou o visor para o olho.

— Você ficará feliz em ter essas fotos quando ficar mais velha — disse Yara. — Boas lembranças para relembrar.

Depois de alguns cliques, ela conseguiu uma foto com composição e iluminação corretas. Sorriu e salvou em sua galeria para postar mais tarde. Isso não era uma prova de que ela deu conta, de quão longe chegou?

· 6 ·

Às oito e meia, Yara ouviu o som de uma chave virando na fechadura e, em seguida, a voz de Fadi gritando:

— Lucy, estou em casa!

Ela desligou o fogo sob a panela fervente de arroz e lentilhas e caminhou pelo corredor para cumprimentá-lo.

— Oi, oi — disse ela.

— Nada como estar em casa — disse Fadi ao tirar os sapatos e os colocar perto da porta.

Mira e Jude saíram de seus quartos gritando:

— Baba chegou!

Elas desceram as escadas correndo em sua direção, levantando os braços para serem abraçadas. Sempre esperavam, depois de Yara as levar para o quarto, para cumprimentá-lo — era só em algumas noites que elas dormiam antes de ele chegar em casa.

— Que tal vocês duas me carregarem? — Fadi disse com um sorriso. — Estou acabado.

Elas explodiram em gargalhadas, agarradas às pernas dele.

Alisando seu avental, Yara observava o abraço dos três.

— Conta uma piada para a gente, Baba — imploraram as meninas, rindo quando ele concordou.

Observando Fadi e suas caretas ao ler uma piada em seu telefone, Yara pensou que ele tinha um tipo especial de carisma, como um ator no palco. Seu senso de humor era uma de suas coisas favoritas nele, isso e como quase nada parecia incomodá-lo. Ela não conseguia entender como duas pessoas que compartilharam uma criação semelhante podiam ver o mundo de maneiras tão diferentes.

Agora, como uma Polaroid, uma imagem surgiu em sua mente: a vista de sua janela onde ficava esperando seu próprio Baba voltar para casa. Ela olhou para seus dedos e percebeu que suas mãos tremiam. Fadi se inclinou para beijar sua bochecha e ela se encolheu.

— Você está bem? — ele perguntou.

— Sim — disse ela. Ela sentiu as meninas olhando para eles. — Desculpe — ela disse, ainda olhando para Fadi.

Ele olhou para ela por mais um momento antes de seus olhos se desviarem para a cozinha.

— Que cheiro incrível é esse?

— *Mujaddara*. — Yara preparava jantares palestinos para Fadi usando as receitas que Teta lhe ensinara.

— Oba! — Fadi comemorou.

Ele caminhou até a cozinha, as meninas ainda grudadas em suas pernas, e Yara o seguiu. Ele parecia estar de bom humor. Talvez ele dissesse sim.

Fadi parou na porta, sorrindo para os azulejos brilhantes e as panelas fumegantes no fogão.

— Nada como voltar para casa e encontrar tudo limpo, uma refeição quente e minhas três lindas filhas.

Ele esfregou a nuca, sua pele escura brilhando sob as luzes. Yara riu e olhou para o chão.

— Obrigada.

Levantando a tampa da panela de arroz com lentilhas, usou a espátula e se serviu. — Isso tem sabor da Palestina da minha infância — ele disse, inclinando a cabeça para encontrar os olhos dela. — Você é demais.

— Se você diz…

Ele se virou para Mira e Jude.

— Meninas, sua mãe é a mulher perfeita, vocês sabiam disso?

Yara podia sentir seu rosto corar. Olhando para cima, viu os olhos de Fadi se estreitando em meias-luas, e deu uma risada nervosa.

Quando ela começou a sentar-se com pretendentes na sala de seus pais, os dois primeiros chegaram e saíram sem uma proposta de casamento. Yara não tinha certeza se era porque eles tinham ouvido os rumores sobre sua família ou simplesmente porque não gostavam de sua resistência. Medo e desafio se misturaram em seu rosto enquanto ela insistia em terminar seus estudos e seguir sua carreira, e ambos os pretendentes imediatamente

retiraram suas propostas. Ela quase podia ouvir seus pensamentos: بط
الجرة ع تمها بتطلع البنت ألهما

Vire uma jarra na boca e a filha sai como a mãe.

Mas as coisas mudaram quando Fadi e seus pais vieram pedir a mão dela em casamento. Fadi se sentou à sua frente no sofá de couro, e ela o achou charmoso e engraçado. Sentiu um formigamento nos dedos e sua respiração ficar irregular sempre que seus olhos se encontravam. Ela se perguntou o quanto Fadi sabia.

Baba e Hasan, o pai de Fadi, cresceram juntos no mesmo campo de refugiados, arando os campos e olhando para Jerusalém no horizonte. Aos dezoito anos, a família de Baba tinha economizado dinheiro suficiente para mandá-lo para Nova York.

— Venha comigo — Baba disse a Hasan. — Você pode começar de novo. Tenha uma vida melhor.

Mas os pais de Hasan não queriam que ele fosse e se recusaram a ajudar a pagar sua passagem.

— Esta terra é quem você é — disseram seus pais.

Hasan, porém, sabia que seu país não pertencia mais a eles. Ele vendia pão fresco no *dukan* da esquina, economizando dinheiro para sua passagem para os Estados Unidos. Quando um ano se passou e ele ainda não tinha economizado o suficiente, Baba lhe enviou o restante.

— Você é como um irmão — disse Baba. — Merece uma vida melhor.

— Nunca vou esquecer o que seu pai fez por mim — Hasan dizia a Yara com frequência. — Ele mudou minha vida.

Por fim, Hasan mudou-se para um subúrbio na Carolina do Norte, preferindo o fluxo suave de riachos e rios, bicicletas deslizando para cima e para baixo em caminhos de terra, casas cercadas por folhagem exuberante. Ele estava aqui desde então, e Nadia se juntou a ele alguns anos mais tarde, depois que se conheceram em uma de suas visitas à Palestina, e se casaram rapidamente. Quando Fadi, o mais velho de seus três filhos, completou 25 anos, ligou para Baba e perguntou se poderiam ir de carro até Nova York para que ele conhecesse Yara. Baba ficou exultante, como se Hasan estivesse retribuindo um favor.

Pela porta aberta, ela e Fadi ouviram seus pais na sala de estar, dando-lhes espaço para se conhecerem com alguma ilusão de privacidade.

— Yara será uma excelente dona de casa — dizia Baba. — Ela tem muita prática, sendo a mais velha.

— Parece que ele está vendendo uma de suas cabras — disse ela, revirando os olhos.
— Uma cabra muito bonita — respondeu Fadi.

Ela corou, e por um momento eles ficaram em silêncio, olhando tudo menos um para o outro. Por fim, Fadi disse:
— Acredite, minha situação não é muito melhor.
— Será? Duvido — disse Yara, cruzando os braços.
— É verdade. Eu também sou o mais velho, então meu pai espera que eu carregue a família nos ombros. Acho que você sabe como é, mas pelo menos você é uma garota. Logo vai se casar e começar uma vida própria. Mas minha responsabilidade como filho mais velho não termina depois do casamento. Mesmo com dois irmãos que podem ajudar, meu pai diz que é meu dever.
— É por isso que você trabalha na loja do seu pai?

Ele assentiu.
— Cuidar de um posto de gasolina quando crescesse não era exatamente o meu sonho — disse ele com um sorriso malicioso.

Então, encontrando os olhos dela, continuou:
— Algum dia, gostaria de abrir meu próprio negócio.
— Que tipo de negócio? — Yara se inclinou, ouvindo.
— Ainda não sei, mas não importa. — Fadi fez uma pausa, sua voz suavizando. — Desde que eu seja bem-sucedido o suficiente para cuidar da minha família. Contanto que eu não tenha que depender de ninguém além de mim mesmo.

Yara sentiu o desafio de Fadi pulsando em sua pele, tão intenso quanto o dela. Ela o estudou por um longo momento, acariciando distraidamente o colar que Mama lhe dera não muito tempo atrás. Eles compartilhavam a mesma história ancestral, ambos queriam se sair melhor do que seus pais. Talvez não fossem tão diferentes assim. Talvez se entendessem.
— E você? — Fadi perguntou, interrompendo seus pensamentos. — O que você quer?

A pergunta a assustou e ela se recostou, as mãos juntas no colo, o coração disparado. Nenhum dos pretendentes anteriores havia perguntado isso a ela. O que ela queria? Como se o que ela queria tivesse alguma importância. Se dependesse dela, ela nem estaria sentada aqui com Fadi para começar, nem estaria morando na casa de seus pais. Se dependesse dela, ela terminaria a faculdade e passaria alguns anos viajando pelo mundo com nada além de uma mochila, um caderno e um bloco de desenho dentro.

Ela visitaria museus e bibliotecas em todas as cidades, passaria os dias em cafés e parques com uma bebida quente em uma das mãos e um lápis na outra, explorando seu lugar no mundo ao mover-se por ele, experimentando-o em primeira pessoa.

Por fim, ela colocou a xícara na mesinha de centro e pigarreou. Queria listar seus sonhos para ele, do jeito que ela os pintou em sua mente tantas vezes enquanto crescia, mas seus sonhos pareciam impossíveis de descrever com Fadi olhando para ela, seus olhos movendo-se discretamente para seu rosto, seu cabelo, seus ombros. Yara abriu a boca e pensou em dizer a ele que o que mais queria era se livrar daquele sentimento terrível. Em vez disso, engoliu em seco e conseguiu dizer:

— Quero ser alguém.

Fadi semicerrou os olhos para ela.

— O que isso quer dizer?

— Quero ser eu mesma.

Ele a observou em silêncio por vários longos segundos, sua expressão mudando, como se reconhecesse algo.

— Sim. Eu também.

Ela se virou para olhar pela janela, sentindo os olhos dele seguirem seu rosto. Por um momento, ouviu as vozes de seus pais em seu ouvido: depois do casamento, você pode fazer o que quiser. Olhou para ele, queria ver sua expressão enquanto ela falava. Mantendo a voz firme, disse-lhe que estava no primeiro semestre da faculdade e que esperava terminar seus estudos depois do casamento. Ela observou a expressão dele enquanto falava, imaginando se ele se oporia à sua educação como os outros pretendentes fizeram.

Mas Fadi apenas sorriu e disse:

— Legal.

Yara soltou um suspiro de alívio.

❖

Depois de colocar as meninas de volta na cama, Yara e Fadi desceram para tomar banho. Eles tomavam banho juntos quase todas as noites, uma rotina que começou logo após o casamento, pois dava a Yara quinze minutos ininterruptos com ele. Em frente ao grande espelho de vidro encostado na parede do banheiro, ela passou os dedos pelo colar, pensando no melhor momento para falar sobre a viagem: durante o banho, quando costumavam falar de seus dias, ou mais tarde, durante o jantar? Atrás dela, ouviu Fadi abrir a água e começou a se despir. Desviou o olhar de seu corpo nu e se ocupou em tirar suas próprias roupas, esperando que a água quente acalmasse seus nervos.

Fadi entrou no chuveiro, segurando a porta de vidro aberta para Yara, e ela o seguiu, fechando-a atrás de si. O vapor enchia o ar de um modo que eles não conseguiam se enxergar direito.

De pé sob a água quente, seus corpos quase se tocando, muitas vezes os ombros de Yara relaxavam, a tensão em sua pele diminuía. Mas esta noite, agora, seu coração estava inchando dentro de seu peito, avançando em direção a sua garganta.

— Cara, que dia — Fadi espremeu um pouco de sabonete líquido na bucha. — Dois funcionários não apareceram, então eu mesmo fiz as entregas. Tive que ir a Raleigh e voltar.

Ela entrou na água.

— Sinto muito. Isso é péssimo.

— Está tudo bem — disse ele, encontrando os olhos dela através do vapor. — Pelo menos estou em casa agora.

Seu sorriso em resposta pareceu largo e infantil, e ela desviou o olhar. Agora seria um bom momento para mencionar o cruzeiro? Ou ele estava de mau humor, afinal? Ela não tinha certeza. Apesar de nove anos de casamento, ainda tinha problemas para decifrar Fadi. Ou talvez estivesse com medo de dizer a coisa errada. Havia algo no relacionamento deles que a perturbava, embora Yara nunca tenha conseguido entender o quê. Muitas vezes ela tinha uma suspeita incômoda de que ele estava escondendo algo, não se mostrando por completo, como se exibisse apenas o que achava melhor, apresentando-se apenas sob a melhor luz. Não ajudava que Fadi passasse a maior parte do dia fora, na loja, na estrada ou em uma viagem de trabalho.

Em algumas noites insones, ela se perguntava o que Fadi estava fazendo nessas horas que passava longe. Ele estava mesmo trabalhando ou tinha outra coisa, outra pessoa? Fadi nunca lhe dera motivos para duvidar dele. Na verdade, era a definição de um bom marido, e sem dúvida era seu amigo mais próximo. Então, por que ela não conseguia baixar a guarda? Por que era tão difícil para ela confiar? Para essa pergunta, Yara sempre dava a mesma resposta: algo estava errado com ela, era sua visão distorcida das coisas. Ela não podia culpá-lo por seus próprios defeitos. E, de fato, tinha sentimentos profundamente românticos por Fadi, embora nunca tivesse dito isso a ele. Por mais que desejasse a atenção dele, não conseguia dar o primeiro passo. A última coisa que queria era que um homem pensasse que ela precisava dele — tinha experiência o suficiente para saber como isso terminaria.

Sentindo-se nervosa, Yara aumentou o fluxo de água quente até que o vapor entre eles aumentasse. E aí ela estava dizendo, ou começando, pelo menos:

— Então, recebi um e-mail interessante no trabalho hoje.

— É? Sobre o quê?

Yara hesitou, e mudou de posição para lhe dar espaço na água.

— A universidade vai enviar um grupo de alunos em um cruzeiro para a Escandinávia. — Ela abriu o frasco de xampu e levou-o ao cabelo. — Faz parte do Programa Global Scholars.

Fadi não disse nada, concentrado em esfregar os braços.

— Eles precisam de voluntários para acompanhá-los. — Yara parou de ensaboar o cabelo. — É uma viagem de doze dias com tudo incluso — ela conseguiu acrescentar.

— É mesmo? Parece divertido. — Ele continuou a esfregar a bucha em seu corpo.

Em voz baixa, ela disse:

— Eu estava pensando se talvez eu pudesse me candidatar.

Fadi olhou para ela.

— Viajar para outro país, sozinha? É brincadeira, né?

Yara engoliu em seco. Ela sentiu o xampu escorrendo de seu cabelo, pelas costas.

— Quem cuidaria das meninas?

— Eu estava esperando que talvez você pudesse fazer isso.

Fadi deu um passo para trás.

— Você sabe que não posso faltar ao trabalho.

— Eu sei — ela disse, com as mãos tremendo enquanto enxugava o sabonete do rosto. — Mas você não precisa ficar em casa. Você faz o seu próprio horário. — Seus olhos ardiam e ela os esfregou com força. — Você não pode pedir a Ramy ou a um de seus funcionários que trabalhe no início da manhã e à tarde para que você possa levar e buscar as meninas? Só desta vez?

— Bem, em caso de emergência, claro que poderia, mas não por doze dias seguidos.

Parada ali, com o coração disparado e os punhos fechados ao lado do corpo, Yara sentiu uma necessidade de chorar tão repentina que teve de fechar os olhos e desviar o olhar. Claro que ele disse não. Que surpresa.

Ela tentou fazer sua voz baixa e gentil.

— Olha, eu sei que estou pedindo muito, mas você tem certeza de que não tem como? Não poderíamos inscrever as meninas em um programa extracurricular? — Estava claro que nada que ela dissesse faria ele mudar de ideia. Uma sensação de formigamento subiu por sua espinha, e ela entrou na água quente, evitando os olhos dele. Em voz baixa, disse: — Faz anos que você promete que faríamos uma viagem.

— Eu sei, mas as coisas no trabalho estão agitadas. Ramy e eu temos muito o que fazer e o tempo é curto. Nosso negócio ainda está se erguendo, Yara. Não posso simplesmente deixá-lo fazer todo o trabalho enquanto fico em casa de babá.

— Babá? Você fala como se elas não fossem suas filhas.

— Ah, você sabe o que quero dizer. Não distorce as coisas que eu falo. — Ele olhou para trás dela, para o espelho do banheiro, depois esfregou as mãos no rosto. — Você quer trabalhar? Sem problemas. Mas viajar sozinha é um pouco demais. Nós temos uma reputação. O que todos dirão quando souberem que minha esposa está vagando pelas ruas de outro país sem mim? — Ele riu para si mesmo. — Minha mãe não suportaria isso. Você estaria confirmando todos os medos dela. Você bem sabe.

Ele se aproximou dela, como se a desafiasse a dizer algo, mas seus pulmões lutavam para respirar. Yara não conseguia abrir a boca. Ela ouviu a voz de seu pai. *Você pode fazer o que quiser depois do casamento.* Tinha sido uma tola por acreditar nele?

Não, Yara disse a si mesma. Ela precisava se defender.

— Não é justo — ela disse, encontrando seus olhos. — Fiz tudo o que todos esperavam de mim, então por que não posso fazer algo por mim mesma? Só uma vez?

Fadi abriu a porta de vidro e saiu.

— Você está sendo irracional, Yara.

Ele arrancou a toalha da prateleira.

— Que tipo de mãe deixa as filhas sem ela por tanto tempo?

As palavras foram um tapa em seu rosto.

Se não tivesse se forçado a entrar no chuveiro, Yara poderia ter atacado Fadi naquele mesmo instante. Ela ficou ali, balançando para a frente e para trás, até que o líquido quente cobriu sua pele e tudo parecia entorpecido. Quando abriu os olhos novamente, ele tinha saído.

Na cozinha, Fadi a esperava. Sem falar, ele pegou dois copos vazios do armário e os encheu de água enquanto ela preparava os pratos do jantar, que levavam para o quarto para comer diante da televisão, uma rotina noturna nos dias de hoje.

Fadi escolheu um episódio de *Everybody Loves Raymond* que eles já tinham visto muitas vezes. A maioria dos programas a que eles assistiam eram clássicos reprisados, populares na sua juventude. Yara não sabia por que eles continuavam a assisti-los, apesar das infinitas novas opções disponíveis. Talvez fosse uma saudade agridoce dos velhos tempos, um desejo de voltar a um passado mais simples — não que eles tenham vivido infâncias idílicas. Mas o mundo estava acelerado, mudando muito rápido, e às vezes parecia que eles não conseguiam alcançá-lo. Ou pelo menos era assim que ela se sentia.

Enquanto comiam na cama, com as costas apoiadas na cabeceira da cama, Fadi ria entre garfadas de comida. Yara tentou se juntar a ele, mas não conseguiu, achando difícil se concentrar. Embora o volume fosse alto, o único som que ela podia ouvir vinha de dentro dela: um redemoinho de pensamentos confusos e em pânico. Ela deveria esperar até amanhã e perguntar a Fadi novamente, ou a decisão dele era definitiva? Ela mastigou a comida lentamente e engoliu, tentando parar o zumbido dentro de seu corpo. Ao lado dela, Fadi não parava de rir. Ela tentou soltar os ombros e formar um sorriso na boca. Ela respirou e respirou, até que o familiar pulso de pavor em seu peito se acalmasse.

Quando terminaram de comer, Yara levou a louça para a cozinha, escovou os dentes e foi para a cama. Ela desabotoou o vestido do pijama, tirando-o do ombro e dobrando-o cuidadosamente sobre a mesa de cabeceira, antes de puxar as cobertas sobre o corpo nu. Fadi afofou o travesseiro e, por alguns minutos, eles ficaram parados e em silêncio. Ela acabou se aproximando dele, deitando a cabeça em seu ombro, mas seu corpo parecia rígido, e ele se afastou, como se lembrasse de algo.

— Eu tenho que me levantar cedo amanhã — ele disse, bocejando enquanto beijava o rosto dela. — Boa noite.

— Boa noite — disse ela, empurrando as palavras para fora.

O quarto estava silencioso, exceto pelo som de seu coração martelando no peito. Respirando com dificuldade, ela olhou para a escuridão e ouviu a conversa em sua cabeça. Os mesmos pensamentos iam e voltavam: se ela não podia viajar agora, com uma passagem paga pela faculdade, então quando poderia?

Tudo na sua vida tinha sido uma sucessão de coisas que ela não queria muito fazer, expectativas que se sentia obrigada a seguir: casar só para poder sair da casa do pai, mudar-se para uma pequena cidade do sul porque era onde seu marido trabalhava, contentando-se com um emprego enfadonho porque era a coisa prática a fazer como mãe. Tudo isso apenas para ser aprovada pelo resto do mundo — ou era por si mesma? Para provar que poderia fazer algo por si mesma sem renunciar à tradição? Que poderia ter liberdade e família, sem sacrificar uma pela outra?

Então, por que parecia que ela ainda fazia esse sacrifício? Ela pensou novamente em O Grito. E por que permitiu que as coisas fossem assim?

Talvez por ter aprendido a se sentir mais segura na obediência/servidão do que em liberdade.

Yara fechou os olhos e ficou ali, concentrando-se em sua respiração. Então experimentou um momento de clareza assustadora: havia mais coisas lá fora do que a vida que ela estava vivendo.

Mas como seria essa vida?, uma voz em sua cabeça respondeu. *E se fosse pior do que essa?*

· DIÁRIO ·

Eu me apego a essa rara lembrança de você, Mama, como uma doce xícara de chá de menta em um dia chuvoso.

Você pula da cama com os olhos brilhantes, leve, de sorriso na boca. Abre as persianas uma a uma, permitindo que o sol se espalhe pela casa, a escuridão recuando como a linha do mar. Você toma banho. Passa kohl[22] fresco em torno de seus olhos e coloca um vestido novo, um vermelho-cereja brilhante com mangas franzidas que deixam um pouco de seus ombros de fora. Seus olhos, como o hamsa azul em volta do pescoço, cintilam.

— Me ajuda com isso, Yara? — você pergunta, virando as costas para mim. Eu fecho seu vestido e vejo você girar. — Ficou bom? — Seu rosto me olhando com expectativa.

Você é uma mulher bonita, com as maçãs do rosto de uma estrela de cinema, especialmente em dias como este, quando os cantos de sua boca se voltam para cima e seus olhos se estreitam em meias-luas.

— Você parece a princesa Badoura — eu digo, referindo-me a um conto de fadas que você leu para nós recentemente, de As mil e uma noites, sobre uma bela mulher que se apaixona por um príncipe durante o sono.

Então você me deixa pentear seu cabelo, que eu amo, meus dedinhos correndo pelas longas ondas escuras em suas costas. Pronto, eu digo, e você se vira para olhar para mim. Seus olhos são suaves e acolhedores, seu

---

22 *Kajal* é um tipo de lápis cosmético usado principalmente para realçar os olhos. Ele é muito utilizado no sul da Ásia, Oriente Médio e Norte da África, para realçar bastante os olhos. [N. E.]

sorriso sempre presente. Meu coração salta ao te ver. Eu sei que vai ser um bom dia. E é.

Você flutua pela casa enquanto realiza suas tarefas, cantando e dançando, fazendo com que nossos quartos apertados pareçam enormes, infinitos, cheios de luz. Você canta ao limpar o piso de linóleo e enxágua o pano no tanque. Você canta ao cortar legumes para o jantar. Você até canta enquanto meus irmãos se pegam, como se você fosse um balão voando e nada pudesse derrubá-la.

— Vá ver por que ele está chorando — você me diz quando Yazan grita que fez xixi nas calças. No banheiro, limpo Yazan, depois coloco nele calça e camisa limpas. Rapidamente eu volto para você, ansiosa para ouvir de novo sua voz.

Agora você está cantando uma canção de Fairuz cuja letra eu memorizei palavra por palavra. Eu te observo da porta da cozinha, sem conseguir tirar os olhos de você, hipnotizada. Você se lembra da última vez que te vi? Você se lembra da última palavra que disse?

Enfim, percebendo-me parada na porta, você pega minhas mãos, entrelaçando com gentileza seus dedos pintados aos meus. Juntas, giramos pela cozinha. Uma rajada de felicidade sopra pela sala enquanto sua voz gira em torno de nós, como um canto mágico lançando um feitiço.

Enquanto o jantar cozinha no fogão, você faz um bolo de baunilha usando a receita de Teta. Eu te ajudo a peneirar a farinha, abrir os ovos e despejar a massa grossa em uma panela larga de alumínio. Então eu lambo a tigela enquanto você lava o resto dos pratos e canta, a melodia tão doce quanto o aroma de bolo recém-assado enchendo a sala. Sua voz me envolve, como se estivesse me puxando para seu abraço. A vida parece muito mais brilhante. Mais tarde, na mesa da cozinha, você toma chai enquanto comemos fatias de bolo com as mãos, crocantes nas bordas, o açúcar brilhando nas pontas dos dedos. Embora você nunca tenha muito a dizer, sentar na sua presença assim é um raro deleite, mais doce do que o bolo na minha língua.

— Tão gostoso quanto o da Teta — eu digo, lambendo os dedos.

Você sorri e desvia o olhar, em direção à janela escura.

— Baunilha é o favorito dela — você diz, com a voz falhando. — O meu também.

— E o meu também.

Você ri, passando os dedos pelo pingente brilhante em volta do pescoço, aquele olho azul cintilante.

· 7 ·

A semana passou tão rápido que Yara não lembra de detalhes. Ela fez tudo o que devia — trabalho, levar as crianças, atividades extracurriculares, fazer compras, cozinhar, limpar — da manhã até o pôr do sol. Mas na quarta-feira, durante os últimos quinze minutos de aula, ela andava pela sala verificando a tarefa. Os alunos foram solicitados a pesquisar uma obra de arte que representasse sua identidade cultural e se preparar para compartilhá-la com a turma na segunda-feira. Yara esperava que eles achassem essa tarefa instigante, talvez até divertida. Mas, enquanto ela falava, eles ficaram taciturnos, olhando furtivamente seus telefones, até que enfim deu a hora de ir embora. Então sentiu um calafrio repentino e ficou parada perto da janela, imóvel, com uma das mãos no peito.

Do lado de fora, um leve sussurro de brisa pairava no ar, o sol rosa-alaranjado brilhando como uma pequena fogueira no céu. Ela pensou em dar uma passada no museu de arte da faculdade, do outro lado do campus, mas verificou sua agenda e viu que tinha uma reunião do corpo docente.

Ela levou a câmera consigo, indo de prédio em prédio e tirando fotos com pressa, como se quanto mais rápido se movesse, mais longe ficaria de si mesma. Pelo menos a aproximação do outono era uma vista de tirar o fôlego. Nada era mais bonito do que o outono da Carolina, quando prédios de tijolo aparente espreitavam por entre as fileiras de murtas em tons de rosa e vermelho, começando a deitar suas pétalas sobre o pavimento das calçadas. Parando em um banco do lado de fora, à sombra de um carvalho, ela sincronizou as fotos com seu telefone e abriu uma em seu

Instagram pessoal — o lago do campus à luz do sol de agosto, sua superfície um mosaico brilhante — e fez uma postagem.

Beba seu café, abrace o silêncio, não leve as pessoas a sério, não carregue a vida nas costas, não exagere nas emoções e não agrade ninguém contra sua vontade, escreveu ela na legenda, citando Mahmoud Darwish.

Um coração apareceu quase instantaneamente. De um de seus irmãos, embora ela demorasse um segundo para registrar qual deles. Mama dera a todos os filhos nomes que começavam com a letra Y. Yousef, o mais velho dos cinco e apenas um ano mais novo que Yara, morava em Boston e era casado com uma garota palestina com quem tinha feito faculdade. Yazan trabalhava em um escritório de advocacia em Nova York, e recentemente ficara noivo de uma garota bósnia que conheceu em um casamento. Yunus cursava Medicina numa faculdade da República Dominicana, enquanto Yassir administrava uma loja da Apple em Atlanta, pelo menos da última vez que ela verificou. Ela não tinha certeza do que Yaseen estava fazendo agora.

Fazia quase um ano desde que ela os vira, desde o verão quente de Nova York, e eles raramente se comunicavam com ela via Facebook ou Instagram desde então. Yara se perguntou se os irmãos sabiam que ela se ressentia de quão diferentes foram suas criações. Ela só teve permissão para sair de casa sem os pais para ir à escola só para meninas, o rosto pressionado contra a mesma janela do ônibus escolar desde o jardim de infância até o último ano. Ela sabia onde ficavam todas as lojas em um pequeno trecho da Quinta Avenida, em Bay Ridge, mas tudo além daqueles poucos quarteirões era um mistério para ela. Não sabia a diferença entre os trens R e N que passavam perto de sua casa ou até onde iam. Nunca tinha visitado nenhum dos bairros além de Manhattan, onde Baba os levara para ver seu escritório, e foi só depois de se casar com Fadi que ela visitou o Museu Metropolitan pela primeira vez.

Mas seus irmãos não tinham ninguém para lhes dizer o que fazer. Eles iam e vinham a qualquer hora, sem receber perguntas, e desde a adolescência passavam muitas noites em um bar de narguilé nas proximidades. Com quase trinta anos, Yara nunca tinha entrado em um bar. Durante a vida juntos, era impossível para ela imaginar todas as coisas que eles faziam quando estavam fora, então ela passava o tempo desenhando e lendo, evitando pensar em como poderiam estar se divertindo. Foi só no outono de seu último ano, quando Yousef tinha recém-entrado no ensino médio e estava pensando em se inscrever em faculdades por todo o país, que ela ousou perguntar a Baba se poderia fazer o mesmo.

— *Magnoona*? Ficou louca? Nenhuma filha minha vai morar sozinha antes do casamento. O que as pessoas vão pensar?

O que as pessoas vão pensar? Não fazia sentido discutir com ele depois disso, pois ela sabia que nada do que dissesse jamais substituiria a confiança de Baba na opinião dos outros. E ainda assim seus irmãos foram capazes de seguir seus sonhos. Yousef mudou-se para a Califórnia para estudar em Stanford e nunca mais voltou para a Costa Leste. Yazan foi para o estado de Ohio estudar finanças. Pouco depois de Yunus e Yassir partirem para a faculdade, Yaseen também se mudou e logo teve um filho fora do casamento — um filho cuja existência toda a sua família negava.

Certa vez, ela mencionou o garotinho para Baba, mas tudo o que ele fez foi suspirar pesadamente e dizer:

— Fazer o quê?

Yara sentiu uma dor no maxilar, mas ficou tão surpresa com a reação dele que começou a rir.

— Por que você está rindo? — Baba perguntou, mas ela nem conseguia responder. O que seu pai teria feito se ela tivesse um filho fora do casamento?

Yara releu o e-mail novamente, como fazia pelo menos uma vez por dia desde sua chegada. Ela sabia de cor os detalhes do cruzeiro escandinavo, quase tão bem quanto conhecia as palavras de Baba sussurrando em seu ouvido. Bem, estava casada agora e ainda não conseguia fazer o que queria. As viagens de Fadi eram tão regulares que ela não tinha pensado muito nisso antes. No mês passado, ele tinha ido para Atlanta trabalhar no fim de semana. Alguns meses antes, fora a Las Vegas para uma convenção, só contando a ela sobre isso depois de reservar os voos. Yara estava muito distraída com o trabalho, as meninas, o dever de casa e o jantar para que isso virasse um problema. Mas por que estava tudo bem ele viajar e ela não? *O que as pessoas vão pensar?*

Uma imagem de Mama apareceu em sua mente: seu rosto morbidamente pálido, seu corpo tenso e desorientado enquanto ela corria pela casa como um ratinho sem rumo. A lembrança abalou tanto Yara que ela pulou do banco, a alça da câmera esticada em volta do pescoço.

Talvez Amanda tivesse razão.

Ela podia ouvir suas colegas conversando agora, vindo pelo pavimento, apenas alguns metros atrás dela. Yara se virou e acelerou o passo para ficar à frente delas.

A reunião do corpo docente foi em uma grande sala com carpete cinza-escuro e uma tribuna no centro, e ao redor da qual havia longas mesas dispostas em fileiras com monitores Apple prateados em cada uma. Algumas dezenas de seus colegas já estavam sentados no fundo da sala, conversando sobre seus planos de fim de semana, os rostos meio escondidos atrás dos monitores. Yara examinou a sala em busca de um assento perto do menor número de pessoas. Ela achava difícil conversar com os colegas — na verdade, com a maioria das pessoas. No meio de uma conversa, ela se perguntava: o que devo dizer a seguir? Devo sorrir? Que expressão facial devo usar? Ela não conseguia entender como todo mundo fazia isso livremente, como se o caminho ligando seus pensamentos à boca fosse suave e ininterrupto.

Ela encontrou um assento de canto no fundo da sala, então examinou a sala em busca de Jonathan, reitor de Humanidades e seu chefe, mas não o viu.

A algumas mesas de distância, ela ouviu Amanda dizer:

— Espero que nenhum de vocês tenha se inscrito para o cruzeiro.

Amanda estava encostada na mesa, alisando a gola do vestido azul e amarelo com as costas da mão.

Yara pegou seu telefone, fingindo mexer nele. Claro, hoje era o prazo para as inscrições. Como ela deixou isso escapar?

— Deixar passar em uma viagem grátis para a Europa? — outro professor disse, rindo. — Nem morto.

— Bem, nem todo mundo pode simplesmente passar duas semanas no exterior, do nada — disse outro, um homem com uma camisa de colarinho branco que Yara não reconheceu. — Faz anos que eu não entro num avião.

— Então minhas chances aumentaram? — Amanda perguntou com um sorriso brincalhão.

Antes que ela pudesse desviar o olhar, Amanda encontrou os olhos de Yara do outro lado da sala. Yara congelou por um breve segundo. O olhar de Amanda dizia que elas eram isso e ela era aquilo, e sempre seria assim.

— Você acabou se inscrevendo, Yara? — Michelle perguntou como quem não quer nada.

Olhando para o teclado na mesa, ela disse:

— Não.

— Oh, que pena — disse Amanda. — Pobrezinha.

Yara olhou para cima:

— Como?

Amanda pigarreou.

— Por favor, não leve a mal, mas não é segredo que as mulheres do seu país sofrem de severo sexismo e misoginia.

As costas de Yara enrijeceram.

— Meu *país*?

— Bem, sim. Quero dizer, não se espera que a maioria das mulheres árabes fique em casa e cuide dos filhos? Não é por isso que você sai cedo do trabalho todos os dias?

Yara se levantou e colocou a mão para a mesa para não cair.

O rosto de Mama apareceu de novo em sua mente, mas ela o afastou e colocou a bolsa e a câmera de volta no ombro, antes de se ouvir dizendo, com uma voz diferente da dela:

— Eu nasci no Brooklyn, Nova York, racista filha da puta.

Amanda deu um sorrisinho de surpresa. Yara se virou e saiu da sala.

No corredor, luminárias brancas brilhantes zumbiam no alto. Sua testa estava quente e úmida, e ela sentia uma dor aguda no peito e um formigamento na pele, como se estivesse sendo esfolada. Deve ter saído do prédio de Humanidades, mas não se lembrava de ter atravessado o gramado do campus, subido os três lances de escada ou entrado em seu escritório. Uma vez lá, porém, jogou o laptop e a câmera na bolsa e saiu, com as mãos ainda tremendo.

A luz parecia brilhar por todo o lado, a cor vazando do céu para o chão. Três quilômetros até a escola feminina. Ela era o primeiro carro. Estava duas horas adiantada. Ela piscou rapidamente e esfregou as têmporas, sua mente presa em um círculo de pensamentos do qual parecia impossível escapar.

— Você deveria ver o lado positivo — disse Mama. Algo que ela dissera a Yara muitas vezes antes. — Pelo menos você tem um emprego. Você não fica presa em casa o dia todo, igual a mim.

Mama, murmurou Yara, olhando para as mãos vazias.

— Não pude evitar — Yara disse em voz alta agora. — Estraguei *tudo*.

Respirando fundo, ela se ouviu descrevendo o rosto presunçoso de Amanda, seu comentário ignorante e como ela explodiu e saiu da sala.

— Não enxerguei mais nada. As palavras dela fizeram eu me sentir tão pequena.

Ela não disse a Mama que não foi só o que ela falou para Amanda que a alarmava, mas a virulência de sua reação. Em um momento tudo estava bem, e no próximo ela sentiu como se seu corpo estivesse sendo atacado. Recordando a sensação agora, a veia em seu pescoço começou a latejar. Um carro passou voando ao lado do dela. Ela esfregou as têmporas. As palavras de Amanda sussurravam em sua cabeça: *mulheres do seu país*.

Yara podia ouvir o som pesado do suspiro de Mama, podia imaginar seus ombros caídos para a frente, derrotados, e sentiu uma piedade profunda e repentina. Ela olhou pela janela em direção à escola, uma maré de vergonha tomando conta dela. Lembrar das tristezas de Mama nunca deixou de recordar a Yara de seu próprio privilégio. Que ela foi educada, que ela tinha um emprego. Pelo menos ela tinha um marido que apoiava seu direito de trabalhar, de ganhar seu próprio dinheiro. Mama nunca teve essa sorte.

— Sinto muito. Não é justo.

Mama suspirou.

— Bem, a vida é assim. Você acha que pode fazer algo para mudar seu destino, você acha que está no controle. Mas não. Principalmente se você for mulher.

— Eu sei. — Os olhos de Yara ardiam e ela os fechou. — Achei que indo para a faculdade e conseguindo um emprego eu finalmente me sentiria diferente, mais poderosa e independente, como se estivesse no controle do meu destino. Mas parece que, não importa o que eu faça, sempre vai ter alguma coisa no caminho.

— Tipo o quê? — Mama a desafiou.

Yara abriu a boca para explicar, mas não conseguia encontrar as palavras certas, coisa que ela nunca conseguiu. Sempre que tentava, as frases pareciam tolas e sem sentido. Às vezes, a sensação surgia em sua mente como uma série de instantâneos: fotografias Polaroid, borradas e granuladas, tiradas com mãos trêmulas. Uma versão jovem de si mesma encurvada em um canto sombrio de um quarto escuro, desenhando ou lendo. A chuva salpicando a janela enquanto ela esperava que Baba, a quem ela não via fazia dias, voltasse para casa. Mama esfregando o chão da cozinha, os joelhos pressionados contra o linóleo. Todos os oito espremidos juntos naquela casa, mas de alguma forma desconectados. Às vezes, o sentimento era mais uma sensação geral de desconfiança e distanciamento, turva e sombria, como se ela estivesse olhando sua vida de longe, posicionada onde ninguém pudesse alcançá-la ou machucá-la.

— Você está usando seu colar? — Mama perguntou.

— Como? — Yara reagiu, retornado ao carro num sobressalto.

— O *hamsa*. Está usando o *hamsa*?

Sua mãe o dera a ela muitos anos atrás, quando os pretendentes começaram a aparecer.

— Sim. Nunca tiro.

— Bom, muito bom. Esteja sempre com ele. Segurança nunca é demais, você sabe. O mundo é um lugar sombrio e feio.

Quando criança, Yara era cercada por esse tipo de advertência supersticiosa: se ela sentasse no canto de uma mesa, Mama gritaria para ela sair dali, porque ela acabaria nunca se casando. Se deixasse um sapato virado, estaria escarrando em Deus. Se ostentasse acontecimentos bons, Mama bateria em seus joelhos, faria uma oração em árabe e lembraria Yara de não compartilhar sua boa sorte em voz alta para não ser alvo de mau-olhado, uma maldição que traria infortúnios incessantes.

— Mau-olhado não é brincadeira. Por isso minha vida acabou tão mal e sofri tanto.

— Como assim?

— Eu sofria inveja da vizinhança enquanto crescia — diria Mama. — A maioria das meninas ficava com inveja porque as idosas me chamavam de Fairuz, convencidas de que um dia eu seria uma grande estrela como ela. Uma delas lançou um feitiço em mim, tenho certeza. Assim que eu tivesse um pretendente dos Estados Unidos. Por que mais minha vida foi ladeira abaixo depois disso? Um caso clássico de *hasad*[23].

Yara conhecia a história da noite de núpcias de Mama, como Teta leu a borra de sua xícara e só encontrou más notícias. *Não dá para pôr a culpa na superstição*, Yara pensou àquela altura. E agora as palavras estavam saindo dela:

— Você poderia ter mudado seu destino se tentasse, poderia ter sido uma cantora se tivesse se defendido.

— Me defendido?

Yara tentou ser mais suave.

— Quero dizer, talvez você não tenha que desistir de seus sonhos.

Yara sentou-se em silêncio, uma velha e familiar sensação de entorpecimento se espalhando por ela. Ela não deveria ter dito isso, claro que não deveria.

— Como eu poderia seguir meus sonhos com seis filhos para cuidar? — A voz de Mama era cortante.

Yara esfregou o peito, sentindo falta de ar. Ela sabia bem disso, é claro. Testemunhar a luta de Mama para criar seis filhos foi precisamente a razão

---

23 *Hasad* é uma palavra que descreve o sentimento de desejar o que outra pessoa possui ou experimenta, acompanhado por um sentimento de ressentimento ou amargura em relação a essa pessoa. A inveja é considerada um sentimento negativo no Islã e em muitas culturas árabes, e é frequentemente mencionada como um dos pecados capitais. [N. E.]

pela qual Yara se recusou a ter mais filhos, apesar das tentativas intermináveis de Nadia de culpá-la por Fadi não ter um filho homem. Por sorte, Fadi não a pressionou.

— Sinto muito. Eu gostaria que você pudesse ter feito as duas coisas, como eu.

— Exato. Como *você*. Você acha que seu pai teria concordado com isso? Você sabe como teria sido minha vida se eu tivesse um marido como Fadi?

Yara enxugou o rosto na manga do vestido.

— Lamento que você não tenha sido uma cantora — ela disse com suavidade. — Não é justo comigo achar que as coisas poderiam ter sido diferentes para você. Eu nem consigo imaginar o quanto foi difícil.

Ela ouviu o suspiro longo e exasperado de Mama.

— Sinto muito, de verdade — Yara sussurrou, segurando as lágrimas. — Queria que você pudesse recomeçar, ter uma vida melhor.

— Recomeçar? — Mama estava rindo agora. Ou talvez chorando. — É tarde demais para mim, *habibti*. Acabou. — Ela fez uma pausa. — Você deveria saber disso mais do que ninguém.

— Eu sei, eu sei — disse Yara no carro vazio.

Então as portas da escola se abriram. Mal Yara se deu conta e Mira e Jude estavam correndo em sua direção, acenando para ela.

— Gostaria que você estivesse aqui — Yara disse calmamente. — Gostaria que você pudesse ver as meninas de novo.

Ela tremeu ao destrancar as portas para deixar as meninas entrarem.

— Mama, Mama! — Mira disse, saltando no banco de trás. — Adivinha, adivinha!

Yara se virou para olhar para ela.

— O quê?

— Tirei dez na prova de Leitura!

— Isso é ótimo — ela conseguiu dizer enquanto se virava para o para-brisa, seu corpo parecendo um elástico esticado.

— Eu também — Jude disse. — Tirei dez na prova de Matemática.

Yara encontrou os olhos dela no espelho retrovisor.

— Parabéns para você também, querida.

Mira disse mais alguma coisa, mas Yara já estava partindo e não a ouviu. Ela olhava para a frente enquanto dirigia, seus olhos passando de um semáforo para o outro, segurando o volante para parar o tremor. Mama: ela ainda podia ouvir a voz abafada, o choro. Carros passavam zunindo e ela teve o súbito desejo de pisar no freio e sair para o meio do trânsito.

Yara estacionou o carro. Estacionou a si mesma.

Pelo retrovisor, ela vislumbrou Mira e Jude trocando um olhar. O som de carros passando roncava do outro lado da janela. Seu corpo tremia, mas por dentro ela sentia uma espécie de nada. E se andar no meio da estrada fosse a única maneira de silenciar o *tum-tum-tum* no centro de seu corpo? E se consertasse seu cérebro?

— Mama — Jude disse. — Por que paramos?

Yara ficou sentada, sem falar, imóvel, incapaz de pensar em como explicar. Horrorizou-a o quão longe ela estaria disposta a ir para se livrar daqueles sentimentos.

— Mama — Mira disse. — Você pode colocar uma música da Fairuz?

— Claro — disse Yara —, é tudo de que a gente precisa. Um pouco de música.

· 8 ·

Mais tarde, naquela noite, enquanto jantavam juntos na cama, Fadi inclinou o telefone em direção a ela para mostrar um vídeo de um homem caindo de um carro em movimento na calçada.

— Não é hilário? Eu assisti quase uma dúzia de vezes.
— É sim — disse ela, tentando mas não conseguindo sorrir.
— Algum problema? — perguntou Fadi.
— Não.
— Tem certeza?

Ela tomou um gole de água do copo em sua mesa de cabeceira enquanto pensava na resposta. Ele já tinha deixado claro que o cruzeiro não era uma opção, e ela desistiu da ideia de fazê-lo ver o quanto isso a aborreceu. Mas não dizer nada só a deixou se sentindo mais sozinha, lembrando-a de que não podia se confidenciar com a pessoa em quem mais confiava. Ela estava sentindo pânico e vergonha, afundando-a contra a cabeceira da cama.

— Conversei com Amanda hoje — ela, enfim, disse.

Fadi largou o garfo e olhou para ela.

— Quem é Amanda mesmo?

Ela levantou uma sobrancelha.

— Minha colega de trabalho. Você sabe, a branca arrogante de quem falei?

— Ah, sim. O que aconteceu?

— Ela estava dizendo coisas sobre mulheres de "nosso país". — Ela espetou um grão-de-bico com o garfo. — Então eu falei que ela é racista.

Fadi franziu a testa.

— Sério? Quando foi isso?
— No início da reunião do nosso departamento.
— Você a chamou de racista na frente de todo o seu departamento?
— Bom, sim. Mas é verdade.
— Yara — disse ele, balançando a cabeça. — Você não pode sair por aí chamando as pessoas de racistas. Você tem que aprender a controlar suas emoções. O que seu chefe vai pensar?

Ela não tinha pensado nisso. Jonathan falava muito a respeito da construção da comunidade no campus. Ele não ia ficar feliz.

— Mas ela sempre é arrogante comigo — explicou-se.
— Será, mesmo? — Fadi mordeu o sanduíche, evitando os olhos dela. — Quero dizer, você não acha que está exagerando? Você sempre presume que todo mundo fica te perseguindo.

Ela observou Fadi dar outra mordida em seu sanduíche, sua mandíbula se movendo com mastigação. Será? Talvez ela passe mesmo a maior parte de seus dias na defensiva.

Fadi largou o pão pita, pegou o telefone e começou a digitar.
— O que a fez dizer essas coisas, afinal? — ele perguntou distraidamente.
— Ela acha que sou uma dona de casa oprimida porque não me inscrevi para o cruzeiro.
— Uau. Isso foi bem grosseiro.
— Hoje era o prazo para se candidatar. E, na verdade, você é a razão pela qual eu não pude ir.

Fadi virou-se para ela e soltou uma gargalhada.
— Você está mesmo dizendo que é o estereótipo da dona de casa árabe.
— O que isso quer dizer?
— Eu deixei você ir para a faculdade e conseguir um emprego.
— Você *deixou*?
— Você sabe o que quero dizer — disse ele, os olhos voltados novamente ao telefone. — Você não é uma donzela em perigo, Yara. Pode fazer o que bem quiser.
— Se é assim, por que não posso fazer essa viagem?

Quando ergueu os olhos novamente, Yara viu irritação em seu rosto. Calmamente, parecendo meio divertido, ele disse:
— Porque tenho contas a pagar e um negócio para manter. Você acha mesmo que eu posso deixar tudo isso em suspenso para cuidar das crianças enquanto você sai de férias?

Ela teve o súbito desejo de jogar o prato pelo quarto, mas, em vez disso, colocou-o cuidadosamente na mesa de cabeceira.

— Olha, esse é o meu ponto — disse ela. — Por que eu sempre tenho que cuidar das crianças? Você viaja o tempo todo e não pede permissão. Mas quando quero ir a algum lugar, não só preciso pedir, mas você pode dizer não. É um duplo padrão total.

Fadi suspirou.

— Não é minha culpa vivermos em um mundo de padrões duplos. Não é só uma coisa árabe, está em todo lugar.

— Obviamente — disse Yara. — Mas isso não faz com que esteja tudo bem.

Ele largou o pão pita e se virou para ela, suavizando a voz.

— Sou um bom marido e fiz o possível para te apoiar, Yara, mas você sabe que tenho que trabalhar. Tenho contas a pagar, toda essa família para me preocupar. Entre a hipoteca, nossos carros e as atividades extracurriculares das meninas, é demais. E não é como se seu trabalho pagasse alguma coisa.

Ele limpou os dedos com um guardanapo e olhou para ela.

— O que você quer que eu faça, Yara, que largue meu emprego para que você possa viajar pelo mundo e tirar lindas fotos?

— Não é isso que estou dizendo.

— O que você está dizendo, então?

Ela balançou a cabeça, evitando os olhos dele.

— Nada.

O silêncio caiu entre eles. Depois de um momento, ela pegou o prato e deu uma mordida no faláfel, o som de sua mastigação ressoando em seus ouvidos. Embora tivesse usado ervas frescas e todos os temperos habituais, a comida tinha um gosto insosso, como se ela estivesse comendo borracha.

Fadi pegou o controle remoto e pôs na Netflix um episódio de *Um maluco no pedaço*. Yara piscou para a tela, consciente do corpo dele ao seu lado, os braços se tocando levemente. Ela tocou seu colar, pressionando-o entre os dedos.

— Não quero brigar — disse ela quando o episódio terminou.

— Nem eu — disse Fadi sem encontrar seus olhos. — Eu só quero assistir à série e relaxar. Eu também tive um dia longo.

Ela mordeu o interior da bochecha, imaginando como fazê-lo entender por que ela estava tão chateada: que ela tinha passado todas as noites de sua vida na casa de seus pais antes de se transferir para a dele, que nunca vivera um dia sozinha. Algo sempre esteve entre ela e o resto do mundo.

Yara sentiu uma onda de ansiedade borbulhando sob suas costelas enquanto procurava as palavras certas para explicar isso. Por fim, disse:

— Sinto muito. Só estou estressada.

— Se você está tão estressada, por que simplesmente não larga tudo? Eu ganho dinheiro mais do que suficiente para nós dois.

Ela se endireitou, tentando combater a sensação de peso em seu corpo.

— Eu nunca disse que estava estressada por causa do trabalho — disse ela. — Na verdade, meu trabalho me mantém ocupada. Eu gosto de estar ocupada.

— Então por que você está criando problemas? — Fadi disse. — Se você valorizasse o que tem de bom, aprenderia a controlar seu temperamento.

Ela sentiu como se estivesse afundando no colchão.

— Para você é fácil dizer.

— O que você quer dizer com isso?

— Você pode fazer o que quiser e eu devo aceitar com um sorriso? Eu quero mais para mim.

— Tipo o quê? Você é uma das mulheres árabes mais independentes que conheço.

— Exatamente — disse Yara, ofegando baixinho. — E ainda não tenho independência em comparação com você ou qualquer homem que conhecemos, e você sabe disso. Apenas admita!

— Aqui não é uma aldeia como as do passado — disse ele enfim. — Pare de fingir que sou um opressor só porque você está infeliz consigo mesma.

— Como? — Ela pulou da cama, o coração inchando no peito como um balão prestes a estourar. Ela pegou seu copo de água novamente, suas mãos tremendo enquanto apertava mais. — O que você quer insinuar?

— Você ouviu o que eu disse. É evidente que você tem seus próprios problemas e está projetando as coisas em mim.

Antes que percebesse o que estava acontecendo, ela pulou da cama e bateu e quebrou o copo contra a mesa de cabeceira, espalhando água e pequenos pedaços de vidro por toda parte.

— Que merda, Yara! — Fadi disse. — Você vai acordar as meninas.

Yara corou, balançando a cabeça rapidamente. A última coisa que ela queria era que suas filhas a vissem assim.

— É exatamente disso que estou falando — disse Fadi. — Que diabos está acontecendo com você?

Ela abriu a boca, mas não conseguiu pensar em nada para dizer.

— Você precisa de ajuda — ele continuou. — Não percebe isso? Minha mãe me avisou que isso aconteceria de novo!

A água escorria da mesinha de cabeceira para o tapete, e Yara só conseguia ficar parada ali.

— Sinto muito — ela disse, dirigindo-se à cozinha para pegar as toalhas de que precisava para limpar a bagunça que havia feito.

❋

Ela já tinha feito isso antes. A primeira vez foi um mês depois de casados, quando ela e Fadi tiveram uma pequena discussão cujo assunto ela nem conseguia se lembrar agora.

— Não quero falar sobre isso — disse a Fadi, dispensando-o com um aceno de mão.

Seu coração começou a bater tão forte que ela podia senti-lo em sua garganta, e a próxima coisa que fez foi disparar pelo corredor em direção à sala de estar, onde viu a caneca favorita de Fadi na mesa de centro, suvenir de uma equipe esportiva universitária que ele tinha comprado antes de se conhecerem. Num piscar de olhos, antes que pudesse pensar, ela pegou a caneca e a quebrou contra a parede, os cacos de cerâmica voando pela sala.

Quando Fadi chegou, ela estava encolhida no chão ao lado dos restos da caneca.

— O que aconteceu? — ele disse, olhando para ela.

Ela enterrou o rosto nos joelhos, o corpo ainda tremendo.

— Não sei. Eu sinto muito.

Com o canto do olho, ela o viu se afastar, franzindo a testa e balançando a cabeça. Depois que se desculpou novamente com ele, assegurou-se de que aquilo era uma exceção. Yara era uma jovem noiva, muito ansiosa. Mas então, alguns meses depois, aconteceu de novo. Em um momento eles estavam tendo um bom jantar e no próximo o prato dela estava em pedaços no chão. Assim que percebeu o que tinha feito, cobriu a boca, tomada pela vergonha.

Fadi lhe disse que ela precisava de ajuda, mas isso não acontecia desde que as meninas nasceram. Yara concordou. Estava apavorada com suas explosões, a maneira como a raiva parecia vir de forma incontrolável. Mas o que mais a aterrorizava era a possibilidade de machucar as filhas e a percepção de que talvez ela não fosse tão diferente de seus pais, afinal. Aprendera a enterrar seus sentimentos dentro de si, tornando-os cada vez menores, empurrando-os cada vez mais para baixo até que desaparecessem.

Ou, pelo menos, ela pensou que aprendera.

· 9 ·

No sábado, Yara terminou seu trabalho em casa, então, enquanto as meninas brincavam no andar de cima, retirou-se para a marquise, onde colocou uma tela nova no cavalete, sentindo uma necessidade doentia de deixar escapar algo, só não sabia o quê.

Uma mancha de tinta espessa e densa após a outra, ela misturou vermelho, amarelo e azul, perdida no som suave do pincel contra a tela, até que as meninas entraram furiosamente na sala. Ela respirou fundo, assustada, então guardou a tela.

No domingo, ela se ocupou com os preparativos para a chegada dos sogros — limpando, cortando, assando — até a hora do jantar. Ao redor do *sufra*, o ar parecia denso e nebuloso, depois a lenta sensação de que as coisas não pareciam reais, até eles irem embora e a noite acabar.

Agora Yara batia à porta entreaberta do escritório.

— Entre — Jonathan chamou.

Ele tinha mandado um e-mail para ela no fim de semana:

Prezada Yara,
Sentimos sua falta na reunião do corpo docente de ontem. Fiquei sabendo do que aconteceu. Por favor, venha ao meu escritório na primeira hora da segunda-feira para conversarmos.
Tenha um bom fim de semana,
Jonathan.

Pelo tom da mensagem, ela não conseguia saber o quão enrascada estava.

Agora, ele olhou para Yara, pediu-lhe que se sentasse, então olhou de volta para seu computador. Atrás dele, uma fileira de janelas ia do teto ao chão, e ela não pôde deixar de notar que estavam meio sujas. Seu escritório também estava em ruínas: papéis espalhados pela mesa, canecas de café vazias no arquivo. Ela teve uma vontade repentina de varrer tudo para o lixo e limpar as superfícies, mas em vez disso perguntou:

— Está tudo bem?

— Quero falar sobre sexta-feira — disse ele.

— Tudo bem.

— Ouvi dizer que você chamou uma de suas colegas de racista.

— Bem, sim. Mas...

— Receio que não haja desculpa para levantar a voz para alguém em nossa comunidade ou usar um termo como esse.

Por um momento ela ficou sentada ali, olhando para ele. Então, baixinho, ela disse:

— Não estou dando desculpas, mas ela estava agindo como uma branca ignorante.

Ele estremeceu.

— E chamá-la assim não é bem racista?

— Você está brincando comigo? — Yara sentiu sua voz falhar um pouco na última palavra. — Ela presumiu que eu era de outro país e que meu casamento era uma espécie de ditadura. Trabalhei muito para chegar aqui, e não para ser estereotipada e diminuída pelos meus colegas.

— Entendo — Jonathan disse, embora ela não achasse que ele estava entendendo. Ele limpou a garganta. — Talvez haja mais coisas acontecendo aqui.

— Como o quê?

Ele fez uma pausa, como se estivesse pesando sua resposta.

— Só quero ter certeza de que está tudo bem. Não tenho visto muito você nas reuniões do departamento.

— Elas não são obrigatórias.

— E as sessões de desenvolvimento profissional?

— Essas também não são obrigatórias, são?

Depois de um longo momento de silêncio, ele limpou a garganta novamente.

— Tem certeza de que não há nada de errado em casa? Podemos ajudá-la em alguma coisa?

Ela se inclinou para a frente.

— Do que você está falando?

Ele pareceu surpreso.

— Sinto muito, não estou tentando me intrometer. Mas você parece um pouco retraída neste semestre. — Ele enfiou a mão na gaveta e tirou um arquivo cheio de papéis. — Está tudo bem?

— A não ser o fato de a Amanda me tratar de forma desrespeitosa, está tudo bem.

Ele tocou na pasta de arquivos.

— Certo. Bem, minha principal preocupação é garantir que você tenha os recursos necessários. Oferecemos aconselhamento de funcionários aqui no campus para qualquer um que esteja em dificuldades. Por isso, inscrevi você no Programa de Assistência aos Funcionários para o seu bem.

Yara se levantou.

— O quê?

Ele se encolheu.

— Por favor, acalme-se.

— Estou calma — disse ela, recostando-se na cadeira, com o coração batendo forte. *Essa* era sua recompensa por trabalhar tanto todos esses anos? — Mas eu não preciso de aconselhamento. Tudo isso porque chamei Amanda de racista?

Ele suspirou.

— O incidente com Amanda pode ser o que a trouxe aqui, mas também estou preocupado. Acho que o aconselhamento poderia ajudar.

Ela balançou a cabeça.

— Não.

— Bom, eu não posso obrigá-la ir — disse ele. — Mas eu recomendo fortemente. Levamos a saúde mental muito a sério aqui e queremos garantir que nossos professores e funcionários estejam preparados para o sucesso. É do interesse de nossos alunos que seus instrutores estejam com a mentalidade certa para ensinar e, depois do que aconteceu, não tenho tanta certeza de que é o seu caso.

Ele fez uma pausa.

— Enquanto isso, decidi transferir suas aulas para outro professor.

— O quê?

— Só por este semestre, para que você possa dar um tempo.

Ela o encarou, boquiaberta.

— Não consigo acreditar que você está me punindo por isso. E a Amanda? Ela não deveria ser punida pelo que me disse?

— Qualquer ação disciplinar em relação à sua colega é confidencial — disse Jonathan. — Assim como esta conversa, é claro. E qualquer coisa que você diga a um terapeuta também. Ele fez uma pausa, tornando sua voz mais suave. — Por favor, não pense em aconselhamento como uma punição, Yara. Estamos oferecendo a você a chance de acessar recursos extras para ajudá-la.

— Não preciso desses recursos — disse ela, cravando as unhas na palma da mão. — Ainda mais quando eles são impostos.

— Nada está sendo imposto — Jonathan disse, entregando-a um folheto da pasta de arquivo. — Cabe a você decidir. O RH é muito claro sobre isso. Mas receio ter que redirecionar suas aulas até ter certeza de que você está no estado emocional certo para voltar à sala de aula.

— Entendo — disse Yara. Ela pegou o folheto da mão dele e saiu.

Sozinha em seu escritório, ela encostou a testa na mesa e fechou os olhos. Não podia perder este emprego. Não era perfeito, nem mesmo gratificante na maioria do tempo, mas dava a ela algo pelo que esperar depois de deixar as filhas na escola, e seria difícil encontrar outro emprego que lhe permitisse esse tipo de flexibilidade para estar presente também para as crianças. Parada ali, com o coração batendo muito rápido, o mundo parecia para Yara um lugar assustador e inseguro. O rosto de Mama surgiu em sua mente, seus olhos ocos e vazios como uma lanterna de luzes apagadas. Não. Yara não podia deixar isso acontecer com ela. E não iria. Jonathan não tinha dito que iria demiti-la se não fosse à terapia, mas ela sabia, como sempre, qual era o seu dever.

· 10 ·

Naquela noite, com Yara e Fadi juntos no chuveiro, o vapor encheu o ar e dificultou a visão, o que foi um alívio. As coisas estavam tensas desde sua explosão na sexta-feira. Ele mal tinha falado com ela ao voltar para casa no sábado. Não compartilhou nada sobre seu dia de trabalho, ou sobre Ramy, nem mesmo perguntou sobre as meninas. O silêncio a deixou mal. Ela não sabia como fazê-lo perdoá-la e agora precisava dizer que ele estava certo.

Yara passou o rosto debaixo d'água, o som caindo em seus ouvidos enquanto ensaiava suas próximas palavras para ter certeza de que transmitiriam exatamente o que ela queria dizer.

— Eu tive problemas hoje.

Fadi semicerrou os olhos para ela através do vapor.

— O quê? De novo?

Ela pegou um sabonete, evitando os olhos dele.

— Jonathan transferiu minhas aulas de Arte e recomendou que eu entrasse num programa de aconselhamento.

Ele ergueu as sobrancelhas.

— Por causa do que aconteceu na sua reunião?

— Sim. Ele diz que preciso de uma folga para cuidar da minha "saúde mental".

— Bom, isso é evidente. Não dá para perder a paciência no trabalho e achar que não vai sofrer consequências.

Ele estava certo, é claro. Mas por que ele não poderia ser um pouco mais gentil?

— Aconselhamento é caro — disse Fadi.

Ela suspirou.

— A faculdade paga.

— Então você vai? — ele perguntou.

— Acho que preciso fazer isso nesse momento — disse ela. — Estou preocupada. Se eu não for, ele pode não renovar meu contrato no próximo semestre.

— Bem, eu não me preocuparia com isso. Tem muitos empregos de escritório por aí.

— Eu não tenho um trabalho de escritório — disse Yara, levantando a voz.

Ele encolheu os ombros.

— Tudo bem. Mas esse não é o ponto.

O som da água foi abafado pelo pulsar do sangue em seus tímpanos. Esse era precisamente o ponto! Todos aqueles anos cursando a faculdade na metade do tempo normal e fazendo os trabalhos tarde da noite, o tempo todo criando as filhas e deixando o jantar sempre pronto — todo aquele trabalho e ele ainda não conseguia enxergá-la como era? Alguém que queria fazer algo, *ser alguém*. O que ele achava que ela era durante todos aqueles anos?

Ela nem sempre quis ensinar arte, o que Fadi sabia. Não tendo acesso a aulas de Arte na escola, nunca lhe ocorrera que um dia poderia se formar em Arte ou fazer dela uma carreira de verdade. Quando começou a faculdade em Nova York, fez um curso introdutório de Direito e gostou da promessa de poder que oferecia. Yara se imaginou em um tribunal, enfrentando seu pai, obrigando-o a tratar melhor sua mãe, mostrando a ele que ela poderia fazer as mesmas coisas que seus irmãos, como Yazan, que disse que um dia seria advogado. Mas esse foi o único curso que ela fez em Direito.

Quando ela contou a Fadi, logo depois que eles se casaram, depois que ela já tinha se mudado para a Carolina do Norte, sobre a possibilidade de estudar Direito de novo, ele disse:

— Os advogados não trabalham muitas horas? Parece um trabalho difícil de se ter junto com uma família.

— Muitas mulheres trabalham em Direito e cuidam da família — disse ela.

— Ah, sim, claro. Ele olhou de volta para ela, sua voz mais suave. — Não é minha função decidir por você. É só que parece muito enfadonho para alguém como você, com todos os seus livros e desenhos. Para mim, você parece mais sonhadora e poética.

Yara concordou, tentando conter o sorriso. Gostou do que o marido disse, fez com que se sentisse como se estivesse sendo enxergada pela primeira vez. *Talvez ele esteja certo*, pensou. Quando transferiu seus créditos, ela não se preocupou em olhar para além dos cursos de Arte que eram oferecidos.

Agora, no chuveiro, Yara recostou-se no azulejo molhado.

— Como você pode dizer que esse não é o ponto? — ela disse. — Você sabe o quanto minha carreira é importante para mim.

— Sim, claro — disse ele. — Entendi. Mas o ponto é que seu chefe recomendou que você procurasse aconselhamento e você está agindo como se ele tivesse pedido para jogar suas economias em uma fogueira ou algo assim. Eu falo há anos que você deveria procurar um terapeuta. Assim, de verdade.

Ele suspirou.

— Você precisa de ajuda, admitindo ou não. Talvez você enfim aprenda a controlar seu temperamento.

Yara sentiu o impulso de cuspir na cara de Fadi, mas se conteve: isso só provaria o ponto dele. Não havia nada a fazer, a não ser controlar sua raiva. Ela ficou com um nó de vergonha na garganta, pegou a bucha e começou a esfregar a pele com tanta força que deixou marcas vermelhas nela. Por que saltava para a violência sempre que se sentia ameaçada? Por que era tão volátil, oscilando entre os extremos?

Balançando-se sob a água quente, ela se perguntou se não tinha cometido um erro ao abandonar a ideia da faculdade de Direito. A memorização robótica de estatutos parecia, de alguma forma, a coisa mais fácil agora. Como graduados em Arte, eles sempre encorajavam todos a sair, serem eles mesmos, criar algo que nunca tinha sido feito antes. *Como?*, ela se perguntou então. E ela poderia ser ela mesma?

Fadi saiu do chuveiro.

— Vamos, querida. Estou morrendo de fome.

Pela porta embaçada, observou-o se secar, olhando-se no espelho enquanto esfregava uma toalha nos ombros largos e nas costas. Ela esmagou a bucha, reprimindo a vontade de enfiar o punho no vidro. Parte dela estava envergonhada de quão tola e patética era, de como esperava que ele a visse no espelho e se virasse, que se inclinasse para dentro do chuveiro e a beijasse. E outra parte dela estava zangada não com Fadi, mas consigo mesma. Por que estava nessa posição, esperando que um homem lhe desse permissão para ir atrás das coisas que desejava? Ela já não deveria saber que não depende de ninguém? Nem de pai, nem de irmão, nem de marido. Que ninguém aliviaria a dor em seu coração. Ninguém a resgataria.

· 11 ·

Para chegar ao prédio dos Serviços Administrativos no lado norte do campus, Yara passou pelas quadras pintadas de verde e atravessou um pequeno riacho, onde brotos de cipreste se projetavam da terra musgosa como capuzes de gnomos. Ela baixou as janelas para ouvir os sons suaves do bater das ondas e do gorjeio dos pássaros, e o luxuoso leito argiloso do rio reverberou por seus sentidos.

A sala de espera do terapeuta ficava no quarto andar do prédio dos Serviços Administrativos. Uma vez lá dentro, preencheu um formulário de admissão que ela tinha recebido naquela manhã. Cerrou os dentes enquanto folheava as páginas, seu corpo zumbindo. Havia uma perguntava sobre ela ser de origem hispânica, latina ou espanhola. Ela circulou "Não". Outra pergunta era sobre sua raça e incluía uma lista de opções com caixas de seleção: nativo norte-americano ou do Alasca, asiático, negro ou afro-americano, hispânico ou latino, nativo do Havaí ou das ilhas do Pacífico e branco.

Ela releu as opções. Sua família sempre foi instruída a se classificar como branca por causa de suas origens no Oriente Médio. Mas ela nunca se considerou branca ou foi vista como branca por alguém, e marcar-se como tal parecia impreciso, como se fosse invisível, coisa que ela bem podia ser. Sua nacionalidade palestina foi apagada por Israel, e aqui, nos Estados Unidos, sua identidade do Oriente Médio também foi apagada. Sentiu uma rigidez no pescoço ao escrever "Outro" abaixo da lista de opções e ticar um quadradinho de seleção ao lado.

A última página do formulário era um questionário de saúde mental, uma lista de trinta perguntas cintilando para ela. Mordeu os lados da língua enquanto as percorria. Palavras dispostas de maneiras diferentes, mas todas fazendo a mesma pergunta: como você se sente?

Como ela se sentia? Não conseguia definir o formigamento em seu corpo ou o desconforto que viajava de sua espinha até a ponta dos dedos como uma emoção exata. Era raiva, ansiedade, tristeza ou outra coisa? Para seu alívio, porém, ela não precisava descrevê-la ou defini-la. Tudo o que precisava fazer era circular "Sim" ou "Não".

Yara preencheu o formulário rapidamente e tirou o telefone do bolso. No Instagram, seu último post teve mais de duzentas curtidas e vinte comentários. Ela começou a ler cada um deles: "linda família, *mashallah*", "PERFEIÇÃO", "#objetivosdafamília" e uma dúzia de emojis com olhos de coração. Em seguida, um pequeno sussurro: "O que as pessoas pensariam?".

Ela apertou o punho ao redor do telefone. Era a esta voz que ela sempre respondia? Envergonhada, voltou para seu *feed*. Uma colagem de sua vida passou diante dela: os sorrisos rosados de Mira e Jude enquanto provavam mirtilos no mercado dos fazendeiros; o braço de Fadi em volta de seu ombro em um jogo do Tar Heels; todos os quatro se amontoando em um banco do parque, uma família amorosa. A perfeição de tudo o que ela alcançou foi capturada em pequenos quadrados na tela, em cores, exatamente como ela pretendia. Então, por que tudo parecia tão falso?

Enquanto esperava ser atendida, agarrou a prancheta com força e olhou para o "EM SESSÃO" pendurado na maçaneta da porta fechada do terapeuta. Ela se perguntou quem estava lá dentro. A única pessoa que conhecia que frequentava o aconselhamento de funcionários era Julianna, do departamento de História, depois de ser diagnosticada com câncer. Às vezes, Yara desejava estar com alguma doença. Então pelo menos sua raiva faria sentido. Haveria uma razão para ter falado daquele jeito, uma explicação válida. Pior do que se sentir mal era não ter razão, pelo menos alguma que ela pudesse definir e entender.

Alguns minutos depois, a porta do conselheiro se abriu e um homem apareceu nela. Ele tinha trinta e poucos anos, era alto, com barba cheia e cabelos castanhos presos em um rabo de cavalo. Yara o reconheceu. Ele trabalhava no Departamento de Artes Culinárias, o menor da universidade. Ela o fotografou ensinando. Lembrou-se do prato que ele estava fazendo, que cheirava a açúcar mascavo e óleo de gergelim, e perguntou-se por que ele estava em aconselhamento.

Quando ele não se mexeu, Yara percebeu que ele estava segurando a porta aberta para ela. Ela se levantou rapidamente.

— Olá — disse ele, sorrindo, com um sotaque sulista.

Ela também teria que deixar alguém entrar depois da sessão? Não deveria haver uma porta dos fundos por onde as pessoas pudessem escapar sem serem notadas? Yara correu pela sala, evitando os olhos dele, mas, antes que pudesse chegar à porta, tropeçou no tapete. A prancheta voou pela sala e as folhas se espalharam por toda parte.

— Merda — disse ela, pegando-as com pressa.

O homem soltou a porta e se inclinou para ajudá-la. Ela podia sentir seu rosto queimando quando ele se agachou ao seu lado.

— Obrigada — ela disse.

— Não se preocupe com isso — ele respondeu.

Seus olhares se encontraram quando o homem entregou a ela algumas folhas soltas, sem olhar para o que estava escrito. Levantando-se e abrindo a porta novamente para ela, disse:

— Meu nome é Silas.

Ela congelou. Podia ver o terapeuta observando-os de dentro de seu escritório, encostado em sua mesa. Jonathan tinha prometido que suas sessões seriam confidenciais, mas será que ele poderia ter contado algo sobre ela ao terapeuta, talvez para avisá-lo de sua falta de sociabilidade?

Ela tentou manter a voz calma, até amigável.

— Eu sou a Yara.

— Yara... — Silas disse lentamente. — É um nome bonito.

Virando-se para sair, ele acrescentou:

— Divirta-se.

❊

O terapeuta era um homem de meia-idade, baixo e magro, com óculos de aro de tartaruga e cabelos loiros que pareciam brilhantes demais contra sua pele pálida. Ele atravessou a sala e estendeu a mão para apertar a dela.

— Yara Murad?

Yara assentiu e, em vez de apertar a mão dele, entregou-lhe a prancheta. Esse compromisso era outra tarefa em sua lista de afazeres.

— Eu sou William Banks — ele disse, e fechou a porta. — Pode me chamar de William. Você gostaria de se sentar?

A sala era mais colorida do que ela esperava. Um sofá vermelho-escuro com almofadas azul-marinho ocupava a maior parte do espaço. Do outro lado, uma cadeira amarelo-mostarda estava enviesada e, atrás dela, vasos de plantas enchiam os parapeitos de ambas as janelas.

— Você pode se sentar onde quiser — disse William, sentando-se na cadeira amarela. — Vou dar uma olhada em seus formulários.

O ar da sala estava seco, saturado de luz artificial. Ela decidiu se sentar na ponta do sofá mais distante dele, de frente para a janela. Acima das plantas, ela tinha uma visão do horizonte do terreno do campus, trechos de grama verde brilhante e concreto pavimentado e, além disso, hectares de pinheiros e o extenso lago onde os alunos se reuniam. Queria manter esse emprego, esse tempo e lugar que tinha para si.

Quando ela enfim tirou os olhos do vidro, William ainda estava lendo os formulários. Teve vontade de se inclinar para a frente e pegar o arquivo das mãos dele, mas não conseguia se mover.

William ergueu os olhos e disse:

— Então, Yara, por que você não me conta um pouco mais sobre você? Há quanto tempo está nos Estados Unidos?

— Toda a minha vida — ela respondeu rapidamente. — Nasci e cresci no Brooklyn.

— Certo. Desculpe por presumir. — Ele fez uma pausa, limpou a garganta. — Como foi crescer em Nova York? Eu gostaria de saber mais sobre sua educação.

Ela franziu a testa. Nem mesmo dois minutos e ele já estava tentando ir a lugares que ela não queria levá-lo.

— Não vejo o que isso tem a ver.

— O que te faz dizer isso?

— Estou aqui por causa do que aconteceu com Amanda, a professora de Estudos Femininos e de Gênero, e porque quero minhas aulas de volta. Minha infância não tem nada a ver com isso. Eu simplesmente preciso trabalhar para gerenciar minhas emoções diante dos colegas.

Por mais ignorantes que sejam, pensou Yara.

William assentiu.

— É claro, é claro. Às vezes parece que as coisas que estão acontecendo agora são as mais significativas — disse ele. — Mas muitos de nossos problemas, especialmente quando se trata de regular nossas emoções, bem, esses são padrões que estão enraizados em nosso passado. A terapia nos ajuda a explorar os vínculos entre o passado e o presente para que possamos seguir em frente.

Yara deslizou as mãos por baixo das coxas. Jude fazia isso às vezes, sentava-se assim.

— Bem, não há nada para explorar.

Por um longo momento, William a estudou como se fosse uma pintura na parede, e então disse:

— Por que você não me conta um pouco mais sobre sua vida agora, então?

— Tudo bem — disse Yara, desviando o olhar para fora da janela.

Contou-lhe que era casada e tinha duas filhas. Que se mudara do Brooklyn para cá quando se casou com Fadi, porque ele morou aqui a vida toda. Ela olhou para William.

— E eu trabalho na faculdade há quatro anos, tirando fotos, atualizando o design dos sites e fazendo tudo que Jonathan pede, porque o que eu realmente quero fazer é ensinar em tempo integral, mas isso ainda não aconteceu.

— Esse tem sido seu objetivo desde que você começou aqui? — William perguntou.

— Sim.

— E quais você acha que são seus obstáculos?

— Não sei. Talvez minha disponibilidade. — Ela tirou as mãos de debaixo das pernas. — Desde que Jonathan me contratou, ele está ciente do fato de que quero ficar com minhas filhas depois da escola. Isso é muito importante para mim. Comecei como web designer em meio período porque Mira e Jude eram muito pequenas, mas, quando Jude começou a pré-escola, ele me deixou dar aulas no curso matutino de Arte. É uma turma de pré-requisito. Tem funcionado muito bem até agora, mas às vezes me pergunto se talvez seja por isso que ele não me deixou continuar lecionando.

— Então, o tempo com suas filhas é importante para você — disse William. — Por que você acha isso?

Ela se virou para encontrar seus olhos.

— Quero ser uma boa mãe para elas.

— Entendo — disse William, parando para escrever algo.

Eles ficaram sentados em silêncio por um momento antes de ele perguntar:

— Há alguém que possa ajudar com os cuidados das crianças à tarde?

— Minha sogra, talvez. — Yara já tinha pensado nisso antes, mas também descartou a ideia rapidamente. — Mas os irmãos do meu marido são mais novos, ainda estão em casa, e ela tem muito o que fazer lá. De qualquer maneira, ela acha que é trabalho da mãe cuidar dos próprios filhos.

William assentiu.

— E quanto ao seu marido?

Ela balançou a cabeça.

— Ele tem um negócio atacadista que está crescendo e ainda ajuda o pai com outro negócio. Trabalha loucamente por longas jornadas. A renda dele sustenta a casa. Eu não tenho que trabalhar. Não dá mesmo para esperar que ele pare o que está fazendo para me ajudar.

Com aparente interesse, William disse:

— Isso te incomoda? Ter que colocar sua carreira em suspenso pela dele?

Ela levantou uma sobrancelha.

— Estou percebendo aonde você quer chegar. Eu compartilho uma coisa com você e a primeira coisa que você faz é presumir que eu estou presa.

Ela balançou a cabeça.

— Bem, só para você saber, sou uma mulher realizada e não sou oprimida por ninguém.

Ele esperou um pouco e então respondeu:

— Eu não queria sugerir o contrário. Peço desculpas.

Yara tocou em seu colar.

— Tudo bem, obrigada. — Ela cutucou uma cutícula em silêncio.

— Por que não conversamos sobre o que aconteceu com sua colega, então? — William continuou.

Yara percebeu que seu joelho tremia e pressionou a palma da mão contra ele.

— Não estou orgulhosa de mim mesma por ter feito isso. Não foi um dos meus melhores momentos.

William desviou o olhar, anotando algo.

— Sim, sua briga com Amanda, pelo que entendi, é a razão pela qual esta sessão foi sugerida — disse ele. — Mas há outra coisa que me preocupa mais.

— O que você quer dizer?

Ele olhou para a prancheta novamente, folheando as páginas até a última. Observando-o, Yara desejou que ele se apressasse e dissesse o que quer que fosse.

— Você já fez terapia antes? — ele enfim perguntou.

— Por quê?

— Bem, estou tentando conhecê-la — disse William. — Faz parte do processo de aconselhamento. Entender todos os aspectos do seu passado e presente para então ajudá-la.

— Não sei se a terapia pode ajudar — disse Yara.

William descruzou as pernas e voltou a cruzá-las.

— É uma opinião forte. Essa foi sua experiência no passado?

Yara enfiou as mãos nos bolsos da blusa.

Sete anos atrás, durante seu *check-up* de seis semanas após o nascimento de Mira, a ginecologista de Yara fez algumas perguntas sobre seu estado emocional. Depois disso, ela agendou uma consulta de Yara com uma psiquiatra. Yara não contou a Fadi. Na semana seguinte, ela embalava Mira nervosamente em seu colo enquanto a psiquiatra, uma mulher branca de quase quarenta anos, disse a Yara que ela estava apresentando sintomas de depressão pós-parto. Olhando para a tela de seu laptop, ela disse a Yara que era algo comum e que havia remédios para ajudar em muitos tipos de depressão, inclusive a pós-parto. Alguns não eram seguros se ela planejasse continuar amamentando, e outros tinham efeitos colaterais como boca seca ou comportamento violento, mania ou agressão. Durante todo o tempo em que a mulher estava falando, Yara continuou embalando Mira para a frente e para trás, sentindo um nó na garganta. Ela queria pegar o computador da mulher e quebrá-lo na mesa. Em vez disso, fechou os olhos por um momento, até que o impulso desapareceu. Pensou em contar como era sua vida em casa, que às vezes quebrava coisas e não sabia por quê, mas que isso não acontecia desde que fora mãe. Que ela estava errada, que Yara estava melhor agora do que nunca. Mas a médica parecia focada nos desafios de ser uma mãe de primeira viagem, e Yara não teve coragem de dizer o contrário. Como ela poderia explicar a essa mulher a total confusão e o desamparo que ela sentia? Que ela ainda se sentia uma criança? No final da breve sessão, a psiquiatra prescreveu-lhe um antidepressivo, que Yara nunca tomou.

Então Yara olhou para William e disse:

— Eu não vejo como uma terapia ocidental poderia ajudar alguém como eu.

— Entendo. Você conhece alguém que poderia ter tido uma experiência diferente? Alguém da sua família, talvez?

Ela riu de repente.

— Claro que não.

— É uma pena. — Ele fez uma pausa para registrar outra anotação na prancheta e Yara sentiu a pele queimar. — O que acontece quando alguém da sua família tem um problema ou precisa de ajuda?

— Eles definitivamente não falam com um estranho sobre isso.

William assentiu.

— E o que eles fazem?

Yara deu de ombros. Por que ela mencionou sua família? *Idiota*, pensou.

— Minha avó gostava de fazer leituras da borra de café turco — respondeu. — Seus olhos coçaram e ela os esfregou. — Acho que era uma forma de terapia, se pensar bem.

— E você acredita que essas leituras eram úteis? — disse William.

— Sim, para ela. Eu acho. — Yara tocou seu colar, então parou rapidamente, preocupada que William pudesse perguntar sobre isso.

— Então, possivelmente, a terapia convencional também pode ser útil?

Yara deu de ombros.

— Quero dizer, pode ser, nas circunstâncias certas.

— E você não acha que agora seja a circunstância certa?

Ela se virou para olhar pela janela de novo. Do lado de fora, alguns alunos andavam de skate, abrindo caminho por entre a multidão.

— Não, não é — disse Yara. — Sinto muito, mas você não sabe nada sobre mim ou de onde eu venho, e as coisas que sabe são provavelmente caricaturas ou deturpações. Não estou tentando ser rude, mas não quero perder meu tempo falando sobre coisas que você nunca vai entender, embora eu saiba que você tem boas intenções.

Ela colocou a mão na bochecha, seu rosto estava corado. Não esperava ter dito nada disso, mas era a mais pura compreensão de seus próprios sentimentos que já tivera em algum tempo.

— Você está certa — disse ele. — Infelizmente, meu entendimento de sua cultura é muito limitado. Mas isso não significa que eu não possa ajudá-la. Ele esfregou a ponta do formulário com o polegar. — E eu acho que você precisa de alguma ajuda. Não quero alarmá-la, Yara, mas algumas de suas respostas aqui são muito preocupantes para mim.

Ela roeu a ponta da unha.

— Olha, as perguntas eram confusas. Eu nem sabia a que estava respondendo na maior parte do tempo. — Ela soou mais defensiva do que pretendia, a voz instável.

— Posso entender como isso deve ser difícil para você — disse William. — Pelo que vejo aqui, parece provável que você esteja lutando contra a depressão e deva considerar a medicação.

O suor se acumulava acima de seu lábio superior e ela enxugou as palmas das mãos nos joelhos enquanto William falava sobre as opções de tratamento. Sua voz parecendo um zumbido alto na sala.

— Yara? Você gostaria que eu a encaminhasse a um psiquiatra também? — William disse, e ela enfim conseguiu discernir as palavras.

Ela balançou a cabeça.

— Não estou deprimida e não preciso de remédios. Por que remédio é a primeira coisa em que vocês pensam?

— Podemos adiar uma indicação se você for contra isso — disse ele. — Mas, se quer melhorar sua saúde mental e trabalhar nos gatilhos que te fazem reagir com raiva, é importante que esteja disposta a cooperar comigo, e isso significa me dar uma chance de ajudá-la.

Yara franziu a testa e olhou para o chão.

— Isso significaria nos encontrarmos aqui uma vez por semana. Todas as sextas-feiras à tarde, às 14h? Funciona? Cabe na sua agenda?

— Sim — disse Yara, levantando-se para sair.

— Ótimo. Vejo você na sexta-feira, então?

— Tudo bem — disse Yara, sem ter certeza de que voltaria.

· 12 ·

— Pense no que Khalil Gibran escreveu — disse Mama. — Viaje e não conte a ninguém, viva uma verdadeira história de amor e não conte a ninguém, viva feliz e não conte a ninguém. As pessoas estragam coisas bonitas.

— Não sei o que você quer dizer, Mama — respondeu Yara.

— Sim, você sabe — disse Mama.

— Eu tive que ir em um terapeuta hoje.

Com menos tarefas na faculdade, ainda era cedo para Yara buscar as meninas. Ela decidiu dirigir até dar a hora, entrando em uma rodovia.

— Ele acha que eu posso estar com depressão.

— Depressão? — Mama disse. — Isso é ridículo! — Ela soltou uma risada áspera. — Que motivo você poderia ter para estar deprimida? Na sua idade, eu era casada com um bruto e cuidava de meia dúzia de crianças.

Yara mordeu o lábio por um momento, pensando em Mama, em como ela era uma espécie de bomba-relógio, especialmente depois que Teta morreu e, pior ainda, depois que ela foi ver a cartomante.

Em voz baixa, Yara perguntou:

— Você acha que estava deprimida, Mama?

Mama riu.

— Eu estava com raiva, esgotada e cheia de algumas coisas? Sim, mas isso não é depressão. Deixe para os americanos fazerem da tristeza uma doença. Eles não sabem que todos no mundo sofrem? E você deve saber que quanto mais pagar para ouvirem seus problemas, pior você se sentirá.

— Acho que não tenho escolha, Mama, não mesmo. Quero ter meu emprego de volta no próximo semestre. Quero ensinar de novo.

Yara pressionou as costas contra o assento, um pequeno arrepio de medo passando por ela ao pensar em não renovar seu contrato.

— Não posso perder meu emprego e ser só uma dona de casa, dependendo de um homem para cuidar de mim. Eu não vou passar por isso.

Com a voz tensa, Mama disse:

— Só? Quer dizer, tipo eu?

Yara sentiu uma gota de suor na testa.

— Desculpe. Eu não quis dizer isso.

Por um momento, nenhuma das duas falou, e Yara sentiu um peso se aproximar, como se estivesse afundando no concreto molhado.

— Acho que é óbvio o que está acontecendo aqui — Mama enfim disse.

— O quê?

— Você está amaldiçoada.

Yara esfregou os olhos e conferiu o relógio em seu painel. Ainda vinte minutos até ela ter de pegar as meninas.

— O que você quer dizer com amaldiçoada?

— Com mau-olhado, é claro.

— Por que alguém iria me amaldiçoar?

— Por que não? — Mama disse. — Você é educada e bem-sucedida. Você é casada com um homem maravilhoso e tem duas filhas lindas. Isso é uma receita para a inveja, querida. Você já deveria estar percebendo.

Yara sentiu o rosto esquentar, o sol batendo no para-brisa. Ela abriu a janela, esperando por uma brisa de fim de outono.

— Como você está se sentindo agora? — Mama perguntou. — Você está com febre ou dor de cabeça? A pele meio esverdeada? E seus olhos, estão amarelos?

Yara olhou para si mesma no espelho retrovisor: olhos negros profundos e cabelos escuros presos atrás das orelhas, o rosto da cor de açúcar queimado. *Amhiyeh*[24], é como Teta sempre descreveu sua tez. — Como o trigo dourado.

— Eu pareço normal — disse Yara. — Como sempre. O que isso tem a ver?

— Às vezes, o mau-olhado se manifesta fisicamente — disse Mama. — Uma doença inesperada ou um desconforto repentino podem ser um sinal de que alguém te amaldiçoou. Você se lembra do velho jardim da casa da minha mãe?

---

24 É uma espécie de pasta quente de trigo e nozes, muito açucarada. [N. E.]

— Sim, claro — Yara disse rápido demais, ansiosa para ouvir Mama falar de Teta.

Ela nunca falou dela depois de sua morte. Yara alimentava sua memória sozinha, repetindo as receitas que ela lhe ensinou, cozinhando para Mama e seus irmãos quando tinha apenas quatorze anos. Baba nunca soube, Yara percebeu, que tinha sido ela, durante todos aqueles anos, a cozinhar muitas das refeições que ele vinha fazer em casa.

— O que tem o jardim da Teta, Mama? O que aconteceu lá?

— Bem, em um verão, quando eu era jovem, ele murchou da noite para o dia. As azeitonas, figos e mirtilos caíram no chão e ficaram marrons. Ela estava convencida de que nosso vizinho invejoso amaldiçoou o jardim, e depois disso ela nunca mais a convidou para um *chai*.

Yara imaginou Teta em seu jardim, que era o mais farto do bairro. Ela podia ver sua avó agachada sobre as jardineiras que tinha construído em seu terraço, colhendo frutas e legumes para o jantar. Era concebível para ela que alguém pudesse invejar o jardim de sua avó o suficiente para amaldiçoá-lo, mas esse tipo de superstição era inseparável das crenças com as quais Yara havia crescido.

— Se um pequeno jardim em um campo de refugiados é suficiente para provocar mau-olhado, o que pode ser dito sobre sua vida? Todas aquelas fotos chiques que você coloca na internet para todo mundo te bajular...

Yara deu uma risada constrangida.

— Eu não sabia que o mau-olhado funcionava on-line.

— Claro que sim, quando você coloca sua vida privada lá para o mundo ver! — Mama estalou a língua. Em seguida, baixou a voz para um sussurro: — Exibir suas bênçãos com muito orgulho só trará *hasad* a você. Você sabe como a inveja pode ser poderosa. *E não diga a ninguém*, Yara, *as pessoas estragam coisas bonitas.*

Yara parou por um longo momento, olhando pelo para-brisa. No alto, o céu era de um azul perfeito, com nuvens brancas espalhadas por ele.

— Aquelas fotos — Yara enfim disse. — Elas nem parecem verdadeiras.

— Bem, agora você sabe — disse Mama. — Não pode ser tão imprudente quando se trata dessas coisas. Em um momento sua vida está bem, e no próximo um terrível infortúnio cai sobre você.

Aproximando-se de um sinal vermelho, Yara diminuiu a velocidade do carro até parar. Fechando os olhos, ela não disse nada por vários segundos, tentando desacelerar seu coração.

— O quê? — Mama disse quando Yara não respondeu. — Você não gosta do que estou dizendo? Estou te dizendo isso para o seu próprio bem. Acredite em mim, eu sei do que falo. — Ela fez um barulho que soou como um pequeno grito. — Até consigo confirmar. Você não se lembra?

— Não entendo o que você quer dizer — disse Yara.

— Ora, claro que entende. Você não se lembra do que a cartomante disse?

Os dedos de Yara apertaram o volante, a compreensão tomando conta dela. Lembrava-se muito claramente de quando Mama visitou a estranha mulher, como ela tinha mudado depois, como se um *djinn* tivesse entrado em seu corpo e sugado toda a luz.

— Eu me lembro — disse Yara.

Yara observou as pontas dos galhos de bordo passando do lado de fora de seu carro. Mais duas voltas, mais cinco minutos, ela estaria com suas garotas mais uma vez.

— Eu nunca mais fui a mesma depois disso — disse Mama, sua voz ainda mais baixa agora.

— Eu sei — respondeu Yara.

— Aconteceu uma coisa ruim depois da outra. É parecido com que está acontecendo com você, *habibti*? Talvez não sejamos tão diferentes, afinal. Talvez...

— Não! — Yara disse antes que Mama pudesse continuar. — Sem chance. Não é nada disso, Mama.

— Por que não?

Quase inaudivelmente, Yara disse:

— Minha vida é completamente diferente da sua. Eu sou completamente diferente de você.

— Você acha que sim — disse Mama. — Mas um mau-olhado é um mau-olhado, e você sabe o que acontece quando se é amaldiçoada.

· DIÁRIO ·

Na minha memória daquele dia, quando você nos levou para visitar a cartomante, foi como se você estivesse enfeitiçada. Você se lembra?
   — Não importa — você diz quando pergunto para onde estamos indo.
   Você empurra o carrinho duplo pela Quinta Avenida com os lábios cerrados, olhando para a frente de uma forma fixa, sem piscar. Meus irmãos e eu seguimos, enfiando as mãos nos bolsos enquanto lutamos para acompanhá-la. O vento sopra, chicoteando meu cabelo em meu rosto e enviando um arrepio à minha espinha. Caminhamos em silêncio pelos quarteirões barulhentos, lotados e arborizados, passando por um fluxo de pedestres enquanto atravessamos um cruzamento largo de mãos dadas. Você para quando finalmente chegamos ao nosso destino, e nós também paramos, ofegantes e com as pernas rígidas. Pardais circulam no alto, mergulhando atrás das árvores trêmulas. Eu olho para o velho prédio, com seus tijolos vermelhos em ruínas e escadas de incêndio enferrujadas, me perguntando por que diabos você nos trouxe aqui.
   Dentro do prédio, você tira o casaco e arregaça as mangas da blusa até os cotovelos. Então começa a empurrar o carrinho escada acima antes de parar para perguntar se posso levantar a ponta dele. Eu levanto, e você continua subindo dois lances de escada estreitos, ofegante. Você ainda está recuperando o fôlego quando bate na porta e uma mulher alta e magra aparece. Eu encaro a cartomante, de olhos arregalados, maravilhada com a visão dela. Em um kaftan azul longo e esvoaçante e um xale combinando enrolado em seu cabelo, ela parece majestosa, como um personagem de uma das fábulas que lemos. Seus olhos verdes estão fortemente

contornados com kohl, *e suas mãos estão cobertas com padrões de hena em uma mancha vermelha profunda, cor de sangue.*

— Meriem? — *a cartomante pergunta, e você acena com a cabeça.*
— Entre.

Você olha para nós nervosamente, então empurra o carrinho para dentro do apartamento escuro. Meus irmãos seguem você, e eu sigo atrás deles, inalando um forte cheiro de sálvia enquanto passo pela porta da frente. Maravilhada, olho em volta para o quarto escuro, incapaz de entender por que estamos aqui. Para onde quer que eu me vire, há cristais: pedras de mármore pretas esfumaçadas, pêndulos roxos e rosados, grandes aglomerados de quartzo claro que parecem tão radiantes que devem ter vindo de uma caverna mágica. Uma grande cortina feita de contas de cristal divide a sala ao meio e, do outro lado, uma velha mesa de madeira fica ao lado de uma lâmpada bruxuleante; no centro, uma mão de quiromancia com um olho que tudo vê. Parece o pingente que você usa no pescoço.

Do outro lado da sala, numa pequena TV está passando Tom e Jerry. Você coloca o carrinho na frente da tela e depois se vira para mim.

— Fique aqui e observe seus irmãos — você diz antes de desaparecer atrás das contas.

Eu tento fazer o que você pediu. Eu fico de olho nos meninos e me distraio desenhando um pássaro no chão de carpete com meu dedo indicador, repetidamente, de um golpe só. Mas a próxima coisa que percebo é que estou espiando pelas fendas nas contas, hipnotizada.

— Sente-se — a mulher está dizendo agora, apontando para um tapete de orações no chão.

Você faz uma pausa, olhando para o tapete e esfregando os olhos. Eu posso dizer que você está nervosa. Foi por causa da visão do tapete? Você estava com medo do que Deus pensaria sobre sua visita? As únicas vezes em que você se senta em um tapete de oração é durante o Eid[25], quando nos ajoelhamos juntos no fundo da mesquita, em uma seção destinada às mulheres, enquanto Baba e os meninos rezam na sala principal. Eu não a descreveria como uma pessoa religiosa, mas ultimamente você parece mais desafiadora do que o normal, e seus olhos parecem elétricos, intensos. Eu

---

25 Festivais religiosos celebrados pelos muçulmanos em todo o mundo. As celebrações podem variar de região para região, mas a essência de gratidão a Deus, caridade e alegria é compartilhada em todo o mundo muçulmano. [N. E.]

me pergunto o que há de errado e se tem algo a ver com o motivo de você ter nos trazido aqui.

Por fim, você se senta no tapete, mantendo o olhar no chão. A cartomante pega um pedaço de giz branco e começa a desenhar um grande círculo no chão, escrevendo palavras árabes ao redor do perímetro em longas letras ornamentadas que aprendi na escola, mas não consegui decifrar. Depois de terminar de escrever, a mulher entra no círculo e começa a recitar mantras e encantamentos, colocando pedaços de ferro em volta do perímetro externo.

— Os djinn temem o ferro — diz a mulher.

Você apenas olha para ela, passando os dedos pelas bordas do tapete.

A cartomante recita mais alguns encantamentos até que, de repente, meus cabelos na nuca se arrepiam.

— Nós convocamos você para um ruqyah[26] — diz ela.

Com as pernas trêmulas, olho ao redor da sala, imaginando com quem a cartomante está falando, mas tudo que vejo são meus irmãos no canto, ainda assistindo a desenhos animados. Eu tento me juntar a eles, mas a voz da mulher, baixa e grave, me mantém presa àquele pedaço.

— Diga-nos, o que o futuro de Meriem reserva?

Uma longa pausa. A mulher está focada, seus olhos fixos na escuridão, aparentemente se comunicando com alguém ou com alguma coisa.

— Estranho — ela enfim diz. — O que mais?

Silêncio. Você balança para a frente e para trás em seu assento, abrindo e fechando os punhos.

Mal posso acreditar que estamos aqui, que isso está acontecendo. Por um tempo, eu observo você, ouvindo apenas meu coração pulsando em meu peito. Por fim, a mulher apaga as velas.

— Sinto muito, Meriem — diz ela. — Receio que isso esteja fora do meu alcance.

Você se sentou, fixando os olhos na mulher.

— O que você quer dizer?

— Você foi amaldiçoada.

Um olhar de confusão cruzou seu rosto. Então, um lampejo de reconhecimento. Por um segundo você abre a boca, mas tudo o que sai é um único e doloroso gemido. Um silêncio cai sobre a sala. Depois de um

---

26 *Ruqyah* é um tipo de prática de cura espiritual islâmica. [N. E.]

tempo você se levanta de forma instável, como se o chão estivesse se movendo sob seus pés.

— Sinto muito, não há nada que eu possa fazer — diz a cartomante, que então abre a cortina de contas.

Eu corro para o fundo da sala com meus irmãos bem na hora.

Você caminha até nós, aparentemente em transe, esquecendo-se de esconder o olhar desamparado em seu rosto. Tento encontrar seus olhos enquanto descemos o carrinho pela escada, mas você não olha para mim. Você continua mordendo o canto do lábio inferior e olhando para o chão. Quando chegamos ao final da escada, você para e fica lá com as mãos tremendo ao lado do corpo, respirando com dificuldade. Então, em um piscar de olhos, cai de joelhos, o rosto entre as mãos, soluçando.

· 13 ·

Na cozinha, Yara passou os dedos pelo contorno de seu amuleto *hamsa* antes de entregar a merenda escolar a Mira e Jude. As bocas das meninas estavam se movendo, mas ela não conseguia ouvir o que diziam. Seus olhos continuavam vagando de suas lancheiras rosa e roxas para seu próprio reflexo cansado na porta do micro-ondas. A lembrança da visita à cartomante ficou se repetindo em sua mente a noite toda. Um torpor a cobriu como uma coberta, e ela teve a sensação de ter voltado no tempo. Era como se nunca tivesse realmente escapado daquele momento, como se seu corpo tivesse se lembrado o tempo todo. Mantendo uma mão no volante durante todo o caminho para o trabalho, a outra permaneceu em seu colar.

Ela não se lembrava muito do que aconteceu depois daquela visita, apenas o quanto as coisas tinham mudado. No gramado da faculdade, Yara se lembrou de sussurros sobre seus pais. Baba disse que eles eram uma desgraça, que a família estava envergonhada. Eles pararam de visitar a Palestina. Isso foi um ano antes da morte de Teta. Yara não entendia o que estava acontecendo, mas uma sensação de sujeira da qual ela não conseguia se livrar grudava em sua pele. Esse mesmo sentimento voltou no dia em que Fadi e os pais dele vieram pedir sua mão em casamento, quando ela ouviu Nadia sussurrando para Fadi no corredor:

— Tem certeza, filho? Não é tarde demais para recuar. Você sabe o que dizem: tal mãe, tal filha.

Ao ouvir essas palavras, Yara sentiu uma vergonha, pesada e sufocante como alcatrão, derramar-se sobre sua alma. Ela tinha jurado a si mesma provar que Nadia estava errada. Ela não era nada parecida com a mãe.

No trabalho, Yara perambulou pelo campus, segurando a câmera contra o peito. A facilidade com que ela normalmente completava sua lista de tarefas tinha evaporado, e ela se viu incapaz de se concentrar em recortar fotos ou atualizar as páginas web. Estava feliz por se encontrar sozinha, embora sentisse falta de estar em sala de aula. Sentia falta de ensinar, do modo como isso a levava a outros mundos. E, no entanto, era grata pela solidão. Desta vez, estava sozinha para refletir sobre sua vida e fazer um inventário de todas as coisas que aconteceram, memórias que passara a maior parte de seus dias superando.

Yara decidiu abandonar as tarefas e tirar a câmera para pelo menos andar pelo campus — ela poderia voltar para sua lista de tarefas mais tarde. Câmera à mão, ela tirou algumas fotos. Em vez de pensar na cartomante, começou a repassar o passado recente em sua mente: o incidente com Amanda, sua primeira sessão de aconselhamento, a maneira como ela arremessou o copo de vidro como uma louca. Como tantas coisas deram errado em tão pouco tempo? Tudo o que ela sabia era que precisava manter o emprego. Sua carreira era a maior diferença entre ela e sua mãe. Sem isso, seria apenas uma versão americanizada de Mama, uma mulher circunscrita pelo casamento e pela maternidade. Tinha vergonha de se sentir assim, mas era verdade.

Mas mesmo no pátio, quando ela olhava pelo visor estreito da câmera, o campus estava morto e sombrio sob o céu nublado. Ao baixar a câmera para ajustar a abertura, sentiu que alguém a observava do outro lado do pátio: Jonathan. Ele não acenou, não sorriu. Rapidamente, ela tirou uma foto e se virou e correu com a cabeça baixa na direção oposta, até ter certeza de que ele não podia mais vê-la. Será que ela parecia tão horrorizada quanto se sentia? Yara fez uma pausa, viu-se em uma janela escura; o reflexo pálido, seus cabelos e olhos escuros, era como se estivesse olhando para o rosto de sua mãe. Ela deu um passo para trás e fechou os olhos. Não queria se lembrar, mas a memória a desafiava.

Lá estava sua mãe, parada na pia da cozinha, passando a esponja num prato pela milionésima vez. Ela tinha estado mal-humorada a semana toda. Yara não conseguia se lembrar da última vez que Mama cantou para algum dos filhos. Parecia que fazia anos que ela não dançava pela casa, desde que tinha sido feliz.

— Você tem uma voz linda — Yara a encorajou.

Mama ergueu os olhos do prato em sua mão.

— Obrigada — disse.

— Você poderia ter sido uma cantora famosa, Mama.

Yara estava desenhando na mesa, tentando não olhar muito para sua mãe enquanto falava, mas agora ela via a sua testa franzida.

— Era o que eu pensava quando tinha sua idade.

— Verdade? — Yara disse. — E por que não foi para a frente?

— Porque eu não podia, claro.

— Por que não?

Mama se virou e olhou para Yara com uma frieza repentina em seus olhos.

— Tive que deixar esses sonhos de lado no dia em que você nasceu.

Por alguns segundos Yara não ouviu nada, nem mesmo sua própria respiração. Nem a água correndo na pia, nem os desenhos animados a que seus irmãos assistiam no outro cômodo. Essas palavras a deixaram tão exausta que Yara não conseguia se mexer. Seu corpo começou a afundar no chão e, naquele momento, pela primeira vez, ela desejou estar morta.

❋

O resto da semana passou como um borrão. Yara raciocinou que quanto mais ocupada ela ficasse, menos espaço essas memórias teriam para continuar invadindo sua mente.

Todos os dias, depois que pegava as meninas na escola e elas terminavam o dever de casa, iam às aulas de ginástica e voltavam para casa para se refugiar com seus brinquedos, Yara esfregava o chão, limpava os balcões da cozinha, espanava os lustres e preparava elaboradas refeições.

Fazia suas próprias misturas de especiarias e as organizava em sua despensa em recipientes de plástico transparente com rótulos que encomendava on-line.

Limpava a marquise, empilhando as telas com a tinta já seca, jogando fora as tintas velhas, abrindo espaço para os itens que Fadi disse que precisavam de um lugar para serem guardados.

Ela até sugeriu convidar os pais dele para um jantar durante a semana.

Nadia olhou para Yara do outro lado da mesa, por cima dos rolinhos de repolho — a nora voltara cedo para prepará-los —, parecendo bastante satisfeita.

— Tudo está delicioso — disse Nadia, sorrindo para Fadi.

Quando Yara concordou em acompanhar a sogra para um chá de panela que se aproximava, Nadia lançou-lhe um olhar perplexo, e então se inclinou, abraçou-a e olhou-a nos olhos, como se finalmente estivesse satisfeita por a nora estar sendo uma esposa adequada.

Mas ficar ocupada não funcionou. As memórias continuaram a surgir, criando uma sensação de afogamento dentro dela.

No sábado, ela fez um novo lote de *zatar*, combinando tomilho selvagem e sementes de gergelim torradas, como Teta havia ensinado. O sumagre encheu a sala com um cheiro cítrico, e a manjerona acrescentou um toque de doçura, e ela estava de volta à cozinha de Mama em Bay Ridge.

No domingo, quando arregaçou as mangas até os cotovelos e esfregou todas as superfícies da casa, embora já estivessem limpas, não pôde deixar de pensar em sua mãe fazendo o mesmo. De cócoras, ela se lembrou das mãos e dos pés de Mama, sempre limpos, e do eterno cheiro de alvejante em sua pele, como se tivesse se banhado em cloro. Ela se lembrava do cheiro daqueles quartos escuros e claustrofóbicos, Baba trabalhando e Mama sozinha com seis filhos, todos os sete se apertando como moedas em um bolso, e Mama, como ela tinha mudado, como ela estava sempre se contorcendo para libertar.

Em alguns dias, quando achava que Yara e os meninos estavam grudados na TV, Mama colocava música árabe no toca-fitas e cantava junto, a voz baixa e entrecortada, quase inaudível, quando ela se levantava para espremer e enxaguar o pano. Ela se agachava no linóleo da cozinha para pegar migalhas de comida, Yara sabia, para que Baba não os sentisse sob a meia quando chegasse em casa, para não gritar por causa da sujeira. De vez em quando, Yara desviava os olhos e observava Mama, impressionada com a beleza de seu rosto quando cantava, a maneira como afastava os longos cabelos negros dos ombros quando se inclinava na pia. Quando cantava, parecia que Mama estava se afastando, como se ela não estivesse ali com eles. Como se a música tivesse suspendido o tempo por um momento, a tirado de seu corpo. Como se tivesse esquecido que estava vestida com uma camisola manchada de alvejante, passando um trapo pelo piso de linóleo sujo, cozinhando refeições sem fim para bocas famintas sem fim. Era como se estivesse dançando em sua mente, com outra pessoa, em outro lugar. Como se cada dia não fosse igual ao anterior, sua vida se estendendo diante dela, já determinada.

Após a visita à cartomante, ela também parou de ouvir música.

Agora, no meio da noite, Yara acordou e, no banheiro, avistou seu reflexo na janela escurecida e desviou o olhar, envergonhada. Os sussurros em seus ouvidos ainda mais altos no silêncio: *Você sabe o que eles dizem: tal mãe, tal filha. Um mau-olhado é um mau-olhado. O que as pessoas diriam? Tive de deixar esses sonhos de lado no dia em que você nasceu.*

Esse seria o resto de sua vida também? Confinada às quatro paredes desta casa, aos sussurros dos medos de outras pessoas, desaparecendo, enquanto outro mundo estava lá fora, acontecendo sem ela?

· 14 ·

Na sexta-feira, às duas da tarde, Yara voltou ao escritório de William. Mais uma vez, o professor chamado Silas segurou a porta para ela, acenando com a cabeça enquanto ela entrava.

Uma vez dentro do consultório, ela se sentou perto da janela mais uma vez. Do lado de fora, o outono pintava os picos e vales com cores brilhantes. William cumprimentou-a de sua escrivaninha, levantou-se e foi até a poltrona de frente para o sofá.

— Hoje, eu gostaria de saber mais sobre o incidente com a sua colega, se não se importar. O que você acha que aconteceu para você reagir daquela maneira?

Yara pressionou os dedos no alto das coxas. Ela se virou para olhar pela janela.

— Eu já falei — disse ela. — Amanda estava estereotipando a mim e minha cultura e eu surtei.

— Você surtou — repetiu William. — Compreensível. Quero dizer, ninguém quer ser estereotipado. Houve alguma coisa nas palavras dela que você achou particularmente irritante?

— Não, eu... — Havia uma caixa de lenços sobre a mesa, e Yara pegou um e o amassou. — Quero dizer, eu... não foi só o que ela disse.

William assentiu, esperando que ela continuasse.

— Gostaria de poder ver mais do mundo. Eu queria me inscrever para o cruzeiro. Adoro a arte do início do século XX, mas há tantas pinturas e tantos edifícios importantes que ainda não consegui ver.

— Você é jovem. Você ainda pode vê-los.

William falava como se se levantar e viajar pelo mundo fosse tão simples quanto fazer uma mala. Ela se perguntou se ele tinha filhos. Calmamente, ela disse:

— Isso não é realista. Sou mãe. Não posso simplesmente pegar um voo para a Itália quando der vontade. Tenho filhas que dependem de mim.

— Talvez você possa viajar quando as meninas saírem de casa?

— Talvez — ela repetiu, franzindo a testa.

William encontrou seus olhos.

— Eu te irritei?

Ela olhou para o teto. Com os negócios de Fadi e suas desculpas aparentemente intermináveis, perguntou-se se algum dia teria essa liberdade. As meninas teriam de ir para a faculdade para que ela pudesse ter liberdade para ir a qualquer lugar. Mas, para começo de conversa, liberdade não era a razão pela qual ela se casou? Estava desesperada para sair de casa e começar de novo com Fadi. Escolheu esta vida. Yara não era como Mama, presa em um país estrangeiro sem renda ou educação, alheia ao luxo da autodeterminação. Mas agora, sentada em frente a William, perguntava-se: será que decidira por si mesma esse caminho específico, ou havia uma mão silenciosa ao seu lado o tempo todo, que ela não conseguia enxergar, conduzindo-a nessa direção?

Cada vez que tentava articular essa pergunta para William, ela parava, com medo de quão sem sentido as palavras pudessem soar. As palavras simplificavam situações e emoções, roubavam-lhes a sua complexidade. Suas palavras poderiam retratar o quão impotente se sentia, o quão dilacerada? Nunca se encaixando, incapaz de pertencer de verdade. Ou elas transmitiriam outra mensagem, validariam as suposições de Amanda: quão isolada era sua comunidade, quão oprimida?

Yara desejou não ter parado no xingamento de racista. Gostaria de ter dito a Amanda que a misoginia e o sexismo não eram exclusividade do Oriente Médio, que a opressão das mulheres no Ocidente parecia um pouco diferente, mas estava acontecendo ao redor delas. Como ela poderia explicar isso para William agora? Sabia que, no minuto em que abrisse a boca, suas palavras nunca poderiam transmitir seu pensamento, sua verdade, apenas uma fração borrada do que pretendia dizer. A linguagem costumava ser uma ponte, mas também, às vezes, uma barreira. Não importa que palavras ela usasse para defender seu ponto de vista, não importa o quão claramente as expressasse, elas sempre seriam um pouco distorcidas.

Então ela não disse nada. O silêncio era melhor do que ser mal interpretada, apagada, invisível em sua verdade.

— Não — Yara disse. — Nem todo mundo consegue fazer tudo o que quer.

Isso foi tudo o que ela conseguiu dizer.

— Todos nós somos impedidos de uma forma ou de outra, não é? É a vida. Na verdade, eu tenho uma situação melhor do que a maioria das pessoas.

— Como assim?

— Tenho um bom marido, filhas maravilhosas e uma carreira pela qual batalhei muito. Só porque não pude fazer essa viagem não significa que o estereótipo de Amanda está correto — disse ela. — Confie em mim, eu sei como é a opressão, e ela não é isso.

William inclinou-se para a frente.

— E como seria a opressão para você?

Ela balançou a cabeça e desviou o olhar.

— É algo que você viu na sua infância?

— Não.

As palavras deixaram seus lábios mais rapidamente do que pretendia. Yara tinha a voz de Mama em seu ouvido, as palavras de Khalil Gibran novamente: *não conte a ninguém*. Ele provavelmente estava sentado lá com sua prancheta imaginando o tipo de vida que ela poderia ter para que ele pudesse fingir que a entendia. Ela não precisava que ele sentisse pena dela.

— Se é verdade, por que você não fala sobre isso? — William perguntou. — Sei que é apenas nossa segunda sessão juntos, mas adoraria saber mais sobre sua infância: seus pais, seus irmãos, sua experiência na escola.

— Não tem o que falar. Meus pais podem ter sido imigrantes, mas suas lutas eram como as de todo mundo. Meu pai trabalhava muito e minha mãe cuidava de mim e dos meus irmãos.

— Você pode me contar um pouco mais sobre eles?

— Meus pais não têm nada a ver com o motivo de eu estar aqui.

— Talvez não — disse William. — Mas, para que eu possa ajudá-la, precisamos conversar sobre o passado, mesmo que pareça não ter relação com o presente.

Yara se virou para olhar pela janela. Era possível enterrar algo tão profundamente que você não pudesse mais senti-lo? Que você pudesse até esquecer que estava lá?

— Não estou aqui para falar sobre o passado — Yara disse. — Só quero ter minhas aulas de volta. Não vou para Oslo, mas gostaria de pelo menos falar sobre esses lugares com meus alunos de novo.

William suspirou, esfregando as mãos no rosto. Olhando para ela com uma expressão instigante, ele disse:

— Eu sei que isso deve ser difícil para você, mas temo que não possa ajudá-la se você se recusar a isso. Você pode achar que não é necessário explorar seu passado, mas, até que esteja pronta para fazer isso, não tenho certeza de como você se beneficiará de nossas sessões.

Yara cruzou os braços e não disse nada. Pelo resto da sessão ela ficou sentada em silêncio, imóvel, virada para a janela. Ela se irritou com Amanda por causa de sua ignorância, não por causa de sua própria infância. A ignorância de Amanda era o que importava. E mesmo que o passado tivesse alguma influência em sua reação, por que ela iria querer falar sobre isso com William, que mal seria capaz de compreender como era uma infância como a dela, muito menos sentir como ela foi?

As pessoas estragam coisas bonitas.

De volta ao escritório, ela fechou os olhos e deixou as lágrimas rolarem. Mesmo que William estivesse certo, que diferença faria agora? Ela tentou se imaginar de volta à casa de sua infância. Tentou se abrir para Mama, a única pessoa que poderia entender como ela realmente se sentia. Mas não conseguiu, e as lágrimas continuaram a escorrer por seu rosto.

· 15 ·

Ela estava planejando levar as meninas direto para casa depois da ginástica, mas Jude estava dando cambalhotas de empolgação.
— Pintamos na aula de Arte de hoje — ela disse a Yara, de pé no banco de trás, um sorriso desdentado preenchendo seu rosto. — A professora gostou tanto do meu quadro que o pendurou no corredor da escola!
— Que emocionante — disse Yara. — Quero ver seu quadro logo. O que você pintou?
Jude sorriu.
— Eu, você e Mira fazendo um piquenique no parque.
— Ah, que fofo — disse Yara. — E o Baba?
Jude franziu a testa e olhou para as mãos. Em voz baixa, ela disse:
— Ele estava no trabalho. Ele está sempre trabalhando.
Vendo o rosto da filha pelo espelho retrovisor, Yara engoliu em seco e tentou se concentrar no trânsito, seus olhos passando sobre árvores vermelho-alaranjadas. Quantas vezes ela sentiu isso quando criança, a ausência de seu Baba...
Em um sinal vermelho, ela encontrou os olhos de Jude novamente.
— Eu tenho uma ideia. Que tal uma parada rápida no parque antes de irmos para casa?

Ao entrarem no estacionamento do parque, Yara disse:

— Temos vinte minutos.

As meninas pularam do carro e correram para os balanços.

O trepa-trepa estava brilhando sob o sol da tarde, e Yara pegou a câmera e se posicionou em um banco à sombra de um bordo vermelho. Ao seu redor, as paisagens ondulantes estavam iluminadas com incontáveis tons de carmesim e dourado, o céu azul brilhante cortando os galhos. Do outro lado do parquinho, uma mulher estava sentada em um banco e olhava para o telefone. Um menino que poderia ser seu filho perseguia Mira e Jude no balanço, rindo. O ar estava fresco e com um cheiro doce. Yara as observou com o coração disparado, comovida com o som da inocência. Mas a outra mulher não ergueu os olhos. Por fim, ela pegou o filho e saiu, e as meninas foram para o trepa-trepa.

Do banco, Yara tirou uma foto de Jude pendurada em uma estrutura vermelha e uma de Mira no topo de um escorregador amarelo.

Observando-as, ela se perguntou o que elas se lembrariam de suas infâncias. Talvez as cores vibrantes do outono da Carolina, ou o som das folhas quebrando sob seus pés, ou o cheiro de fogueiras e marshmallows assados, ou a montanha depois de uma chuva forte. Quaisquer que fossem essas memórias, ela esperava que fossem boas. Ela estava sempre trabalhando para dar a elas estabilidade e felicidade. Achava que até mesmo aceitar um emprego a tornava uma mãe melhor para elas.

Sentada ali, a câmera apertada entre os dedos, Yara se lembrou de Mama levando ela e seus irmãos ao McKinley Park para passar as longas horas até que Baba voltasse do trabalho. Mas Mama apenas os observava com olhos vagos, o corpo caído em um banco, até a hora de partir. Ela se lembrava de suas longas caminhadas de volta para casa, os sons suaves de Mama inspirando e expirando enquanto empurrava o carrinho pesado, os lábios trêmulos, os olhos cheios de lágrimas. Chegando em casa — isso foi antes da cartomante, antes de Teta morrer —, Mama colocava uma fita cassete de música árabe e preparava um bule de café turco, como se isso resolvesse todos os seus problemas, a curasse de alguma forma.

Agora, Yara sentiu uma sensação diferente em seu braço e olhou para baixo para encontrar Mira puxando-a.

— Mama, Mama, Mama! — Mira estava dizendo. Algo na maneira como sua filha disse essas palavras a surpreendeu, quebrando a última corda que prendia a memória...

Mama, Mama, Mama!

Só que não era Mira repetindo a palavra, era Yara. E ela não estava em um parque na Carolina do Norte em um dia quente de outono, mas em uma calçada do Brooklyn no auge do inverno, tremendo, o ar frio cortando sua pele.

Mama os havia levado de Bay Ridge para perto de Dyker Heights para ver as extravagantes luzes de Natal de lá, uma tradição que eles faziam anualmente, embora não celebrassem as festas. Yara e os meninos mais velhos flanqueavam Mama, que empurrava um carrinho duplo com os caçulas. O ar estava frio e ao redor deles o bairro estava em chamas com as decorações natalinas espalhadas pelas casas, telhados e jardins. Árvores de Natal tão altas quanto postes de luz, brilhando com enfeites. Papai Noel inflável em tamanho real pelos gramados. Renas bem iluminadas nos telhados. Brilhantes soldadinhos de açúcar. Casas cintilantes com ornamentos luminosos, janelas iluminadas. O som agitado e alegre de crianças rindo e o cheiro de chocolate quente no ar. Como se tivessem entrado em outro mundo.

Yara segurou a mão de Yunus e olhou com os olhos arregalados para além de Yousef e Yazan, que estavam com os braços estendidos. Ela seguiu seus olhares até uma longa fila de crianças esperando por balas de menta que estavam sendo distribuídas na frente de uma casa. Yara ergueu os olhos para sua mãe, que procurava algo no fundo do carrinho. Yunus estava chorando, e Mama estava procurando algo para fazê-lo parar.

— Mama — Yara disse, mas sua mãe não ergueu os olhos. — Mama — ela insistiu. — Podemos ir pegar uns doces?

Yunus precisava de uma mamadeira. Mama estava procurando o leite.

— Um segundo — Mama disse distraidamente. Ela pegou a bolsa e abriu o fecho.

Yara observou enquanto mais crianças se juntavam à fila.

— Mama, Mama — ela repetiu impacientemente, puxando o casaco dela.

Sua mãe ficou em silêncio enquanto colocava duas colheres de leite em pó em uma mamadeira cheia de água. Por fim, Yunus parou de chorar. Mama se endireitou.

— Mama... — Yara começou de novo, mas a palma da mão de Mama veio quente contra seu rosto.

— Quantas vezes eu tenho que te dizer? — ela disse junto ao estalo. — Pare de me chamar sem parar!

Horrorizada, Yara deu um passo para trás, tropeçando na beirada da calçada. Ela esfregou a língua com força contra o céu da boca, segurando as lágrimas.

— Tudo o que faço é cuidar de você — Mama disse com os dentes cerrados. — É tudo o que faço, sempre!

Agora Yara sentiu outro puxão em sua própria manga e percebeu com um nó no estômago que Mira estava parada olhando para ela, Jude ao seu lado. Ela tentou afastar a sensação da mente, mas parecia que ainda estava na calçada de Dyker Heights, os ossos dormentes sob o peso do corpo, fechando os olhos para bloquear as luzes.

— Você pode me empurrar no balanço? — Mira disse.

Por um momento, Yara apenas ficou sentada ali, incapaz de falar, o tapa de Mama ainda ardendo contra sua pele, ainda forte depois de tantos anos. Por fim, Yara conseguiu dizer:

— Só quero sentar aqui por um momento.

— Mas não posso atravessar as barras de trepa-trepa sem ajuda — disse Jude. — Eu preciso que você me segure.

Yara sentiu uma joaninha subindo por sua perna e se livrou dela.

— Agora não. Talvez em alguns minutos. Por que vocês duas não jogam juntas?

— Mas nós queremos brincar com você — disse Mira, um gemido rastejando em sua voz.

— Por favor, Mama — Jude insistiu. — Só uma vez.

— Um minutinho.

Mira franziu a testa e disse:

— Você *nunca* brinca com a gente.

— Brincar com você? — Yara levantou-se, com as bochechas trêmulas. — Depois de tudo que eu faço por você, todos os dias, você está reclamando por eu não brincar com você? Você entende o quanto estou me esforçando? Você não tem ideia de que tem sorte!

Mira e Jude deram um passo para trás, o horror estampado em seus rostos. Yara levou a mão à boca, respirando com dificuldade. O olhar delas fez com que a vergonha a inundasse, dissipando sua raiva instantaneamente. Como ela pôde ter perdido a paciência tão rapidamente por causa de um pedido tão insignificante?

— Sinto muito, bebês — disse Yara. — Eu não deveria ter gritado daquele jeito. Venham aqui. Desculpe. Vou brincar com vocês.

Em transe, ela seguiu Mira e Jude até o trepa-trepa, segurando as lágrimas. Inalou e segurou suas mãozinhas, mas seu corpo se esticou e se apertou. Ela estava lá no parquinho, suas mãos segurando Jude, mas sua mente estava em outro lugar.

· 16 ·

Naquela noite, no banheiro, Yara se despiu de costas para Fadi. Ele abriu a torneira e entrou no chuveiro, seus pés fazendo sons suaves no azulejo. Ainda meio aérea depois do parque, ela não falou muito desde que ele voltara para casa.

Por trás do vidro, Fadi perguntou:

— Como foi seu dia?

— Bom. — Sua boca estava apertada, e ela se esforçou para pronunciar as palavras. — E o seu?

— Infernal de tão cheio. Estou exausto.

Ela se juntou a ele no chuveiro, evitando seus olhos, mas a água morna contra sua pele a acalmou. Pensou em contar a ele que tinha brigado com as garotas, imaginando que isso poderia aliviar um pouco da vergonha que sentia, mas rapidamente desistiu. Yara não precisava acrescentar à lista dele as maneiras pelas quais ela era incapaz de se controlar.

Fadi ensaboava o cabelo com o novo xampu que ela comprara para ele na semana anterior. O cheiro de frutas cítricas enchia o ar, e ela o ouvia falar sobre o pai, sobre algo que ele tinha lhe dito naquela manhã. Yara fez um esforço para erguer os olhos.

— Meus irmãos sempre vão poder fazer o que quiserem, enquanto ele ainda espera que eu administre todas as finanças do posto, como se eu não tivesse meu próprio negócio. Não sou nada além de um *himaar* para ele, um burro de carga. — Ele estava franzindo a testa. — Não é justo. Nada que eu faça será bom o suficiente para ele.

— Lamento que ele faça você se sentir assim — disse ela. — Você é bom o suficiente. Não importa o que ele pensa.

Fadi encolheu os ombros.

— Não é o que parece. Eu não sou nada mais que um burro para ele.

Yara esfregou as mãos no rosto. O relacionamento de Fadi com Hasan só piorou ao longo dos anos, e o marido foi ficando cada vez mais ressentido. Ele queria ir para a faculdade no Tennessee, mas não podia porque seu pai confiava nele para cuidar do posto de gasolina na época, e agora eram as finanças, culpando-o por seus problemas, enquanto ele parecia não ter nenhuma expectativa sobre seus irmãos. Yara frequentemente ouvia essas queixas e tentava acalmá-lo, dizendo coisas como "Entendo como isso deve parecer injusto". E ela era sincera — entendia Fadi mais do que qualquer outra pessoa. E foi sua vulnerabilidade o que mais a atraiu nele. Talvez ela se enxergasse em sua dor. Fadi sabia algumas coisas sobre o passado de sua família, sobre sua mãe — algumas coisas eram impossíveis de manter em segredo em sua comunidade —, e ele a aceitou mesmo assim. Isso tinha que significar alguma coisa.

Yara fechou os olhos e colocou o rosto sob a água corrente, ficando quieta enquanto o calor a envolvia. Ela olhou para trás, para todas as coisas que aconteceram em suas vidas, lutas que moldaram quem eles eram, que talvez até os trouxeram até este momento. Ela estava escondendo as partes mais sombrias de seu passado não apenas de si mesma, mas dele. Mas quem mais a entenderia, senão Fadi? Talvez se revelar a ele os aproximaria ainda mais.

— Você já pensou nas coisas que aconteceram quando você era jovem? — Yara perguntou-lhe quando saíram do banho, enquanto ela abotoava uma camisola de algodão até os joelhos. Do lado de fora da janela, a lua brilhava.

Fadi inclinou-se para se olhar no espelho do banheiro, o cabelo molhado escorrendo pelo pescoço.

— O que você quer dizer?

Ela olhou para o reflexo dele no espelho, mas ele não a olhou nos olhos. Se soubesse o quão assustada ela estava, talvez a ajudaria. Talvez ele também tivesse medo do passado. Talvez também estivesse lutando para ser um pai e um companheiro melhor.

— Tenho me lembrado de coisas ultimamente — disse Yara, dando um passo para mais perto dele. — Sobre meus pais. Sobre como eram as coisas quando eu era mais jovem.

Na escuridão, sua respiração acelerou.

— Você já se perguntou se estamos nos tornando como eles?

— O quê? Sem chance. Não somos como eles — ele respondeu.

Houve um silêncio intenso quando Fadi entrou no quarto e pegou o telefone na mesa de cabeceira. Ela pensou se deveria contar a ele o que Jude tinha dito sobre sua pintura. Sabia que mesmo insinuar a ideia de que ele não era um pai presente só o deixaria na defensiva e desdenhoso, mas era uma chance de fazê-lo ver que os medos dela não eram infundados. E que, se não tomassem cuidado, se tornariam iguais aos pais, perdidos na agitação de tentar sobreviver sem se dar conta das preocupações da própria filha.

— Jude fez um comentário hoje que me preocupou — disse Yara, mexendo na manga de sua camisola.

Fadi ergueu os olhos do telefone para encará-la.

— O que ela disse?

— Ela me contou sobre um quadro que pintou de mim, dela e Mira. Ela disse que você não estava nele porque está sempre trabalhando.

Ele franziu a testa, levantando uma sobrancelha.

— Você está tentando me fazer sentir culpado?

— Não, de jeito nenhum. Mas, quando ela disse isso, não pude deixar de pensar em meu próprio pai.

— Então agora você está me comparando com seu pai?

— Não foi isso que eu quis dizer — disse ela. — Mas acho que uma parte de mim tem medo de repetir os erros dele.

Ele balançou sua cabeça.

— Não sou como meu pai. Ou como o seu.

— Eu sei — ela disse calmamente. — Mas às vezes me preocupo em ser como minha mãe.

Fadi deu um passo para trás.

— Como exatamente?

— Não do jeito que você está pensando — ela disse rapidamente, sentindo seu rosto queimar. — Só como mãe.

Ele apenas olhou para ela.

— Ultimamente tenho pensado em como ela era quando éramos jovens — disse Yara. — Ela estava tão vazia, agitada e triste. E não posso deixar de me preocupar se sou assim com as meninas.

Embaraçada, ela baixou os olhos.

— Você acha que eu sou?

— Não sei — disse ele, soando mais tranquilo agora que o foco não estava nele. — Não vejo você com elas durante o dia.

Ela deu de ombros.

— Às vezes, quando estou com elas, sinto que não consigo relaxar.

— Sim, bem, nós sabemos que você exagera nas coisas. Mas não é isso que vai fazer você igual sua mãe. — Ele fez uma pausa. — Então, de novo, você é que sabe como ela era quando você era pequena.

— Algumas coisas são difíceis de lembrar.

— Talvez você devesse perguntar a seus irmãos.

Ela respirou fundo e percebeu que não se lembrava da última vez que pegou o telefone e ligou para um deles. Nunca se sentiu como irmã deles — era só mais uma cuidadora deles. O que ela poderia dizer-lhes? Que ela estava com medo do tipo de pessoa que tinha se tornado? Como se eles se importassem: estavam todos vivendo suas vidas, livres e desembaraçados, como se não tivessem sido afetados pelo passado. Será que eles choraram no funeral de Mama? Mesmo que ela conseguisse engolir sua raiva por essa injustiça e estender a mão para eles, de que adiantaria? Só traria à tona todas as coisas que ela queria esquecer.

— Se você está preocupada, faça algo a respeito — disse Fadi a caminho da cozinha. — Foi o que eu fiz. Meu maior medo era me transformar em meu pai, então fiz questão de não ser como ele.

Com as mãos tremendo enquanto preparava as refeições, ela meio que escutou enquanto Fadi falava sobre como ele não seria igual ao pai, mesmo que tentasse. Ele tinha muito em comum com seu pai e com o pai dela, embora ela nunca fosse lhe dizer isso. Hasan era tão disciplinado e obcecado pelo trabalho quanto Fadi. Assim como Hasan, Fadi não parecia ter nenhum interesse ou aspiração além de sustentar sua família e, quando estava em casa com eles, sua mente costumava estar em outro lugar, em seu telefone ou preocupado com as contas ou em fazer mais dinheiro. Até Jude podia ver isso. E, embora Yara nunca apontasse isso, ela viu a maneira como Nadia olhou para Hasan durante o jantar, como se ele fosse um estranho para ela — depois de trinta anos de casamento.

Mas talvez ele estivesse falando sobre outras coisas. Talvez ele quisesse dizer que era diferente por dentro. Ele fazia as meninas rirem. Hasan certamente nunca contou uma piada. Ela nem tinha certeza de tê-lo visto sorrir.

Fadi entregou-lhe um copo de água.

— Você ouviu o que eu disse?

— O quê? Não, me desculpe.

— Você está bem? — Ele lhe lançou um olhar perplexo. — Você tem agido de forma estranha ultimamente.

— Desculpe. Foi sem querer. O que você estava dizendo?

— Você pode controlar a maneira como responde às coisas — disse Fadi. — Você pode mudar se quiser.

Ela assentiu. Parecia que todos em sua vida queriam que ela mudasse, consertasse as coisas, só que ela não sabia por onde começar. Mudar certas coisas era fácil, ela via isso na publicidade todos os dias. Poderia mudar o que gostava de comer ou que tipo de sapatos usava ou como organizava seus armários. Mas e suas entranhas, todas as coisas invisíveis?

— Eu quero... — ela começou a dizer.

Mas Fadi já tinha feito seu prato e, pela janela escura da cozinha, Yara o observou se afastando, o vapor de sua refeição quente deslizando pelo ar. Em seu próprio reflexo, tudo o que brilhava era o *hamsa* azul com olhos em volta do pescoço, o amuleto destinado a afastar o mau-olhado.

— Quero fazer diferente. Eu realmente quero — disse ela em voz alta. — Mas não sei como.

O aviso de Mama sussurrou em seu ouvido: *uma vez amaldiçoada, sempre amaldiçoada.*

· 17 ·

Quando Yara chegou ao campus na manhã de segunda-feira, o prédio de Humanidades fervilhava de atividade. Jonathan tinha organizado mais um evento de apresentação para professores e funcionários. Eles foram incentivados a tirar um tempo antes do início do dia normal de trabalho para comer e conversar uns com os outros. A última coisa que queria era entrar na conversa, mas agora ela entendia que isso era o esperado dela.

No corredor, lâmpadas amarelas zumbiam no teto. Yara examinou a sala em busca de uma mesa vazia antes de lembrar que estava ali para socializar, para provar que estava tentando melhorar. Ao redor dela, as pessoas sentavam juntas em grupos e conversavam tão alto que parecia que o barulho estava dentro de seu crânio. Ela se endireitou e caminhou em direção à mesa no fundo da sala, onde havia café e doces.

Lá, na frente da fila, com um jaleco branco de chef, estava Silas, o homem que segurava a porta do escritório de William. Yara observou-o dar uma mordida em um minimuffin de mirtilo e depois limpar a boca com as costas da mão. Yara ficou feliz em esperar na fila, para evitá-lo, mas ele se virou e a viu.

— Ei, Yara — disse ele, acenando.

Ele saiu do caminho, permitindo que outros se sentassem em frente da mesa e caminhou em direção a ela.

— Eu nunca vi você nesses eventos — disse ele, observando-a com atenção.

Ela olhou ao redor do ambiente, balançando a cabeça lentamente.

— Não é bem por escolha própria que eu estou aqui.

Ele seguiu a direção do olhar dela até chegar em Jonathan e disse:
— Ah, entendo.

Ele se aproximou, parando ao seu lado enquanto ela esperava na fila. Yara tirou o telefone do bolso e atualizou sua caixa de entrada, tentando parecer ocupada.

Quando olhou para cima, Silas estava olhando para ela, suprimindo um sorriso.

— Você não gosta de estar perto de pessoas, não é?
— O quê? — Ela encontrou seus olhos. — William te contou isso?
— Claro que não. Mas é bem óbvio. Quase nunca te vejo nos eventos da faculdade, e, quando vejo, você está sempre sozinha.

Ela corou ao perceber que ele já a tinha notado e, olhando para a frente, disse:
— Isso não quer dizer nada.
— Além disso, você mal faz contato visual comigo quando conversamos.
— Isso não é verdade — disse ela, virando-se e olhando para ele com determinação.

Ele sorriu.
— Não há nada de errado em querer ficar sozinha às vezes.
— Diga isso ao Jonathan. Ou ao William.
— Você ainda não se deu com o William, não é?

Ela deu de ombros.
— Ele é ok.
— Vou nele desde o semestre passado — disse Silas. — A coisa melhora, prometo.

Yara baixou os olhos e voltou a atenção para a fila, mas sentiu a pele esquentar. Sua perna esquerda começou a tremer e, assim que ela começa, não para mais. Ela saiu da fila abruptamente.

— Preciso de um pouco de ar — ela disse.
— Se importa se eu me juntar a você? — Silas perguntou.

Ela queria dizer não. Mas não queria ferir seus sentimentos.
— E quanto a todas as conversinhas que você precisa ter?
— Ainda vai dar tempo quando voltarmos — disse Silas, colocando o prato em uma mesa próxima.

Sem falar, eles caminharam por um corredor mal iluminado até saírem do prédio. Era um dia brilhante de outono, cintilando com uma nítida luz dourada. Os olhos de Yara ainda estavam se ajustando ao brilho quando ela se ouviu perguntando:

— Então, por que você está indo na terapia?

— Estou tentando pegar guarda compartilhada da minha filha e tem sido um pouco difícil — disse ele. — A faculdade queria ter certeza de que eu teria ajuda durante o processo.

— Ah! — Ela não esperava uma resposta tão direta. — Sinto muito por ouvir isso.

Ele deu de ombros, enfiando as mãos nos bolsos.

— Tudo bem. Tudo tem um motivo.

— Isso significaria que há uma razão para todo o sofrimento do mundo, o que é bem terrível — disse ela.

Ele parou no meio do passo e esfregou a nuca.

— Nunca pensei nisso dessa forma.

Ele olhou para ela por um longo momento antes de perguntar:

— E você? Por que você está indo no William?

— Jonathan recomendou *fortemente* depois que chamei uma de minhas colegas de... bom, de racista filha da puta — disse Yara, lamentando a admissão assim que saiu de sua boca.

Ela nunca falara assim. Exceto quando ela falara. Ela sorriu para si mesma, agora, lembrando do rosto chocado de Amanda.

— Ai, ai, ai — ele disse. — Qual colega?

— Amanda Richardson.

Ele riu.

— Oh, sim, eu conheço Amanda. Já entendi. Ela vem à nossa cozinha na primeira sexta-feira do mês, quando fazemos um almoço para os funcionários. Você já participou?

Yara balançou a cabeça.

— Pois é, ela sempre faz comentários sarcásticos. Na outra semana eu fiz *coq au vin*, e sabe o que ela disse?

— O quê?

Ele levantou as mãos na tentativa de imitá-la:

— Dá para perceber que isso não é uma receita francesa de verdade. O *coq au vin* tradicional é feito com um vinho da Borgonha, como o *pinot noir*.

Yara riu solto, o som alto e vibrante, e então cobriu a boca.

— Eu pensei que ela só era assim comigo porque... — ela parou.

— Por quê...?

Ela esfregou a palma da mão na manga da camisa.

— Você sabe, porque eu sou árabe.

— Ah — ele disse. — Não sei. Ela é meio chata com todo mundo.

Yara assentiu, sentindo-se aliviada por alguma coisa, embora não tivesse certeza do quê. Ela olhou para a frente, para os campos recém-cuidados do campus. Com o sol quente contra sua pele e a doçura do gramado no ar, as primeiras folhas do outono giravam pelas calçadas. Yara gostaria de poder estender uma canga e aproveitar tudo aquilo — sem trabalho, sem telefones, sem distração ou prazo para pegar as meninas.

Como se lesse sua mente, Silas disse:

— Está um lindo dia, não?

— Sim. Minhas filhas vão querer ir ao parque de novo.

— Você tem filhas?

Ela assentiu.

— Duas filhas, de oito e seis anos. E quantos anos tem a sua?

— Olivia tem três anos.

— Ah, essa idade é uma delícia.

Batendo o sapato na calçada, Silas disse:

— Devo dizer que você parece muito jovem para ter filhos na escola.

— Sim, eu ouço muito isso. Mas comecei jovem.

— Com o quê? Aos dezesseis anos? — Ele riu, e ela percebeu que ele estava tentando fazer uma piada.

— Não, vinte.

— Caramba.

Ela deu de ombros.

— Minha mãe me teve aos dezoito anos. Minha avó teve seu primeiro filho aos quinze.

— Sério? Que doideira. — Ele esfregou a nuca. — Isso é comum de onde você vem?

— De onde eu venho?

Ele ficou quieto por um momento.

— Desculpe. Isso não saiu bem como eu queria.

Por alguns segundos ela continuou olhando para ele, depois balançou a cabeça e disse:

— Sou nascida e criada no Brooklyn.

— Certo. — As bochechas dele coraram. — Acho que quis perguntar de onde é sua família.

— De um país que não existe.

Silas olhou para ela.

— Como assim?

Yara balançou a cabeça, não querendo entrar em política. Depois de um momento, ela disse:

— Fica a alguns quilômetros de Jerusalém.

— Então você é israelense?

— Não — ela disse abruptamente. — Palestina.

— Sinto muito — disse Silas, com o rosto visivelmente angustiado. — Não quis te ofender. Eu não entendo da política da região.

— A maioria das pessoas não entende.

Ele esfregou a nuca novamente.

— E você? De onde é sua família?

— Aqui? — ele arriscou, piscando para ela. — Ou você quer dizer, tipo, a origem deles?

— Sim, a origem.

— Hum, não tenho certeza — disse Silas. — Talvez o Reino Unido? Minha família está aqui há tanto tempo que ninguém tem certeza.

Ela começou a rir.

— O que é tão engraçado?

— As pessoas comuns me perguntam de onde eu sou como se eu tivesse um carimbo de "importada" na testa. Mas por que querem saber quando nem vocês sabem de onde são?

— Sinto muito — disse Silas. — Eu realmente não queria...

Ela o cortou.

— Você sabe que ouvi metade das pessoas na administração desta faculdade se referir a mim como "a garota estrangeira", como se eu não tivesse nome. Quer dizer, se você quer ser exato a esse respeito, ao menos que seja indígena, então somos todos estrangeiros. Somos todos imigrantes.

— Sinto muito — disse ele finalmente, observando-a atentamente. — Eu não queria te insultar.

Yara riu novamente, mas descobriu que desta vez não conseguia parar.

— Sinto muito. Não sei de onde veio tudo isso — ela se recompôs.

Os olhos castanhos de Silas brilharam, e Yara ficou surpresa com o calor que ela viu em seu rosto agora, como ele se abriu, olhando para ela.

— Não se desculpe — disse ele. — Você disse o que está na sua cabeça. Eu é que estava sendo um idiota.

Ela balançou a cabeça.

— Se eu saísse por aí dizendo o que penso o dia todo, estaria ainda mais encrencada.

— Mas veja o seu sorriso — disse ele. — Talvez você devesse dizer o que pensa com mais frequência.

Ela assentiu e virou o rosto, sentindo-o queimar sob a luz do sol. Ele estava flertando com ela? A ideia de que ele poderia achá-la atraente surgiu em sua cabeça, e Yara sentiu uma desorientação repentina, como se alguém a tivesse empurrado e ela lutasse para se reerguer. Ela sentiu uma vontade quase desesperada de escapar, mas não conseguia se mexer.

Por um momento, eles ficaram parados sem falar nada, olhando para as plantas balançando na brisa. A conversa teve um efeito sobre ela, embora não soubesse exatamente qual. Por fim, Yara virou-se para olhá-lo e ele sorriu, os olhos quase translúcidos à luz do sol.

— Preciso ir — disse Yara. — Tenho que mostrar minha cara lá para não ser demitida.

— Bem, nos vemos por aí? — disse Silas. Ele apontou na direção do edifício Artes Culinárias.

— Talvez.

Parecia a coisa apropriada a dizer.

· 18 ·

Nos dias seguintes, Yara trabalhou até a hora de pegar as meninas na escola, depois fez o dever de casa com elas antes da aula de ginástica. Em casa, continuou a preparar refeições elaboradas todas as noites, sem tirar uma noite de folga, a fim de evitar as lembranças que surgiam quando estava parada, o sentimento de pânico e tristeza que a invadia sempre que desacelerava. Ela ajudou Fadi a levar mais algumas caixas para a marquise, empurrando suas pinturas para o canto mais distante.

Na manhã de sexta-feira, Yara acordou com o toque do telefone. Atordoada, ela estendeu a mão e pegou-o da mesa de cabeceira, atendendo sem olhar para a tela. Quando ouviu a voz do outro lado da linha, ela se perguntou se ainda estava dormindo, tendo um pesadelo.

— *Salaam*, Yara — disse Baba.

Em um frenesi, ela se sentou na cama e colocou as pernas para o lado. Baba quase nunca ligava para ela, e, quando ligava, havia algo errado. Como quando seu irmão Yassir largou a faculdade de Medicina e Baba pediu que ela o convencesse a se matricular de novo. Ou quando Yaseen foi preso por vender maconha e Baba disse a Yara para descobrir por que ele estava jogando sua vida fora. Yara não sabia por que ele ligava para ela. Ela não tinha influência sobre eles. Ela não era Mama. A última vez que ela falou com Baba, ele disse:

— Eu nem sei por que estou falando sobre eles, sei que eles nunca vão ouvir.

Mas Yara imaginou que ele gostava de ter alguém para reclamar.

— Yara, você está aí?

— Sim — ela disse, esfregando os olhos.

Ela olhou ao redor do quarto, desorientada. O lado da cama de Fadi estava vazio — ele já havia saído para o trabalho.

— Está tudo bem? — ela perguntou.

— Sim, eu só queria saber como estão as coisas.

A voz de Baba soou rouca, como se ele tivesse voltado a fumar. Ela queria perguntar, mas, assim que ele abriu a boca, soube que sim — claro que ele tinha voltado, sem Mama ali, implorando que ele parasse. Ela não suportava pensar em Mama agora.

— Como vai você? — perguntou disse.

— *Alhamdulillah*[27]. Estou bem.

— E as meninas?

Ela se levantou, sentindo seu corpo endurecer, seu coração endurecer.

— Estão indo bem. Crescendo rápido.

— Bom, bom.

Apertando o telefone sobre a orelha, Yara fez a cama em silêncio. Ela não conseguia se lembrar qual tinha sido o pedido de intervenção mais recente de Baba.

— Você sabe escutar — ele sempre dizia.

— Mira perguntou sobre você outro dia — Yara disse agora, sentindo seu rosto queimar —, elas pediram histórias de infância. Ela queria dizer: "Eu não tinha nada de bom para contar a elas, Baba".

Em vez disso, disse:

— Jude também.

— Bonitinhas — disse Baba. — Com quantos anos elas estão agora?

— Oito e seis.

— *Mashallah*, estão ficando tão grandes.

Ela moveu sua boca com incerteza por um momento, então engoliu o que ia dizer.

— Elas sentem sua falta — disse ela.

— Também sinto falta delas — disse ele. — Mas você sabe como fico ocupado com o trabalho.

— Sim, eu sei. — Ela alisou o edredom e reorganizou os travesseiros, puxando o lençol para colocá-lo no lugar.

---

27 *Alhamdulillah* é uma expressão comumente usada pelos muçulmanos. É uma frase de gratidão e louvor a Allah (Deus). Pode ser traduzida como "Louvado seja Allah" ou "Graças a Allah". [N. E.]

Baba limpou a garganta.

— Então, me diga, como estão as coisas com Fadi?

— Está tudo bem. Por que pergunta?

— Não é o que eu tenho ouvido.

Ela parou, ajustou o telefone sob a orelha.

— O que você quer dizer?

— Não estou tentando atrapalhar o seu casamento — disse Baba com um suspiro. — Mas Fadi me disse que você andou tendo alguns problemas no trabalho, e que você está meio estranha desde então. O que está acontecendo?

— Nada.

— Tem certeza? — Baba perguntou. — Fadi diz que você também está brigando com ele, reclamando que ele fica muito no trabalho, que está até agressiva. É verdade?

Yara encostou-se no lado da cama, com os joelhos trêmulos.

— O quê? Quando ele disse isso?

— Não importa quando — disse Baba. — Você sabe o quanto aquele homem trabalha para cuidar de você e de suas filhas. Por que você está dando trabalho para ele?

— Eu não estou. Eu só queria a ajuda dele com as meninas, só isso. Elas são filhas dele também.

— Eu sei, *yaaba*. Mas você tem que ser razoável. É justo ele trabalhar tanto para pagar as contas e também ter que te ajudar nas suas responsabilidades? Você sempre foi uma pessoa muito sensata, Yara. No fundo, você sabe que o que estou dizendo é verdade, não é?

O ar no quarto estava começando a ficar opressivo, e Yara se viu caindo de joelhos no chão. Ela mordeu o lábio inferior com força, a boca ardendo.

— Em vez de deixar ele se sentindo culpado por causa da sua agenda — continuou Baba —, por que você não tenta ser uma fonte de conforto para ele? Tenha uma boa refeição pronta quando ele chegar em casa, ponha uma roupa bonita. Os homens são criaturas visuais, sabia? Não é preciso muita coisa para ficarmos felizes.

Ela fechou os olhos por um momento, procurando as palavras para fazer seu pai entender. Preparava para ele uma boa refeição quente todas as noites. Vestir-se para ele? Tomava banho com ele todas as noites. Como poderia explicar que cada decisão de sua vida foi uma tentativa de superar a impotência que ela sentiu ao crescer, para provar a si mesma — provar que era capaz, fiel, dedicada —, mas que nada disso adiantava? Não serviu para ela chegar nem mesmo próximo do que queria ser. Ela *foi* amaldiçoada.

— E quanto a mim? — ela enfim disse, sem fôlego, descrente. — Importa se estou feliz?

— O que há para não ficar feliz, *yaaba*? — Baba disse. — Você tem muitas bênçãos pelas quais agradecer. Tudo o que estou pedindo é que você tente fazer as pazes em sua casa.

Parecia que ele tinha passado o braço pelo telefone e estava segurando o coração dela com o punho. Yara recostou-se na beirada da cama e olhou para os joelhos, inspirando e expirando lentamente. Quando deu por si, estava dizendo:

— Do jeito que você fez as pazes na nossa?

Ela podia sentir o coração batendo forte no peito enquanto esperava que ele respondesse.

— Aquilo foi diferente — Baba, finalmente, disse. — Sua mãe dificultou as coisas quando vocês eram pequenos. Poderíamos ter ficado felizes se não fosse pela falta de respeito dela.

Yara se levantou de um salto.

— Então foi tudo culpa dela? — ela disse, andando de um lado para o outro enquanto segurava o telefone com força. — E você não fez nada de errado?

— Abaixe a voz — disse Baba. — Seus problemas são cria sua. Eles não têm nada a ver comigo e com sua mãe.

— Tem tudo a ver com você — disse Yara, percebendo que era a primeira vez que dizia aquelas palavras em voz alta. — Vocês dois são tudo em que sempre penso.

— Ah, é? — Baba disse com desdém. — Se isso é verdade, então por que você não aprendeu com os erros de sua mãe, hein? Eu não deveria ter que dizer a você para cuidar de seu marido e se esforçar em seu casamento. O fato de termos que ter essa conversa é preocupante. Você sabe a sorte que tem por ter um casamento tão bom. Se eu não tivesse conhecido Hasan...

— Chega! — Yara gritou.

Ela deu um passo para trás e desabou na cama, tonta de vergonha.

— A última coisa que essa família precisa é de outra *museeba*[28], Yara. Chega de desgraças. *Fahmeh?* — Baba perguntou. — Estamos entendidos?

— Sim — Yara resmungou, mas a palavra soou vazia.

---

28   Em árabe, a palavra *museeba* significa "desgraça" ou "calamidade". [N. E.]

— Assim que se diz, menina — disse Baba, respirando fundo. — Estou contando com você.

— Eu sei.

Quando Baba desligou, ela começou a ligar para Fadi, mas se conteve, sabendo que não resolveria nada, que ele não a ouviria.

Ela podia sentir como Baba e Fadi devem ter falado sobre ela: o marido dizendo que não sabia o que tinha dado nela. As recriminações do pai, assim como tinha feito com sua mãe.

Suas mãos tremiam. Ela não sabia se se sentia mais envergonhada ou furiosa. Não estava orgulhosa de seu comportamento, mas — ela pensou, indo para o quarto de Mira e Jude para acordá-las para a escola — algo tinha de mudar.

Lágrimas queimavam em sua garganta enquanto ela olhava para os rostos inocentes e adormecidos de Mira e Jude. Uma onda de amor encheu seu coração. Parecia-lhe agora que nenhum momento de sua vida a tinha preparado para ser o tipo de pessoa que suas filhas precisavam que ela fosse. Ninguém a avisara disso quando ela era uma jovem mãe, o quanto de sua própria infância ela reviveria com elas, o quanto de sua dor ela passaria adiante. Cabia a ela proteger as filhas, dar-lhes uma boa vida. Não podia deixar Baba ou Fadi entrarem em sua cabeça. Em vez disso, precisava provar que os dois estavam errados, agir com firmeza para que pudesse ter a vida que sempre desejou para si e para suas filhas. Elas não cresceriam em um lar frio e sem amor. Elas não se tornariam como ela, olhando fixamente para longe, sempre tentando impedir que as memórias surgissem.

Ela era forte o suficiente para isso. Se não por si, então por elas.

Fechou os olhos e imaginou que estava sendo limpa, seu passado sendo lavado de sua pele para enfim se tornar a pessoa que deveria ser. Ou a pessoa que ela queria ser — não tinha certeza de qual era a diferença. Tudo o que ela sabia era que queria ser melhor, uma esposa melhor, uma mãe melhor.

Era o seguinte: ela não estava tentando fazer isso o tempo todo? Não foi por isso que ela se casou com Fadi, teve filhos, fez faculdade, arrumou um emprego, cozinhava, limpava a casa e fazia o que se esperava dela? Por que a felicidade ainda os iludia?

Essas perguntas foram repetidas enquanto ela se arrumava para o trabalho. Olhando-se no espelho, Yara não conseguia se lembrar da última vez que se arrumara, fizera as unhas ou passara maquiagem. Ela nem conseguia se lembrar do último corte de cabelo. Talvez Baba estivesse certo, talvez ela tivesse se deixado levar ultimamente. E essa percepção a fez se sentir enjoada, um calor azedo por toda a pele. O que Fadi pensou? O que ele viu quando olhou para ela? Será que ele a amava?

Yara ligou para Nadia para saber se ela poderia cuidar das meninas naquela tarde. Algumas pequenas mudanças não prejudicariam seu casamento. Se ela se esforçasse um pouco mais em sua aparência, talvez pudesse fazer Fadi vê-la, ouvi-la. Talvez então ele entendesse. Talvez então ele entendesse por que ela estava tão inquieta, por que ela ainda não tinha seguido em frente. Talvez então ele pudesse ajudá-la a entender também.

— Garotas, está na hora — Yara as chamou.

· 19 ·

Yara passou os dedos por uma mecha do cabelo enquanto entrava no estacionamento, depois verificou seu reflexo no espelho antes de sair do carro. Na recepção, uma mulher ruiva informou que seu cabeleireiro estava terminando de atender outra cliente.

— Fique à vontade — ela disse calorosamente.

Ela se sentou na área de espera e olhou em volta, para o interior dourado e marmorizado, sentindo-se deslocada, com o cabelo desajeitado batendo quase no meio das costas. Não conseguia se lembrar da última vez em que se deu ao luxo de um corte em qualquer lugar que não fosse um salão de bairro. Foi logo depois que Jude nasceu? Gastar dinheiro consigo mesma parecia frívolo. Ela e Fadi compartilhavam uma conta-corrente e, embora ele nunca examinasse como ela gastava dinheiro, Yara tentava ser o mais frugal possível para compensar sua incapacidade de contribuir para as finanças de maneira significativa. Compensaria essa indulgência cortando as contas do supermercado deste mês.

Uma jovem de cabelos castanhos curtos e olhos arregalados aproximou-se dela, e Yara levantou-se de seu assento.

— Sou Rebecca, e vou te atender hoje.

Ela conduziu Yara até um assento diante de uma fileira de espelhos altos e iluminados.

— E então? — ela perguntou para o reflexo de Yara no espelho quando ela se sentou. — Que tipo de corte você está querendo?

— Não tenho certeza — disse Yara. — O que você acha?

Rebecca fez uma pausa e franziu os lábios, passando os dedos pelos cabelos de Yara. Suas mãos, macias e gentis, pareciam quentes contra a nuca.

— Você está precisando mesmo é de um bom corte — disse ela. — Tem uns quinze centímetros de pontas duplas. Quanto você quer mudar?

Não muito, Yara queria dizer, mas percebeu que era a resposta errada. Mudança era coisa boa. Mudança era exatamente o motivo de ela estar aqui.

— Faça o que você acha que vai ficar bom.

— Sério? — Rebecca disse, animada. — Vai ser divertido. Alguma preferência de cor?

Yara balançou a cabeça.

— Nada muito maluco.

— Que tal um corte na altura dos ombros com alguns reflexos dourados para emoldurar seu rosto?

— Ai, não sei — ela disse, de repente duvidando de si mesma. — Eu nunca cortei tão curto antes, nem pintei meu cabelo.

— Você vai ficar linda, eu prometo.

Yara sentiu uma pontada de vergonha ao ouvir isso.

— Não dá, é impossível.

— Bobagem — disse Rebecca, estudando a expressão de Yara como se para ter certeza de que ela estava só brincando. — Você é linda, não importa como use o cabelo.

Yara assentiu, mas lá no espelho do salão estava a jovem Yara, a jovem Yara se olhando no espelho do banheiro na casa do Brooklyn, tentando não chorar enquanto Mama apontava todas as maneiras pelas quais ela se parecia com Baba: de sua pele escura a seu cabelo encaracolado, passando pelo nariz proeminente, o que mais parecia irritar a mãe.

— Espere um segundo — disse Rebecca.

Yara fechou os olhos e afastou a lembrança.

Rebecca voltou com um carrinho cheio de tubos coloridos, papel-alumínio e outros suprimentos.

— Vou aplicar a cor primeiro, depois corto — disse ela, trazendo o cabelo de Yara para trás dos ombros e afastando-o do rosto.

Ela pegou um pente de dentes largos e gentilmente penteou os emaranhados, e então começou a pintar várias mechas de cabelo com uma pasta grossa. Ela trabalhou devagar, dobrando e pintando o cabelo em quadrados de papel-alumínio. Depois de trinta minutos e mais de duas dúzias de quadrados de papel-alumínio, Rebecca foi até os fundos e pegou um suporte com uma lâmpada, que colocou sobre a cabeça de Yara.

— A cor precisa de cerca de vinte minutos para se desenvolver — disse ela.

Yara ficou sentada imóvel, tentando evitar seu reflexo. Mas quando ela finalmente olhou para cima, as memórias eram avassaladoras, semeadas em sua mente como um veneno contaminando tudo. Todas as vezes que Mama olhou para ela com repulsa. Como Yara desviava os olhos com vergonha sempre que Mama dizia o quanto ela se parecia com Baba. A vergonha que brotou dentro dela ao perceber que ela era difícil de amar dificultou sua respiração. E então o pensamento paralisante que se seguiu: talvez sua feiura fosse a culpada pela incapacidade de sua mãe de se conectar com ela quando criança.

E, no entanto, agora, ousando olhar para seu rosto no espelho, Yara enxergou o maxilar pontudo e os lábios cor de figo de Mama. Até seus olhos, de um preto intenso e profundo, pareciam os de sua mãe.

Certa vez, quando Yara ainda era criança, ela reuniu coragem para dizer isso a Mama.

— Somos parecidas — dissera Yara certa manhã, enquanto Mama apontava um lápis delineador preto fosco na frente do espelho do banheiro.

— De jeito nenhum — Mama respondeu, desenhando os cantos dos olhos. — Não nos parecemos em nada. Você é a cara do seu pai.

Yara deu um passo para trás, tocando seu rosto.

— Quando eu tinha a sua idade, eu parecia uma boneca. Eu era alta e magra, com cabelos longos e sedosos. Minha pele era tão brilhante e aveludada que as pessoas me chamavam de Branca de Neve.

Quando Mama se virou para olhar para Yara, seus olhos estavam cheios de desgosto. Yara desviou o olhar rapidamente.

— Tudo pronto — disse Rebecca, sua voz trazendo Yara de volta ao ambiente.

Rebecca removeu a lâmpada e levou Yara a uma pia nos fundos, onde desembrulhou o papel-alumínio e começou a lavar os cabelos com xampu. O barulho constante da água corrente era reconfortante, e a firmeza dos dedos contra o couro cabeludo de Yara fez seus ombros relaxarem e uma sensação de calor percorrer sua espinha.

— Pronta? — Rebecca perguntou a Yara tendo à mão uma tesoura afiada e brilhante.

Yara ouviu um corte e então sentiu o cabelo caindo. Muito cabelo.

— Não muito curto — alertou, tentando não parecer em pânico, mas viu os fios no chão com o canto dos olhos.

— Não se preocupe — disse Rebecca. — Você vai adorar.

Quando terminou de cortar o cabelo de Yara e secá-lo, Rebecca girou a cadeira e abriu um sorriso largo.

— O que você achou?

Yara se assustou com o rosto que a olhava no espelho. Ela parecia tão diferente de si mesma. Seu cabelo estava cheio e solto, parando em sua clavícula, e as mechas cor de mel deixavam sua pele brilhante e aveludada, emoldurando seu rosto de uma forma que a fazia deixava sofisticada, até bonita. Não parecia correto. Um profundo desconforto a invadiu, como se tivesse entrado em um corpo que não era o dela. Parecia inapropriado. Mais uma vez, ela viu o rosto de Mama no espelho, seus olhos frios e críticos, seu lábio superior curvado. Yara tirou os olhos do espelho, lutando contra as lágrimas, e olhou para as mãos.

— Obrigada — disse ela, evitando os olhos de Rebecca.

Ela pagou a conta sem ver seu reflexo na saída.

※

Quando Yara pegou as meninas na casa dos sogros, Nadia a cumprimentou na porta da frente com uma expressão divertida.

— Uau, você está deslumbrante — disse ela. — *Zay el amar*[29].

Yara deu um passo para trás, incapaz de esconder sua surpresa.

— Obrigada.

Nadia sorriu.

— Que coisa boa. É assim que gosto de te ver.

Mira e Jude gritaram de alegria ao ver seu corte e, na volta para casa, elas a observaram hipnotizadas. Em um sinal vermelho, Mira estendeu a mão e tocou um fio.

— Você está tão bonita, Mama — disse ela. — Posso cortar meu cabelo assim também?

Sorrindo, Yara disse que sim. Jude se aproximou, esticando o cinto de segurança, e disse:

— Você parece a Princesa Belle, de *A bela e a fera*.

— Eu amo a Belle — disse Yara.

---

[29] Expressão elogiosa do árabe egípcio, significa literalmente "você parece a Lua". [N. T.]

❋

— Seu cabelo! Você cortou — disse Fadi assim que entrou na cozinha mais tarde naquela noite.

Ela limpou as palmas das mãos no avental e engoliu em seco, olhando para as próprias mãos.

— Também fiz umas mechas. Você gostou?

— Ficou legal. Mas por que você cortou tanto?

Ela franziu a testa, puxando uma mecha dourada.

— Achei que uma mudança seria bom, e que você gostaria.

— Eu gostei — disse ele calmamente.

Ela desviou o olhar, tentando se concentrar no positivo. Mesmo que Fadi estivesse apenas fingindo gostar do cabelo dela, ele estava se esforçando para elogiá-la.

— Queria que você tivesse conversado comigo antes — disse ele. — Eu gostava muito do seu cabelo comprido.

— Ah! — Por alguns segundos, Yara olhou para o chão. — Sinto muito — ela se ouviu dizer. Por que, exatamente, ela não tinha certeza. Por estar dando trabalho, por cortar o cabelo, por ficar lá parada pateticamente, por se desculpar por tudo isso. Ridícula.

— Não se desculpe — disse Fadi, olhando para ela. — Não vai demorar para crescer de novo.

Rigidamente, ela o seguiu escada acima para colocar as meninas na cama. Então era assim que Fadi a enxergava? Como alguém que precisava de permissão para cortar o próprio cabelo, como se cada movimento seu exigisse a aprovação dele? E, no entanto, foi ao salão por ele. Para que ele a enxergasse, para consertar as coisas, para quebrar a maldição que a atormentou durante toda a sua vida — esse sentimento incerto de que algo estava profundamente errado e que algo ainda pior estava por vir.

Fadi caminhava de cabeça baixa, lendo algo em seu celular. Atrás dele, Yara levava um pé na frente do outro com esforço, repetindo o aviso de Mama sobre mau-olhado. *O mundo inteiro deve estar amaldiçoado*, ela pensou, *para passarmos tanto tempo andando por aí com os olhos grudados em um dispositivo que só nos deixa mais sozinhos*. Ela tinha parado de postar nas redes sociais. Parou de fingir, pelo menos on-line. Mas isso não mudou nada, não é? Ela se perguntou se Fadi estava ciente de quantas vezes seus olhos estavam na tela em vez de estarem nela.

Dentro do quarto das meninas, ele enfim enfiou o telefone no bolso e se inclinou para dar um beijo de boa-noite em Mira e Jude. Mesmo na escuridão, podia ver como ele era carinhoso com elas, como seu sorriso parecia genuíno. Quando foi a última vez que ele sorriu assim para ela? Naquele momento, Yara quis se jogar em seus braços e confessar o quanto precisava dele, o quanto estava assustada, mas só ficou ali, cerrando os dentes. As palavras eram muito vulneráveis. Ele não podia vê-la como fraca. Ela acabou com um nó na garganta e fechou os olhos, segurando as lágrimas. Por muito tempo se orgulhou de sua força e independência, mas não podia mais negar que o que mais queria era o amor de Fadi. Ou, pelo menos, alguma garantia de que não estava sozinha, que ele estaria lá para confortá-la, para amá-la quando as coisas estivessem difíceis. Em momentos como esse, seu amor parecia muito distante, como se ela nunca fosse alcançá-lo, como se o amor fosse um país ao qual ela nunca iria.

Já se sentira amada de verdade? Até onde conseguia se lembrar, ela não tinha feito nada além de ansiar por amor. Mesmo quando criança, acreditava que, se tentasse o suficiente, um dia sentiria isso. Mas passou a vida toda sem sentir amor — a frieza de sua casa era tão forte que ela podia senti-la em seus ossos. Os pensamentos se aproximaram dela agora, um por um até que fosse impossível desviar o olhar deles: e se na verdade essa fosse sua maldição? Não perder o emprego ou fracassar no casamento, mas simplesmente não ser amada, não importa o que ela fizesse.

Franzindo a testa, ela se virou para a janela, as vozes sonolentas de suas filhas diminuindo. Do lado de fora, Yara enxergou o brilho suave dos postes de luz contra a calçada, o céu escurecendo, e ela ficou ali, silenciosa, examinando a fileira de casas de tijolos aparentes, o peito subindo e descendo na escuridão.

· DIÁRIO ·

Foi naqueles verões, quando estávamos na Palestina, que você voltou à vida. Como uma fogueira brilhante em um campo escuro. Você tinha um ritual lá, todas as manhãs: acordar de madrugada com o canto do galo e o chamado do adhan[30] da mesquita próxima.
    — Olhe para o céu — você disse. — Todo dia é uma nova pintura. Foi aqui que começou meu amor pelo desenho?
    Depois você fazia longas caminhadas, voltando para casa com uma cesta cheia de frutas.
    — Para limpar a mente — você explicou. — Me ajuda a me sentir conectada.
    — Com o quê? — eu perguntei.
    — Com as árvores — você disse. — Com a terra que é meu lar.
    Eu implorei para você me levar com você, e uma manhã você aceitou. Caminhamos de mãos dadas, cada uma carregando uma cesta vazia. O verão cobriu as colinas e vales com grama fresca e flores silvestres espalhadas para onde quer que olhássemos. Paramos em cada figueira e amendoeira, seus delicados frutos já macios e doces. Esticamos os braços e pegamos o que estava pendurado mais baixo, enchendo nossas cestas. Subimos nos galhos e enchemos os bolsos, levantando as pontas de nossas roupas para segurar o resto. Então voltamos para casa, ansiosas para mostrar a Teta as frutas que coletamos.

---

30 O adhan é um componente importante da prática religiosa islâmica, sinalizando aos muçulmanos a hora de realizar suas orações diárias, conhecidas como salat. [N. E.]

Em nossa última viagem de verão para lá, observei você e Teta de pé sobre as panelas e frigideiras, seus ombros pressionados contra os dela, seus lábios dispostos em um sorriso, como se a felicidade estivesse pintada em seu rosto.

Pela janela aberta da cozinha, vi meus irmãos, vestidos com roupas americanas, brincando com um bando de garotos da vizinhança usando camisas remendadas, calças que pareciam grandes demais, sandálias presas com tiras esfarrapadas. Eles brincam com paus e velhos pneus de bicicleta, rindo como se tivessem encontrado um tesouro.

Naqueles dias claros de verão, o céu era de um azul-claro e nítido. Varais ao nosso redor, lençóis esvoaçando ao vento. As mulheres riem e fofocam enquanto bebem café turco e mergulham pão quente no zeit-o--zaatar[31], enquanto os homens se sentam dentro da cabana jogando cartas e fumando narguilés cheios de tabaco, água de rosas e limão.

Naquela última noite, você dedilhou seu *oud* e cantou como se estivesse longe, como se tivesse entrado na música.

Em certo momento, as mulheres começaram a dançar, tirando seus lenços e véus. Elas formaram um círculo ao seu redor, batendo palmas e cantando, uma após a outra entrando no meio do círculo, balançando os quadris, corpos radiantes de liberdade. Eu observo, hipnotizada pelas imagens e sons desconhecidos, pelas gargalhadas barulhentas e pelas letras de Umm Kulthum[32], na melodia de Fairuz. O som áspero do seu *oud* ainda ecoa dentro de mim — um desejo de voltar àqueles dias doces e adoráveis, o tempo que agora parece um lampejo de magia saindo de você, rolando sobre tudo, iluminando o serviço de café pintado à mão, os xales bordados, as colinas verdejantes ao longe. E você, a voz que parece orquestrar tudo isso: aquela música enraizada no meu corpo instalou-se nos meus ossos. Você, Mama, também me mostrou outro jeito de ser.

---

31 Combinação de palavras em árabe que significa "azeite e *zatar*". O *zatar*, como já explicado na página 18, é uma mistura de temperos popular no Oriente Médio. Já o *zeit* significa "azeite" em árabe. [N. E.]

32 Umm Kulthum foi uma das mais célebres cantoras e compositoras do mundo árabe. [N. E.]

· 20 ·

Em outubro, as estradas estavam cobertas de folhas molhadas e o cheiro de cedro e pinheiro permanecia no ar fresco. Na maioria dos dias, Yara andava em um estado de urgência furtiva, as vozes de seus pais em seu ouvido, enquanto ela tentava colocar ordem em dias que pareciam um baralho de cartas espalhado pelo chão. Em casa, tentava chamar a atenção de Fadi enquanto jantavam na cama, mas não conseguia. Então Baba estava errado.

Na verdade, a mudança repentina em sua aparência saiu pela culatra, aumentando as inseguranças que sentia. Olhando para Fadi, perguntou-se o que ele via nela, se é que via algo. Ficou impressionada com o perfil dele enquanto ele enfiava comida na boca, apenas movendo os olhos da tela na parede para a tela do telefone. No silêncio que se seguiu, sua raiva se espraiou e cresceu, agigantando-se como um oceano ao seu redor.

— Você acha mesmo que isso é normal? — Yara gritou com ele uma noite depois que ele colocou na fila mais um episódio de uma *sitcom*. — Zapeando na frente da TV todas as noites? É a única coisa que fazemos.

— Por que você está falando assim comigo? — Fadi perguntou. — Você acha que isso vai me dar vontade de conversar com você? Por favor, relaxe.

Mas ela não conseguia relaxar. Sentiu-se desorientada, como se tivesse aberto seu armário de temperos e encontrado todos os seus recipientes reorganizados, como se sua vida de repente se tornasse desconhecida para ela.

No trabalho, ela cumpria suas tarefas com esforço redobrado, esperando compensar o fracasso que sentia em casa. Redesenhou a página inicial do site da faculdade e editou a tipografia em cada plataforma digital.

Voltou e fotografou novamente cada prédio do campus, incluindo a torre do relógio. Jonathan organizou duas novas sessões de desenvolvimento profissional e, mesmo com medo, ela compareceu a ambas.

Trabalhou devagar, editando as postagens de mídia social da faculdade várias vezes antes de compartilhá-las, verificando cuidadosamente se havia erros de digitação nas legendas. Às vezes, em um dia particularmente lento, via-se acessando o Instagram como se estivesse no piloto automático.

Rapidamente, ela fechou o aplicativo antes que pudesse postar qualquer coisa, o aviso de sua mãe pairando como algo sombrio no ar.

Não tinha postado uma única foto desde então, mas nada significativo parecia ter mudado na maneira como ela se sentia, seu corpo pesado como se uma pedra estivesse pressionada contra seu peito. A penetrante mirada azul do mau-olhado parecia estar ao lado dela como uma sombra que não iria embora.

E, no entanto, ela ficou satisfeita com sua própria compostura durante uma reunião do departamento, quando Jonathan anunciou que Amanda tinha sido escolhida para o cruzeiro. Do fundo da sala, Yara examinou os dedos e soltou um suspiro baixo, suprimindo a sensação de borbulhas sob as costelas, como se estivesse fechando a tampa de uma panela com água fervente. Amanda sorriu e agradeceu a Jonathan, com uma expressão inocente e surpresa no rosto.

Quando a reunião terminou, Amanda virou-se para ela e disse:

— Vou trazer para você uma lembrança daquele museu de que você me falou.

Ela não queria encontrar os olhos de seu colega, mas Jonathan estava olhando para ela com expectativa.

— Obrigada — disse Yara. — É muita gentileza da sua parte.

No final de cada semana, ela se sentava no sofá vermelho do consultório de William, olhando pela janela. Ele sempre se sentava em frente a ela na cadeira cor de mostarda com um lápis apertado entre os dedos, fazendo anotações. Suas perguntas eram sempre firmes e diretas. A cada reunião, ele começava com uma pergunta que deveria incentivá-la a se abrir e permitir que ele entrasse. Mas ela saía de cada sessão sentindo-se mais fechada do que quando começara. Ela olhou para o relógio, batendo os pés. Cada minuto com ele era um tempo em que ela poderia estar trabalhando, fazendo alguma coisa, qualquer coisa.

— Já estamos na metade do semestre — disse William agora, batendo levemente com a caneta no caderno. — Eu quero ajudá-la, Yara. Mas temo não ser possível se você continuar se recusando a se abrir comigo.

Ela olhou para ele, os braços cruzados sobre o peito.

— Se você está preocupado com o que aconteceu com Amanda, tem minha palavra de que jamais agiria dessa forma com um aluno. Nem com um colega, nunca mais. Tive uma interação perfeitamente civilizada com Amanda outro dia. Você mesmo pode perguntar a ela. Você já deveria saber que voltar para a sala de aula é tudo para mim. Não vou arriscar isso de novo.

William assentiu.

— Por que é tão importante para você ensinar?

— Como assim por quê? Foi para isso que eu batalhei por tantos anos! Eu mal tenho permissão para isso do jeito que estão as coisas.

— Permissão? Permissão de quem?

— De Jonathan.

— Entendo. Então, Yara, por que ensinar é tão importante para você?

Ela olhou para ele, controlando a vontade de revirar os olhos.

— Não é óbvio?

— Não, receio que não.

Ela queria gritar no travesseiro ao lado dela até perder a voz, ou sair da sala batendo a porta. Em vez disso, fechou os olhos e pensou nos dias que passava sentada no parapeito da janela de seu quarto no Brooklyn, desenhando. Papel, lápis, canetinhas. Do lado de fora, podia ver uma fileira de casas de arenito do outro lado da rua, que ela desenhava na folha de um caderno barato. A luz do sol entrava pelo vidro, aquecendo seu rosto, e o som do lápis contra o papel a acalmava. Yara desenhava até ver as coisas cada vez com mais clareza, até substituir o que lhe era familiar por imagens de fuga, de felicidade: um pai segurando a mão da filha no parque; uma jovem sorrindo para a mãe; uma família sentada à mesa de jantar, conversando sobre seus dias. Entre as páginas de seu bloco de desenho, ela não se sentia tão sozinha.

Por fim, ela olhou para William e disse:

— Eu queria ser uma artista. Eu queria fazer algo significativo. Arte, desenho, pintura, sempre me deixaram feliz. Eles me levavam por aí.

— Como isso se relaciona com as aulas? Você dava aulas nos cursos obrigatórios de Arte, não é mesmo?

Yara assentiu, exacerbada.

— Talvez eu não consiga criar nada para mim. Quero dizer, nem todo mundo pode ser um artista, mas talvez possa ensinar alguém a fazer algo bonito. Talvez possa ajudá-los a encontrar sua própria luz? Isso é ensinar. Eu quero ser professora. — Ela pressionou o polegar contra a parte superior da coxa, balançando a cabeça. Tantas perguntas inúteis para responder... Era como se eles falassem duas línguas diferentes.

— Eu vi suas fotos — disse William. — No site. Seu trabalho como designer.

— Não frequentei a escola de Arte para isso. — Yara balançou com a mão à sua frente.

— Mas isso é arte. — Ele descruzou e cruzou as pernas. — Você tem um olho muito bom.

Yara sentiu uma onda de confusão. O que ele estava sugerindo? Ele sabia de algo que ela não sabia? Ela não seria permitida a ensinar novamente? Estava vindo aqui para nada?

— Receio que nosso tempo tenha acabado — disse William, levantando-se para mostrar a saída para ela.

· 21 ·

No sábado, Fadi levou Yara e as meninas para jantar na casa de seu sócio. Hadeel, esposa de Ramy, tinha acabado de voltar da Palestina com dois jarros de azeite e folhas de uva recém-colhidas, então eles convidaram Yara, Fadi e outro casal palestino, Nader e Yasmin. Yara não era próxima nem de Hadeel nem de Yasmin, mas os homens tinham feito o ensino médio juntos e ainda eram amigos. Yara se sentia muito rígida e desajeitada nessas ocasiões, e olhava pela janela da sala para o céu azul aveludado enquanto todos conversavam antes do jantar.

— *Itfadalu*[33] — Hadeel disse quando a comida estava pronta, convidando-os a se sentar ao redor do *sufra*, uma longa mesa de jantar coberta com comida.

Para o jantar, Hadeel recheara as folhas de uva com arroz e cordeiro picado, servido com uma variedade de acompanhamentos palestinos: espetos de *kafta*, homus, faláfel, tabule, sopa de lentilha vermelha e pão pita quente.

Todos os adultos se reuniram em torno do *sufra*, enquanto as meninas comiam na mesinha de centro da sala, assistindo a *Trolls* com o filho de Ramy e Hadeel. Do outro lado da mesa, Fadi passou-lhe um prato vazio e disse:

— Vou querer tudo menos sopa, por favor.

Yara assentiu e encheu, acrescentando uma colher extra de homus e um fio de azeite.

---

[33] Expressão que pode significar "Por favor, sirva-se" ou "Sintam-se à vontade". É utilizada para oferecer algo a alguém, geralmente comida ou bebida, como um gesto de cortesia. [N. E.]

Ao lado dele, Ramy colocou uma folha de uva na boca, virou-se para a esposa e disse:

— *Habibti*, está delicioso.

Hadeel deu um tapa em seu pulso de brincadeira e disse:

— Você precisa esperar por nossos convidados.

Ele se inclinou e disse:

— Desculpe, querida, não consigo evitar, sua comida é tão boa.

Hadeel corou, mas seu rosto explodiu em um sorriso.

Olhando de um para o outro, Yara se mexeu na cadeira, sentindo-se deslocada. Deu um gole na água e tentou chamar a atenção de Fadi, mas ele não olhou para ela.

Ela se serviu de uma tigela de sopa de lentilha vermelha e experimentou um pouco. Embora o líquido quente acalmasse um pouco seus nervos, ela adicionou um pouco de limão para compensar o forte sabor de cominho.

Quando criança, Yara lutou para fazer amizades íntimas, apesar de frequentar a escola com o mesmo grupo de meninas durante a maior parte de sua vida. Ela não era uma criança brilhante e alegre como sua Mira era. Sempre preferiu sentar-se sozinha na hora do almoço, com o nariz enfiado nas páginas de um bloco de desenho ou um livro, em vez de bater papo e fofocar com as colegas.

Agora, sentada ao redor do *sufra* com Fadi e seus amigos de infância, Yara se sentia como se estivesse de volta ao refeitório da escola. Ela resistiu ao impulso de pedir licença para ir ao banheiro, uma tática que costumava usar, escondendo-se e respirando fundo e devagar até que a tensão em seu corpo diminuísse.

Ao mudar-se para Pinewood, ela se perguntou se conhecer novas pessoas permitiria que conhecesse outra versão de si mesma, uma mais animada, aberta e enérgica que prosperasse em reuniões sociais e não excluísse as pessoas. Por que continuou tão difícil para ela se conectar com os outros, baixar a guarda? Era só na frente de uma sala de aula, discursando sobre arte, sobre algo que sabia e acreditava, que Yara se sentia à vontade para falar. Ela era diferente na frente de uma sala de aula. Era isso que precisava dizer para William! Talvez pudesse fazê-lo entender como ela se sentia até mesmo nesta casa.

Ela não era a única pessoa no jantar que teve que começar de novo. Hadeel tinha se mudado da Palestina para se casar com Ramy depois de se sentar com ele algumas vezes na sala de seus pais. Yasmin crescera em Ohio, conheceu Nader em um casamento lá e se mudou para cá depois que ele voltou para pedir sua mão em casamento. As duas mulheres também tinham deixado suas famílias para trás e, no entanto, pareciam ter lidado com a transição muito melhor do que ela. Elas foram transferidas para novas faculdades, fizeram novos amigos e se misturaram à comunidade árabe local como se sempre tivessem feito parte dela. A comunidade era pequena o suficiente para que todos se conhecessem — inclusive os negócios uns dos outros. Essas eram as pessoas de quem Nadia falava, preocupada com suas opiniões. E, no entanto, Yara ainda não entendia por que não tinha conseguido fazer o mesmo, assimilar-se, encaixar-se, ser ela mesma aqui — nem mesmo aqui.

Como Mama conseguiu casar-se com Baba e mudar-se para os Estados Unidos com apenas dezessete anos, acrescentando uma barreira linguística à lista de limitações que ela já enfrentava? Como ela se sentiu com seis filhos para cuidar, todos os dias em casa e quase sem amigos? Quão isolada ela se sentiu em uma terra estrangeira? Como ela administrou a solidão? Yara pensou que estava lidando com isso quase tão mal quanto Mama.

✳

Depois do jantar, os adultos se reuniram na sala enquanto as crianças brincavam no andar de cima.

— Todos estão prontos para *chai* e *knafeh*[34]? — Hadeel perguntou.

Depois de uma onda de afirmações, Ramy se levantou e disse:

— Vou te ajudar.

Da sala de estar, Yara observou enquanto Hadeel preparava um bule de chá na cozinha com Ramy ao lado dela, seus ombros se tocando. Ele cortou e colocou o *knafeh* em pratos, polvilhando a fina crosta vermelha com pistache moído, enquanto ela enchia os copos de vidro com açúcar. Observá-los trabalhando lado a lado deu a Yara uma sensação estranha. Por fim, Ramy circulou pela sala, distribuindo fatias e, quando ele a serviu, ela agradeceu sem olhá-lo nos olhos.

---

[34] Sobremesa árabe feita com finas camadas de massa *kadaifi* (fios de massa filo), recheada com queijo branco ou queijo mascarpone, e coberta com uma calda doce de açúcar e água de flor de laranjeira ou água de rosas. [N. E.]

Ramy serviu sua esposa por último.

— Eu guardei para você o maior pedaço — ele disse com um sorriso. Então ele se sentou no chão ao lado dela, encostando o corpo em suas pernas, beijando-lhe os joelhos de vez ou outra, quando achava que ninguém estava olhando.

Yara podia sentir sua pele queimando e tentou encontrar os olhos de Fadi, mas ele não olhava para ela. Assim que terminaram o *knafeh*, disse que estava ficando tarde para as meninas e que deveriam ir.

No caminho de volta para casa, Yara olhou pela janela em silêncio, com a mão pressionada contra a boca. Fadi respirava pacientemente, as mãos apertadas no volante. Ela pensou nos primeiros dias de seu casamento, como esperava ele voltar do trabalho todas as noites, andando ansiosamente pela cozinha enquanto o jantar fervia no fogão até que ouvia o som de suas chaves na porta. Ele a cumprimentava oferecendo-lhe seu sorriso encantador, mas ela ainda sentia muito medo. Ela se endireitaria quando Fadi se aproximasse dela, comandando seu corpo para relaxar, mas seus ossos ficariam pesados, como se ela estivesse afundando em direção ao centro da terra.

Olhando para ele todas as noites, e particularmente para a maneira estranha como estava começando a se parecer com seu próprio pai, Yara queria esconder o rosto com as duas mãos e desaparecer. Mas não conseguia fazer nada. Uma hora acabaria o seguindo até o quarto, com a cabeça doendo, o corpo tenso como um grande punho fechado. Respirando fundo, ela tentava imaginar o futuro deles juntos: fazendo caminhadas noturnas, Fadi envolvendo-a nos braços, beijando seu rosto suavemente, seus lábios quentes contra sua bochecha. Ou olhando um para o outro em uma mesa à luz de velas ou compartilhando uma casquinha de sorvete no parque em uma tarde quente. Mas tudo o que ela conseguiu recordar foram os instantâneos sombrios de sempre: Baba rangendo os dentes quando chegava do trabalho, gritando com Mama por salgar demais o arroz ou chamando-a de *sharmouta*[35], agarrando-lhe pelo cabelo e batendo sua cabeça na parede.

Mesmo assim, naqueles primeiros dias, quando Fadi a abraçava com amor, ela podia se sentir como uma criança, chorando no chão, o rosto enterrado nas mãos, e era o corpo de Fadi pairando sobre ela, seus olhos brilhando. E não Baba, o único homem que ela conhecera antes dele. Ela passou anos procurando o amor do marido, aprendendo a pintá-lo em sua mente, mas tudo o que ela enxergava agora era cinza.

---

35   Significa profissional do sexo em árabe (e também em gíria hebraica). [N. E.]

＊

— Está acordado? — Yara perguntou a Fadi na cama mais tarde naquela noite, de costas um para o outro. A luz da lua entrava pela janela, enchendo o quarto com uma suave luz azul.

— Sim — ele disse, mas não se mexeu.

Um arrepio percorreu sua espinha. Na escuridão, puxou as cobertas até o pescoço, esperando aliviar a sensação incômoda em seu corpo. Ou talvez para comunicar silenciosamente a Fadi sua necessidade de conforto. Mas sua recusa provocou uma dor oca dentro dela.

— A noite foi boa — disse ela.

— Sim, foi. — Fadi parecia irritado.

— Ramy estava grudado em Hadeel — continuou ela, incapaz de se conter. — Por que não somos assim?

— Assim como? Praticamente se pegando em público?

— Não só isso — disse ela. — Ramy estava sendo tão doce, ajudando Hadeel a servir a todos.

Fadi soltou uma gargalhada e virou-se para encará-la.

— Você está mesmo começando uma briga por causa do bolo? Você sempre faz isso.

— Isso o quê?

— Você sempre encontra um jeito de estragar um bom momento — disse ele. — Por que você tem que agir assim sempre que saímos com amigos?

Ela sentiu um formigamento nas mãos.

— Agir como?

— Como se você não quisesse estar perto deles, como se você fosse melhor do que eles ou algo assim.

— O quê? — ela disse, tirando a colcha de cima de seu corpo. — Não acho que sou melhor que ninguém.

— Então por que você estava tão estranha?

— Não sei. Eu não estava fazendo de propósito. — Sua voz soava fraca e pequena para ela. — Você é que estava agindo como se eu não existisse.

— Besteira. Você sempre faz isso quando as coisas não são do jeito que você quer. Não saímos com nossos amigos há meses. Não posso falar com eles? Por que tudo tem sempre que girar em torno de você?

— Eu nunca disse que você não pode falar com seus amigos. Mas você nem olhou para mim a noite toda. O mínimo que você poderia ter feito era tentar me fazer sentir incluída.

— Que merda, Yara! Você conhece essas pessoas há anos. Não me ataque por causa de sua própria insegurança.

— Desculpe, não estou te atacando. — A veia em seu pescoço latejava e ela esfregou as palmas das mãos na colcha. — Só queria que você falasse comigo. Por que você sempre me faz sentir como se eu fosse louca?

— Não estou *fazendo* você sentir nada — disse Fadi. — Você se sente assim por conta própria.

Por alguns segundos ela não ouviu nada, nem mesmo o som de sua respiração. Ela tocou o rosto e percebeu que estava chorando.

— Era para ser uma noite divertida com nossos amigos — ele continuou. — Mas, de novo, você fez a noite girar em torno de você. Você é muito egoísta.

— Desculpe — ela sussurrou, as palavras saindo minúsculas de dentro dela.

— Você sempre se desculpa, Yara — disse Fadi com um suspiro. — Quanto tempo você espera que eu continue aturando isso? Já estou ficando de saco cheio. — Então ele se virou. Sem dizer boa-noite.

Um sentimento desconfortável atingiu Yara, agudo como um aviso, mas ela o afastou.

Ela pensou na noite em que Fadi pediu sua mão em casamento, o choque que sentiu; este homem queria se casar com ela, apesar dos boatos sobre sua família, sua má reputação. Baba também disse a ela como eles eram sortudos. E ela se sentia em dívida. E agora também, pelo tanto que ele trabalha para sustentar a família.

Por que o estava incomodando, esquecendo-se de tudo o que ele tinha feito por ela? Que ingrata! Na escuridão, seu coração estava disparado.

Fadi poderia tê-la mantido acordada a noite toda, brigando. Era o que ela merecia. Ele poderia tê-la chamado de *sharmouta*. Ou muito pior. Poderia ter sido o tipo de marido que bateria o rosto dela contra a parede, que a agarraria pelo pescoço até ela não conseguir respirar. O tipo que ela temia que ele fosse, mas ele não era. E agora aqui estava ela, inventando problemas. Era um bom homem. Não era trapaceiro, apostador ou alcoólatra. Não a impediu de explorar suas próprias ambições, pelo menos não as mais importantes. Por que ela não podia simplesmente acreditar que ele a amava? Não era culpa dele que ela não pudesse ser feliz. Ela não podia continuar o punindo por toda a dor que tinha sentido em sua vida.

    Nenhum casamento era perfeito. Todo mundo tinha problemas, e os dela não eram tão ruins. As explosões de Fadi não foram culpa dele, na verdade. Ele provavelmente a estava amando o melhor que poderia. Também não é como se ele tivesse visto como é um casamento saudável. Talvez por isso ele não pudesse amá-la do jeito que ela queria, pelo mesmo motivo que ela achava difícil acreditar no amor de Fadi. Não é que ele quisesse machucá-la. Não é que ele não se importasse — ele simplesmente não sabia como fazer isso. O que era compreensível. Ela poderia perdoá-lo por isso. Se alguém podia entendê-lo, era ela.

· 22 ·

O feriado de Ação de Graças estava quase chegando. Yara vagou pelo campus frio com a bolsa da câmera bem colada ao corpo. O sol estava baixo no céu enquanto ela arrumava sua mesa, desembaralhando papéis, marcando itens em sua agenda. Talvez fosse por causa do clima mais frio, mas ela não tinha vontade de trabalhar. Ela percorreu o site, atualizou alguns itens do calendário, mas não conseguiu fazer as atualizações de página solicitadas por vários departamentos ou postar os anúncios de novas atividades nas várias redes sociais. Só de pensar ela ficava cansada.

Em casa, cozinhava as receitas que sabia de cor, mas para ela todos os pratos eram insossos.

— Não, não — Fadi assegurou-lhe. — Está tão gostoso quanto da última vez.

Todas as noites, na cama, fechava os olhos e via o rosto de Mama, seus olhos cheios de raiva e medo. E, então, tristeza e culpa. Ou eram seus próprios olhos? Ela não tinha certeza.

*

Pouco antes do feriado de Ação de Graças, Yara se encontrava em seu escritório com as persianas fechadas, sem a motivação necessária para tirar fotos ou responder aos e-mails que chegavam, esperando apenas o dia passar, quando bateram à porta.

— Só queria deixar isso aqui — disse Silas. Ele estava parado no corredor bem iluminado segurando um prato coberto e talheres embrulhados. — Fiz para você.

— Ah — Yara disse. — Muito legal da sua parte. — Sentiu-se extremamente consciente de seu próprio corpo bloqueando a porta. Deu um passo para o lado e Silas interpretou isso como um convite para entrar, entregando-lhe o prato ao passar pela porta.

— É *coq au vin* — disse ele.

Um pequeno sorriso a traiu.

— O prato de que Amanda não gostou — disse ela, tirando a embalagem para dar uma olhada: frango com legumes, um rico molho escuro.

— Sim, pensei que você poderia experimentar e me dizer que gosto tem, de verdade — disse ele.

Yara ainda não tinha comido naquele dia, apenas observara as filhas tomarem o café da manhã. Ela colocou o prato sobre a mesa e desembrulhou os talheres, cortou um pedaço de frango do tamanho de uma bocada, passou-o no molho e enfiou na boca.

— Oh, uau — ela disse, já ansiosa por outra mordida. — Igualzinho dos meus verões na França.

Silas riu e Yara não pôde deixar de rir também, cobrindo a boca.

— Obrigada — ela disse, terminando de mastigar. — Está muito bom.

— Obrigado — disse ele, movendo-se para a porta. — Fico feliz que você tenha gostado.

Ela segurou a porta e ele, ao passar, virou-se e a olhou.

— Seu cabelo está ótimo, a propósito. Eu queria dizer a você, lá no William, na semana passada, mas tem sido mais difícil chamar sua atenção ultimamente.

Seu rosto queimava, e ela não conseguia encará-lo.

— As luzes combinam muito com você — disse ele. — Você está linda.

Com muito esforço ela conseguiu olhar para ele.

— Obrigada — ela disse. — Muito gentil da sua parte.

❋

Em casa, Yara cortou cebolas roxas em lascas finas como papel e coxas de frango temperadas com cominho e pimenta-da-jamaica para a refeição favorita de Fadi, *musakhan*. Tradicionalmente, o prato era feito assando um frango com osso, mas esta noite ela estava pegando um atalho para cozinhar mais rápido.

Lá fora, o céu estava escurecendo, uma lasca de sol visível entre os galhos pelados das árvores. Mira e Jude estavam brincando no quintal, e o som de suas risadas vinha da janela aberta da cozinha. Yara cantarolava uma melodia árabe enquanto despejava um fio de azeite em uma frigideira grande. Ela cozinhou o frango até que a pele ficasse dourada dos dois lados antes de transferi-lo para o forno. Na mesma panela, refogou as cebolas em sumagre, o tempero brilhante e moído de limão tingindo as cebolas de vermelho-escuro. Em uma panela separada, torrou pinhões, mexendo sempre até que tudo ficasse dourado. Em seguida, arrumou alguns pedaços de pão pita aquecido em uma travessa grande, cobrindo o pão com metade das cebolas, seguidas pelo frango, depois colocando as cebolas restantes por cima e polvilhando com pinhões, salsa e um fio final de azeite. Enquanto ela estava lá, inalando o cheiro perfumado, perguntou-se se Silas já tinha experimentado *musakhan* — talvez levasse um pouco para ele no departamento de Culinária como agradecimento.

Mas o que Fadi diria se soubesse que ela estava fazendo amizade com outro homem? E se ele soubesse que o homem também a tinha elogiado? O pânico começou a se instalar e Yara se apoiou no balcão, tentando recuperar o fôlego, agarrando o pingente do colar, resistindo a uma velha lembrança que parecia prestes a vir à tona. A noite chegou com uma pontada forte: ela estava na cozinha com Mama, mas sua mãe não a olhava. E por que olharia depois do que Yara tinha feito? Sentiu uma dor no fundo da garganta e fechou os olhos diante da lembrança do rosto de sua mãe ao perceber que Yara tinha contado a Baba. Que Baba sabia. Yara deu um tapa no balcão, lembrando-se de como mal conseguira enxergar direito. O quão pequena ela era, como realmente não tinha entendido aquilo que tinha confirmado para Baba. Como aquele dia mudaria tudo entre ela e mamãe nos próximos anos.

❋

Quando Fadi voltou para casa, algumas horas depois, Yara tinha conseguido alimentar as meninas e levá-las para a cama, então ela deu um pulo quando ele fechou a porta com alguma força.

Quando ele finalmente a olhou, seu rosto estava vermelho e uma veia em sua têmpora era visível.

— Está tudo bem? — ela disse.

— Sim, foi só um dia difícil.

Ela começou a perguntar o que tinha acontecido, mas Fadi já estava indo para o banheiro. Yara o seguiu e eles tomaram banho em silêncio, o marido se movendo mais rápido, áspero. Ela manteve distância enquanto se enxugava, olhando furtivamente para Fadi no espelho do quarto enquanto ele se vestia: estava tremendo, tentando vestir uma calça de pijama xadrez verde. A angústia enchia seu rosto. Yara olhou para as mãos, e um pensamento absurdo surgiu em sua cabeça: Fadi descobriu de alguma forma sobre sua amizade com Silas? Era por isso que ele parecia chateado?

— Tem certeza de que não tem nada de errado? — ela perguntou gentilmente, com suas roupas de dormir.

— Não tem nada errado — disse ele. — Tive um dia longo, só isso.

Ele passou por ela e se dirigiu para a cozinha, e ela o seguiu.

— Fiz *musakhan* — disse ela.

— Bom. Estou morrendo de fome.

No quarto, Fadi escolheu um episódio de *Law and Order*.

Yara ficou sentada com o prato esquentando o colo, sem conseguir comer. A testa de Fadi estava franzida enquanto olhava para a tela, mastigando.

Quando ele começou outro episódio, ela conseguiu dizer:

— Podemos desligar a TV?

Ele pausou o episódio.

— Sério? Agora é a única hora que eu tenho para relaxar.

— Eu sei — ela disse, então hesitou. — Mas você parece chateado, e eu quero ter certeza de que você está bem.

Fadi suspirou.

— Estou bem. Tive um dia difícil com meu pai, revisando uma papelada. Ele estragou uns documentos. Não é problema nosso. Ele pensa que é, mas não é.

Yara suspirou, sentindo-se aliviada por não ser nada com ela, mas triste porque o relacionamento dele com o pai o fazia se sentir tão mal.

— O que aconteceu?

— Ele está atrasado com os impostos.

— Quanto ele deve?
— Dez mil.
— Dez mil dólares? — ela disse, incapaz de evitar que sua voz vacilasse. — Ele quer que você pague isso? Não parece justo.
— Quando Hasan se preocupou com justiça?
— Ah, Fadi. Sinto muito.
Ele olhou para longe, então pegou um copo de água na mesa de cabeceira.
— Olha, eu não quero falar sobre isso — disse ele. — Eu só quero relaxar e assistir ao meu programa.
Sem esperar que ela respondesse, colocou de novo o programa.
Na cama, Yara tentou alcançá-lo novamente.
— Lamento que isso tenha acontecido com seu pai — disse ela. — Se você quiser conversar agora...
Fadi virou-se antes que ela terminasse, dizendo:
— Não quero — disse e apagou a lâmpada de cabeceira.
Sem pensar, ela se aninhou nele, pressionando o rosto contra seu pescoço e inalando o aroma cítrico e de cravo de sua pele. Ele olhou para ela, parecendo surpreso, mas não se afastou.
— Lamento que ele te trate assim — disse Yara.
O quarto estava escuro, a única luz vinha do brilho azul da tela, e a visão da escuridão a fazia sentir-se segura. Lentamente, ela colocou as mãos no peito de Fadi. Em voz baixa, ela disse:
— Você é um bom filho. Um bom homem.
Ele fez um ruído baixo em sua garganta, sua expressão suavizando. Ela não pôde deixar de notar como ele parecia impotente, seus olhos brilhando com lágrimas.
— Está tudo bem — ele, enfim, disse. — Estou acostumado com isso. Não é como se eu esperasse algo diferente do meu pai.
Yara imaginou Fadi menino, atendendo nas bombas e contando os trocados no posto de gasolina de seu pai, desesperado para agradá-lo e não conseguindo, uma semente de vergonha crescendo dentro dele com o passar dos anos, sufocando-o. Ela se inclinou mais perto de Fadi agora e beijou seu pescoço. Ela disse baixinho:
— Não gosto de ver você chateado. Só quero que sejamos felizes.
— Eu sei — disse Fadi. — Eu também.
Sem quebrar o contato visual, ele pegou o controle remoto e desligou a TV e o abajur. Na escuridão total, ele a puxou para mais perto e ela pôde sentir seu corpo relaxar. Ele a puxou para um beijo, seu rosto quente, e ela

estava movendo a mão sobre sua nuca, levando-o para mais perto, uma sensação avassaladora a preenchendo. Tudo doía um pouco menos. Estando perto de Fadi agora, tudo parecia um pouco mais leve. Depois ela ficou nos braços dele por um tempo, ofegante, sentindo os dedos dele passando por seus cabelos, se perguntando se ele ainda desejava que ela não tivesse cortado tanto.

· 23 ·

Durante o feriado de Ação de Graças, Yara passou a maior parte do dia em casa com Mira e Jude, aconchegada em frente à lareira, lendo ou observando-as construírem castelos com brinquedos de montar no chão da sala enquanto tomava café no sofá, sua mente longe, incapaz de parar de correr. Sentada no sofá, ela podia ouvir seus pensamentos, podia senti-los pulsando dentro de seu crânio. Eles pareciam avisá-la, com sua tagarelice interminável, que ela precisava ouvir, que algo ruim aconteceria se ela não o fizesse. "Venha brincar com a gente", diziam as meninas sempre que sentiam que sua atenção se esvaía, e Yara sentiu uma onda de ansiedade, querendo nada mais do que sentar ali e dissecar a voz em sua cabeça. Mas a súbita solidão que ela viu em seus olhos, a maneira suplicante como a olharam, fez Yara pousar sua xícara, com as mãos trêmulas, e se juntar a elas. Era como se pudessem ouvir o algoz dentro de sua cabeça, como se soubessem o que Yara ainda não entendia: que seu maior inimigo vivia entre suas duas orelhas.

✻

— Preciso da sua ajuda — disse uma voz da porta de seu escritório, e Yara ergueu os olhos de sua mesa e viu Silas se inclinando.

Ela recostou-se na cadeira, ligeiramente assustada. Eram quase duas da tarde, e ela tinha terminado seu trabalho em uma corrida maluca, parando apenas para preparar um bule de café fresco.

— Não quis atrapalhar — disse Silas.

Yara apenas piscou para ele.

— Não atrapalhou — disse ela, esfregando as têmporas. — Passei o dia olhando para uma tela. Como posso ajudar?

— Estou tentando criar um tutorial fotográfico para uma das minhas aulas, mas não tenho certeza de como posso filmar e explicar ao mesmo tempo, se é que isso faz sentido. — Ele pegou o telefone e mostrou a ela a tela, exibindo um vídeo do YouTube a que ele estava assistindo. — Não sou tão bom quando se trata de tecnologia e pensei que talvez você soubesse como fazer algo assim.

— Claro — disse Yara. — Posso te ajudar. Eu tenho o suporte de câmera de que você precisa. É muito mais simples do que parece.

Ele olhou para o telefone, parecendo considerar algo.

— Na verdade, você não pode filmar o tutorial? Você faria um trabalho muito melhor, e tenho certeza de que os alunos realmente adorariam seu toque profissional.

— Claro — disse ela. — Você queria fazer isso agora?

— Dá? Eu preparei tudo antes de perceber que não sabia como filmar.

Yara olhou de volta para sua mesa.

— Bem, você estaria me salvando dessa tela ofuscante.

Ele sorriu — tinha um sorriso bonito. Yara pegou o tripé e o seguiu até a cozinha do campus com a câmera pendurada no pescoço.

Atravessando as portas duplas pretas, ela parou, espantada com o ambiente. Sem ninguém e muito moderna, a cozinha parecia algo saído de uma revista de arquitetura e decoração. Uma grande ilha de aço inoxidável ocupava a maior parte do ambiente, panelas e frigideiras reluzentes estavam penduradas no teto e belas frutas foram dispostas em cestos.

— Que lugar lindo — disse Yara, abrindo o tripé. — É você quem cozinha por aqui?

Silas fez que sim com a cabeça, apontando para a bancada de aço inoxidável, e Yara se preparou para assumir o comando.

— Vamos colocar seu celular no tripé, gravar o vídeo com isso aqui. E usarei minha câmera fotográfica enquanto você trabalha, para que você possa fazer inserções de fotos mais tarde. O que acha?

— Parece que você sabe o que está fazendo!

Yara percebeu que ela estava sorrindo novamente e cobriu a boca.

— Bem, você tem que cozinhar.

Silas se se dirigiu à despensa e Yara começou o trabalho.

— Gravando! — disse ela.

— Ok, ótimo — disse Silas, voltando, com ovos e manteiga na mão. — Ei, turma, Silas aqui. Hoje vamos fazer *macarons* franceses.

Yara foi para trás, ficando fora do quadro, mas gravando em cada novo ingrediente no balcão de trás depois de Silas usá-lo: farinha de amêndoa, açúcar de confeiteiro, extrato de baunilha, creme de tártaro. Por fim, pegou um tubo de gel rosa da despensa e voltou para seu posto.

Então ele fez uma pausa, olhando para cima por um momento.

— Yara, por que você não chega um pouco mais perto? Prometo que não vou morder.

Yara corou e negou, apontando para o vídeo que ainda estava sendo gravado.

— Turma, essa é Yara Marud, uma professora de Arte aqui e também a fonte de todas as imagens incríveis em nosso site.

Yara entrou em cena para acenar e sorrir, sentindo-se como se estivesse de volta na frente de seus alunos. Ele a chamou de professora de Arte. Ela ergueu a câmera para o rosto, ainda no enquadramento, e tirou mais algumas fotos enquanto ele colocava a manteiga e os ovos na massa. A cada clique ela tentava capturar a facilidade com que ele se movia, misturando os ingredientes em movimentos fortes e decisivos. Isso a lembrou de ver Mama dedilhar seu *oud*. De Teta e sua confiança na cozinha.

— Como você aprendeu a cozinhar assim? — Yara perguntou.

Silas limpou os dedos no avental.

— Cresci comendo presunto e mingau, mas sempre quis aprender a cozinhar comida do mundo todo, então corri atrás. Aprendi comida francesa com Yannick Delano, comida indiana com Garima Arora, comida hispânica com Aaron Sanchez. — Ele forrou uma assadeira com papel-manteiga. — Não me interprete mal, mas nada supera a comida sulista.

Yara deu de ombros.

— Não sei não.

Silas ergueu os olhos da bandeja, levantando as sobrancelhas.

— Tudo bem, crianças, agora eles precisam ir ao forno.

Silas deslizou a assadeira para dentro do forno e apontou para o tripé. Yara apertou o botão, interrompendo a gravação.

— Há quanto tempo você está aqui no sul? — Silas perguntou.

— Quase dez anos — disse Yara. — Mas quase sempre comemos em casa.
— Gosta do nosso churrasco?
— Não sei, nunca experimentei.
— Tomates verdes fritos, couve, pasta de grãos?
Ela balançou a cabeça.
— Desculpe.
— Que tal queijo de pimentão? Levamos nosso queijo de pimentão muito a sério por aqui.
— Não me mate, mas eu nem sei o que é isso.
— Uau — disse Silas, balançando a cabeça lentamente. — Precisamos fazer algo a respeito.
Ela riu.
— Vejo que você tem sentimentos muito fortes pela culinária local — disse ela. — Não que eu te culpe. Eu cozinhava com minha avó quando criança e isso me deu uma obsessão pela comida árabe.
Ela fez uma pausa, achando difícil evitar que sua voz vacilasse.
— Minha Teta significou muito para mim, desculpe. Eu tinha quatorze anos quando a perdemos. Ela morava na Palestina. Nós não… — Yara se conteve. — Não podíamos voltar para o funeral. Acho que cozinho receitas dela sempre que posso para manter a memória dela comigo.
Yara olhou para suas mãos, para a câmera, perguntando-se por que tinha acabado de contar tudo isso para este homem.
— Eu acho isso muito bonito — disse Silas. — Você ter encontrado um jeito de manter sua avó por perto. Eu também cozinhava com a minha.
— Sério?
Ele assentiu, voltando sua atenção para a limpeza do balcão.
— Minhas melhores lembranças da infância são de estar na cozinha com ela, embora sempre me provocassem por isso.
— Por cozinhar?
— Não, não só isso.
Ele fez uma pausa, procurando dentro de uma gaveta um saco de confeitar de plástico transparente. Sem olhar para ela, ele disse:
— Quero dizer, não é uma coisa muito masculina de se fazer, é? Cozinhar com sua avó. Acho que minha avó sabia que eu era gay antes de mim. Como os garotos da vizinhança que me provocavam por causa disso, que também souberam antes de mim.
Silas riu, mas Yara… ela congelou. Rapidamente, ela colocou o cabelo atrás de uma orelha, tentando esconder sua surpresa. Ou era decepção?

Por alguns segundos ela não disse nada enquanto ele continuava a trabalhar, abrindo o saco transparente e enchendo-o de massa. Ela não tinha certeza do que a assustava mais: nunca lhe ter ocorrido que Silas poderia ser gay ou que ele estava compartilhando algo tão íntimo com ela, alguém que mal conhecia. Ele a considerava uma amiga?

— Vou fazer o suficiente para dar alguns a cada um dos meus alunos. Será que é loucura? — ele perguntou.

Yara balançou a cabeça.

— Não, claro que não. — Ela abaixou a câmera. — Deve ter sido difícil — disse ela. — Quero dizer, ser hostilizado na infância.

Ele encheu o saco com massa até o topo, então se inclinou sobre a assadeira, posicionando a ponta do tubo sobre os bolinhos.

— Foi. Quero dizer, especialmente antes de saber quem eu era. É terrivelmente difícil sentir que há algo errado com você, que todo mundo sabe, sem que você saiba exatamente o que é. Faz sentido?

Sim, pensou Yara. *Perfeitamente*.

— Sim — ela disse. — Entendo bem esse sentimento.

Ele a olhou novamente.

— Quando penso naqueles dias, só me lembro de como tinha medo de decepcionar minha família. Meus pais se importavam muito com os valores familiares tradicionais. Jantávamos em família todas as noites e íamos à igreja todos os domingos. O casamento era entre um homem e uma mulher. Isso é tudo que eu sabia.

Ela o observou atentamente e acenou com a cabeça para incentivá-lo a continuar.

— Meus pais tinham boas intenções, tenho certeza. Mas lutei para me encontrar e me desviei muito do caminho que queriam para mim. Eu ainda estava tentando entender as coisas quando minha filha foi concebida. E então eu senti que era a coisa certa a fazer... casar com a mãe dela...

Ele se interrompeu, balançando a cabeça, então fixou sua atenção novamente no saco de confeitar, apertando a massa em círculos sedosos rosa, com cerca de quatro centímetros de diâmetro.

— Estou falando demais?

— Não, não — disse Yara. — Nem um pouco.

Enquanto ele preenchia a forma com fileiras e mais fileiras de círculos de massa, não era difícil para ela imaginá-lo como um menino, encolhido ao lado de sua avó na cozinha em vez de brincar lá fora com outros garotos. Ela imaginou o quão solitário Silas deve ter se sentido tentando descobrir quem era, e quanto mais ele era provocado, mais deve ter se fixado em partes de si mesmo, ficando cada vez menor até uma hora perder de vista quem ele realmente era.

Ela não se sentiu assim a vida toda também? Nunca teve certeza de quem era. Nunca pertenceu a lugar nenhum — nem ao Brooklyn, nem à Palestina, e certamente não a essa terra também. Sua alma sempre foi rachada no centro, seu corpo dividido em dois, seus pés esticados entre lados opostos de um globo tão largo que ela não conseguia ficar em pé. Ela era americana, mas não era; árabe, mas não totalmente. Confortou-a saber que em algum momento Silas parecia ter descoberto quem ele era. Ela não sabia se poderia fazer o mesmo.

— Você sabia? — Yara ousou. — Você sabia que era gay quando se casou com a mãe de Olivia?

Ele assentiu e sua garganta corou.

— Não é algo de que me orgulhe. Ainda me sinto muito mal com isso na maioria dos dias. — Ele parecia prestes a chorar.

— Sinto muito — disse Yara. — Nada disso faz de você uma pessoa ruim.

— Sim, eu sei — disse Silas. — Eu sou um pai melhor agora, sendo eu mesmo. É o melhor para Olivia também.

Enquanto os *macarons* assavam, Yara se ocupou em tirar mais fotos da cozinha para não dizer mais nada que o envergonhasse ou aborrecesse. Silas limpou sua estação, devolvendo os ingredientes não utilizados à despensa. Quando o cronômetro disparou, eles ligaram a câmera novamente. Silas pareceu satisfeito, tirando a primeira rodada de *macarons* do forno.

Yara tirou mais fotos enquanto ele batia uma cobertura de creme de manteiga de baunilha e depois a espalhava com um bico de confeiteiro. E, enfim, o resultado final, um belo prato de delicados *macarons* que pareciam ter saído da melhor confeitaria de Paris.

— Uau — disse Yara, abaixando a câmera, esquecendo que o vídeo estava rodando. — Estão bonitos demais.

— Ouçam isso, alunos, esses *macarons* com certeza vão impressionar.

Yara virou a câmera.

— Foi tudo perfeito — disse ela. — Você é um profissional.

— Você também — disse Silas.

— Obrigada. — Yara corou novamente.

— Mas agora você tem que comer esses *macarons*, mesmo estando bonitos demais.

— Eu estaria louca se não comesse — disse ela, pegando um. Seus dentes afundaram no biscoito macio e arejado, e um formigamento quente se espalhou por seu corpo. — Ainda melhor do que eu imaginava.

Ele encontrou seus olhos, sua expressão suave:

— Obrigado.

Ela deu um passo hesitante à frente.

— Posso te perguntar mais uma coisa?

— Claro.

Ela olhou para o chão.

— Como você consegue compartilhar coisas tão pessoais comigo? — Em vez de parar para que ele pudesse responder à pergunta, mais palavras saíram de sua língua: — Você faz parecer tão fácil, falar sobre sua vida. Sobre, bem, sobre ser provocado. Mas não consigo nem me abrir com William, alguém a quem devo contar as coisas, e estou conversando com ele há mais de dois meses. É embaraçoso, de verdade. Na maioria dos dias, parece que sou péssima em ser uma pessoa.

— Sinto muito que você se sinta assim — Silas disse suavemente. — Se isso ajuda você, também lutei para me abrir. Mas acho que ver William me ajudou a aprender como entender e comunicar melhor meus sentimentos.

Sim, ela pensou, balançando a cabeça. Talvez falar sobre sua incapacidade de se expressar era onde ela precisava começar. No entanto, tinha acabado de falar o que pensava bastante livremente agora, com Silas. Ela não conseguia se lembrar da última vez que teve uma conversa em que foi capaz de dizer exatamente o que estava pensando, uma troca que não parecia forçada. Ela imaginou Silas sentado no escritório de William, respondendo a suas perguntas com facilidade.

Ela inalou, pressionando a mão em sua clavícula.

— Posso me identificar com a forma como você se sentiu crescendo — ela confessou.

Silas encontrou seus olhos.

— Como assim?

— Também nunca senti que me encaixava — disse ela. — Na minha família, as mulheres devem ser de uma certa maneira e, bem, eu nunca quis ser daquele jeito. Queria fazer as coisas de outra maneira.

Ele ficou quieto por um longo momento e então perguntou:

— E você conseguiu?

Ela olhou para os pequenos doces em forma de concha, sentindo-se exposta.

Durante todos esses anos, pensou que tinha feito as coisas de maneira diferente, mas agora se perguntava se não tinha escolhido o caminho mais fácil, casando-se com um homem que parecia menos convencional, mas que acabou sendo profundamente tradicional. Ela tinha acreditado que quebraria o padrão de gerações de mulheres antes dela. Talvez, de certa forma, isso era verdade. Não tinha como negar isso. E, no entanto, não podia deixar de sentir que realmente não tinha mudado nada. Essa era aquela vida diferente? Ou essa era a vida que ela tinha escolhido?

Ela olhou para Silas.

— Não tenho mais tanta certeza.

· 24 ·

Na sexta-feira, enquanto Yara entrava para a terapia, ela sorriu para Silas e agradeceu por ele ter segurado a porta. Ela não tinha certeza do que compartilharia com William, mas agora sentia que as sessões poderiam ajudá-la a se sentir melhor. Silas se abriu com ela sem medo de julgamento, então talvez ela pudesse fazer o mesmo com o terapeuta.

Houve um silêncio na sala quando ela se sentou. Yara colocou as mãos no colo e as olhou. Atrás de sua mesa, William ajeitou os óculos — ele estava usando uma gravata azul-clara que fazia seus olhos parecerem mais intensos do que o normal, quase violeta.

— Vamos começar? — William disse, começando a sessão com suas perguntas habituais: Como foram as coisas no trabalho? Como ela estava dormindo? Como ela se sentia hoje?

Yara respondeu da forma mais clara possível, escolhendo suas palavras com muito cuidado para garantir que não houvesse espaço para interpretações errôneas. Eles foram para a frente e para trás em uma conversa superficial, até que ela disse rapidamente:

— Acho que estou pronta para conversar de verdade.

William fez uma pausa no meio da frase e olhou para ela com atenção.

— Que bom, Yara. Por onde você gostaria de começar?

— O que você quer saber?

— Nós não conversamos sobre sua família. Você se dá bem com ela?

— Não muito... — Ela pegou uma almofada azul-marinho e a abraçou contra o peito. — Tenho cinco irmãos mais novos, mas eles estão espalhados pelo país e não somos muito próximos. Meus pais, bem... — Desviou o olhar, balançando a cabeça.

Era muito mais difícil do que esperava. Fechou os olhos com força e imaginou Silas, pensando em como ele se abrira naquele dia na cozinha. Soltando o travesseiro no colo, disse:

— Para ser sincera, não me dou muito bem com meu pai.

William assentiu, permitindo que ela continuasse.

— Quero dizer, nós conversamos de vez em quando, mas ele é... — Ela parou.

— Por que você não se dá bem com ele?

— Não tem nenhuma razão específica — disse ela. — Talvez algumas coisas de quando eu era mais jovem, a maneira como ele tratava minha mãe. — Ela sentiu as lágrimas se formando em seus olhos e rapidamente as enxugou. Não tinha percebido o quão difícil era dizer as palavras em voz alta. — Desculpe, é muito difícil para mim falar sobre isso.

— Por favor, não se desculpe — disse William. — É muito corajoso de sua parte compartilhar isso comigo.

Ela olhou para a janela.

— Não sei por que ainda estou tão chateada. Foi tudo há muito tempo. Acho que continuo esperando que ele se desculpe. Mas ele nunca se desculpou.

— É natural se sentir assim — disse William. — Parece que você foi ferida por alguém em quem confiava, a quem confiava sua segurança e bem-estar. Isso tem um impacto.

Ela assentiu com a cabeça, mantendo os olhos fixos na janela.

— As relações familiares podem ser muito complexas — continuou ele. — Mesmo a melhor família pode deixar cicatrizes naqueles que a amam. Esses relacionamentos têm uma influência poderosa sobre o adulto que somos. — Ele fez uma pausa, tentando encontrar seus olhos. — Como estão as coisas entre você e sua mãe?

Ela balançou a cabeça e disse baixinho:

— Sinto muito, mas não quero falar sobre isso.

Quando ela olhou para cima, algo em sua expressão tinha mudado.

— Você já conversou com seus pais sobre como se sente? — ele perguntou.

— Não, nunca.

— Você pode encontrar a cura conversando com eles sobre como se sente.

A sala ficou repentinamente fria.

— Não, não posso — disse Yara. — É complicado. Além disso, metade do tempo nem tenho certeza do que sinto, muito menos de como me expressar.

— E por que você acha que é assim?

Yara segurou as pontas do travesseiro no colo.

— O trauma, em nossa infância, pode fazer com que nossas emoções, mesmo quando adultos, pareçam muito desorganizadas. Às vezes é incompreensível para nós por que reagimos da maneira que reagimos... — William continuou.

Yara escutava as palavras, mas não o sentido delas. Ela estava percebendo que o que quer que compartilhasse com William não consertaria o que aconteceu; apenas a forçaria a reviver aqueles momentos, trazendo de volta a mesma dor. Ela não tinha sido forte o suficiente para suportar isso à época, por que seria agora?

— Existe? — William estava dizendo, tentando encontrar seus olhos. — Algo na sua infância de que você sente medo hoje?

— Medo? — Yara repetiu. O rosto de Mama veio até ela, e ela fechou os olhos com força. Quando ela os abriu, William estava olhando para ela com empatia.

— Posso ver que isso é doloroso para você. Este é um espaço seguro, Yara. O que quer que você diga aqui, é confidencial. Só pretendo ser útil.

Yara balançou a cabeça.

— Eu quero me abrir, quero mesmo. Mas é difícil.

— Eu entendo. Mas pode ser útil colocar nossas vidas passadas em palavras. Isso nos ajuda a navegar no mundo em que estamos agora. Isso nos dá mais recursos a longo prazo.

— E se eu não conseguir encontrar as palavras?

— É muito normal achar difícil articular eventos profundamente angustiantes sem se sentir sobrecarregada. É assim que você se sente?

Yara assentiu.

— Existem várias coisas que podem ajudar nisso. — Ele fez uma pausa, enfiando a mão na gaveta da escrivaninha e tirando um pequeno caderno preto. — Algumas pessoas acham mais fácil processar certos eventos escrevendo sobre eles. Você já tentou fazer um diário?

Ela balançou a cabeça em negativa.

— Quer experimentar? — William estendeu a mão, oferecendo-lhe o caderno.

— Como é isso? — Yara pegou e abriu o caderno, cujas páginas estavam em branco. — É só escrever meus pensamentos?

— Sim, mais ou menos. Mas pode ser que você queira se concentrar em suas memórias, nas coisas que a sobrecarregam ao falar em voz alta. Tente relembrá-las, observe que sentimentos elas provocam e anote tudo.

Yara levantou uma sobrancelha.

— Lembrar coisas ruins me faz sentir pior, não melhor.

— Sei que parece contraintuitivo, mas reprimir pensamentos indesejáveis pode dar a eles mais poder sobre nós. Assim que você for capaz de identificá-los e trabalhar neles, poderá descobrir que é mais capaz de regular suas emoções quando essas memórias surgirem ou mesmo quando eventos parecidos com essas memórias acontecerem em sua vida atual. Você conseguirá separar os sentimentos com mais facilidade.

— Não sei — disse Yara, fechando o diário.

Do outro lado da sala, William cruzou as duas mãos no colo.

— Talvez seja útil escrever uma carta.

— Uma carta?

— Sim, mas pense nisso como uma carta que você nunca enviará. Pense nas coisas que você gostaria de dizer a seus pais, talvez, mas sente que não consegue. Só de expressar essas coisas, pode se sentir melhor.

Yara olhou para o pequeno livro preto, imaginando sua caligrafia lá dentro. Ela não sabia se William estava certo, mas as coisas não podiam continuar como estavam.

— Explorar memórias depois de muito tempo as reprimindo pode ser assustador — disse William quando ela se levantou para sair. — Mas bloquear o passado só vai fazer você se sentir aprisionada. Não seria melhor ser livre?

Ao sair do escritório, ela repetiu a última pergunta dele. Essa era a questão, ela não sabia se queria liberdade tanto quanto queria um alívio. Parar de sentir tudo tão intensamente. Seu corpo carregou a dor por tanto tempo que tudo o que ela queria agora era deixá-la de lado. Parar de sentir aquilo em seus ossos.

· 25 ·

No início de dezembro, as montanhas ao redor do campus eram de um cinza sombrio, as árvores nuas e os campos no caminho, que antes floresciam com algodão, cana-de-açúcar e arroz, estavam cobertos de gelo. Todas as manhãs, Yara embrulhava Mira e Jude em roupas térmicas de mangas compridas, sobretudos grossos e botas de chuva pesadas antes de deixá-las na escola. A respiração delas subiam em uma névoa quando acenavam e corriam para dentro da escola.

No trabalho, sentada em sua mesa, Yara puxou o caderno. Ela ainda não o tinha levado para casa, sentindo-se estranha por ter uma coisa dessas por aí. Só havia escrito algumas de suas melhores memórias até agora. Memórias de Teta, da Palestina. Das poucas vezes em que se lembrava de Mama sendo feliz em sua casa no Brooklyn. Ela escrevera apenas o que queria lembrar, mas essas páginas não tinham mudado nada ainda. Ainda sentia um peso sobre si. Yara tocou seu colar e, sem pensar, tirou o celular do bolso e o desbloqueou. Não havia novas notificações. Claro que não: ela parou de postar semanas atrás. Percorrendo suas redes sociais, viu que ela era duas pessoas diferentes. On-line, parecia forte e segura de si, com uma família perfeita, um emprego respeitado e uma vida que parecia brilhante e plena. Olhando aquilo, as pessoas diriam que ela se saiu bem. Mas a outra versão de si mesma, a que estava explorando agora, não conseguia regular suas emoções e guardava segredos até de si mesma.

Olhou para o caderno, para a nova página em branco à sua frente. Queria acreditar que poderia ser forte e autoconfiante na vida real. Que poderia parar de sentir medo de seu passado.

Enquanto pegava uma caneta, uma batida na porta a assustou. Ela pôs a mão sobre o peito e disse:

— Entre.

Era Silas.

— Olá. Tem um minuto?

— Claro.

— Eu queria agradecer por ajudar com o tutorial outro dia. — Ele ficou parado enquanto ela fechava o diário e o colocava de volta na mesa. — Minha mãe fez torta de frango para o almoço.

— Parece gostoso.

— Que bom, porque eu queria que você fosse comigo almoçar na casa dela...

Yara congelou. Ela não sabia se Fadi ficaria desconfortável ao descobrir que ela almoçou com outro homem.

— É hora de você comer comida sulista autêntica — disse ele. — Por favor, aceite?

Olhando para ele, uma memória começou a surgir, mas ela a afastou. Era apenas um almoço e a mãe de Silas também estaria lá. Fadi não precisava saber. Fadi alguma vez contou a ela quando foi almoçar com alguém? Ela duvidava.

— Tudo bem então — Yara disse, e pegou o casaco.

*

Yara seguiu o carro de Silas; a mãe dele morava a apenas alguns quilômetros de distância. Era uma grande casa branca, com um alpendre ao redor e um telhado inclinado que lhe dava um ar de casa de campo. Silas a conduziu por um jardim nos fundos, onde disse que sua mãe cultivava todo tipo de vegetais da estação. Então ele empurrou a porta dos fundos e a conduziu até a cozinha, gritando:

— Mãe, chegamos!

Lá dentro, eles foram recebidos por uma fragrância picante vinda da grande panela no fogão. Os balcões estavam limpos e uma pilha de livros de receitas estava bem arrumada na prateleira do canto. Uma variedade de plantas preenchia o parapeito de uma janela e, na mesa da cozinha, havia um vaso de tulipas amarelas.

— Esta é Josephine, minha mãe — Silas disse a Yara quando a mulher apareceu na porta da cozinha.

De perfil, ela se parecia um pouco com Mama: olhos azuis brilhantes, as mesmas maçãs do rosto salientes e o mesmo nariz arredondado, a mesma constituição física de ombros magros, mas o cabelo era louro em vez do preto profundo de Mama.

Yara deu um passo à frente e estendeu a mão, mas Josephine a puxou para um abraço.

— É um prazer conhecê-la, querida — disse ela, abraçando Yara com força.

Os braços de Yara pendiam ao lado do corpo, os olhos abertos e fixos no rosto de Silas.

— Também é um prazer conhecê-la.

— Silas me disse que você nunca comeu comida sulista. É verdade?

Yara riu.

— Sim. Infelizmente.

— E por que você não cozinhou alguma coisa para ela, chef? — ela perguntou a Silas, com um brilho nos olhos. — Não dá para entender o sul até provar nossa comida.

— Mãe, por favor — disse ele.

— Relaxe, querido estou brincando — disse Josephine, e depois conduziu Yara para a sala de estar. — Por favor, querida, fique à vontade. Você gostaria de um chá doce?

— Eu adoraria — disse Yara, acomodando-se em uma poltrona reclinável de couro.

— Vou pegar — disse Silas.

— Traga também os biscoitos de queijo com pimenta — pediu Josephine. — Acabaram de sair do forno.

Quando ele se afastou, Josephine se inclinou para Yara.

— Ele é um ursinho de pelúcia grandão, não é?

Yara sorriu, remexendo-se na cadeira.

— Ele é maravilhoso.

— E então, você também dá aula?

— Sim, eu... — Ela fez uma pausa. — Bem, não no momento. Minha função principal agora é gerenciar o site da faculdade e os perfis de rede social.

— Ah, isso parece interessante. Você está gostando do trabalho?

Não, pensou Yara. Ela engoliu em seco.

— Não tanto quanto antes. Estou ansiosa para voltar a dar aulas.

— Sinto muito por isso. Eu também tive empregos dos quais não gostei, e aprendi que é importante a gente amar o que faz. Quando conseguimos isso, a mágica acontece.

Talvez sentindo o desconforto de Yara, ela acrescentou:

— Mas você ainda é muito jovem. Terá muito tempo para isso.

— É o que eu espero — Yara disse, e Josephine sorriu.

Silas voltou com a bandeja de biscoitos e uma jarra de chá. Yara pegou um biscoito e o observou despejar o líquido âmbar em sua xícara.

— Copos de plástico, sério? — Josefina recriminou.

— Está tudo bem, mãe. Ela não é uma estranha.

— Eu não me importo, de verdade — disse Yara. — Ela sorriu e deu uma mordida no biscoito. — Uau, está delicioso!

— Ora, obrigada, querida. Ele não é o único chef da família. Eu faço esses biscoitos desde que Silas era um garotinho. Eram os favoritos dele.

— Posso ver o porquê — disse Yara. — Minhas meninas adorariam isso.

— Vou embalar alguns para você levar para casa, então.

Yara agradeceu, tomou um gole de chá e olhou ao redor da sala. Fotos de família estavam por toda parte: na lareira, nas paredes, na mesa de centro. Em uma prateleira embutida perto da TV havia uma foto emoldurada de Silas segurando uma menina, ambos sorrindo para a câmera. Yara se levantou e se aproximou para ver melhor.

— Essa é a Olivia. — Mostrou Silas.

— Ela é linda — disse Yara, olhando para os olhos arregalados e o sorriso mais largo da menina.

— Muito — disse Josephine, sua voz suavizando. — É uma pena que ela tenha que crescer em um lar desfeito.

Ela se virou para o filho:

— Mas Silas me disse que é melhor assim, não é, filho?

Seus olhos permaneceram fixos na fotografia.

— É, mãe.

— Espero que você esteja certo, querido — disse Josephine. — Não significa que não seja triste para aquela garotinha.

Yara sentou-se novamente e examinou discretamente a sala em busca de uma fotografia que incluísse a mãe de Olivia. Embora soubesse que provavelmente não encontraria uma, ela estava curiosa para ver uma imagem que contasse outra história.

— Quantos anos Olivia tinha quando você e a mãe dela se separaram? — Yara perguntou.

— Só dois — respondeu Silas.

Yara assentiu.

— Ela não vai se lembrar de muita coisa, então. Não conheceu a diferença. Uma família amorosa é uma família amorosa de qualquer forma, eu acho.

Josephine e Silas olharam para ela, então ele disse:

— Espero que sim.

— Eu também — disse Josephine, estendendo a mão e tocando o joelho do filho, com os olhos marejados de lágrimas. — Você é um bom pai.

Josephine olhava para ele com tanto amor e compaixão que Yara não conseguia suportar. Ela até pensou por um segundo em se levantar e sair, mas não queria alarmá-los. Em vez disso, deslizou as mãos sob as coxas e apertou com força.

— Vamos — disse Josephine agora, levantando-se. — Vamos comer.

Eles se reuniram em volta da mesa da cozinha. A torta de frango estava quente, e Josephine a serviu com feijão-verde e mais chá doce.

— Eu fiz a torta do zero — disse ela. — Mas você pode usar tiras de massa compradas em lojas se estiver com pressa — completou, quando Yara perguntou como era a receita.

Yara estudou o grosso ensopado de cor bege em sua tigela antes de pegar uma colher. O caldo era gostoso e encorpado, e por alguns segundos ela fechou os olhos para o calor preenchendo seu corpo.

— Tem um sabor muito melhor do que a aparência, não é? — perguntou Josephine.

— É delicioso. Obrigada por me receber.

— Você é bem-vinda a qualquer hora, querida.

Enquanto comiam, Josephine conversava sobre seu trabalho em uma organização de desenvolvimento comunitário, onde arrecadava fundos para desenvolver programas que atendiam a bairros carentes da cidade. Ela tocava o braço ou o ombro de Yara de vez em quando e Yara sentia seus ombros se soltarem.

— Então, me diga, querida. Você gosta daqui? Viver nesta cidade pequena e antiga deve ser muito diferente de viver em Nova York.

Yara se forçou a erguer os olhos do prato.

— É bem diferente, sim — disse ela. — Mas eu me acostumei. Cresci em Bay Ridge, que é uma comunidade árabe muito unida, então a transição para cá foi difícil, especialmente porque não há muitas famílias palestinas por perto. Mas já me acostumei no Brooklin, e eu nunca vivenciei de fato Nova York, de toda forma.

— Por que não? — perguntou Josefina.

Yara fez uma pausa, pensando na resposta, e disse:

— Meus pais eram imigrantes e, bem, eles eram muito protetores conosco.

Josephine assentiu lentamente, e Yara de repente sentiu algo parecido com enjoo de carro enquanto se perguntava o que a ela estava pensando. Talvez sua infância tivesse sido menos restringida se ela tivesse sido criada na Palestina, protegida pela comunidade e por seus familiares. Mas aqui, na América, os seus pais tinha medo que os valores em que eles acreditavam fossem corrompidos: família, lealdade, trabalho árduo. Tudo o que seus pais podiam fazer era protegê-los desse novo mundo e rezar para que permanecessem puros, honrados — uma família unida.

— E você tem familiares por perto? — perguntou Josephine.

— Não. — Yara olhou para baixo, para a xícara, e depois deu um gole no chá. — Bem, a família do meu marido mora aqui e os vemos com frequência, mas não somos muito próximos.

— Mãe! Pare de ser tão intrometida — Silas interveio.

— Perdoe-me, querida — disse Josephine, colocando a mão no braço de Yara novamente. — Eu só estava tentando ter certeza de que você estava bem. Ter a família por perto para te apoiar é muito importante.

— Por favor, não se desculpe — disse Yara. E então começou a chorar. Nem percebeu que estava segurando as lágrimas, mas de repente elas começaram a escorrer por seu rosto. — Sinto muito — ouviu-se dizer. — Não sei o que deu em mim.

Quando se deu conta, estava se levantando e dizendo que sentia muito, mas precisava ir embora. Ela saiu pela porta dos fundos e voltou para o carro antes de perceber que não se despedira ou agradecera adequadamente. Ainda faltava uma hora para pegar as meninas, mas não podia voltar para o escritório, pois não queria encontrar Silas e correr o risco de ele perguntar o que havia acontecido.

Yara errou o caminho duas vezes indo para a escola das meninas, mas enfim chegou e ficou esperando do outro lado da rua, tentando recuperar o fôlego, as mãos apertadas sobre o volante. Teve vontade de levar o carro de volta para a estrada e bater direto em uma árvore.

Que tipo de vida era essa? Qual era o sentido de estar viva se não conseguia escapar dos sentimentos que dominavam seu corpo e tornavam a vida comum impossível? Ela tinha de superar, ser melhor do que isso.

Depois de respirar longamente algumas vezes, pegou as informações de Silas no site da faculdade, pensando em escrever para ele em seu e-mail, que era a coisa certa a fazer. Precisava agradecê-lo por tê-la recebido e pedir desculpas por sair às pressas. Então se perguntou se não seria mais educado enviar um cartão de agradecimento. Começou a digitar um e-mail. Em seguida, apagou. Escreveu novamente, olhando para o telefone até que fosse apenas um grande borrão branco em suas mãos. Por que era tão difícil para ela fazer coisas que todo mundo poderia fazer sem pensar duas vezes? Precisava parar de pensar demais. Uma pessoa normal simplesmente enviaria a mensagem. Ela inspirou e começou a digitar novamente e, então, sem ler a mensagem, rapidamente, pressionou enviar.

Alguns minutos depois, Silas respondeu:

— Tudo bem, não precisa pedir desculpas. Precisamos fazer isso de novo, se você quiser. Minha mãe adorou te conhecer e queria que você experimentasse o pudim de banana quentinho dela.

Ela não tinha certeza do que responder, então desligou o telefone, fechou os olhos e pressionou o rosto contra o volante até que os carros começaram a chegar e era hora de pegar as meninas.

· 26 ·

Por dias depois, Yara sonhou com sua mãe em situações que elas nunca viveram. Às vezes, elas estavam agarradas em seu quarto de infância enquanto Mama trançava seu cabelo. Outras vezes, estavam de mãos dadas em um passeio por Bay Ridge, Mama parando em uma barraca de sorvete da esquina para comprar uma casquinha para ela. Em um sonho, sua mãe a colocava na cama enquanto cantava uma de suas canções favoritas de Fairuz, sua voz envolvendo-a como um cobertor macio. Yara cantarolava sonolenta, estendendo a mão para traçar os dedos pela bochecha de Mama. Mas parecia que quanto mais ela estendia a mão, mais Mama se afastava, até que ela enfim desaparecia.

As coisas não haviam melhorado com Fadi. Ele estava mais quieto do que o normal e ficava cada vez mais irritado quando voltava do trabalho, nunca estando em casa a tempo de contar histórias de dormir para as meninas — apenas tomava banho e depois se jogava na frente da televisão. Em segundos, ele desaparecia e não havia nada para ela fazer nesses momentos a não ser comer ao lado dele, em silêncio, antes de se retirar para a cozinha, onde esfregava os pratos com as mãos trêmulas. Ela podia ver o contorno de seu reflexo na janela e olhava para ele com ódio. Em seguida, ocupava-se em limpar os balcões, pensando em Fadi e no que havia de errado. Talvez algo tivesse acontecido em seu trabalho, ou seu pai o tivesse chateado novamente. Ou talvez ele tenha descoberto que ela almoçou com Silas.

Ela perguntou se ele estava bem, apavorada com essa possibilidade e sentindo-se culpada, mas Fadi gritou com ela:

— Está tudo bem, por que você fica perguntando?

— Nada — ela disse. — Me desculpe.

Naquela noite, eles jantaram enquanto assistiam a uma reprise de *Bernie Mac — Um tio da pesada*. Yara cozinhara *maftoul*[36] com frango assado e grão-de-bico, e seu saboroso caldo de tomate enchia o ar com o aroma de cominho e pimenta-da-jamaica. Fadi estava sorvendo o caldo.

— Está muito bom — dizia ele.

— Obrigada — disse Yara.

No final de um episódio, ele se virou para ela e perguntou:

— Como está a terapia?

Ela largou a colher, surpresa.

— Estou gostando. Acho que está me ajudando.

Fadi pegou seu copo de água e tomou um gole.

— Mas você não parece estar melhorando.

— Não? — ela perguntou. Yara não se sentia melhor, mas se sentia diferente.

— Você parece a mesma, só isso. Achei que a terapia ia ajudar.

Ela fez uma pausa.

— Tem sido mais difícil do que eu pensava.

— Difícil como?

Olhando para o prato, ela disse:

— A terapia me faz pensar muito sobre minha infância e... não sei. É difícil de explicar. Eu quero melhorar, quero mesmo.

— Então por que não melhora?

Ela engoliu em seco, pressionou os dedos contra o pescoço e balançou a cabeça.

— Parece que tem alguma coisa no caminho.

— Eu não entendo — disse ele, balançando a cabeça. — Por que você continua usando sua infância como desculpa para seu comportamento? Algumas pessoas ainda têm que lidar com suas famílias como adultos, você sabe. Pelo menos você pôde se mudar.

— Parece que ainda estou lá — disse ela, mas estava apenas olhando para o prato. As palavras não tinham saído de sua boca.

---

36 Maftoul é uma espécie de cuscuz palestino, bastante popular na região. [N.E.]

· 27 ·

No último dia do semestre, Yara recebeu um e-mail de Jonathan pedindo que passasse em seu escritório.

Ela andava pelo campus da faculdade e sentia o ar fresco e cortante contra sua pele, e ensaiou seu argumento sobre por que ele deveria permitir que ela ensinasse novamente. Deve ser por isso que ele queria vê-la, para discutir seu contrato para o próximo semestre, para oferecer-lhe as aulas de volta. Ela fora a todos os cafés sociais e reuniões de departamento, e não tinha perdido uma sessão com William uma única vez, mesmo que tivesse apenas começado a aproveitá-las de verdade. *Relaxe, está tudo bem,* disse a si mesma. Ela respirou fundo e bateu na porta entreaberta.

— Entre, Yara. Sente-se — Jonathan disse atrás de sua mesa.

Yara sentou-se, estudando ansiosamente suas unhas curtas e sem pintura em seu colo, enquanto Jonathan pigarreava.

— Chamei você aqui para falar sobre o próximo período — disse ele.

— Sim — respondeu Yara, olhando para cima, seu argumento pronto, mas ele a cortou.

— Infelizmente, as matrículas diminuíram e tivemos que fazer alguns cortes orçamentários. Isso quer dizer que não podemos renovar seu contrato, e quero que saiba que isso só tem a ver com as nossas despesas operacionais...

Ela se sentiu desorientada, a sala girando.

— E o site, minhas fotos? E se em vez disso... — ela falou com a voz trêmula.

— Sim, tem isso. A faculdade optou por terceirizar esse trabalho. Tem uma empresa que pode fazer as atualizações do site conforme a necessidade.

— Mas e minhas fotos?

— Sim, elas são maravilhosas. Elas vão continuar...

— Mas não vou fazer novas imagens?

— Sinto muito, Yara, mas a faculdade não consegue mais pagar pela sua função. Você não foi demitida, é a sua função que foi...

— Extinta — Yara concluiu por ele, engolindo um nó na garganta. Ela queria chorar.

Ele enfiou a mão na gaveta da escrivaninha e tirou uma pasta de arquivo. Ela o olhou, mordendo o lábio e tentando se conter para não cair no chão e se enrolar como uma bola.

— Sinto muito por não podermos continuar trabalhando juntos — disse Jonathan, arrumando uma pilha de papéis no arquivo. — Se você tiver alguma dúvida, ela deve ser abordada nesse arquivo que estou lhe dando.

Ela não conseguia abrir a boca enquanto ele esfregava a borda de cada folha de papel com o polegar, evitando os olhos dela. Por fim, ela disse:

— Tenho uma pergunta.

Sem erguer os olhos, ele disse:

— Claro.

— Você iria me deixar ensinar em tempo integral? Ou eu estava só girando em falso aqui, nos últimos quatro anos?

Jonathan levantou a cabeça, inclinando-a para um lado.

— Não tenho certeza. Não preciso dizer que a academia é um lugar difícil de se estar agora, especialmente em um campo como o seu. Mas isso realmente não importa mais, não é?

Ele entregou a ela o arquivo, que o arrancou de suas mãos.

— Tudo pode parecer muito abrupto, mas espero que você continue vindo conversar — disse Jonathan. — Na terapia, quero dizer.

— Não vou mais poder ver William — afirmou, estabelecendo a coisa como um fato.

Não querendo ouvi-lo responder ou, pior, pedir desculpas, ela se virou e foi embora, fechando a porta ao sair.

Em seu escritório, ela juntou suas coisas em uma caixa de arquivo. Desligou a câmera e a colocou sobre a mesa. Pegou a cafeteira e ergueu a caixa até o quadril, saindo. Seus livros e pinturas eram muito pesados para carregar sozinha — teria que voltar para buscá-los.

No caminho para o carro, ela manteve os olhos no chão, esperando que ninguém a visse chorando.

Ela conseguiu abrir a porta do carro e entrar, mas sua mão direita se recusou a ligar a ignição. Em vez disso, ficou sentada ouvindo o martelar de pensamentos em seus ouvidos. Talvez devesse se contentar em ter uma cama quentinha para dormir, um teto sobre sua cabeça, um marido que cuidava dela de bom grado, que não batia nela. Talvez Fadi a amasse mais se ela não estivesse sempre tentando provar algo. Talvez tivesse mais tempo para se dedicar às filhas se não fosse tão obcecada por suas conquistas, por deixar uma marca no mundo. Que tipo de marca uma pessoa como ela deveria deixar, afinal? E quem ela pensava que era? Não era uma artista. Nem uma pintora. Não pintava havia semanas, talvez meses. Ela nem era uma fotógrafa amadora. E certamente não era uma professora. Nunca tinha sido professora, apenas uma instrutora em meio período que não conseguia manter o emprego. Nem era mais web designer. E de quem era a culpa? Fadi estava certo? Ela estava dando desculpas?

Algo estava muito errado, não adiantava mais negar. Ela não tinha ideia de como ser uma esposa, ou como manter um emprego. Pela primeira vez em sua vida adulta, sentiu-se tão assustada e impotente quanto criança. E, no entanto, não era mais uma criança, sustentada pela possibilidade de uma vida melhor. Era isso. Esta era a sua vida. Sua chance de fazer melhor. E ela estava falhando.

Lágrimas rolaram por seu rosto e Yara as enxugou rapidamente, mas mais vieram. As cores do campus se misturaram. Parecia que estava no meio de um túnel, presa dos dois lados. Ela se convenceu durante todos esses anos de que estava no controle de sua própria vida. No entanto, estava mesmo? Pensou que encontraria a liberdade assim que deixasse a casa de seus pais, mas estava seguindo o caminho prescrito por todas as mulheres antes dela. Comandada pelos mesmos medos, confinada pela mesma vergonha. Exceto que ela se iludiu pensando que sua vida era de alguma forma melhor que a delas, melhor que a de Mama. Mas não era, e por que seria? Ela não merecia ser feliz.

O diário! Ela olhou para a caixa ao lado dela. Como tinha esquecido? Yara saltou do carro e correu de volta para seu escritório, destrancando-o e recuperando o diário da última gaveta de sua mesa vazia. Ela entendeu agora, enxugando o rosto, a cabeça baixa, caminhando rapidamente de volta para o carro.

Seu erro foi pensar que poderia rejeitar as superstições de sua família, ignorar sua história. Mas o passado finalmente a alcançou.

Era com a Mama que ela mais precisava falar.

· DIÁRIO ·

O telefone toca. Espio pela porta da cozinha e observo enquanto você o atende. Seu corpo enrijece e você dá um passo para trás. Seu rosto está pálido, cada vez mais, então você está gritando e gritando e puxando seu cabelo.

Durante dias, após receber a notícia da morte de Teta, você se recusa a sair do quarto.

Você fica na cama a maior parte do dia, chorando. As cortinas estão fechadas e o quarto cheira a suor e roupa suja. Os meninos e eu rastejamos até o pé da sua cama, esperando que você se recomponha. Mas você só chora e chora, enfiando o rosto no travesseiro e puxando os lençóis sobre a cabeça. Eu levo meus irmãos de volta para a cozinha. Sirvo-lhes uma tigela de cereal e ligo a televisão, esperando que os desenhos abafem o barulho do seu sofrimento.

Estou na mesa da cozinha, desenhando, quando você finalmente sai do seu quarto. Já se passou uma semana, talvez mais. A casa não está limpa, mas os meninos foram alimentados.

Silenciosamente, você entra na cozinha e enche um balde com água, com um olhar distante. O sol entra pela janela e ilumina a sala com uma forte luz amarela, fazendo seu rosto parecer cinza em comparação. Você torce um pano molhado no balde e depois cai no chão, agachando-se enquanto coleta pedaços de comida e sujeira no linóleo. Tento me lembrar da última vez que você tomou banho, lavou o rosto. Seu rosto está manchado de lágrimas, seu cabelo está oleoso e você está usando a mesma camisola manchada de alvejante desde que recebeu o telefonema da Palestina. Também sinto falta da Teta, mas alguém tinha que cuidar de todos.

Observo você rastejar pelo chão e limpar o linóleo novamente, depois se levantar e colocar o pano na pia. Seu rosto está vermelho e inchado, assim como seus olhos. Eu olho para suas pálpebras, as linhas profundas que emolduram sua boca, o olhar de resignação em seu rosto. A última vez que te vi assim foi depois que contei a Baba o que você tinha feito. Quando ele estava viajando. Uma sensação de enjoo passa por mim e eu me levanto da mesa da cozinha, sentindo um impulso de envolver meus braços em torno de você. Para me desculpar por contar a Baba. Eu era tão novinha, era como se fosse outra menina, e o que eu lamento é por nunca ter sido aquela menininha, por não ter sempre cuidado de todo mundo. De você. Mas você se encolhe, estendendo a mão.

— Fique longe — *você diz, seu rosto se contorcendo.* — O chão ainda está molhado.

Eu me recosto em meu assento com medo. É a primeira vez que me deixo sentir como é enorme esta perda, minha Teta, tua Mama. Nossos verões na Palestina. Nunca vamos voltar lá. Não sei disso então, mas sinto, sinto nosso mundo ali sendo arrancado de mim. De você. Eu esfrego meus olhos por causa do pensamento, enxugando as lágrimas soltas.

Você fica ao lado da pia e olha fixamente para suas mãos, a água corrente é o único som. Me assusta quanto peso você perdeu. Seus olhos estão ocos e suas bochechas têm uma aparência pálida e tensa, fazendo com que seu rosto pareça quase esquelético. Assim como uma pintura que vi em algum lugar recentemente, em um dos livros que costumávamos ter na biblioteca.

Quando você finalmente olha para cima, seus olhos estão cheios de lágrimas.

— Você está bem, Mama?

— Ótima — *você diz, com a voz embargada.*

Por fim, você fecha a torneira e flutua até a mesa da cozinha, onde arrasta uma cadeira e sobe nela. Apenas a parte de trás da sua cabeça é visível quando você abre o armário e enfia a mão lá dentro: percebo que é aqui que você coloca o jogo de café, o jogo de cobre azul e branco com desenhos pintados à mão, que Teta lhe deu para trazer para casa a última vez em que estivemos com ela.

Como se ela soubesse que nunca mais a veríamos, penso agora.

Observo enquanto você retira cada peça e as empilha na bandeja correspondente. Você enche o ibrik com água e o coloca no fogão, a curva do bico do bule brilhando sob a forte luz amarela da cozinha. Assim que a água começar a ferver, pega duas colheres de café moído de um recipiente sobre a bancada e coloca-as dentro do ibrik, *mexendo e mexendo até o café ferver e espumar.* Observando você, me pergunto o quanto seus movimentos são parecidos com os de Teta e sei que é você se aproximando dela de novo uma última vez. Sei que foi assim que você e Teta previram o futuro.

Na mesa da cozinha, você se serve de uma xícara de café, com os olhos fixos no líquido fumegante que sai da cafeteira. Você olha para a xícara, as mãos tremendo agora, então a leva aos lábios, toma um gole.

Yunus e Yassir passam correndo pela cozinha, gritando um com o outro, e você se encolhe. Seus olhos encontram os meus pela primeira vez em dias.

— Faça seus irmãos pararem de brigar — você pede. Como se isso fosse tudo para o que eu servia.

Faço o que me manda, como tenho feito nos últimos quatro anos, desesperada para compensar o que fiz. Mas você sempre vai me culpar. Quando volto para a cozinha, alguns minutos depois, encontro você largada em sua cadeira, estudando o interior de sua xícara vazia como se estivesse em transe, seus dedos abrindo e fechando.

— O que aconteceu — eu pergunto, mas você não responde, seus olhos fixos na xícara, sem piscar.

Já vi o suficiente das leituras de Teta para saber que algo está errado. Eu me pergunto o que você vê agora, que novos problemas foram anunciados. Não faz muito tempo que a cartomante confirmou sua maldição. E agora perdemos Teta e sinto, de pé nesta cozinha, ao te ver, que também te perdi. Eu me pergunto se deveria tirar você de casa, levá-la para tomar um pouco de ar fresco, mas temo o confronto. Um arrepio percorre minha mandíbula quando abro a boca, mas tento manter minha voz suave.

— Mama — eu digo, desesperada por uma maneira de livrá-la de sua dor. — Quer ir ao parque?

— Não.

— E uma caminhada pelo bairro?

Lentamente, você pega o ibrik, com os dedos tremendo enquanto se serve de outra porção do líquido fumegante.

— Não estou com vontade de ir a lugar nenhum — você retruca.

Eu inspiro, tentando manter minha voz baixa e gentil.

— Mas você está assim há dias, Mama. Precisamos fazer algo.

Você coloca o copo na mesa e se levanta, olhando para mim.

— Fazer alguma coisa? — você diz, seu rosto vermelho, seu lábio superior tremendo. — Olhe em volta, Yara. O que exatamente você espera que eu faça aqui?

Eu me afasto, incapaz de desviar o olhar de seus olhos elétricos, a grossa veia azul saliente em sua testa.

— Minha mãe está morta e eu não pude estar com ela — você continuou, sua voz ficando mais grave, com raiva. — Eu estava presa aqui com você, como sempre. "Mama, Mama, Mama, eu preciso disso." "Mama, faça aquilo." Fazer alguma coisa? Por quê? Quando eu faço alguma coisa, você reclama. Quando estou feliz... — você parou, largando-se de novo na cadeira. — Você estraga tudo. Por que você não pode pelo menos ser grata?

— Eu sou grata — sussurro, tropeçando para trás, minhas costas agora presas contra a parede. — Eu sou.

— Então aja como tal. — Você olha para mim, seus olhos em chamas.

— Eu sou.

Conheço essa raiva, a maneira como ela ferve antes de explodir. Eu já vi isso antes. Nos olhos de Baba, naquele dia. Como se você tivesse percebido minha comparação, em um movimento suave você move o braço para a frente, pegando as xícaras de café — as lindas xícaras de Teta — da mesa, jogando uma, ainda cheia de café quente, no meu peito. O café bate na minha garganta, no meu ombro, escorre pela minha pele, mas neste momento só sinto arrependimento. Ah, como eu quero você de volta, você feliz, a Mama que eu mal consigo lembrar.

É quando você cai de joelhos com um baque e estende as mãos, ambas as palmas voltadas para cima, como se estivesse rezando. Seu corpo está tremendo quando você grita com uma voz rouca:

— Allah yighdab aleki[37].

Estou balançando a cabeça, inclinando-me para você, sabendo o que você está fazendo, como você está me culpando por tudo agora.

— Não, Mama! Por favor, não diga isso. Por favor!

Mas você não vai parar. Você ergue as palmas das mãos para o céu e recita:

— Que Deus te amaldiçoe com uma vida terrível, uma punição por ser uma filha terrível, terrível.

---

37 *Allah yighdab aleki* significa "Que Deus fique zangado com você" ou "Que Deus se irrite contigo". É uma expressão que pode ser usada para expressar descontentamento, desaprovação ou raiva em relação a alguém. [N. E.]

· 28 ·

Depois que as meninas foram para a cama, Yara se enrolou em um casaco e foi para o deck dos fundos. Impulsionando-se levemente no balanço de madeira, olhou fixamente para um mar escuro de árvores nuas, pensamentos pulsando em sua cabeça. Ela não suportava ouvir mais um maldito som: nem o arrastar dos sapatos de Fadi na porta da frente, nem o estrondo dos passos das filhas se levantassem da cama e corressem para cumprimentá-lo, nem o vaivém implorando para tentar pará-las novamente. Mas estava grata pelo zumbido de inverno de pássaros distantes, sirenes e árvores movendo-se ao vento uivante, seu farfalhar alto o suficiente para afogar seus pensamentos. Estava perdida nesses sons quando Fadi abriu a porta dos fundos.

Ao redor deles o céu escureceu, o brilho quente e leitoso da lua cheia refletindo atrás das árvores nuas. Ele se aproximou e se inclinou para beijar sua bochecha.

— Como foi o seu dia?

— Tudo bem — disse ela lentamente. — E o seu?

— Bom. Feliz por finalmente estar em casa.

Ela não disse nada, olhando para a frente. Estava ouvindo os latidos e uivos dos coiotes ou as batidas de seu coração?

— As meninas já estão dormindo? — ele disse.

— Acabei de colocar todo mundo na cama.

— Ah, que bom. — Ele deu um passo para trás, esfregando o pescoço, como se não soubesse por que ela não tinha se levantado. — O jantar está com um cheiro ótimo. Senti o cheiro assim que estacionei.

Ela assentiu e fechou os olhos.

— Obrigada.

— O que você fez?

— Sopa de lentilha.

— Ótimo, mal posso esperar.

Ela olhou para a lua, grande e brilhante no céu escuro.

— Está linda — disse ela. — Ficou cheia esta noite.

Fadi ergueu os olhos.

— Ah, eu não tinha notado.

— Claro.

Ele se virou para ela.

— Você está bem?

— Estou bem. — Ela manteve os olhos fixos para cima. — Estou sempre com tanta pressa que nunca paro para apreciar o céu.

— Você pode apreciar o céu amanhã? Tive um longo dia e estou morrendo de fome. E essa noite tem episódio novo de *Chicago P.D.*

Seu coração afundou.

— Isso é tudo o que fazemos, não é? Trabalhar e assistir aos nossos programas.

Ele encolheu os ombros.

— Acho que sim. Tem certeza de que está bem?

Ao redor deles, as árvores estavam nuas e suas vozes cortavam o ar fresco.

— Jonathan não renovou meu contrato para o próximo período — ela disse, o mais silenciosamente que pôde. — E vai terceirizar o trabalho de design.

— Ah! E você está infeliz com isso?

— Sim. Eu queria ensinar de novo.

— Sinto muito. Mas veja o lado positivo. Não é como se eles pagassem muito por todo o tempo que você dedicava.

Ela conseguiu encontrar seus olhos.

— Não tinha a ver com dinheiro, mesmo.

— Tinha a ver com o quê, então?

Mesmo que ela encontrasse uma maneira de articular isso com Fadi, que diferença faria? Ela suspirou.

— Já não importa mais.

— É sério. Não se preocupe com isso. Você não precisa desse trabalho estúpido. Estou aqui.

— Sim, eu sei.

— Tem bastante coisa aqui para te ocupar. Cuidando das meninas, das refeições, sem falar da casa. Minha mãe ficará satisfeita, agora vai dar para você ficar mais com ela.

Ela exalou, rangendo os dentes.

— É isso que você quer? Mais cozinha? Mais limpeza? Mais tempo com a sua mãe?

— Não, eu só quis dizer que você já faz bastante coisa, e eu realmente valorizo isso.

Sem encará-lo, ela perguntou:

— Você me valoriza? Ou só as coisas que eu faço?

Com o canto do olho, podia vê-lo balançando a cabeça lentamente.

— Por que você distorce minhas palavras?

Ela não disse nada, então ele murmurou:

— Eu não tenho tempo para essas bobagens agora.

Ao redor deles, o ar ficou mais frio e ela começou a tremer. Olhou além dos pinheiros sussurrantes, a escuridão total. Em todos esses anos conseguiu manter-se distante e alheia da maioria das pessoas, distante o suficiente para que ninguém pudesse machucá-la. Mas ela deixou Fadi perto o suficiente para ver sua dor, e aqui estava ele, incapaz de enxergá-la.

· 29 ·

No caminho para a escola, Mira e Jude brigaram no banco de trás por causa de uma boneca Barbie. Mira queria colocar um vestido nela, e Jude preferia um macacão. Yara cerrou os dentes enquanto dirigia, mãos tensas, antes de fazer contato visual com Jude no espelho retrovisor e rapidamente suavizar sua expressão. Ocorreu-lhe quantas vezes ela não conseguia perceber que as duas garotas a observavam a todo momento: cada movimento que fazia, cada reação, cada palavra que ela dizia ou não. Elas a estavam estudando da mesma forma que ela estudara Mama, observando e aprendendo pelo exemplo. O que Yara tinha ensinado a elas ao longo dos anos? Que tipo de exemplo ela deu? Envergonhada, ela voltou a focar o olhar na estrada à frente.

Depois de deixá-las na escola, dirigiu até a faculdade para empacotar o resto de seus pertences, o que Jonathan disse que ela poderia fazer a qualquer momento naquela semana. Dentro de seu escritório, Yara esvaziou as gavetas, tirou os livros da estante e os colocou em caixas, e depois removeu os quadros da parede. Mandou uma mensagem para Silas contando o que aconteceu, e ele disse que passaria por lá depois da aula da manhã.

— Sinto muito — disse Silas. — Se tiver como te ajudar em qualquer coisa, me avise. — Ele tinha acabado de colocar as últimas caixas de livros no carro dela e estava parado no escritório vazio olhando para Yara.

— Estar aqui é mais do que suficiente — disse ela. — Obrigada.

— Sem problemas.

Ele ficou quieto por um momento, então disse:

— Você precisa de ajuda para procurar outro emprego?

Ela deu de ombros.

— Nem sei o que eu quero fazer agora. Para ser sincera, nunca dei valor a nada do que fiz aqui além das aulas.

— Nunca teria imaginado. Você era tão boa nessa coisa das fotos. Então, você vai tentar outro emprego de professora?

— Não tenho certeza. Eu adorava ensinar, mas acho que fui atraída porque fazia sentido para mim como mãe, e não porque era minha paixão.

As palavras a surpreenderam ao sair de sua boca, mas soaram verdadeiras. De fato, ela não estava exercendo sua paixão pela arte no trabalho, não estava usando a arte para se expressar. E talvez esse fosse o problema dela: antes de mais nada, ela tinha abandonado o espírito do que amava na arte.

— Então, qual é a sua paixão? Se você pudesse ter qualquer emprego no mundo, qual seria?

Yara franziu a testa.

— Esse tipo de pensamento positivo nunca me levou a lugar nenhum — disse ela. — Mas e você? — ela perguntou, querendo mudar de assunto. — Qual seria seu emprego dos sonhos?

— Fácil — disse ele. — Se eu não tivesse minha filha aqui e contas para pagar, eu viajaria o mundo para comer.

— E isso é um emprego de verdade?

— Claro que é. Crítico gastronômico para uma revista ou jornal.

— Sério? É o que eu faria também, então.

Ele riu.

— Vamos lá, você não pode copiar minha resposta.

— Viajar pelo mundo e comer a melhor comida de cada país? É um sonho realizado.

— Certo, tudo bem. Mas o que você realmente gostaria de fazer, Yara?

— Ok, vamos ver.

Ela sabia apenas que queria um trabalho que fizesse diferença significativa, que tornasse o mundo um lugar melhor. O pensamento por si só a fez se sentir tola ou ingênua, mas Yara sabia que não queria desperdiçar seus limitados anos de vida na busca por dinheiro e status. Ela não queria apenas trabalhar, mas ter uma vida que fizesse sentido. Viver uma vida com inspiração, criatividade e liberdade. Talvez fosse por isso que ela sentia necessidade de viajar, para descobrir o que ela deveria estar fazendo e descobrir o mundo.

— Quando eu era mais jovem, queria ser advogada — ela enfim disse a Silas. — Eu não tive acesso à arte, nunca havia pensando nisso como uma

carreira, então tomei essa decisão. Achei que isso me ajudaria a me sentir mais poderosa e segura no mundo. — Talvez ela parecesse diferente por fora, brilhante, com sua saia ou terninho bem cortado. Mas seu interior teria sido o mesmo, trabalhando para aliviar o vazio que sentia por dentro.
— Mas não acho que teria sido gratificante.
— Por que não?

Por um momento, ela pensou em contar a Silas sobre a maldição de Mama, como isso tinha contaminado tudo, toda a sua vida, que nenhum trabalho ou carreira iria desfazer o mau-olhado. Mas, em vez disso, disse:

— Para ser sincera, tenho pensado muito sobre por que estou aqui, sabe? Sobre qual é o meu propósito. Durante anos, fiquei obcecada em ter uma carreira de sucesso e provar meu valor para minha família e comunidade. Mas agora estou começando a me perguntar se tenho me concentrado na coisa errada.

Silas assentiu.

— Não é tarde demais para mudar seu foco, se é assim que você se sente.

— Só que não tenho ideia de como.

Ele a olhou e ela desviou o olhar, segurando a xícara com força.

— Você vai continuar na terapia? Desculpe, sei que não é minha função perguntar, mas pode ser útil enquanto você vai descobrindo essas coisas.

Ela tomou um gole de café, mas o líquido estava sem sabor em sua garganta.

— Não tenho certeza se seria útil. Faz um semestre que estou na terapia com William e pouca coisa mudou.

— Eu entendo por que você se sinta assim, mas essas coisas podem demorar um pouco. Posso te ajudar a procurar um novo terapeuta, se quiser.

Ela sentiu uma dor aguda no peito e esfregou a palma da mão no local.

— Eu sei que tenho que fazer algo, mas o que eu menos preciso agora é de outro estranho me julgando.

— Sei que pode parecer muita informação, mas sempre tem outras coisas a fazer se você não estiver pronta para mais terapia. Meditação, diário... mesmo só conversar com amigos. Estarei aqui.

Yara assentiu.

— Obrigada.

Ela sorriu para ele e então mirou o brilhante céu azul que via através da janela. Talvez inicialmente tenha dispensado William para evitar pensar no que aconteceu, para manter o foco em recuperar suas aulas. Mas mesmo que lembrar da infância não a fizesse se sentir melhor, não poderia fazê-la se sentir pior do que nos últimos meses, tentando resistir às memórias enquanto elas borbulhavam. Talvez escrever sobre suas questões fosse um primeiro passo.

Ao se despedir de Silas no estacionamento, ela sentiu o peito se expandir de esperança — ou seria medo? As escolhas em sua vida pareciam menos escolhas e mais estradas, todas voltando para o mesmo destino. Mas estava em suas mãos comandar o volante, decidir quão longe poderia ir.

· 30 ·

Ao meio-dia chegando em casa, percebeu que tudo estava estranhamento silencioso. Em sua marquise, a luz do sol entrava pelas janelas, mas a sala estava cheia de caixas do trabalho de Fadi.

Yara tinha desempacotado suas coisas — quadros, câmera, algumas caixas de livros —, empilhando-as do lado de fora da porta. Ela entrou e saiu da marquise, passando de caixa em caixa, sentindo um nó na garganta. Esse tinha sido um espaço dela, do qual abriu mão por ter o escritório na faculdade, mas não se importava que ele o ocupasse.

Mais tarde, enquanto esperava a saída das meninas, ela pegou o telefone e abriu o Instagram, desesperada para aliviar a tensão. Na *timeline*, imagens e *reels* estavam organizadas na tela em quadrados e retângulos: gondoleiros listrados flutuando sob espetaculares pontes em arco, águas azuis cristalinas e praias de seixos brancos, um pátio de mármore coberto por mosaicos de flores. Por dez minutos, ela ficou sentada rolando o *feed*, seus olhos escurecendo e se arregalando com as imagens de todo o mundo, parando de vez em quando para examinar os detalhes de alguma.

Ela vestiu uma blusa, tremendo no ar frio de dentro do carro. Fechando os olhos, imaginou-se na Palestina, entre encostas espalhadas por telhados vermelhos inclinados e o cintilante Mar Morto ao longe, centenas de oliveiras ao seu redor. Com os olhos ainda fechados, ela se transportou para o Egito, imaginou o calor do sol em seu rosto diante das grandes pirâmides, o calcário amarelo sob a ponta dos dedos enquanto explorava corredores estreitos e câmaras escondidas. Depois, na Espanha, colhendo frutas nos vinhedos e limoeiros das encostas, depois nas colinas de Portugal, repletas de vistas magníficas, prédios em tons pastel e charmosos bondes amarelos, depois na Itália, com vista para o litoral acidentado e pontilhado de pequenas praias e vilas de pescadores. Enquanto imaginava as imagens de uma pequena cidade e se colocava dentro dela, Yara ouviu um barulho suave no vidro do carro. Abrindo os olhos, percebeu que tinha começado a chover. A água escorria pela janela e deslizava pelo vidro, limpando todos os seus sonhos. Ela suspirou. Quanta coisa lá fora que ela queria ver e tanta coisa sobre ela mesma que ainda precisava descobrir...

Então algo lhe ocorreu. E se houvesse um motivo maior por trás da perda do emprego? E se fosse para ela ir a algum lugar, finalmente?

✻

Naquela noite, Fadi chegou em casa na hora em que Mira e Jude estavam escovando os dentes, preparando-se para ir para a cama. Depois de ler uma história para as meninas dormirem, Yara caminhou pela cozinha enquanto pensava na melhor forma de abordar o assunto. Usando outra das receitas de Teta para o jantar, fez quibe frito, recheado com *bulgur*, pinhões e especiarias quentes. Ela preparou o quibe com montinhos de *tzatziki* ao lado, com as mãos tremendo. Inspirando e expirando, ela fechou os olhos e se imaginou vagando pelos becos labirínticos de Marrocos — descobrindo os coloridos *souks*[38], palácios e jardins da cidade — até sentir o corpo relaxar.

Talvez devesse pôr a mesa esta noite, pensou, tornar a refeição especial. Não faria mal tentar algo novo. Depois de tomarem banho, porém, Fadi já estava na cama, sentando-se enquanto mexia no controle remoto. Seu cabelo ainda estava molhado, sua barba recém-aparada.

— Quer jantar à mesa essa noite? — Yara disse, levantando a voz acima do volume da televisão.

— Quero só sentar aqui e assistir à TV. Você se importa?

---

[38] Mercado tradicional em países do Oriente Médio, norte da África e outras regiões de influência árabe. [N. E.]

Ela balançou a cabeça e foi para a cozinha, onde pegou os pratos e voltou para o quarto. Forçando a boca em um sorriso, ela entregou-lhe o jantar e sentou-se na cama ao lado dele.

— Que cheiro incrível — disse ele.

Com os dedos, levou o quibe à boca e deu uma mordida.

— Uau, o gosto é ainda melhor.

Fadi colocou o prato no colo por um momento, depois procurou o episódio mais recente. Ela tomou um gole rápido de água, esfregou as palmas das mãos nas coxas e limpou a garganta.

— Tem sido tão estranho não trabalhar nas últimas semanas — disse ela.

— Sorte a sua — respondeu ele, baixando o controle remoto. — Não me lembro da última vez que passei um dia inteiro sem nada para fazer.

Ela ignorou a provocação.

— Fiquei muito chateada por perder meu emprego, mas, depois de ter algum tempo para clarear a cabeça, percebi que você tem razão.

— É mesmo?

— Eu não conseguia me imaginar como alguém que fica em casa, mas comecei a pensar: talvez essa seja uma chance de eu aprender mais sobre mim, sabe?

Fadi assentiu com a cabeça, pousou o garfo e tomou um gole de água. Engolindo em seco, ele disse:

— Estou feliz que você finalmente está enxergando isso. Eu te disse, você não precisa se preocupar em trabalhar. Além disso, você faz muito por nossa família. Não quero que você sinta que não é valiosa. — Ele mordeu outro quibe. — Sua comida é coisa de outro mundo.

— Legal da sua parte dizer isso. Obrigada.

Ele pegou o controle de novo, mas, antes que pudesse começar o episódio, ela estendeu a mão e colocou-a em seu braço.

— Mas eu estive pensando — disse ela. — Nosso aniversário de dez anos de casamento é em maio. Será que não podemos fazer algo especial?

Fadi assobiou.

— Dez anos, já? Passou rápido.

— O tempo parece fugir de nós com tudo o que está acontecendo, o que me fez pensar: por que não fazemos uma viagem a algum lugar para comemorar? O clima em maio é perfeito em quase todos os lugares.

— Talvez possamos ir para Nova York. Podemos ver sua família.

— Acho que podemos fazer melhor do que isso.

— O que você quer dizer?

Yara tinha pensado nisso a tarde toda. Ela não queria perder outra chance de viajar. E não parecia certo não comemorar esse marco com algo especial. Além disso, Fadi tinha prometido.

— Vamos fazer uma aventura, ir a algum lugar novo — disse Yara. — Itália talvez? Poderíamos visitar todas as ruínas de Roma e ver a Capela Sistina. Ou a França? Sempre quis ir ao Louvre.

Fadi tomou outro gole de água. Depois de uma pausa, ele disse:

— Parece muito bom, mas não estamos em condições de fazer uma viagem assim agora, sabe?

— Sei — disse Yara, rápido demais. — Os voos podem ser caros, mas me escute. Posso fazer algum trabalho de fotografia *freelance*, ou vender algumas pinturas, ou algo assim. Com todo esse tempo livre que tenho, há muito que posso fazer para contribuir.

Fadi balançou a cabeça.

— Confie em mim, eu ganho mais do que o suficiente para levar você a qualquer lugar que quisermos ir.

Yara olhou para ele.

— Se não é dinheiro, é o que então?

— A loja fica muito movimentada em maio, e não estou em uma situação em que posso simplesmente deixar tudo para trás e ir para a Europa. Sinto muito, sei que isso é muito importante para você, mas pode não ser um bom momento.

— Mas ainda faltam cinco meses. Você pode se organizar melhor até lá, não?

— Não sei.

— Por favor, não diga não ainda. Precisamos dessa viagem. Eu sei que você pensa que isso só tem a ver comigo, que eu sonho com a Europa desde que era uma garotinha. Mas é para a gente também. Poderíamos usar esse tempo para ficarmos juntos, nos reconectarmos. Por favor, pense a respeito — ela disse isso tocando na mão dele. — É tudo que eu te peço.

Olhando para ela, Fadi sorriu.

— Ok, vou pensar.

· DIÁRIO ·

Na última lembrança que tenho de Teta, estamos sentadas juntas no telhado. Ao nosso redor, tecidos nas cordas de lavar dançam na brisa fresca e o sol corta as fileiras de canteiros de vegetais. Teta está regando suas plantas enquanto me conta sobre a nakba[39]. *Caminho atrás dela, uma mão no rosto para bloquear o sol. Embora ela já tenha me contado a história muitas vezes antes, me aproximo, ansiosa para ouvi-la de novo. Ainda não entendo a necessidade da minha avó de recontar os eventos daquele dia, sua obsessão por falar as palavras em voz alta, como se desesperasse por alguém que validasse sua experiência. Ainda não aprendi o que ela já sabia, que recusar reconhecer uma dor sofrida dói mais do que a própria dor.*
— Depois que os aviões israelenses bombardearam as oliveiras — Teta começou —, os soldados nos deram trinta minutos para deixar nossa casa. Lembro-me de ver minha mãe desligar o fogão antes de sairmos. Meu pai trancou a porta da frente e agarrou a chave como se tivesse certeza de que voltaríamos em breve. Parece tão tolo agora, olhando para trás. Mas o que estávamos vivenciando era inimaginável.
Ela franze a testa, empurrando as palavras devagar.
— Você consegue imaginar alguém invadindo sua casa, na terra onde você viveu por gerações, e te forçar a sair?

---

39 Termo usado para se referir à dispersão e ao deslocamento forçado dos palestinos que ocorreram durante a guerra árabe-israelense de 1948, quando Israel foi estabelecido como um Estado independente. [N. E.]

Eu a olho incrédula. Mesmo pensar na perda dela me enche de tanta tristeza que não consigo sequer imaginar como ela deve ter se sentido ao viver aquilo.

— O que aconteceu depois disso? — pergunto, mesmo já sabendo a resposta.

— Nossa família veio para cá, para Balata — Teta diz, agitando as mãos ao redor dela. — O acampamento estava superlotado. Nossa tenda era do tamanho de um quarto pequeno, não dava para acomodar nós sete. Mas, quando o inverno chegou, eu estava grata por estar encolhida perto dos meus irmãos e irmãs no frio congelante. Do lado de fora, milhares de tendas estavam empilhadas umas sobre as outras, como um baralho de cartas. Você podia vê-las se estendendo à distância. Cordas conectavam as tendas. Crianças andavam descalças pela terra. Os invernos eram rigorosos e os verões, abrasadores. Mal tínhamos comida e água o suficiente, sem falar em eletricidade, estradas ou esgotos. Ficávamos em filas por horas na ONU para conseguir arroz e cobertores. O cheiro de decomposição nos cercava e parecia que estávamos vivendo dentro de um corpo morto.

Quando eu tinha quinze anos, a maioria das tendas em nosso acampamento havia sido substituída por barracos feitos de blocos de concreto, assim como este — Teta continua. — Ainda estamos todos amontoados, mas é melhor do que as tendas. Quando fizeram esses abrigos, também construíram fontes de água, escolas e clínicas. Lembro-me de sentir tanta felicidade com a possibilidade de ter uma nova casa, de não precisar carregar baldes d'água na cabeça. Acreditava que um dia talvez pudesse voltar a frequentar a escola. Mas meu pai só chorou. Ele sabia que isso significava que nunca mais voltaríamos para casa.

— Espera um minuto — eu digo. Olho ao redor, examinando os prédios com grafites, becos estreitos e cordas cheias de roupas secando. Algumas janelas estão cobertas com plástico, e bitucas de cigarro estão espalhadas pelo chão. — Era aqui que estavam as tendas?

— Sim — ela diz, segurando as lágrimas. — Embora as tendas já tenham desaparecido há muito tempo, ainda é o mesmo lugar.

— Por que você nunca saiu? — pergunto.

— Eu costumava me perguntar a mesma coisa — diz Teta. — Meu pai dizia que abandonar o acampamento significava desistir do nosso direito de retorno. Ele queria voltar para Yaffa, onde seus avós e bisavós nasceram. Ele estava certo, sabe? Mesmo depois que ele morreu, eu não pude desistir e partir. Nunca poderíamos pertencer a nenhum outro lugar. Yaffa é quem somos.

De volta para dentro, Teta alcança a gaveta e tira uma chave de ferro enferrujada[40]. Lentamente, ela me entrega. É muito mais pesada do que parece e está fria entre meus dedos.

— O que é isso? — pergunto.

— A chave da nossa casa.

— Uau, não acredito que você ainda tem isso!

— Meu pai a guardou por tantos anos, esperando que um dia voltássemos — Teta diz. — Quando ele faleceu, eu a guardei também, caso ele estivesse certo. Ele não queria que eu perdesse a esperança. Nem lembro mais como é Yaffa. Quando fecho os olhos, mal consigo imaginar o brilho do Mar Morto, os telhados cor de figo, as laranjeiras selvagens. Tento pensar em dias melhores, mas tudo que consigo lembrar é de podridão e lama e, ao nosso redor, o cheiro da morte.

Eu olho para ela, mas não sei o que dizer. Por alguns segundos, ficamos ali em silêncio, o som de pássaros cantando ao nosso redor. Pergunto-me se um dia vou entender o que significa passar por esse tipo de sofrimento e perda.

— Você acha que um dia poderá voltar? — pergunto.

Teta cobre o rosto, evitando meus olhos. Ela diz:

— Embora eu tenha vivido neste acampamento por mais de cinquenta anos, fui criada com a esperança de retornar à minha terra natal e ainda tenho essa esperança. E se eu não puder, talvez meus filhos retornem, talvez meus netos, talvez você. Por isso mantive essa chave todos esses anos.

Seus olhos embaçam, como se estivessem entrando em um pesadelo. Observando sua expressão miserável, sinto uma certa pressão nas têmporas e meus olhos embaçam. Engulo em seco e desvio o olhar, mordendo meu lábio inferior.

— Teta — eu digo.

— Sim, habibti.

— Você acha que um dia pode dar a chave para a mamãe?

Meu rosto se contorce, e então sinto o calor das lágrimas escorrendo pelas minhas bochechas.

---

40 É comum que alguns palestinos que tenham sido expulsos de suas casas tenham guardadas as suas chaves, na esperança de um dia retornar. Todo ano, no dia 15 de maio, a invasão é relembrada em manifestações, onde as chaves são o símbolo principal. [N. E.]

— Habibti, *não chore. Venha aqui* — Teta diz rápido demais, me puxando para o colo dela.

Ela cheira a sálvia e hortelã. Também sinto um toque de cominho.

— *Claro que sim. Foi por isso que me agarrei tanto ao passado. Eu quero que a nossa identidade, quem somos, continue. Já basta que o nosso povo esteja sem lar e sem nome. Mas a nossa história corre em nossas veias. Não podemos deixar que também nos tirem isso. E eles não vão conseguir. Enquanto continuarmos a compartilhar nossas histórias, elas serão lembradas.*

· 3 1 ·

— O que vocês querem fazer hoje? — perguntou Yara a Mira e Jude no primeiro dia das férias de Natal, enquanto terminavam o café da manhã à mesa da cozinha.

Este ano, as férias de inverno duravam doze dias. Fadi tinha que trabalhar em seu horário regular, então Yara passava a maior parte desse tempo sozinha com elas, como fazia na maioria dos anos. Isso era uma das razões pelas quais trabalhar na faculdade era tão conveniente: suas pausas geralmente coincidiam com as delas.

Mira e Jude começaram a sugerir coisas ao mesmo tempo. Cinema. Boliche. Compras (ideia da Mira, contestada por Jude).

— Podemos ir para a biblioteca? — Mira perguntou, olhando para ela com olhos cheios de esperança.

— Biblioteca? Sério? — disse Jude, cruzando os braços. — Vamos fazer algo divertido.

— Isso é divertido.

Yara sorriu enquanto as observava discutir: Mira pulava em seus tênis sujos de grama e Jude permanecia ali com as sobrancelhas franzidas, como se estivesse tentando resolver um mistério.

— E que tal patinação no gelo? — Jude finalmente sugeriu.

— Sim! — Mira concordou, com os olhos brilhando, e no segundo seguinte virou-se para Yara. — Podemos ir patinar no gelo, mamãe? Por favor?

Ao ver os rostos ansiosos de suas filhas, Yara quis fazê-las felizes.

— Claro, por que não? — ela respondeu. — Vamos lá.

As meninas a abraçaram, rindo de alegria, e Yara sentiu uma sensação de conforto se espalhar por ela.

Embora o clima lá fora estivesse frio e cinzento, a pequena cidade ganhava vida na temporada de inverno. As visões, os sons e os cheiros da estação estavam ao redor delas, no frio alegre das rajadas de inverno, nas luzes brilhantes e nas decorações alegres das casas e arbustos, no aroma de pinho e canela que enchia o ar. Depois de duas horas de patinação, almoçaram juntas na padaria local, onde pediram biscoitos de queijo e chocolate quente para se aquecerem. Depois disso, Yara empurrou um carrinho pelos corredores iluminados do supermercado local, pegando todos os ingredientes para fazer os petiscos favoritos das meninas para as festas: arroz-doce, bonecos de gengibre e maamoul — biscoitos amanteigados recheados com tâmaras e nozes.

Não foi difícil para Yara encontrar coisas para fazer com as meninas nos próximos doze dias. Durante toda a semana, elas assistiram a filmes, andaram em carrosséis e passearam por lojas pitorescas que vendiam de tudo, de presentes, pinturas e esculturas a utensílios domésticos.

No fim de semana antes da véspera de Natal, foram ver as luzes festivas no centro da cidade e, depois, assistiram aos fogos de artifício e a uma cerimônia de acendimento da árvore, enquanto tomavam xícaras de chocolate quente e comiam biscoitos de gengibre recém-assados. No caminho de volta para casa, Yara colocou no som do carro suas músicas favoritas, e todas cantaram alto, sem querer que o dia terminasse.

Naquela noite, quando as acomodou na cama, Yara se sentiu mais leve do que o normal, como se esse tempo com elas as tivesse aproximado, recarregando-as.

❊

Numa manhã ensolarada depois daqueles dias alegres, Yara deixou as meninas na escola e dirigiu até a casa de Josephine. Silas tinha mandado uma mensagem perguntando-lhe se queria experimentar uma de suas novas receitas e, quando ela chegou, ele estava tirando do forno uma torta.

— Que cheiro bom — disse Yara, caminhando até a pia para lavar as mãos. — O que você está fazendo?

— Torta de batata-doce e cebola. Receita da minha avó.

— Mal posso esperar para experimentar. Obrigada por me convidar.

Silas sorriu.

— Sem problemas. Espero que fique para o almoço também. Estou fazendo camarão com canjica.

Yara olhou em volta da cozinha, lembrando-se de que Josephine estava trabalhando.

— Tem certeza de que Josephine concorda com isso? Não quero incomodar.

— Incomodar? Faz semanas que eu não te vejo e você fica cheia de dedos?

Yara riu, corando.

— Tudo bem, eu vou ficar.

— E então, como estão as coisas? — ela perguntou, enquanto Silas colocava duas fatias de torta e as levava para a mesa. — Sinto como se não te visse há anos. Como está o processo?

— Tudo certo até agora. — Ele puxou uma cadeira para ela. — Minha audiência é no final do mês e estou um pouco nervoso.

— Normal. Eu também ficaria. Mas você é um bom pai. O juiz vai enxergar isso.

— Você acha?

— Tenho certeza. Você já ganhou.

Ele sorriu e agradeceu.

— Então, o que você acha? — Silas perguntou depois que eles deram uma mordida na torta. — Está boa?

— Deliciosa. O queijo *gruyère* acentua o sabor. A propósito — disse ela, enfiando a mão na bolsa —, fiz isso para Josephine.

Ela colocou um pote transparente sobre a mesa, e ele olhou o conteúdo. Olhando-a, disse brincando:

— E para mim, nada?

Ela riu, puxando outro pote.

— Fiz alguns para você também, não se preocupe.

— Bom mesmo — disse ele, levantando a tampa para liberar o cheiro de canela e água de rosas. Ele encontrou os olhos dela. — Ah, meu Deus, isso é *baklava*[41]?

— Espero que ela goste.

Ele pegou um pedaço e colocou na boca. Lambendo os dedos, disse:

---

41 *Baklava* é um doce tipicamente turco, feito com pistache triturado entre finas camadas de massa folhada. [N. E.]

— Isso se eu decidir compartilhar.

Ela riu.

— Você precisa mesmo me ensinar como fazer isso — pediu ele.

— Claro. Tenho muito tempo agora.

— E o que você tem feito?

— As meninas estão de folga há algumas semanas, mas, além disso, tenho pintado, lido e passado tempo com elas. Nada importante, mas é bom desacelerar um pouco.

Todas as manhãs, depois de deixar as meninas na escola, Yara não conseguia superar a estranha sensação de que não tinha nada para fazer até ir buscá-las. Algumas manhãs ela dirigia até uma padaria, onde se sentava perto da janela para comer um croissant quente e tomar um cappuccino. Passava o resto da manhã desenhando ou lendo, de cabeça baixa, levantando os olhos só na hora de ir embora. Nos outros dias, ficava em casa e pintava antes de ir ao supermercado comprar ingredientes para o jantar e voltar para casa para lavar a roupa antes de ir buscar as meninas.

— Legal! — disse Silas mordendo outro pedaço da *baklava*.

— É — disse Yara, colocando uma mecha de cabelo atrás da orelha. — Eu também estou mantendo um diário.

— Sério? Isso é ótimo! O que você escreve?

A pergunta teria sido intrusiva se viesse de qualquer outra pessoa, mas por algum motivo ela se sentia completamente à vontade com Silas.

— Coisas do passado, memórias principalmente. William sugeriu que talvez eu devesse escrever uma carta, mas... — Ela fez uma pausa. — Só consegui escrever sobre lembranças mais felizes. Lembrar de algumas coisas é muito mais difícil do que eu pensava.

— Sinto muito. Eu não fazia ideia.

Yara assentiu, mas não disse nada. Ele se sentiu à vontade para também falar sobre suas questões pessoais.

— Lembro-me das vezes em que tentei contar à minha família que era gay — disse ele, agora olhando fixamente para a frente. — Eu estava com tanto medo... Não conseguia deixar de lado a imagem que eles faziam da minha vida.

— O que fez você ter coragem?

— Um dia acordei, me olhei no espelho e pensei: *Quantos anos mais da minha vida vou perder fugindo de mim?* Naquela noite, sentei com meus pais e contei a eles.

— O que aconteceu?

— Eles ficaram chocados e confusos no início. Quer dizer, eu estava casado com uma mulher e tinha uma filha, e mesmo sendo provocado quando criança, nunca passou pela cabeça deles que eu pudesse ser gay. Mas continuamos conversando. Eles fizeram perguntas e eu fiz o meu melhor para responder. Não foi fácil no começo, mas no fim eles me apoiaram. Sinceramente, não sei o que teria feito sem eles nos últimos anos.

Yara se mexeu na cadeira e um peso a dominou.

— Isso é muito bom — ela se ouviu dizer, mas sentiu as lágrimas escorrendo pelo rosto.

— Yara, me desculpe. Eu não queria fazer você chorar.

— Não, por favor. — Ela enxugou as bochechas. — Não é sua culpa. De verdade. Parece que eu adoro chorar na casa de Josephine, não é?

Silas riu e lentamente pegou na mão dela. Ela começou a se afastar, mas então parou e deixou. Um formigamento quente começou em seu peito e se espalhou, infundindo seu corpo com um conforto desconhecido. Por um momento, olhando para cima para encontrar os olhos de Silas, Yara se sentiu como uma garotinha de novo, estendendo a mão para um de seus irmãos, os dois se abraçando.

— Isso foi muito corajoso da sua parte — disse ela por fim. — Se assumir para seus pais. Eu gostaria de ser corajosa assim.

— Mas você é — disse Silas. — Todos nós somos. Às vezes, o medo simplesmente toma conta e nós perdemos a coragem de vista.

— Esse é o problema. Não tenho certeza do que é isso de que tenho medo.

— Compreender a si mesmo é a parte mais difícil — disse Silas. — Mas talvez colocar seus sentimentos no papel ajude.

Yara começou a rir.

— O que é tão engraçado? — ele disse, corando.

— Você fala igualzinho ao William.

❊

Quando Yara chegou em casa, ela pegou o diário e abriu em uma nova página. Um choque percorreu seu corpo. Silas estava certo. Ela tinha de ser corajosa. As memórias eram incrivelmente dolorosas, mas se ela continuasse vivendo como antes, correndo sem sair do lugar, evitando-as, sempre se sentiria assim, como se estivesse presa sob uma maldição da qual nunca poderia escapar.

Tremendo, pegou o diário de novo e o abriu. Lentamente, pegou o lápis e o levou para o papel. Seu coração disparou ao escrever uma palavra, depois outra, depois outra, seus dedos apertando a cada uma. Ela fez uma pausa para recuperar o fôlego, olhando para a página. A carta para Mama. No topo, lia-se:

Eu não sei por que estou escrevendo isso.

Por um segundo ela quis parar, arrancar a página do diário e então rasgá-la em pedaços, mas resistiu ao impulso. Ela tinha que voltar lá, mesmo que doesse. Talvez, se superasse a dor, chegaria ao outro lado, um lugar onde não sentisse tanto medo. Talvez, se aprendesse a se expressar para Mama, fosse capaz de articular do que estava fugindo. Talvez, enfim, pudesse perdoar sua mãe. Talvez pudesse até perdoar a si mesma.

Ela colocou o lápis no papel, pronta para começar.

Querida Mama,

· DIÁRIO ·

Querida Mama,
    Esta é minha tentativa de entender meu relacionamento com você na minha infância e como isso afetou todos os anos que se seguiram, contaminando todos os pensamentos que já tive sobre casamento, maternidade, filhos e amor, sobre dor e arrependimento, sobre isolamento e desespero, sobre todas as formas como nos fechamos ao mundo porque temos medo, sobre este sentimento que tenho desde pequenina, que carrego comigo na idade adulta, na maternidade. Quão libertador seria finalmente jogá-lo fora? Libertar-se? Viver minha vida sem ele?
    Finalmente em minha primeira lembrança de como esse sentimento começou, tenho nove anos e estou na cama, desejando estar morta. Lembro-me da fronha de algodão úmida contra meu rosto, do gosto salgado das lágrimas escorrendo pelo meu rosto, do latejar no centro da minha cabeça e da vontade de não sentir nada. Eu não queria me machucar, e nem faria isso. Mas o pensamento de estar viva naquela casa parecia mais doloroso do que a morte.
    Conforme envelheci, imaginei todas as maneiras pelas quais poderia parar de sentir essas coisas. Eu deitava na cama, você e as vozes de Baba retumbando do outro lado da porta, e eu imaginava como isso poderia acontecer. Câncer, do tipo que se espalha em dias. Um derrame enquanto eu dormia. Um acidente fatal de carro.
    Eu nunca consegui morrer, no entanto. Ou pelo menos foi o que eu disse a mim mesma.

· 32 ·

Janeiro chegou. Lá fora, chovia sem parar. Yara passava as manhãs limpando e as tardes vagando de moletom, capuz na cabeça, sentindo o cheiro do frio e de cloro. Depois, ela se retirava para a marquise com seu diário. Tinha empilhado e empurrado as caixas de Fadi para o lado, abrindo espaço para uma cadeira, e apoiava os pés em uma das pilhas mais curtas daqueles itens armazenados. A chuva batia contra a janela enquanto ela olhava para a página, incapaz de se entregar totalmente às suas memórias. Algo sobre o ato de sentar lá, remoendo de propósito eventos nos quais ela não gostava de pensar para então os escrever, fez com que se sentisse ferida, como se toda a sua dor tivesse vindo à tona. Pegou um cobertor da sala de estar, enrolou-o firmemente em torno de si, como se fosse um bebê que pudesse ser acalmado ao ser enrolado em um pano. Mas isso não a acalmou. Ainda assim, tinha a sensação de que talvez pudesse prender toda a sua tristeza dentro de seu caderno e, finalmente, livrar-se dela.

Uma tarde, ela levou as meninas à biblioteca para a rotina normal de depois da escola. Na seção de leitura, sentava-se bem perto delas no tapete, e Jude e Mira se inclinavam uma de cada lado dela, aquecendo-a como um suéter macio. Jude queria ler uma história engraçada, mas o livro que elas pegaram, sobre um cachorro com o nome de um supermercado, era mais triste do que engraçado. Nele, uma garotinha passa o verão procurando por sua mãe, mas, por causa de seu cachorro e dos novos amigos que faz pelo caminho, ela aprende a abrir mão e perdoar. Enquanto Yara lia as palavras em voz alta, seus olhos ardiam, mas ela estava grata por Mira e Jude estarem muito absortas na história para perceber. Elas se aproximavam conforme ela virava as páginas, seus cabelos roçando sua pele.

No caminho para casa, ela pegou o telefone para pôr uma música de Fairuz, esperando poder sentir o toque de Mama através da melodia. As meninas estavam alegres, cantando e dançando em seus assentos. Em um semáforo, Yara se virou para ver Mira torcendo suas tranças e Jude balançando de um lado para o outro, sorrindo para mostrar seus novos dentes da frente nascendo. Ao ouvir a música, foi transportada de volta para seus dias em casa com Mama, quando passava cada momento cantando até que sua voz começasse a ficar cada vez menor. Naquelas últimas lembranças que tinha da Mama cantando, Yara fechava os olhos e a ouvia sem falar nada, perguntando-se por que ela parecia tão triste. Tinha medo de falar, de interromper, até de tocá-la, não querendo que a mãe parasse. Mas ela parava. Era como se sua tristeza tivesse sugado sua melodia lentamente, muito lentamente, até que não tivesse mais nenhuma.

Lágrimas escorreram por seu rosto. Ela não podia mais ignorar a dor que Mama deixara dentro dela, todas as maneiras pelas quais ela nunca se recuperou. Quando se deu conta, ouviu suas filhas dizendo:

— Por que você está chorando, Mama?

Eles estavam conversando com ela, é claro, mas a maneira como diziam "Mama" a fazia arder por dentro.

— Sinto muito, bebês — disse ela, enxugando rapidamente o rosto. — Só estou tendo um dia triste.

As duas olharam para ela, as sobrancelhas franzidas, e ela sentiu um aperto no peito que não afrouxava. Puxar as memórias foi tão doloroso, mas elas estavam deixando algo muito claro: não queria que suas filhas sentissem nada daquilo, e se puxar seu passado a ajudasse a encontrar uma saída, então ela continuaria fazendo isso, não importava o quê.

Quando enfim estacionou na garagem, Yara soltou o cinto de segurança e se virou para encará-las.

— Amo vocês — disse ela, segurando novas lágrimas. — Vocês sabem disso, não é? Amo muito vocês.

As meninas assentiram e disseram que também a amavam, e Yara começou a chorar de novo porque era o som mais doce que ela já tinha ouvido.

Mais tarde, naquela noite, depois de colocar as meninas na cama e jantar com Fadi, ela desejou-lhe boa noite e retirou-se para a marquise, desesperada para continuar o diário de onde tinha parado.

Mas parada na porta, as caixas de trabalho de Fadi ocupando mais da metade da sala, um sentimento de inquietude a invadiu. Aquilo a varreu, arrancou-a de cima a baixo. Ela arregaçou as mangas da camisola, agachou-se ao lado de uma das caixas dele, tentou levantá-la, mas suas mãos tremiam muito e teve de esperar que parassem. Ela tentou respirar, avistou seu reflexo pálido no vidro escuro e desviou o olhar.

Então ela conseguiu levar a caixa para a sala, jogando-a no chão com um baque.

· DIÁRIO ·

Estou na cama, do mesmo jeito que costumo ficar em noites como esta: encolhida como uma bola, as cobertas puxadas até os ombros, meu coração batendo muito rápido. O quarto é pequeno e escuro, apenas um raio de luar entra pela janela, e uma fina faixa de luz amarela na porta rachada do quarto. Atrás dela, vozes ficando cada vez mais altas.

Você e Baba estão brigando de novo. Na verdade, suas brigas vêm ficando cada vez mais intensas. Posso ver suas silhuetas pela fresta da porta, as vozes aumentando e aumentando. Eu me pergunto se meus irmãos conseguem dormir. Os gêmeos dormem no seu quarto, mas nós quatro, crianças grandes, dividimos um quarto com dois beliches encostados na parede: Yousef e eu de um lado; Yunus e Yassir do outro. Eu fico no beliche de cima porque gosto de olhar o céu noturno pela janela enquanto adormeço. É lindo, e também um pouco triste, ver a escuridão azul como tinta, como uma pintura, e tantas estrelas estendidas ao longe, aparentemente sem fim.

Olhando lá fora, lembro-me de tudo que nunca terei a chance de ver. Sei que, quando ficar mais velha, terei de cozinhar e limpar para meus irmãos e, mais tarde, para meu marido. Posso ir para a faculdade se quiser, porque já vi algumas mulheres fazerem isso. Posso ser professora ou enfermeira, ou talvez até abrir um pequeno negócio. Mas não posso ser uma cirurgiã, ou uma CEO, ou uma pintora mundialmente famosa com exposições em todo o mundo, ou qualquer coisa com que eu sonhe se isso significar interferir em meus deveres como esposa e mãe.

Fecho meus olhos agora, os sussurros apertados se transformando em outros sons: um baque alto, uma batida contra a parede, então tosse estrangulada, como se alguém estivesse engasgando, segurando um último suspiro. A possibilidade me assusta tanto que enfio a cabeça debaixo do travesseiro para abafar o pensamento. Mas é como se os sons tivessem se arrastado para a cama comigo, encontrando seu caminho sob minha pele.

Outro baque, mais alto desta vez, então ouço você chorando. Quero me levantar e ajudá-la, mas não consigo levantar meu corpo do colchão. Minha pele formiga e meu rosto queima, como se alguém tivesse me incendiado, mas ainda não consigo me mexer. Respirando com dificuldade, recorro à minha rotina habitual em noites como esta. Fixo meus olhos no papel de parede claro do quarto — íris brancas com hastes verdes, brilhos metálicos nas bordas, pequenos pássaros azuis — até que flutuo em uma nuvem e tudo fica branco.

Em noites como esta, enquanto observo meus irmãos dormindo profundamente ao meu lado, o céu aberto brilhando através da janela, seus gritos me assombrando, me pergunto o quão livre posso realmente ser.

· 33 ·

Yara começou a carregar seu diário para todos os lugares. Era pequeno o suficiente para caber em sua bolsa, e ela se pegava puxando-o sempre que sua mente disparava: na sala de espera do consultório médico, na fila da escola, nas noites em que Fadi ainda estava no trabalho e as meninas brincavam alegremente no andar de cima. Mas ela escrevia principalmente no início da tarde, enquanto as filhas estavam na escola. Quase todos os dias, depois de terminar suas tarefas, ela se retirava para a marquise, onde se sentava atrás de sua mesa e abria seu caderno — tentando ignorar as caixas espalhadas por toda a sala, a bagagem de sua vida espalhada ao seu redor. Com enorme esforço, ela se obrigou a desviar o olhar, planejando remover as caixas mais tarde.

Agora, na privacidade das páginas, ela tentou recordar o máximo de memórias que pôde. Algumas pareciam assustadoras, como se pudessem pular da página e atacá-la. Outras estavam espalhadas e borradas, e ela não tinha certeza se haviam mesmo acontecido. Mas superou a dor, escrevendo até se sentir esgotada — precisava continuar voltando para lá.

Dois anos atrás, mesmo dois meses atrás, ela não teria se permitido ficar sentada ali, exposta ao ataque de suas memórias. Mas ela ficou surpresa ao descobrir que o ato de escrever a enchia de um certo prazer, validação e alívio. Em sua mesa, fragmentos do passado passavam por sua cabeça como fotografias soltas: um dia suado no McKinley Park. Mama sentada em um banco, o sol dançando em seu rosto. Uma bola de basquete quicando no asfalto, o barulho latejando em seus ouvidos. Seus irmãos rindo enquanto desciam o escorregador. O rosto de Mama se afastou deles, os olhos fixos em um homem à distância.

Ela os registrou diligentemente em seu caderno, determinada a encontrar uma maneira de um conjunto de palavras simples resumir sentimentos insuportáveis. Cada vez que ela preenchia uma nova página, sentindo-se como um recipiente que tinha sido esvaziado, também sentia uma sensação de segurança por saber que suas memórias estavam contidas no diário. Ela levava suas filhas para a escola com um sorriso no rosto, e quando as pegava ele ainda estava lá. Os movimentos da vida cotidiana pareciam mais administráveis. Não foi tão difícil falar com as meninas, tocá-las, desligar o telefone e olhá-las nos olhos, repetindo "amo vocês" sem parar. Quando reclamavam com ela ou brigavam uma com a outra, não era tão difícil fazer uma pausa, respirar fundo, controlar o impulso de brigar com elas. Percebeu que as filhas notaram e ficaram aliviadas com aquela calma incomum.

Conforme ela escrevia, tudo começou a ficar mais leve. Ficou claro quanta energia gastara suprimindo o caos interior ao longo dos anos. Sua mente e corpo estavam presos naquela luta, e isso a impedia de estar totalmente presente no mundo. Organizara sua vida como se o passado ainda estivesse acontecendo, como se ela ainda estivesse prevendo um ataque.

Mas, ao escrever, estava começando a sentir uma urgência. Ela passou a vida fugindo de suas memórias e agora estava correndo em direção a elas. Era doloroso, sim, mas ela tinha mais controle agora. As memórias não chegavam mais sem serem convidadas. Ela abriu a porta e as deixou entrar.

· DIÁRIO ·

Na noite depois de termos ido ver a cartomante, você prepara o jantar sem nenhuma música de fundo. Eu observo você na pia da cozinha, parada e silenciosa, em sua camisola desbotada, de cabeça baixa. Uma panela de ensopado de quiabo ferve no fogão, e o cheiro doce de alho e coentro enche a sala. Não sei por que você está cozinhando bamya[42] *de novo. Na semana passada, Baba deu uma garfada e jogou o prato no chão. Fiquei chocada não com o molho vermelho brilhante espalhado pelo linóleo, mas com sua reação incomum. Você ficou lá com os braços cruzados, parecendo estar se divertindo. Quando Baba começou a gritar, com a voz trêmula enquanto chamava você de tudo que é nome, pensei que você fosse se retirar para a pia da cozinha e pegar um pano. Mas, em vez disso, você cuspiu uma bola espessa e brilhante de saliva que pousou bem no meio da bochecha dele. Eu olhei para você com o coração batendo na garganta. Baba se levantou e deu um passo à frente, cerrando os punhos, antes de encontrar meus olhos do outro lado da sala. Rapidamente, ele pegou as chaves dele e saiu de casa. Não voltou até de manhã.*

Agora, na cozinha, você cobre a panela fumegante com uma tampa de vidro e volta seu olhar cansado para a janela.

— Por que aquela mulher disse que você foi amaldiçoada? — eu pergunto.

---

42 *Bamya* é um ensopado típico da região do oriente médio, preparado com quiabo e cordeiro. [N. E.]

Você se encolhe ao som da minha voz, então se vira para olhar para mim, o kohl espalhado ao redor de suas pálpebras.

— Você estava me espionando?

— Desculpe — *eu digo muito rapidamente.* — Foi sem querer. Mas eu a ouvi dizer algo sobre uma maldição. — *Faço uma pausa, suavizando minha voz.* — É verdade?

Você desvia o olhar novamente, em direção à janela.

— Sim — *você finalmente diz.* — Mas eu já deveria saber. Estive amaldiçoada a maior parte da minha vida, desde que deixei a Palestina, ao que parece.

— O que você quer dizer?

Você se vira para me olhar e eu vejo o kohl *borrado ao redor de suas pálpebras.*

— Deixei minha família e minha casa para trás pensando que teria uma vida melhor neste país — *você sussurra.* — Mas fui amaldiçoada desde o momento em que cheguei aqui. Eu gostaria de poder sair e voltar para casa, gostaria de poder passar um tempo com Teta novamente, antes que seja tarde demais. Ela não vai viver para sempre, sabe? Mas estou presa aqui, com vocês seis, vivendo assim.

Eu me sinto entorpecida. Não é que eu não saiba que você não está feliz conosco, isso eu sei. Eu ouço isso no som da sua voz, vejo isso na maneira como você olha para Baba. Mas ouvir sua confissão adiciona outra camada de dor dentro de mim, as palavras como uma corrente em volta do meu coração, causando-me mais sofrimento. Como isso é possível, não tenho certeza.

Eu me aproximo, tentando ter uma visão melhor do seu rosto, mas sua cabeça cai sobre o peito, seus olhos se fecham

— Eu não quero mais viver assim — *você resmunga.*

Eu mordo meu lábio quando uma sensação de enjoo passa por mim, e fico incapaz de me mover.

— Você está chateada — *você diz quando eu não respondo. Sua voz é repentinamente aguda, fria.*

— Não — *eu digo, minhas mãos sobre o peito.*

— Você acha que é minha culpa, não é?

— Não, não. Eu só não entendo, só isso.

Você olha para mim, seus olhos escuros arregalados.

— Como não? Você vê o jeito que eu vivo. Você deveria estar do meu lado.

Dou mais um passo à frente, alcançando sua mão. Seus dedos estão úmidos e você está tremendo.

— Estou do seu lado, Mama. Estou mesmo.

— Não, você não está — *você diz, puxando a mão de volta.* — Eu posso dizer pelo jeito que você olha para mim. Você acha que eu sou uma mãe ruim.

— Eu não acho isso.

— Eu não sou boba. Eu sei que acha.

Envergonhada, desvio o olhar, me perguntando se você pode mesmo enxergar isso. Sei que não deveria me sentir assim por você, considerando tudo o que você passou, e tenho vergonha de mim mesma por não ser mais compreensiva. Por aumentar sua dor. Uma bolha de culpa cresce em mim agora, e eu engulo em seco. Em voz baixa, ouço-me dizer:

— Então, por que você não vai embora?

— Não posso — *você diz, balançando a cabeça.*

Eu me forço a encará-la.

— Por que não? Por causa da maldição?

— Sim. Exatamente.

Eu fico olhando para você em silêncio, esperando que você diga mais, mas você desvia o olhar em direção à janela.

— Eu não espero que você entenda agora — *você, enfim, diz, sua voz desaparecendo.* — Mas um dia você vai entender.

· 34 ·

Em fevereiro, Silas mandou uma mensagem para Yara e perguntou se ela poderia ensiná-lo algumas receitas da avó. Uma tarde inteira foi consumida na cozinha de Josephine, Silas em pé atrás dela enquanto ela lhe mostrava como fazer homus do jeito de Teta. Depois, ela o ensinou a fazer folhas de uva recheadas, colocando uma colher de arroz e carne moída no centro da folha antes de enrolá-la.

— Comece dobrando os cantos inferiores — instruiu Yara. — Em seguida, dobre as laterais e continue enrolando, quase como se estivesse enrolando um charuto.

Silas riu.

— Você já enrolou um charuto?

— Bem, não — disse ela, batendo de brincadeira no braço dele. — Mas tenho certeza de que seria exatamente assim.

Ela poderia facilmente passar todo o tempo livre cozinhando com Silas, mas precisava de tempo para escrever. Se alguns dias se passavam sem que tivesse uma oportunidade, sentia-se ansiosa para ficar sozinha, desesperada para voltar para sua marquise e colocar os pensamentos acelerados no papel.

— Você parece impaciente esses dias, como se preferisse estar em outro lugar — disse Silas na semana seguinte na cozinha de Josephine, onde estava mostrando a ela como fazer biscoitos amanteigados. — Está tudo bem?

— Desculpe — disse ela, não vendo razão para mentir. — Eu não quero ser rude. Só estou um pouco distraída desde que comecei a escrever no diário.

Era o tipo de resposta que faria Fadi revirar os olhos. Mas Silas apenas recostou-se na cadeira e tomou outro gole de refrigerante.

— Ah, sim — disse ele. — E como vai isso?

— Muito bem — disse ela aliviada. — Excelente na verdade.

O silêncio deu a ela a impressão de que ele esperava que ela falasse mais, mas ela desviou o olhar, com o rosto vermelho. Em tom gentil, ele disse:

— Você ainda está tendo problemas para se lembrar das coisas?

— Não, na verdade não. Tenho escrito muito sobre o passado, mais do que jamais pensei ser capaz.

— Que legal, Yara. Estou muito feliz em ouvir isso.

Quando ela não disse mais nada, ele enfiou a mão em um saco de batatas fritas e colocou uma na boca.

— Fala um pouco sobre isso — disse Silas depois de mastigar. — Sua infância, sua família, esse tipo de coisa.

— Não é um assunto agradável para mim — disse Yara.

Ele corou, mas continuou:

— Você se dá bem com eles?

Ela deu de ombros.

— Acho que sim.

Ultimamente, Silas vinha compartilhando cada vez mais detalhes pessoais sobre seu passado, como a primeira vez que esteve com um homem, informações íntimas saindo dele sem reservas. Perguntava-lhe sobre sua infância com a mesma liberdade e, embora ela tivesse ficado mais à vontade para acessar suas memórias, ainda não conseguia falar. Ela respondia tão vagamente quanto possível, esperando que suas respostas fossem suficientes para impedi-lo de cavar mais fundo. No final desses encontros, perguntava-se como ele achava tão fácil se abrir e, além disso, por que ela não podia fazer o mesmo.

Agora Silas sorriu para ela com um brilho nos olhos.

— Não sei como você faz isso.

— Isso o quê?

— Revelar tão pouco sobre si mesma.

Ela olhou para baixo.

— Nunca tive muita sorte em me abrir com amigos, talvez porque não tenho muitos, principalmente aqui. Relacionamentos sempre foram difíceis para mim.

— E por que você acha que as coisas são assim com você?

Ela desviou o olhar, sentindo o peito apertar.

— Meus pais eram muito fechados para nós quando éramos crianças, e acho que é o resultado disso.

— E o Fadi?

— Bem, quero dizer, nós conversamos. Mas não como você e eu.

— E quando você começou a namorar?

— Na verdade, nós não namoramos. — Ela fez uma pausa, evitando seus olhos. — Tive uma educação protegida. Eu estudei em uma escola só para meninas e não deveríamos nem falar com garotos de quem não éramos parentes.

— Então, como você conheceu Fadi e decidiu se casar com ele?

Ela riu, tentando disfarçar seu constrangimento.

— Bem, nossos pais nos apresentaram, ele pediu minha mão em casamento e então nos conhecemos. Acho que foi como namorar, só que ao contrário.

Silas ficou atônito.

— Pode soar estranho para você, mas é o que todo mundo que conhecemos faz.

Ele balançou a cabeça, as orelhas vermelhas.

— Tudo bem, sem julgamentos — disse ele. — Por curiosidade, isso costuma funcionar?

Yara deu de ombros.

— Até que bem, eu acho. Para ser sincera, não conheço muitas pessoas divorciadas em minha comunidade. Outro estereótipo, eu sei, mas infelizmente é verdade. O divórcio é muito tabu e, nos raros casos em que acontece, as pessoas não falam sobre isso.

— Entendo — disse Silas. — Acho que é assim em alguns círculos cristãos também. É uma coisa religiosa?

— Meio que isso. — Ela considerou por um momento, então balançou a cabeça. — Na verdade, não, não tem nada a ver com o Islã. O Alcorão concede às mulheres a liberdade e o direito de buscar o divórcio. É mais cultural, ou talvez regional. A importância dos valores familiares e de manter a família unida, esse tipo de coisa.

— Então, o que acontece se você quiser se divorciar?

— Bem, eu não faria isso — disse ela, muito rapidamente.

Silas inclinou a cabeça para o lado.

— Eu quis dizer hipoteticamente. Sua família ficaria bem com isso?

— Ah, sim.

Ela procurou as palavras certas para responder à pergunta sem fazer papel de boba. Mas tudo o que ela podia ver era o rosto de Baba em sua cabeça, suas sobrancelhas franzidas em desapontamento e vergonha, sua boca aberta, mas nenhuma palavra saindo. Lágrimas se acumularam em seus olhos e ela engoliu em seco, sentindo-as queimar em sua garganta.

— Não — ela, enfim, disse. — Eles não aceitariam.

— Sinto muito — disse Silas em voz baixa. Ele fez uma pausa, estendendo a mão para ela. Ela podia ver que ele não queria dizer a coisa errada.

Yara se forçou a encontrar seus olhos.

— Posso te perguntar uma coisa? — ela disse.

— Sempre.

— Você acha que o fato de eu poder falar com você de uma maneira que não consigo com meu próprio marido me torna uma esposa ruim?

— Não. Claro que não.

— Mas às vezes me pergunto por que Fadi e eu não podemos nos conectar assim. E então, quando começo a pensar nisso, minha mente enlouquece e me lembro de como minha mãe... — Ela parou, com o rosto em chamas.

— O que tem ela? — ele perguntou gentilmente.

Ela suspirou e balançou a cabeça, evitando o olhar dele.

— Nada.

Silas olhou para ela novamente por um momento e disse:

— Sinto muito por você estar se sentindo assim, Yara. Espero que você possa fortalecer sua relação com o Fadi. Sempre acreditei que os maiores presentes da vida são encontrados nas nossas conexões com os outros. É quando me sinto mais feliz.

— Não dá para basear a própria felicidade nas outras pessoas — disse ela, franzindo a testa. — A única pessoa em quem você pode confiar é você mesma, e às vezes nem isso é fácil.

Silas olhou para ela como se a visse pela primeira vez.

— Eu entendo o quanto isso é difícil para você — disse ele. — Mas formar conexões seguras é necessário para uma vida significativa e satisfatória.

Por mais óbvio que fosse para ela agora, ouvir isso em voz alta tornava muito mais doloroso. Mas, engolindo o sentimento, ela riu e disse:

— William definitivamente entrou na sua cabeça.

· 35 ·

— Sinto que mal conversamos ultimamente — disse Yara a Fadi em uma tarde de domingo de março. Eles estavam no carro com as meninas a caminho do *Disney on Ice*, a uma hora de distância, em Raleigh, para comemorar o aniversário de nove anos de Mira. No banco de trás, Mira e Jude ouviam uma história em seus fones de ouvido, alheias à conversa dos pais.

— O que você quer dizer? Conversamos o tempo todo.

Ela olhou para suas cutículas rachadas.

— Bem, sim, mas apenas sobre os horários das meninas ou o que tem para jantar.

— O que mais há para falar? — Ele encontrou os olhos dela brevemente antes de voltar sua atenção para a estrada. — Somos pais. Temos filhos, compromissos, responsabilidades.

— Eu sei. Mas às vezes sinto que você está muito distante.

— Por quê? Eu estou bem aqui.

Ela procurou as palavras certas, mas sua boca estava travada. Ela abaixou a janela, sentindo os ombros relaxarem quando o ar frio atingiu seu rosto. As coisas entre eles não tinham melhorado, apesar de suas tentativas de diminuir a distância. Fadi cumpria as formalidades quando voltava para casa todas as noites, beijando-a na porta da frente e sorrindo com o cheiro de especiarias no ar. Depois, eles tomavam banho, comiam juntos e assistiam à TV da mesma maneira que faziam havia nove anos.

E ainda assim ela sentia como se tudo tivesse mudado. Ou talvez fosse apenas ela quem mudara. Parecia nunca acordar totalmente até o momento em que, todos os dias, sentava-se à escrivaninha e começava uma nova página em seu diário. Para ser sincera consigo mesma, na maioria das noites com Fadi ela estava menos do que presente. Sentada ao lado dele na cama, ela piscava para a tela da TV enquanto dissecava os pensamentos em sua cabeça, mapeando-os antes de escrevê-los.

— Tudo bem — Fadi estava dizendo no carro enquanto ela se concentrava novamente. — Sobre o que você quer conversar?

Sobre o que ela queria conversar? A lista era tão longa que ela perdeu a noção. Ela queria dizer a ele que desde que começou a escrever, estava pensando sobre seus pensamentos. Ele já fez o mesmo? Ele já tinha parado para notar o fluxo interminável correndo por sua cabeça, aparentemente incontrolável? Como essa voz não parava de falar, observar, julgar? Depois de começar, era impossível para ela ignorar toda aquela conversa ininterrupta. Por que ela não podia desligar?

Ela queria dizer-lhe que agora estava grata por esse tempo fora do trabalho, porque isso permitiu que fizesse uma pausa para se perceber. Porque permitiu que enxergasse como ela tinha sido disfuncional antes, vivendo em um estado de ansiedade e pânico, sentindo-se constantemente mal e exausta. Queria dizer-lhe que ele poderia usar algum tempo para desacelerar também, que talvez isso o ajudasse a pensar sobre o que ele queria da vida. Por que a vida não poderia ser isso, não? Trabalhar a maior parte do dia, depois voltar para casa para se distrair na frente de uma tela apenas para fazer tudo de novo no dia seguinte? Ela era a única que notava que eles ficavam olhando fixamente para a televisão na maioria das noites, seus corpos presentes, mas suas mentes tão distantes? Que eles preferem olhar no olho de uma tela brilhante do que nos olhos um do outro?

Mas dizer tudo isso a ele só o faria pensar que ela tinha enlouquecido. Em vez disso, virou-se para olhar o perfil dele e disse:

— Tenho pensado muito sobre a Palestina.

Ele manteve os olhos na estrada.

— Ah, é? O quê?

— Faz tanto tempo que não volto, sabe, desde antes de minha avó morrer. — Ela fez uma pausa, sentindo falta de ar, então balançou a cabeça. — Eu queria saber se, talvez, para a nossa viagem de aniversário possamos ir lá com as meninas, é claro. Seria bom para elas aprenderem mais sobre sua história, não apenas para que possam se dar conta de seu privilégio, mas para ter uma perspectiva mais ampla do mundo.

Sem mudar o tom de voz, Fadi disse:

— Parece bom, mas, como eu disse, nem tenho certeza se posso tirar folga do trabalho.

— Mas você prometeu que iria tentar, certo?

— Prometi — disse ele, apertando as mãos ao redor do volante. — E vou tentar. Mas tem tanta coisa acontecendo agora...

Yara suspirou. Ela se virou para a janela, imaginando se Fadi sabia que sempre tinha algo acontecendo. Que enquanto ele continuasse vivendo dessa forma, correndo desesperadamente de uma conquista para outra em um esforço para progredir, sempre haveria um novo objetivo em sua vida para distraí-lo. Talvez ele quisesse as mesmas coisas que ela — um casamento melhor, um futuro brilhante para sua família, uma conexão mais profunda com suas filhas do que aquela que ele compartilhava com seus pais —, mas ele estava ciente de como parecia viciado em progredir, e que se ousasse olhar para dentro, veria que estaria sempre correndo? Ela duvidava: ele passava mais tempo olhando para uma tela, distraído do barulho em sua cabeça, do que parando para refletir sobre seus pensamentos. Ela não estava do mesmo jeito apenas alguns meses atrás? Ela gostaria de poder contar-lhe sobre as mudanças pelas quais estava passando, mas não achava que o marido pudesse entender.

— O que você quer? — Yara disse.

Fadi suspirou.

— Não entendi o que você quis dizer.

— O que você quer da vida?

— Não sei — disse ele, esfregando as têmporas. — Quero ganhar dinheiro suficiente para não ter que me preocupar. Quero me aposentar jovem sabendo que minhas filhas estão bem encaminhadas, a faculdade está paga e nosso futuro está seguro.

— É isso mesmo?

— Sim. Você sabe que isso é tudo que importa para mim, certo? Ter certeza de que você está bem cuidada.

Ela assentiu. Por alguns segundos eles ficaram sentados em silêncio, olhando pelo para-brisa para os carros que passavam. Ele trabalhava tanto pela família, por ela, mas era assim que ele queria passar a vida?

A pergunta saiu de seus lábios antes que ela pudesse detê-la:

— Mas você está feliz?

Fadi bufou, erguendo as duas sobrancelhas.

— Claro — disse ele. — Meu negócio está indo bem. Eu tenho uma linda família. O que mais eu poderia pedir?

Ele riu e balançou a cabeça, como se achasse a pergunta divertida.

Ela ficou com inveja, de repente, do otimismo de Fadi. Era isso que Baba também pensava, trabalhar sete dias por semana? Ela se perguntou como ele se sentiria ao voltar para casa à noite, com os filhos já na cama, para encontrar Mama olhando para ele, as mãos apertadas contra as orelhas e o rosto imbuído de tristeza, como aquele homem na pintura de Munch.

— Existe alguma coisa que você gostaria que fosse diferente? — ela disse, tentando manter a voz leve.

Fadi riu.

— Isso é um dos seus exercícios da terapia?

— Não. Estou tentando me aprofundar, só isso.

Sua expressão pareceu suavizar.

— Bem, às vezes eu gostaria de não ter que trabalhar tanto. Mas eu sei que é o melhor.

— Como você sabe disso?

— Porque um dia o negócio valerá milhões — disse Fadi. — E aí eu vou poder sentar e relaxar. Tudo vai valer a pena algum dia. Você vai ver.

Será? Eles estavam apenas esperando para aproveitar a vida? Por que não agora, nos preciosos momentos presentes? Balançou a cabeça quando o rosto de Baba voltou a ela, o suor empoçando em suas têmporas depois de um longo dia, sua boca fina franzida em uma carranca. Com uma voz que não reconheceu, Yara disse:

— Mas e se você passar o tempo todo trabalhando e não compensar? Ou se você morrer antes disso? E se for tudo em vão?

Fadi suspirou, esfregando a testa com cansaço.

— Tudo em vão?

— Meu pai costumava dizer muito isso para minha mãe quando éramos crianças — disse Yara. — Que estava trabalhando duro para o nosso futuro, que chegaria o momento em que não teria que trabalhar tanto e as lutas que Mama enfrentava valeriam a pena. Mas ele passou a maior parte de sua vida longe de nós e ela era tão solitária e... — Ela fez uma pausa, suavizando a voz. — De que adianta trabalhar para o futuro se isso significa esquecer de viver?

Fadi suspirou de novo, desta vez mais irritado.

— Você está mesmo me comparando com seu pai agora, depois de tudo que fiz por você?

— Não. Claro que não. — Seu rosto queimou e ela se sentiu mais como Mama do que nunca. — Só estou com medo, só isso.

— Medo de quê?

— Nós dois trabalhamos em direção a uma linha de chegada imaginária há quase uma década, presos nesse círculo vicioso de tentar progredir. Mas e se um dia olharmos para trás e percebermos que perdemos todo esse tempo juntos e com nossas filhas? Sei que é muito importante para você construir um futuro para nós, e sou muito grata a você por isso e quero te ajudar. Mas às vezes eu também só queria desacelerar e passar um tempo com você e viver, viver de verdade.

— Que merda — disse Fadi, e Yara sentiu o corpo enrijecer. — Tudo o que você faz é questionar. E se isso, e se aquilo. Todo mundo trabalha, Yara. Isso é a vida. Não podemos simplesmente ignorar nossas responsabilidades. Acordo todas as manhãs com um plano: ir trabalhar, pagar as contas, voltar para casa, para minha família e fazer tudo de novo até chegar aonde precisamos estar. Não tenho tempo para pensar em mais nada.

Ela não tinha certeza se ouviu coragem ou covardia em suas palavras.

— Mas você não quer mais?

— Tenho tudo o que quero.

— Mas você não quer sentir alguma coisa?

— Sentir alguma coisa? Do que você está falando?

Seu rosto queimou. Não, não era isso. Não queria sentir nada, pelo contrário. Ela queria deixar de sentir.

Yara engoliu em seco, respirou fundo. Era a chance de ser sincera com ele, e se ela não pudesse fazer isso, então como poderia culpá-lo por não a entender? Ela tinha que dar uma chance a ele.

Ela exalou.

— Para ser sincera, Fadi, sinto que há algo errado.

— Como o quê?

— É difícil de explicar. Algo está fora do lugar, mas não consigo expressar o que é. Algo não parece certo para mim.

Seus olhos se voltaram para os dela.

— Você está certa — disse ele bruscamente. — Algo está errado. Você está começando a falar como sua mãe.

As palavras pareciam uma palma quente contra seu rosto.

— O quê? Não.

— Então pare de me importunar! Nossa vida é boa. Você é que é muito cega e ingrata para enxergar isso. Mas isso não deveria ser uma surpresa para mim. Eu já deveria saber.

Yara virou-se para a janela, com o rosto retorcido pela humilhação.

— Temos uma vida boa e já é hora de você começar a valorizar isso — disse Fadi. — Fala para mim, do que você pode reclamar?

Apenas alguns meses atrás, Yara poderia ter dito que estava tudo bem mesmo. Ela já vivia no piloto automático por muito tempo. Mas tudo o que aconteceu naquele outono e o tempo longe do trabalho a ajudaram a desacelerar e perceber como ela estava desconectada da mulher que queria ser. Ela queria explicar tudo isso para Fadi, mas estava claro que tudo o que ele via quando olhava para ela era Mama. Ela não conseguia falar com ele sem se sentir tola, julgada, envergonhada.

— Nada — ela enfim disse. — Não importa, você está certo.

· DIÁRIO ·

— Vê lá se não vai ficar igual à sua mãe — Baba me disse uma vez.

Ele chega cedo em casa e estamos sentados juntos à mesa da cozinha enquanto ele janta. Eu enrolo meus dedos em torno de uma caixa de suco de maçã e o observo, com as mangas arregaçadas até os cotovelos e os dedos manchados com molho de iogurte amarelo, feliz por ter esse tempo a sós com ele. Meus irmãos estão brincando lá fora, no pequeno espaço atrás do nosso prédio, e posso ouvi-los rindo pela janela que você abriu para arejar a casa.

— Está muito abafado aqui — você disse. — Sinto como se estivesse presa dentro de uma jarra de vidro.

Ou talvez você não tenha dito isso exatamente. Talvez eu tivesse lido em um dos meus livros e pensado em você.

Do lado de fora, o céu é de um dourado profundo, e aqui dentro Baba sorve o ensopado de couve-flor, limpando a boca com as costas da mão. De vez em quando ele dá uma garfada no arroz, mastigando irritado, antes de cuspir na palma da mão.

— Olha, é exatamente isso que quero dizer — diz ele, afastando sua tigela. — Ela não consegue nem cozinhar uma panela decente de arroz. Ela é exatamente o tipo de mulher que você não deve ser.

Eu olho por cima do meu ombro nervosamente, esperando que você não o tenha ouvido, mas você não está à vista. Eu me viro para encontrar seus olhos.

— Por quê?

— Não é óbvio? — ele diz com uma carranca. — Ela pensa demais em si mesma, espera que o mundo a trate como se ela fosse especial e age como uma louca quando isso não acontece.

Ele faz uma pausa, enfiando uma colher de ensopado na boca.

— Ela pensa que é um homem ou algo assim.

Bebo meu suco de maçã, considerando suas palavras. Você tem agido de forma estranha ultimamente, mais desafiadora. Desde a morte de Teta, nada mais parece importar para você. E o temperamento de Baba também piorou. As brigas, que costumavam acontecer enquanto dormíamos, agora acontecem sempre que ele está em casa. É como se nenhum de vocês se importasse se estamos assistindo, como se vocês dois tivessem desistido de esconder sua infelicidade de nós. Ainda assim, sinto pena de você, sozinha o dia todo com nós seis, as refeições e tarefas aparentemente intermináveis. Como Baba poderia não sentir pena de você também?

— Talvez ela esteja cansada — eu digo, as palavras no ar antes que eu possa detê-las. — Ou triste. Muitas vezes ficamos assim.

— Triste? O que há para ficar triste? — Baba está balançando a cabeça agora, com as sobrancelhas franzidas. — Ela esquece que foi criada em um acampamento velho e imundo, e em vez de agradecer por um apartamento com comida e eletricidade, mercados halal na rua e vizinhos palestinos, ela anda por aí querendo mais, como se esta vida não fosse boa o suficiente para ela. Não, não, não — ele diz, seu dedo indicador se contraindo. — Vou te dizer, essa mulher perdeu a cabeça.

— O que você quer dizer com perdeu a cabeça?

— Ela está doente da cabeça — diz Baba. — Magnoona.

— Magnoona?

Baba acena com a cabeça.

— Ela é louca. Rakibha djinn, ou algo assim.

— Um demônio?

— O que mais poderia explicar isso? — ele diz. — Uma pessoa normal não age assim.

Eu esmago a caixa de suco entre meus dedos, considerando suas palavras.

Eu sabia, mesmo naquela época, que a possessão por um djinn era uma vergonha que as famílias faziam de tudo para esconder. Eu tinha ouvido mulheres contando histórias de como esses demônios entravam no corpo de uma pessoa e tomavam conta dela. A pessoa não consegue falar por vontade própria, tornando-se agressiva, inquieta, até violenta. Alguns *veem ou ouvem coisas estranhas, falam com outros demônios, falam até mesmo em uma língua incompreensível.*

"Mas você poderia estar possuída?", eu me perguntei. Foi por isso que você foi visitar a cartomante? É por isso que seu comportamento tem sido tão estranho ultimamente? Você precisou de uma intervenção espiritual para fazê-lo sair do seu corpo?

Enquanto observo Baba terminar sua refeição, não consigo tirar a imagem da minha mente: você parada com as mãos nos quadris em um momento, depois caindo de joelhos e dando um tapa no próprio rosto, uma mudança tão repentina que parecia um truque de mágica. Claramente, tem algo errado com você. Até eu posso ver isso. Talvez Baba esteja certo. Outra mulher não o deixaria tão zangado a ponto de bater nela. Ela não iria flutuar pela casa e depois se virar em um instante, a fúria em seus olhos, as veias de seu pescoço inchadas. Talvez seja um djinn.

· 36 ·

— Parabéns — Yara disse a Silas enquanto ele abaixava a porta traseira de sua caminhonete. — Ou, como dizemos em árabe, *Alf mabrouk*.

Era um lindo dia de abril, os aromas frios e úmidos subindo da grama. Eles estavam juntos na grama com vista para o lago. Silas a convidara para um piquenique comemorativo: ele tinha acabado de ganhar a guarda conjunta de sua filha. Inicialmente, ela relutou em voltar ao campus, com medo de encontrar Jonathan ou Amanda, mas recentemente estava se preocupando muito menos com o que alguém pensava dela. Olhando em volta para os alunos esparramados nas toalhas de piquenique, percebeu que sua mente deslizava para o medo de encontrar alguém que conhecia, antes que lhe ocorresse: ela não tinha nada a temer, não tinha ressentimentos. Se não fosse a perda do emprego, nunca teria diminuído o ritmo.

— O clima está perfeito para um piquenique — Silas estava dizendo.

O sol estava ligeiramente quente e, para onde quer que ela olhasse, as flores começavam a desabrochar, com o cheiro perfumado de bocas-de-leão, azáleas e cornisos no ar. Ao redor deles, as pessoas pescavam e faziam piqueniques, reunindo-se em torno de mesas com toalhas xadrez vermelhas e brancas. Silas enfiou a mão em sua caminhonete para pegar uma caixa de isopor com salada de frango e pasta de pimentão, além de dois pacotes de biscoitos. Ele abriu uma lata de refrigerante, sorrindo enquanto narrava a audiência da manhã. Silas só tinha visitado Olivia até a audiência de custódia, querendo que ela se sentisse o mais estável possível enquanto tudo isso estava sendo decidido. Mas agora ele mal podia esperar para tê-la novamente, revelou. Ele e sua ex ainda não tinham decidido como organizariam o tempo de Olivia, explicou ele, mas provavelmente acabariam revezando as semanas.

Silas untou uma bolacha com pasta de pimentão e passou para Yara.

— Considerando tudo, tenho sorte — disse ele. — A maioria dos pais divorciados que conheço só vê os filhos em fins de semana alternados. Eu estava me preparando para o pior.

— Estou tão feliz que as coisas deram certo — disse Yara. — Olivia tem muita sorte de ter você.

— Espero que sim.

Ela conhecera Olivia no início daquele mês, durante uma de suas visitas à casa de Josephine. Silas pediu que ela mostrasse como fazer *halva*[43], e Josephine voltou para casa com a garota depois de vê-la mais cedo na escola. Ela estava quieta, carregando uma boneca em uma das mãos com o polegar na boca.

— Prazer em conhecê-la — disse Yara, observando-a chupar o dedo, procurando em seu rosto indícios da personalidade de suas próprias filhas.

Mas Olivia não ergueu os olhos, seus dedos envolvendo firmemente sua boneca, então ela enterrou o rosto no colo de Josephine e começou a chorar.

— Sinto muito — disse Silas. — Ela está diferente nos últimos tempos.

Enquanto ouvia Silas debater vários acordos de custódia, ela passou o dedo ao longo da borda de um biscoito. Pensou no rosto de Olivia, imaginando como isso deveria ser difícil para a garotinha. Seus pais estavam fazendo o possível, mas ela se perguntou se algum deles tinha parado para considerar as coisas do ponto de vista dela. Sua mente vagou para suas próprias filhas, se elas podiam sentir a tensão entre ela e Fadi. Nada tinha mudado, pelo menos na superfície. Eles trocavam todas as amabilidades habituais quando ele chegava em casa à noite: Como foi seu dia? Ótimo, o seu? Bom. E as meninas? Bem. Ótimo. Eles assistiam a todas as temporadas de uma série antes de começar outra. Ela esperava que a conversa no carro pudesse ter algum efeito sobre Fadi, mas isso não aconteceu. Ele ainda saía de casa antes do nascer do sol todas as manhãs e voltava depois que o sol se punha. Ainda assim, todas as noites ela se perguntava se as coisas iriam melhorar, se talvez ela devesse mencionar a

---

[43] A *halva* é uma sobremesa rica em sabor. É frequentemente consumida como um doce tradicional em festividades religiosas islâmicas, ou em ocasiões especiais. Além disso, também pode ser encontrada em lojas de alimentos e mercados, onde é vendida em blocos, fatias ou em forma de pasta. [N. E.]

ideia de uma viagem de novo. Mas ela nunca conseguia encontrar o momento certo, pois Fadi estava sempre colado na TV. Estudando-o, Yara notou mais de uma vez que seus olhos brilhavam com o que parecia ser um alívio momentâneo de si mesmo.

Na noite anterior, na cama, antes que Fadi tivesse a chance de pegar o controle remoto, Yara finalmente conseguiu dizer as palavras:

— Falta apenas um mês para o nosso aniversário. Como estão as coisas no trabalho?

Silenciosamente, sem erguer os olhos, ele disse:

— Nada promissoras. Não tenho certeza se conseguiremos.

Ela continuou a observá-lo enquanto ele evitava seus olhos.

— Mas se agora não é um bom momento, quando será? — ela perguntou.

— Eu não sei o que você quer de mim — disse Fadi, franzindo a testa. — Estou dando o meu melhor.

— O que você acha, Yara? — Silas estava dizendo agora.

Ela olhou para cima.

— Do quê?

— Você acha que seria melhor alternar as semanas ou dividir a semana ao meio?

— Hum, não sei.

Enquanto ela se sentava lá segurando o biscoito, imaginou ter a custódia conjunta de Mira e Jude. Obrigando-as a morar em duas casas, dormir em duas camas, dividir a si mesmas e seus pertences entre os dois pais. Eles já estavam divididos entre culturas, e quebrar sua vida ao meio parecia injusto, quase cruel.

— Como você acha que vai ser para Olivia? — ela finalmente disse.

— Eu sei que não é o ideal — disse ele. — Mas acho que é melhor do que ela ver os pais vivendo uma mentira. Vou apenas tentar ser o melhor pai que posso ser.

— Claro — disse Yara. — Eu sei que você vai ser. Você já é.

Perto deles, o lago era grande e de um azul brilhante, e Yara observou os alunos caminhando em uma trilha. Ela mal reconheceu a própria voz quando continuou:

— Para ser sincera, eu estaria confusa na sua situação. Não consigo nem decidir como me sinto a cada dia, muito menos passar por algo tão importante quanto o divórcio. Você é muito corajoso.

— Obrigado — disse Silas, mas ele estava olhando para além dela, parecendo considerar algo.

Sentindo-se nervosa, Yara enfiou a mão no isopor para pegar uma garrafa de água. Ela pressionou os dedos com força ao redor da tampa, o plástico se afundando em sua pele até que finalmente ela a afrouxou e conseguiu abrir a garrafa.

— Você se divorciaria? — Silas perguntou.

Ela olhou para ele abruptamente.

— O quê?

— Desculpe — disse ele. — Não é da minha conta, na verdade. Mas isso está na minha cabeça desde que você me contou como sua família se sentia em relação ao divórcio. — Ele fez uma pausa, franzindo a testa. — Quero ter certeza de que você pode ir embora, sabe, se quiser.

— Não sou uma prisioneira indefesa — disse Yara.

Ele balançou a cabeça.

— Não foi o que eu quis dizer.

— Eu sei.

Ela se virou para olhar o lago, o reflexo das montanhas como uma pintura na água. Não foi a pergunta que a surpreendeu, mas sua capacidade de sentir suas preocupações sobre seu casamento. Era algo que ela nunca tinha experimentado antes, um relacionamento com alguém que a entendia sem palavras. Olhou para Silas e disse:

— Mesmo que eu quisesse o divórcio, encontraria uma maneira de fazer meu casamento funcionar.

— Mesmo se você não estivesse feliz com ele?

Ela assentiu.

— Não valeria a pena ser rejeitada por minha família ou forçada a desistir de minhas filhas. Eu não as faria passar por isso.

— Sinto muito — disse Silas.

— Tudo bem.

Uma imagem de Mama veio a ela então, como seus olhos se iluminaram como uma vela em um quarto escuro quando ela viu o homem do parque. Olhando para Silas, Yara suspeitou que ela não era tão diferente de sua mãe. Ela sentiu um nó na garganta e disse:

— Às vezes me pergunto como minha vida teria sido diferente se minha mãe tivesse conseguido o divórcio.

— Como assim? — Ele tentou encontrar os olhos dela, mas ela olhou além dele, em direção à água.

— Minha mãe queria deixar meu pai, mas não podia — disse Yara, as palavras ardendo em sua garganta. — Ela não tinha amigas íntimas como as outras mães tinham. Passava a maior parte dos dias conosco, e isso a fazia se sentir pior. Então ela teve um caso. Eu era muito pequena quando isso aconteceu, acho que eu tinha uns nove anos. Foi muito difícil para a minha família.

— Lamento ouvir isso — disse Silas.

Ela se perguntou o que ele estava pensando. Uma dona de casa espancada, com certeza. Deprimida, distante, retraída? Faz sentido. Espancada? Típico. Mas isso?

Yara virou-se para ele.

— Você não esperava que eu dissesse isso, não é?

Ele balançou a cabeça.

— Você nunca fala sobre ela.

— Não é o assunto mais fácil — disse ela. — Eu também não me permitia pensar nisso há anos. Eu era muito jovem quando isso aconteceu, talvez nove ou mais. Foi um momento muito ruim para minha família.

Ela olhou de volta para a água.

— Para ser sincera, por causa disso tenho me sentido um pouco culpada por nossa amizade, e ainda não mencionei você a Fadi. Sei que não estamos tendo um caso nem nada, mas depois de tudo que aconteceu com minha mãe...

— Caramba — Silas disse, parecendo perturbado. — Eu não sabia que nossa amizade estava fazendo você se sentir assim. Talvez, se você for sincera com Fadi, isso alivie um pouco de sua culpa.

— Eu sei, mas as coisas têm estado tensas entre nós ultimamente. Não quero dar a ele mais motivos para ficar chateado comigo.

— Por que ele ficaria chateado com você?

Ela podia sentir as lágrimas chegando e fechou os olhos.

— Nada, não é nada. Desculpe. Nem sei por que estou contando tudo isso.

Ele balançou a cabeça lentamente, como se estivesse pensando sobre o que ela tinha compartilhado, tentando entender.

— Sei que o que aconteceu com sua mãe deve ser muito doloroso para você — disse ele. — Mas, independentemente do que ela fez, você não está fazendo nada de errado. Tenho certeza de que Fadi entenderá.

— Sim — disse ela. — Acho que você está certo. Tenho de contar a ele e acabar logo com isso.

*

Mais tarde, Fadi parecia irritado ao voltar para casa. Ele franziu a testa enquanto tirava os sapatos perto da porta, evitando os olhos dela quando eles colocaram as meninas na cama. Por um momento, observou o marido tirando a roupa para tomar banho, parecendo perdido em pensamentos. Distraído, continuou esfregando a mão no pescoço e balançando a cabeça.

— Você está bem? — ela perguntou. — Parece que você está em outro lugar.

Ele olhou para ela e se virou novamente.

— Estou bem, apenas um dia difícil.

Enquanto tomavam banho em silêncio, ela se perguntou se o comportamento estranho de Fadi era uma projeção de sua própria culpa ou se realmente tinha algo errado. Era óbvio que tinha coisas que ele não contava para ela, mas como poderia culpá-lo? Ela estava escondendo coisas dele também: uma amizade próxima com outro homem, lembranças assombradas de seu passado e, ultimamente, o desejo ardente de mudar sua vida.

Na cama, mastigaram o jantar em silêncio e assistiram a um episódio de *Chicago Fire*. Mais de uma vez, ela quis pegar o controle remoto e pausar a televisão para obter a atenção de Fadi e contar a ele sobre sua amizade com Silas. Queria confessar que desejava que o relacionamento entre os dois fosse mais parecido com o que ela tem com Silas. Ela queria admitir que a amizade deles apenas intensificava sua incômoda suspeita de que algo estava errado.

Mas ela não conseguia articular nenhum desses pensamentos porque sabia o que Fadi diria. Ele diria a ela, em ordem crescente, que as coisas nunca pareciam bem com ela. Que só porque ela sentia que algo estava errado não significava que realmente estava. Tem certeza de que não precisa de terapia, Yara? Lá vamos nós, de novo, com seus sentimentos, Yara. Você tem alguns problemas sérios, Yara. Por que você sempre acha que tem algo errado? Por que você sempre pensa demais nas coisas?

Talvez Fadi estivesse certo, disse uma voz dentro de sua cabeça. *Por que ela sempre achava que algo estava errado quando nada em sua vida apontava nessa direção, quando ela nem conseguia explicar o que era esse algo errado?*

Quando Fadi adormeceu naquela noite, Yara retirou-se para a marquise para verificar se sua última pintura já tinha secado. O aroma metálico da sala cheirava a terebintina e óleo de linhaça — e às caixas empoeiradas que ainda permaneciam no chão. Através do vidro, o céu era vasto e escuro, quase preto, as estrelas noturnas brilhando por toda parte. Yara deu um passo em direção à pintura, seu coração batendo rápido e alto. Ela ficou lá no silêncio frio, respirando. Então ela correu os dedos ao longo da tela, sua paleta era um mar de azuis gloriosos, o olho no centro brilhando.

· DIÁRIO ·

Naquele verão, quando eu tinha nove anos, Baba reservou um voo para a Palestina, uma viagem de trabalho, e você não implorou para que ele nos levasse junto. Sempre que Baba fazia essas viagens, você passava os dias tentando convencê-lo a nos levar junto. Mas, desta vez, eu é que peço a ele, e quando Baba liga para dizer que chegou em segurança, você sorri de orelha a orelha.

Depois de fazer um rápido telefonema, você me chama em seu quarto e me diz que vamos fazer uma viagem de um dia para Coney Island. O homem do parque vai nos levar. Não é a primeira vez que o encontramos em segredo, mas é a primeira vez que entraremos no carro dele.

— Mas e se Baba descobrir? — eu pergunto enquanto você abre uma mala grande, decidindo o que vai vestir.

— Ele não vai descobrir.

— Mas e se descobrir? E se um dos meninos contar a ele?

Você não responde; coloca um vestido longo florido em sua mala, fecha o zíper e chama meus irmãos para o quarto.

— Ouça — você diz. — Meu amigo vai conosco para a praia. Mas vocês não podem contar ao seu pai. Vocês entenderam?

Eles concordam com a cabeça.

— Bom. — Você se vira para mim. — Viu? Nada para se preocupar.

O homem chega em nossa casa mais tarde com uma bolsa azul pendurada em um ombro, que ele deixa de lado para ajudá-la a colocar nossa mala na van da família.

Na van, ele aperta os cintos dos meninos e pergunta se precisam de alguma coisa antes de pegarmos a estrada. Eu tento fazer contato visual com você para confirmar que isso está realmente acontecendo, que estamos saindo em uma viagem com um homem que não é nosso pai. Parecendo sentir minha inquietação, o homem sorri para mim do banco do motorista e sinto minhas orelhas esquentarem.

Eu mantenho meu rosto pressionado contra a janela do carro durante todo o caminho, tentando desligar a visão de você, sentado no banco do passageiro e cantando músicas árabes. Nunca a vira tão feliz, uma súbita onda de vida em seu rosto, na sua voz. Ele diz algo que não ouço e você ri tanto que começa a tossir. Você passa seus dedos na orelha deste outro homem com muita ternura.

Afasto os olhos e encaro o céu azul-escuro como tinta até que finalmente cochilo, exausta de tanta observação, tentando entender.

A praia é cinza, em nada parecida com as fotos nos folhetos que eles têm no saguão do hotel. A areia é muito quente e a água é turva, e as mulheres mal estão vestidas. Não entendo como conseguem andar tão expostas. Algumas até tiram a blusa e deitam de bruços para se bronzear! Observando-as, quero enterrar meus pés na areia até desaparecer no centro da terra. Estou vestindo uma calça capri e uma camiseta longa e sentindo como se o mundo pudesse ver através de mim, como se eu precisasse de mais algumas camadas para estar segura. No entanto, essas mulheres não estão vestidas e parecem protegidas por uma camada invisível. Eu me pergunto o que é isso e se algum dia poderei ser assim também.

— Por que você não vai brincar com seus irmãos? — você diz agora, parecendo radiante em um vestido de verão. Você e o homem estão deitados em uma toalha de praia observando os meninos construírem castelos de areia à distância.

— Eu não quero brincar. Quero ficar sentada com você.

— Bem, os adultos estão conversando agora, então corra. Yallah. Vai.

Eu marcho em direção aos meus irmãos com os braços cruzados. Quando os alcanço, sou dominada por um impulso destrutivo e, antes que possa me conter, chuto o castelo de areia e saio furiosa enquanto ele desmorona.

— Yara! — você diz assim que meus irmãos começam a chorar e gritar. — Volte aqui agora!

Arrasto meus pés pela areia até chegar em você. Fecho os olhos e suspiro, derrotada.

— Por que fez isso? — *você pergunta*.
— Não sei — *eu digo, meu corpo tremendo*.
— Olhe para mim. — *Você levanta meu queixo*. — Quer que eu te dê um tapa na frente de todas essas pessoas?
— Não.
— Então peça desculpas e ajude seus irmãos a reconstruir o castelo de areia.

O mais lentamente que posso, volto para meus irmãos e caio de joelhos ao lado deles.

Eles ainda estão chateados, olhando para mim com reprovação. Sinto muito, quero dizer, mas meu rosto começa a se contorcer e me viro. O oceano está rugindo à distância. Com as mãos trêmulas, pego um balde e o encho com areia. De vez em quando eu olho para trás e vejo você rindo com o homem, e eu quero gritar. Imagino você olhando distraidamente pela janela da cozinha, ouço os sons de Baba gritando, seu prato de comida jogado contra a parede. Lágrimas escorrem pelo meu rosto enquanto faço uma torre. Ela cai. Enxugo meus olhos e tento de novo, dando outro olhar rápido para você, agora passando os dedos pelos cabelos castanhos do homem com um sorriso largo. Como, eu me pergunto, você está tão feliz por estar com ele, mas não conosco?

Mantendo meu corpo muito quieto, eu te observo. Então me viro para encarar o oceano e penso, pela primeira vez, que talvez você merecesse apanhar, afinal.

· 37 ·

Ela pintava. Escrevia. Vasculhava suas memórias como se as estivesse enxergando errado, olhando através de lentes distorcidas, como se tivesse sido uma narradora não confiável de sua própria vida.

Todas as manhãs, depois de deixar as meninas na escola, ela se esgueirava para a marquise, abria espaço suficiente para se mover com mais liberdade ali, as caixas de Fadi empilhadas do lado de fora da porta. Ela pegava suas tintas e colocava uma tela no cavalete. Passava água em seu pincel. Em seguida, pinceladas ousadas de cores carregadas, uma após a outra, até que as paredes da sala se suavizavam e sua mente ficava em branco, como se estivesse sob um feitiço.

Mas, enquanto pintava, seus olhos passando pela mesma imagem dia após dia — a pálpebra que caía em dobras cansadas, o olhar penetrante e agudo —, tudo o que Yara podia ver eram os olhos de Mama. *Seria esse o rosto dela*, Yara se perguntou, *daqui a vinte anos?*

A pintura a perturbava, mas ela não conseguia desviar os olhos. Por fim, pegou o diário e o abriu em uma nova página. Escreveu sobre os dedos de Baba em volta do pescoço de Mama. Escreveu sobre Teta virando um pires de café de cabeça para baixo, lendo a borra. Escreveu sobre as oliveiras queimadas de seu bisavô, sua história esquecida. Escreveu sobre como a tristeza deles desceu até ela, vazando de seu corpo para o casamento e para a maternidade.

Largou a caneta, avistando sua pintura. Como poderia ter julgado Mama, considerando tudo o que ela passou? Desejou desesperadamente uma maneira de voltar àquele momento e pedir desculpas a ela, para confessar que finalmente entendia sua dor. Mas não podia fazer mais do que virar para uma nova página, esperando que as palavras pudessem compensar a agonia que sua mãe tinha suportado, recompensá-la por tudo que ela tinha perdido. Ou, pelo menos, fornecer um testemunho que reconhecesse tudo o que ela passou.

De volta ao cavalete, Yara ficou sentada por um bom tempo, misturando os tons de azul da paleta com a espátula. Sua mente vagou para a Palestina, para Teta. Ela se lembrava de estar sentada à sombra de uma oliveira, Teta contando a ela uma história sobre a Palestina, sobre a *nakba*, suas palavras tentando pintar um quadro: um céu azul anil. Homens carregando sacos recheados com os pertences de suas famílias sobre os ombros. Mulheres equilibrando cestos na cabeça. Crianças chorando sob o calor do verão, agarradas às mãos de suas mães enquanto fugiam de suas terras para o Líbano, a Jordânia e a Cisjordânia. Centenas de milhares de pessoas marchando pela estrada como minúsculos insetos, com chaves de ferro enferrujadas penduradas no pescoço.

Yara acrescentou borrões de cor azul à pintura, trabalhando-os com cuidado.

— Eles tentaram nos enterrar — dissera Teta, inclinando-se para afastar o cabelo do rosto de Yara. — Mas não sabiam que somos sementes.

· 38 ·

Na manhã de seu décimo aniversário de casamento, Yara sentou-se na cama, esfregando os olhos para espantar o sono. Fadi tinha saído ao nascer do sol para trabalhar, e as meninas ainda dormiam no andar de cima. Do lado de fora da janela, nuvens brancas deslizavam por um céu azul imaculado. As flores desabrochavam em sua vizinhança e extensos canteiros de azáleas cercavam a frente de cada casa. Ela pegou o celular em sua mesa de cabeceira antes de voltar para debaixo das cobertas e percorrer sua galeria de fotos. Ela e Fadi tiraram tantas fotos juntos ao longo dos anos, Yara pensou enquanto procurava a perfeita para postar, embora ela não tivesse certeza do que a faria perfeita.

Ela parou em uma foto deles na noite do noivado: estavam sentados juntos no sofá da sala dos pais dela, Fadi bonito em uma camisa branca de botão e calça preta, com o braço em volta dela. Ela estava usando um vestido azul-claro e tinha um sorriso nervoso que mascarava sua apreensão interior e excitação sobre quanto de sua vida tinha passado na casa de seu pai, e quanto estava prestes a começar.

Continuando, encontrou uma foto deles no México, na lua de mel. Yara estava usando um vestido de verão creme e um chapéu enorme, deitada na praia, embora odiasse areia e nunca a tivessem permitido usar um maiô em sua vida, sentindo-se deslocada. Ao lado dela, Fadi estava sem camisa, sorrindo amplamente para o estranho que tirou a foto.

Em seguida, outra imagem deles em uma balsa para a Estátua da Liberdade, ela grávida de Mira, de pé, o ar frio soprando em seus rostos. Yara sentia uma dor dentro dela que, ela não sabia, só pioraria com os anos.

Em seguida, uma que eles tiraram no aniversário dela, alguns anos atrás, no restaurante de uma pousada à qual eles foram enquanto Nadia cuidava das meninas no fim de semana. "Olhem para cá", disse o garçom enquanto tirava a foto. Yara em um vestido de cetim vermelho, os cabelos soltos ao vento, a lua cheia brilhando na escuridão atrás deles, e Fadi olhando carinhosamente para ela, não para a câmera. Depois eles beberam juntos, algo que raramente faziam, e ele falou sobre seus pais, como eles o faziam se sentir invisível. Ela o entendeu mais do que nunca, e contou-lhe mais sobre seu pai e seus irmãos, como ela se sentia sozinha em sua família também. Seus olhos brilhavam, e ela podia sentir as lágrimas prestes a vir, mas então ele a pegou pela mão, levou-a para dentro e fez amor com ela. Na escuridão total do quarto, o corpo dele pressionado contra o dela, não se sentia mais tão sozinha.

Sim, ela pensou. A foto daquela noite era a que ela postaria.

Com alguns toques do polegar, carregou a foto no Instagram, mordendo a parte interna da bochecha enquanto digitava a legenda: "Feliz dez anos para o meu número um. Sou muito grata por você. Te amo muito".

Ao ler a linha final, ela se perguntou por que sua mensagem foi endereçada ao marido, como se apenas ele pudesse vê-la. Na verdade, Fadi nem estava no Instagram. Para quem estava escrevendo isso, então? Por que ela sentiu a necessidade de compartilhar seus sentimentos em uma plataforma pública? Declarar seu amor publicamente de alguma forma o tornaria mais verdadeiro e real? Não tornaria. E, no entanto, parecia que havia passado a depender dessa encenação, como se fosse necessário que ela mesma acreditasse. Ela sentiu uma dor lhe perpassar enquanto relia as palavras. Em seguida, tocou na tela até que o rascunho fosse excluído e guardou o celular.

Depois de deixar as meninas na escola, ela se presenteou com uma ida à cafeteria, onde pediu sua bebida favorita e sentou-se perto da janela. Quando seu telefone tocou, ela o tirou do bolso e viu que era uma mensagem de Fadi. Tocou a notificação com o polegar para lê-la.

Feliz aniversário, habibti. *Não acredito que já se passaram dez anos. Eu planejei uma pequena surpresa para você mais tarde. Minha mãe vai buscar as meninas às cinco e estarei em casa logo depois. Eu te amo.*

Feliz aniversário. Eu também te amo, e mal posso esperar para te ver, ela respondeu, depois desligou o telefone e olhou pela janela. Yara se perguntou que tipo de surpresa Fadi teria planejado. Talvez ele a surpreendesse com passagens para Roma, onde ela poderia finalmente conhecer a Capela Sistina, ou Amsterdã, onde poderia visitar a maior coleção de Van

Goghs do mundo. Ela riu de si mesma, sentindo-se tola. Era improvável, ela sabia, mas uma parte dela esperava que Fadi fosse capaz de um gesto tão romântico. Significaria que ela o julgara mal o tempo todo e que talvez o relacionamento deles não fosse tão ruim, afinal.

Ela terminou o café e foi para casa, onde procurou uma roupa no armário, escolhendo um vestido verde-esmeralda que sabia que Fadi adorava. Depois ela arrumou a casa, preparou duas malas para as meninas, lacrou o envelope do cartão de Fadi e embrulhou seu presente: ingressos para um jogo do Tar Heels naquele inverno.

Mais tarde, depois que Nadia passou para pegar as meninas, Fadi chegou em casa carregando um buquê de duas dúzias de rosas vermelhas, uma pequena sacola branca de presente e um cartão. Yara ouviu seu carro na garagem e parou no corredor para cumprimentá-lo. Ela fez um esforço extra: seu cabelo estava preso frouxamente, com algumas mechas onduladas emoldurando seu rosto, e ela tinha passado um rico batom bordô escuro e sombra cintilante. Em volta do pescoço, seu fino colar de ouro brilhava.

— Uau — disse Fadi, inclinando-se para beijá-la. — Você está deslumbrante.

Ele entregou-lhe as rosas e ela as levou ao nariz.

— São lindas.

— Você pode abrir isso no jantar — disse ele, apontando para a sacola em suas mãos. — Vou tomar banho e me trocar.

— Não posso espiar enquanto espero?

— Só se você quiser estragar a surpresa.

— Tudo bem — disse ela, incapaz de conter o sorriso. — Vou tentar me comportar.

Uma hora depois, eles estavam sentados em um restaurante à meia-luz, ocupando uma mesa coberta com um pano branco, no centro da qual havia uma pequena vela flutuando e crisântemos ao lado de frutas cítricas fatiadas. Ao fundo, as conversas dos outros clientes ferviam.

— O restaurante é lindo — disse Yara. — Obrigada.

— Não tem de quê — disse Fadi. — Eu sei que uma escapada à noite não é o mesmo que uma viagem. Espero estar pronto para isso o quanto antes. Obrigado por ser tão paciente.

Ela assentiu com a cabeça, seus olhos correndo para a cadeira ao lado dele antes que pudesse detê-los.

— Ah sim, quase esqueci — ele disse, e passou a ela a sacola com os presentes. — Abra.

Com o rosto queimando, ela disse:
— Você primeiro.
— Tem certeza?

Ela assentiu. Fadi enfiou a mão lá dentro e tirou o envelope, ofegante ao ver os ingressos.

— Que demais — disse ele, olhando para ela, e em seguida de volta para os ingressos. — Obrigado. Você é a melhor.

Ela tomou um gole de água e engoliu.
— Não foi nada.

Ele apontou para o presente dela.
— Sua vez.

Com o coração disparado, Yara puxou a sacola para perto. Era mais pesado do que esperava, mas ela ainda queria que houvesse cartões de embarque lá dentro. Ela abriu a sacola e viu uma grande caixa de joias preta, que removeu lentamente, certificando-se de que não havia mais nada na sacola. Não havia, e ela se sentiu estúpida por ter pensado nisso. E, no entanto, sua mente não queria abrir mão de uma pequena esperança, de que talvez ele tivesse dobrado os cartões de embarque e os colocado dentro. Quando finalmente levantou a tampa, ela olhou para ele.

— O que foi, não gostou?

— Não é isso — ela disse, balançando a cabeça, então assentindo. — Claro que gostei. Amei.

Gentilmente, ela soltou o bracelete do forro de veludo. Era uma delicada pulseira de ouro com um pequeno pingente de *hamsa* e, no centro da mão, um olho azul.

— Achei que você gostaria, como está sempre usando o mesmo colar. Vai — ele insistiu. — Pode colocar.

Assentindo, Yara estendeu o braço e Fadi estendeu a mão para prender o fecho da pulseira em seu pulso. Ele não notou a sombra de tinta azul que agora vivia nas bordas de suas unhas.

— Parece que você não gostou — disse Fadi, e ela desviou o olhar, tomando outro gole de água. — O que foi?

— Nada, desculpe — disse ela, mantendo os olhos na vela bruxuleante. — Acho que só esperava que você me surpreendesse com uma viagem a algum lugar. Parece mais bobo agora do que na minha cabeça, se é que isso é possível.

Fadi balançou a cabeça lentamente.

— Eu não queria criar expectativas. Achei que tivesse sido claro quando disse que não era um bom momento.

— E foi — disse ela, com os olhos ardendo. — Foi minha culpa por ter esperanças.

Ele franziu a testa.

— Meio decepcionante, então?

— Não, eu gostei mesmo, de verdade.

— Não parece. Achei que estava fazendo algo legal comprando o colar para você e planejando este jantar. Mas não importa o que eu faça, você sempre enxerga falhas.

— Desculpe. Não é que eu não tenha gostado. Uma parte de mim só esperava que você buscasse um modo de viajarmos porque você sabia o quanto isso significava para mim. Achei que você encontraria uma maneira de fazer isso por mim.

Fadi ergueu uma sobrancelha.

— Então, agora eu não faço o suficiente por você?

Ela abriu a boca, mas ele a interrompeu:

— Olhe em volta, Yara. Você vive uma vida tremendamente privilegiada. Não vê como está sendo egoísta?

Ela tentou engolir, mas sua garganta estava seca.

— Desculpe.

Por um longo momento eles ficaram parados, então Fadi voltou sua atenção para a comida. Ela engoliu as lágrimas, embora uma leve gota estivesse escorrendo por um lado de seu rosto, então pegou o garfo e a faca novamente. Ficaram sentados em silêncio até que seus pratos principais terminassem e pediram a conta no mesmo momento.

*

Só quando chegaram em casa é que voltaram a se falar. Fadi estava parado na porta do quarto, olhando para o telefone enquanto digitava. Então, hesitante, ele disse a ela que tinha que reservar um voo para Las Vegas, para uma convenção, e que ficaria fora por cinco dias.

Yara deu um passo para trás, perplexa. Parecia que ele tinha enfiado o punho no peito dela e partido seu coração ao meio. Depois, ela se recompôs.

— Posso ir com você? — ela perguntou. — Sempre me perguntei como seria Vegas.

Ele franziu a testa.

— É uma viagem de trabalho e Ramy vai se juntar a mim. Como eu ficaria se dissesse a ele que estou trazendo minha esposa? — Ele riu, parecendo achar o cenário divertido.

— Não vou interferir no seu trabalho. Você nem vai saber que estou lá.

Ele voltou a digitar.

— Sinto muito — disse ele no fim. — Você realmente não gostaria de lá, de qualquer maneira.

Ela não disse nada depois disso, deslizando silenciosamente para debaixo das cobertas. Estava cansada demais para discutir, cansada demais para articular o que estava pensando, que era como se toda a sua vida as regras tivessem sido diferentes para ela por ser mulher. Podia sentir seu coração endurecer enquanto se virava na escuridão, brilhando de raiva. Ela não podia mais fingir que não estava com raiva e queria liberar o sentimento. Quando Fadi enfim adormeceu, ela saiu da cama e foi para seu estúdio, onde abriu o diário em uma página em branco, continuando do ponto no qual tinha parado.

· 39 ·

Após a noite do seu aniversário de casamento, Yara sentiu como se alguém tivesse entrado em sua mente e acionado um botão. Todo pensamento antigo foi repentinamente virado de cabeça para baixo. Ela andava pela casa atordoada, com os olhos inchados e vermelhos, achando sua vida insuportável de uma maneira completamente nova. Não importava o quanto tentasse se aproximar de Fadi. Não importava o quão desesperadamente quisesse fazer suas próprias escolhas. O fato era que nunca teria as mesmas liberdades que ele, e nada, nada que ela pudesse fazer mudaria isso.

Na noite anterior à partida de Fadi para sua viagem de trabalho, eles comeram na cama enquanto assistiam a um episódio de *Everybody Loves Raymond*. Yara pressionava o prato contra as coxas enquanto olhava para a televisão, o corpo vibrando de raiva. Fadi ria tanto que quase engasgava com a comida, apesar de terem visto o episódio uma dúzia de vezes. Ray e Debra estavam tendo uma briga de três semanas sobre quem guardaria a mala. Debra recusou-se, desesperada para provar seu argumento. Ela disse:

— Por que a mulher tem que fazer tudo? E, além disso, levantar uma mala pesada não é a coisa "masculina" a se fazer?

Ray tentou fazer com que ela a movesse escondendo um pedaço de queijo dentro da mala e deixando-o apodrecer. Fadi ria sem parar entre garfadas de arroz e dizia:

— Não é hilário?

Yara estalou os nós dos dedos e disse:

— Sim, muito.

Depois que Fadi partiu para o aeroporto na manhã seguinte, Yara andou lentamente pela casa, limpando as janelas até que cada quarto brilhasse com uma perfeição industrial, como se o ato de limpar de alguma forma removesse a sensação de sujeira que se agarrava a seu corpo. Mas não removia. Ela passou muito tempo esfregando e arrumando, mantendo tudo em ordem compulsivamente para enfim se sentir no controle. E, no entanto, um caos insuportável transbordava sob sua pele enquanto ela piscava estupidamente para o vidro sem riscos, incapaz de sentir o cheiro de limpa-vidros sem uma sensação de humilhação. Enquanto cambaleava até a cozinha, devolvendo o borrifador ao seu lugar sob a pia, percebeu vagamente uma mudança ocorrendo dentro dela. Pela primeira vez começou a entender que não podia mais continuar se iludindo: essas coisas externas — sua casa, sua carreira, seus diplomas — nunca mudariam o que sentia por dentro. Mas de que outra forma ela deveria se livrar disso?

Durante os dias que se seguiram, ela continuou em movimento, correndo freneticamente de uma tarefa para outra, presa em uma espiral.

Em casa com as meninas, queria sair de sua pele. Fazia contato visual com Mira e Jude enquanto elas falavam para que pudessem ver que ela estava prestando atenção. Mas não estava. As refeições que preparava eram insípidas e ela não conseguia fazer nenhuma limpeza básica. Em vez disso, caminhava pela cozinha, abrindo e fechando armários, pegando coisas apenas para colocá-las novamente nos armários. Para onde quer que olhasse, havia sinais de tarefas a realizar, seus serviços obrigatórios. A louça na pia, as pilhas de roupa suja, a casa inteira agora era um lembrete do que ela representava.

— Mama, olha. Mama, olha — as meninas ficavam dizendo, mas ela não conseguia encará-las. Quando Yara enfim as encarou, as meninas se pareciam tanto com a garotinha que ela foi que ficou envergonhada de si mesma.

Depois, Mira e Jude saíram silenciosamente e ficaram deitadas em silêncio assistindo à televisão. Deslizando para a marquise, ela sentiu um brilho de conhecimento nos olhos de suas filhas: nós sabemos que você não pode nos ver, eles pareciam dizer. Mas o que você está olhando aí?

❖

— *Você pode fazer* bamya *hoje à noite?* — Fadi mandou uma mensagem para ela no dia em que voltaria para casa. — *Senti falta dos seus jantares deliciosos.*

Ela desligou o telefone sem responder. Em vez disso, abriu um pão pita quente para um sanduíche de homus para Mira e Jude, que estavam assistindo a um episódio de *Bob Esponja* na sala de estar. Elas estavam deitadas de bruços, com as mãos sob o queixo, olhando sem piscar para a tela. A visão a deixou enjoada. Foi assim que o hábito começou? Ela ficou com um nó na garganta enquanto untava o pão pita com homus, depois disse às meninas que era hora de desligar a TV.

Ela não fez *bamya* para Fadi naquela noite. Na verdade, nem esperou por ele, indo para a cama logo depois das meninas. Quando Fadi mandou uma mensagem na manhã seguinte do trabalho perguntando por que ela não tinha ficado acordada para cumprimentá-lo, ela disse que estava cansada. Se ele não visse como era injusto para ela ficar confinada em casa enquanto ele percorria o país a qualquer momento, então nada que Yara pudesse fazer ou dizer mudaria isso.

*

— O que tem para o jantar? — Fadi perguntou na noite seguinte, quando voltou para casa e encontrou Yara lendo um livro de História da Arte na sala de estar.

Sem erguer os olhos das páginas, ela disse:

— Nada.

— Nada?

Yara deu de ombros.

— Não estava com vontade de cozinhar.

Podia sentir o olhar dele sobre ela, mas ela não olhava para ele.

— O que devo comer, então?

— Tem homus na geladeira se você quiser fazer um sanduíche.

— Você está falando sério?

Ela deu uma rápida olhada no livro.

— O quê?

— Por que você está agindo tão estranho?

— Porque eu não estou cozinhando?

— Não só isso. A casa está uma bagunça. Não é algo que você deixaria acontecer. O que está havendo?

— Estou cansada.

Por um longo momento, Fadi só olhou para ela.

— Cansada? — ele finalmente disse, rindo. — Sou eu que trabalho o dia todo. O que você tem feito?

— Nada — Yara disse calmamente. — Só estou cansada de você.

Quando Fadi saiu do quarto para tomar banho, ela não o seguiu. De alguma forma, a simples ideia de ficar nua no chuveiro ao lado dele a deixava enjoada. Durante todos esses anos ela tinha acreditado que se mostrar a ele daquela maneira íntima — cada centímetro do seu corpo exposto a ele todas as noites — o ajudaria a enxergá-la. No entanto, tudo isso a deixou desesperada por sua aprovação, incapaz de enxergar a si mesma.

Ela balançou a cabeça antes de voltar ao livro e terminar o capítulo que estava lendo, então foi para a marquise. Conseguiu mover a maioria das caixas para a sala de estar, mas as que sobraram estavam manchadas agora: pingos e marcas de tinta por todo o papelão. Instalando-se em frente ao cavalete, começou novamente na mesma pintura, o olhar muito intenso. Ela adicionou mais cor à tela, azuis, brancos e pretos, em círculos e redemoinhos frenéticos.

Enquanto pintava, Yara ponderava como seria sua vida se continuasse nesse caminho com Fadi. Ela tinha certeza agora, de uma forma que nunca tivera antes, que jamais se tornaria a pessoa que queria ser. Não importa que emprego encontrasse ou quais metas estabelecesse, nunca teria a liberdade de perseguir seus sonhos da maneira que ele fazia. Fadi sempre dependia dela para cuidar das meninas, sempre priorizando a própria carreira porque ganhava mais dinheiro. Sem mencionar a quantidade de energia que ela gastava tentando ganhar seu amor e atenção, esperando que ele voltasse para casa todas as noites, assim como ela esperou por Baba todos aqueles anos. Ela queria passar a vida como Mama, esperando que um homem lhe desse o que ela queria e se sentindo inútil quando ele não dava? Essa era a mulher que ela queria ser, o exemplo que queria dar para suas filhas?

Pegou o diário e abriu em uma página em branco. Como poderia alcançar o que queria se nem conseguia descobrir o que era? Ou quem ela era? Ela passou a vida tentando ser o tipo de mulher que todos queriam que fosse, mas quem era ela de verdade? O que realmente almejava?

Ela começou a elaborar uma lista de tudo o que faria se não tivesse limites: veria o mundo e visitaria todos os museus com seus artistas favoritos. Experimentaria todos os diferentes tons e cores da vida. Iria à Palestina. Abriria seu próprio estúdio. Pintaria. Escreveria. Viveria cada momento plenamente aqui, viva e presente. Mas, acima de tudo, não se deixaria confinar. Pela primeira vez na vida, faria uma escolha totalmente sua.

· 40 ·

Certa manhã, na varanda, enquanto estava sentada em frente ao cavalete pintando, com a mente em um lugar distante, um toque agudo a trouxe de volta. Ela olhou para a tela de seu telefone para ver o nome de Baba, então pousou o pincel na paleta, respirou fundo e respondeu.
— Olá?
— Yara? — Baba disse com urgência na voz. — Você está sozinha? Preciso falar com você.
Ela respirou, limpando as mãos no avental.
— O que está acontecendo?
— Você que me diz.
Ele fez uma pausa para pigarrear e Yara engoliu em seco, sentindo um tremor no estômago, um leve frio na nuca.
— Do que você está falando?
— Fadi me ligou de novo. Ele disse que você está lhe dando trabalho. É verdade? — Sem dar à filha uma chance de responder, continuou: — Por que estou recebendo ligações todos os dias sobre seu egoísmo, hein? O que está acontecendo?
Com o coração batendo mais rápido, ela olhou para sua mão, fechada em um punho, e então para a tela, o olho azul elétrico. Com uma voz aguda, ela disse:
— Desde quando você se importa?
— Como?

— Você só me liga quando quer falar de um dos meus irmãos — disse ela, começando a andar — Ou, ultimamente, sobre Fadi. Quando você ligou para perguntar sobre mim?

Baba parou por um momento.

— O que isso tem a ver, Yara? Isso é sobre o seu comportamento. Sempre me orgulhei de como você estava se dando bem, *mashallah*, ao contrário de seus irmãos. Você sempre fez o que se espera de você, então o que mudou agora?

Ela andou ao redor da sala, a raiva queimando dentro dela. Por um momento, Yara procurou as palavras para dizer a ele o que estava sentindo, para explicar as mudanças que aconteciam dentro dela. Mas, em vez disso balançou a cabeça e disse:

— Não importa o que mudou. Mas não estou mais fazendo o que você e Fadi querem.

— *Shu*? Por que você está fingindo ser assim?

Calmamente, ela disse:

— Não estou fingindo.

— Não é de admirar que Fadi esteja irritado — disse ele após uma pausa. — Você está começando a ficar igual à sua mãe, só pensando em si mesma, arruinando tudo.

A mãe dela foi quem arruinou tudo? A sala caiu em completa escuridão. Ela segurou o telefone no ouvido, ouvindo o leve subir e descer de seu peito, até que conseguiu dizer:

— E todas aquelas vezes em que você bateu nela?

— Como é? O que você acabou de dizer para mim?

— Você ouviu o que eu disse. — Ela respirou fundo, forçando a continuar. — Quando você vai reconhecer a dor que a fez passar? Você é a razão pela qual ela estava tão infeliz. Foi culpa sua.

— Culpa minha? — Baba estava indignado. — Você não se lembra da vergonha que sua mãe nos trouxe, do dano ao nome de nossa família? — ele estava gritando agora, respirando pesadamente no telefone. — Não se atreva a me culpar. Ela mereceu tudo o que teve.

Yara fechou os olhos, sentindo-se exausta. Os anos não lhe ensinaram nada sobre vergonha? Que era apenas reconhecendo nossos erros e aprendendo com eles é que poderíamos ser livres?

— Não — ela disse. — Ela não merecia isso. Talvez você não consiga admitir para si mesmo, mas no fundo nós dois sabemos a verdade.

· 41 ·

Quando ouviu o carro de Fadi na garagem naquela noite, Yara precisou de muito esforço para evitar confrontá-lo. Ela queria quebrar dramaticamente os vasos de flores nos degraus da frente e gritar até sua garganta doer e os vizinhos espiarem pelas janelas da frente. Em vez disso, subiu para o quarto das meninas, onde se ocupou com histórias para dormir, deixando seu tormento se dissolver ao ver seus rostos ansiosos enquanto ela folheava as páginas. Mais uma vez, não tomou banho com Fadi e mal trocou uma palavra com ele enquanto jantavam na cama, embora o marido parecesse satisfeito por ela ter feito *bazella*[44]. Enquanto a música-tema de *Law and Order* trovejava pelos alto-falantes, ela apertou os dedos em volta da colher e mexeu o ensopado de ervilha e cenoura, incapaz de levá-lo à boca.

Fadi virou-se para ela, mas ela manteve os olhos na televisão. Yara se sentou muito ereta e fingiu grande interesse no caso fictício que se desenrolava na tela.

— Você está quieta — disse Fadi. — Tudo certo?

Ela assentiu, sentindo-se rígida. Ele sabia que Baba tinha ligado para ela hoje? Ele estava esperando que ela falasse primeiro? Havia tantas coisas que queria dizer, mas não sabia por onde começar.

Quando o episódio da série terminou e Fadi apagou as luzes, ela se arrastou até o banheiro e escovou os dentes, mas sentiu vontade de vomitar ao se debruçar sobre a pia. Vendo seu reflexo no espelho, quis dar um soco no vidro. O que havia em seu rosto que a revoltava tanto? Olhou em seus

---

44 O mesmo que um ensopado feito com ervilha. [N. E.]

próprios olhos por um longo momento, tentando descobrir. Será que ela era a razão pela qual Mama não pôde viver uma vida feliz em casa, o motivo pelo qual ela tinha que ir e amar outro homem? Ou que não importava o que Yara fizesse, ela não conseguia escapar dessa sensação de não ser amada e indesejada, de não pertencer a lugar nenhum? Ou que, apesar de ter tudo, seu casamento estava desmoronando diante de seus olhos?

Embora tenha se esforçado muito para ser melhor do que Mama, ela se viu limitada das mesmas maneiras, desconectada das pessoas que deveria amar e pelas quais ser amada, procurando a felicidade só nos lugares errados. Tentou aprender com os erros de Mama, fazer as coisas de maneira diferente. O que Mama faria agora, neste exato momento? Fosse o que fosse, Yara precisava fazer o oposto.

Ela se deitou na cama silenciosamente e, então, antes que Fadi desligasse as luzes, ouviu-se dizer:

— Meu pai me ligou hoje.

Por um momento, Fadi não respondeu, apenas piscou para ela da porta. Yara respirou fundo e continuou.

— Mas você já sabia disso. Por que você o envolveu? Você sabe como me sinto em relação a ele.

Houve um longo silêncio antes de Fadi finalmente dizer:

— Olha, eu estava irritado e pensei que ele conseguiria falar com você. Quero dizer, você não está agindo como você mesma.

— E a sua solução é ir correndo para o meu pai, de todas as pessoas possíveis?

— Desculpe — disse ele, com a voz vacilante. — Eu estava preocupado com você e não sabia para quem mais ligar.

Ela ficou quieta por um momento, olhando para o teto.

— Você realmente se importa?

— Como assim? É claro.

— Não parece.

Ela não fechou a torneira do banheiro completamente — os pingos altos pontuavam o silêncio. Fadi virou-se de lado e a encarou.

— O que você está falando?

— Às vezes sinto que você me ama porque é seu dever, porque sou sua esposa e mãe de seus filhos. Não por minha causa ou por quem eu sou por dentro.

Ele caiu de volta em seu travesseiro e balançou as mãos no ar.

— Lá vamos nós com isso de novo. Aja normalmente, certo?

Ela não disse nada por vários segundos, observando a seu próprio peito subir e descer.

— Eu não sei muito sobre o amor — ela finalmente disse. — Mas estou começando a achar que não é isso. É como se estivéssemos seguindo os movimentos, como se estivéssemos juntos apenas porque sou uma mulher com quem você se sentou algumas vezes e decidiu se casar, e com a qual teve alguns filhos e agora está tentando fazer dar certo.

Ela fez uma pausa.

— Talvez esse tipo de amor fosse o suficiente para mim naquela época. Provavelmente me iludi acreditando que nosso casamento não era algum tipo de transação, então senti que tinha algum controle sobre minha própria vida. Mas agora quero algo melhor. Eu mereço mais.

Por um minuto, Fadi não disse nada, esfregando a testa como se para afastar uma dor de cabeça.

— Não sei o que está acontecendo com você — disse ele. — Mas você está errada. Não precisávamos nos casar. Nós nos escolhemos.

— Besteira — ela disse por entre os dentes. — Nós nem nos conhecíamos. Nós dois só precisávamos começar uma nova vida, e aqui estamos. Exceto que nossa nova vida parece exatamente a mesma.

Fadi soltou uma risada curta.

— Você está delirando? Como você pode dizer isso?

— É verdade. Você simplesmente não está prestando atenção. Na maioria dos dias, parece que você não está aqui de verdade. Mesmo quando estamos juntos, me sinto sozinha.

— Sozinha? Venho para casa todas as noites. Estou bem aqui com você. O que diabos você quer de mim?

As palavras pareciam tijolos em sua língua.

— Eu quero me sentir conectada a você.

— Vamos mesmo voltar nisso? Para quem você acha que trabalho tanto?

— Para você mesmo.

— Eu mesmo?

Ela se sentou na cama, surpresa ao ver como de repente conseguia articular seus pensamentos e como queria expressá-los.

— Eu valorizo que você trabalhe duro — disse Yara. — Mas você já trabalhava assim antes de nos conhecermos. É quem você é. Você não está fazendo isso por mim. E se estiver, então pare. Não é o que eu quero.

— Então o que você quer?

— Eu quero me sentir conectada a você. — Enquanto as palavras saíam de sua boca, porém, ela percebeu que a pessoa com quem mais queria se conectar era ela mesma. — Eu pensei que talvez irmos juntos para algum lugar pudesse nos ajudar a nos reconectar, mas parece que você não se importa nem um pouco com isso. Você se importa?

— Sim.

Yara esperou que Fadi continuasse, mas ele suspirou e desligou a luz. Na escuridão, podia vê-lo gesticular para si mesmo, mas era impossível dizer se ele estava finalmente começando a entender o que ela estava tentando lhe dizer.

O quarto estava frio e ela podia sentir suas mãos começarem a tremer.

— Eu entendo que você não consiga tirar férias do trabalho agora, mas você acha que poderíamos passar mais tempo juntos, talvez nos ver durante o dia, quando as meninas estão na escola?

Ele assentiu.

— Sim. Não sei.

— Sabe aquela padaria ao lado do seu trabalho? Talvez possamos nos encontrar para almoçar lá durante a semana. Ou até mesmo uma rápida xícara de café. Seria bom ver você.

— Eu gostaria de poder, mas tenho entregas durante o almoço. Na maioria dos dias, eu como na estrada.

— Bem, não precisa ser ali. Pode ser a qualquer momento que você estiver livre.

Fadi se mexeu sob as cobertas.

— Sinto muito, mas acho que não posso fugir enquanto estou no trabalho. Eu tenho muito que fazer.

Ela abriu a boca, mas não havia mais palavras. Seus olhos ardiam e ela podia sentir as lágrimas correndo por suas bochechas.

— Por favor, não faça isso — disse Fadi. — Por que você está chorando? Foi exatamente por isso que liguei para seu pai, Yara. Estou preocupado com você.

Yara fechou os olhos e procurou o momento preciso que a trouxe até aqui. Foi a maldição? Ou isso foi vingança pelo que ela fez, ou talvez pelo que não fez, julgando Mama todos aqueles anos e não conseguindo entendê-la?

Com uma voz monótona, ela disse:

— É porque sou uma pessoa ruim? É por isso que você não me ama?

— Você não é uma pessoa ruim — Fadi suspirou.

— Olha, eu sei que você passou por muita coisa, mas não acho justo você continuar culpando a mim ou ao nosso casamento por tudo o que está passando. Eu não sou seus pais. Não fui eu quem te machucou.

Ela sentiu uma dor se estabelecer atrás de seus olhos.

— Isso não tem a ver com eles.

— Claro que tem. Para de mentir para si mesma. Eu estive ao seu lado durante todas as suas besteiras porque me senti mal por você, mas já chega. Eu te dei muitas chances de se recompor, e não vou ficar aqui parado e ser um saco de pancadas.

Ele agarrou as cobertas, puxou-as sobre o peito e disse:

— Mas quer saber? É minha culpa. Eu já sabia. Minha mãe me avisou que isso iria acontecer e não dei ouvidos. Mas ela estava certa. Uma maçã não cai longe da árvore. Você precisa de ajuda séria, não consegue enxergar isso?

Ele se virou e ficou óbvio que a conversa tinha acabado. Fadi estava certo, claro que estava. Ela abriu os olhos para a escuridão, tomada pela sensação de que era uma pessoa má, indigna de estar viva. Durante toda a sua vida tentou se afastar desse sentimento, mas ele ainda estava lá, um balão inchado em seu peito.

Lá fora, a chuva batia na janela, repetidas vezes, até que finalmente abafou o som de sua respiração, o fluxo interminável de pensamentos. Suas pálpebras estavam ficando pesadas e ela não sabia o que fazer com essa percepção, que era velha e nova ao mesmo tempo.

· 42 ·

Pela manhã, depois de deixar as meninas na escola, Yara dirigiu sem rumo pela cidade, as mãos apertando o volante. Ela se revirou na noite anterior, repetindo as palavras de Baba e Fadi, incapaz de silenciar seus pensamentos. Ambos pareciam contentes em minimizar suas preocupações, em insistir que a única coisa errada era ela. Ela olhava pelo para-brisa enquanto o pânico se instalava. Não podia continuar assim, fingindo que tudo estava bem, iludindo a si mesma. Yara tinha que fazer alguma coisa.

— Claro — disse Silas quando Yara mandou uma mensagem para ele perguntando se eles poderiam se encontrar. — Te encontro depois da minha aula do meio-dia. Só me fala o lugar.

Algumas horas depois, eles estavam sentados um de frente para o outro na cafeteria, tomando café com leite. A luz do sol que entrava pela janela era tão forte que deu dor de cabeça em Yara.

— Obrigada por ter tempo para vir me ver — disse ela. — Eu não sabia para quem mais ligar.

— Sem problemas. É para isso que eu estou aqui. — Silas colocou a xícara na mesa e pegou um biscoito que tinha comprado. — O barista contou que acabou de sair do forno — disse ele, entregando-o a ela.

Ela agradeceu e deu uma mordida. Era grosso e macio no centro, com bordas quase crocantes, salpicado com lascas de chocolate amargo e pontilhado com sal marinho. Depois de morder seu próprio biscoito, ele disse:

— E então, o que está acontecendo?

Era uma pergunta simples, mas vinda dele parecia diferente, mais sincera e verdadeira. Silas era alguém a quem podia contar as coisas, alguém cujo julgamento ela não temia. Olhando-o do outro lado da mesa, ela ficou impressionada com o pensamento do tipo de pessoa que ela teria sido, o tipo de vida que teria se alguma vez tivesse se sentido segura com outra pessoa do jeito que se sentia com Silas. E então outro pensamento veio: o que ela teria feito se Silas não fosse gay? Ela teria feito o que Mama fez — corrido para os braços de um homem que não era seu marido?

Ela deu outra mordida no biscoito, que era amanteigado, com uma pitada de sal. Sem erguer os olhos, disse:

— Fadi e eu temos brigado.

— Lamento ouvir isso — disse ele. — Você quer falar a respeito?

Yara assentiu. No fundo da cafeteria, com um punhado de biscoitos entre eles, ela contou o que aconteceu no aniversário e como as coisas entre ela e Fadi só pioraram desde então. Silas não disse nada, apenas a observou atentamente, passando o dedo ao redor da borda de sua xícara de café enquanto Yara falava. Quando ela terminou, ele disse:

— E o que você vai fazer agora?

Ela olhou pela janela.

— Não sei. Primeiro perdi meu emprego, agora meu casamento está à beira do colapso. É difícil não sentir que mereço tudo isso.

Silas balançou a cabeça, franzindo a testa.

— O que te faz pensar isso?

— É difícil explicar, de verdade.

— Quer tentar?

Ela podia sentir as lágrimas chegando e manteve os olhos no vidro.

— As coisas com Fadi sempre foram difíceis. Não sei por que não posso fazer com que ele me ame. O que há de tão errado comigo que não posso ser amada?

— Do que você está falando? Não sei sobre Fadi, mas muitas pessoas amam você. Suas filhas, seus pais...

— Você não sabe se é verdade.

— Claro que eles te amam. Por que não amariam? Você é incrível.

— Silas estendeu o braço por cima da mesa para tocar a mão dela, e ela rapidamente a puxou de volta.

— Você não sabe nada sobre minha família. Ou sobre mim.

Seus olhos ardiam e ela os esfregou, pressionando os dedos com força contra as pálpebras. Em voz baixa, disse:

— Eu realmente não tive muito amor ao crescer. Meu pai costumava bater na minha mãe e, bem, ela fazia muitas coisas como reação a isso.

Ela abriu os olhos e por alguns segundos Silas não disse nada, franzindo a testa. Então ele disse:

— Sinto muito. Eu não fazia ideia.

— Está tudo bem.

Ele olhou para baixo, para o seu copo, respirando lentamente.

— É por isso que você acha que merece que coisas ruins aconteçam com você?

Ela deu de ombros, olhando para os dedos.

— Não, não só isso.

Ele esperou que ela continuasse, mas quando ela não disse nada, perguntou:

— Tem a ver com o caso de sua mãe? Você sentiu que, por amar outro homem, ela não te amava?

Ela assentiu e olhou para o colo, tentando ficar bem quieta enquanto as lágrimas começaram a escorrer de seus olhos.

— Tudo bem ficar chateada, sabe? Isso deve ser muito doloroso para você. Entendo por que você deve ter se sentido abandonada vendo sua mãe com outro homem, mas tenho certeza de que ela te ama.

Ela esfregou o peito, sentindo falta de ar.

— Você não sabe nada sobre ela.

— Talvez não. Mas talvez falar com ela sobre isso ajudaria você a se sentir melhor?

Yara balançou a cabeça, fechando os punhos no colo. Ela não podia conversar com Mama. Foi Mama quem criou todo o julgamento, foi Mama quem trouxe toda a vergonha.

— Ela não pode me ajudar.

— Eu sei que você pode se sentir assim — Silas disse suavemente. — Mas por que não tentar? Ela é sua mãe.

Algo na maneira como ele disse isso a deixou enojada de si mesma. Olhou para as próprias mãos, envergonhada com o que ele devia estar pensando agora, como ela era tola e patética.

Quando ela mal percebeu, estava explodindo em soluços, o som pesado de sua voz dizendo:

— Porque ela está morta, ok? Por favor, não quero mais falar sobre isso.

· 43 ·

Gotas de chuva espirravam no para-brisa enquanto Yara dirigia para pegar as meninas na escola. Seu estômago se revirou quando ela relembrou a maneira como tinha acabado de sair correndo da cafeteria, incapaz de olhar nos olhos de Silas após sua confissão, e uma nova onda de vergonha a inundou quando entrou na fila, onde era a primeira a chegar. Assim que a chuva parou, abriu a janela e pôde ouvir o chilrear brilhante dos pássaros e sentir o cheiro pungente da terra lavada pela chuva. Por um longo tempo ficou sentada lá, olhando para as árvores e o céu, até que seu telefone tocou, e ela olhou para baixo para ver que Silas tinha lhe enviado uma longa mensagem.

Sinto muito por ser insensível, Yara. Eu não tinha ideia sobre sua mãe e me sinto um idiota por presumir. Não consigo entender o que você está passando, mas estou aqui para te ajudar. Se você se sentir desconfortável em falar comigo, tudo bem. Talvez você possa considerar outro terapeuta? Eu sei que William não era o melhor, mas existem uns bons por aí. Na verdade, não é da minha conta e não direi mais nada sobre isso, a menos que você queira, mas me preocupo com você e quero ter certeza de que está bem.

Minutos depois, ele enviou outra mensagem dizendo:

Esqueci de te contar, fiz baklava para minha aula mais cedo. Nem preciso dizer que não se parecia em nada com o seu. Você acha que pode me ensinar a receita da sua avó algum dia? Por favor, diga sim.

Lendo as mensagens, Yara respirou fundo. Seu peito se expandiu de alívio ao pensar em ter Silas — quanta segurança e conforto ele lhe dava, quanta esperança. A amizade dele era um presente, um que ela não se sentia digna de receber, mas que tinha mesmo assim.

Ela enxugou o rosto com a manga e digitou uma resposta.

Não precisa se desculpar — escreveu ela. — *Você é um bom amigo, e eu tenho muita sorte de ter você.*

❋

— Você está triste, mama? — Jude perguntou mais tarde naquele dia.

Yara tinha decidido passar a tarde com elas no quintal, esperando que o sol a fizesse se sentir melhor. Do lado de fora, o ar cheirava a terra e umidade, e ela observou Mira e Jude chutarem uma bola de futebol de uma ponta a outra da cerca, tentando ver quem conseguiria lançá-la mais longe. Mas agora Mira estava colhendo dentes-de-leão no final do quintal, e Jude estava limpando o nariz com as costas da mão, esperando que ela respondesse.

— Bem... — Yara disse, tentando soar normal. Mas ela sentiu uma gota repentina de suor na testa. — Por que você pergunta?

— Você parece triste.

— Claro que não, *habibt*. — Yara agachou-se ao seu nível. — Como posso ficar triste se eu tenho uma filha como você?

Jude olhou para ela através de cílios grossos como asas de borboleta.

— Então como é que você nunca sorri? — ela perguntou, não convencida.

O suor agora escorria pelo rosto de Yara. Ela olhou para os pés. Em momentos como aquele, tinha a sensação de que suas filhas conseguiam ver através dela da mesma forma que via através de Mama. Ela esperava poder poupá-las da sensação de que algo estava profundamente errado, e agora lhe parecia que não seria possível.

— Sinto muito, bebê — ela conseguiu dizer. — Vou tentar ser melhor.

As lágrimas que estava segurando agora escorriam pelos cantos de seus olhos enquanto Jude corria pelo quintal para se juntar a sua irmã, e ela se lembrava de sentir a tristeza da vida de Mama e a tristeza de um dia ela mesma ter que crescer. Não era isso que desejava ensinar às filhas sobre o mundo. E então sentiu algo inesperado: uma vontade de estender a mão e pedir ajuda.

Talvez Silas estivesse certo. Não faria mal tentar terapia em seus próprios termos. O que ela tinha a perder a essa altura? Já tinha perdido sua carreira, seu casamento estava em queda livre e todas as coisas que ela temia estavam bem na sua cara. Ela passou toda a sua vida adulta tentando escapar da infância, mas não conseguiu. E agora o padrão se repetia com suas filhas.

Naquela noite, na cama, Yara pesquisou no Google terapeutas perto de sua casa e depois filtrou os resultados para ver quais aceitavam seu plano de saúde. Leu dezenas de apresentações até encontrar uma de que gostou, uma psicóloga holística chamada Esther. Frustrada com as limitações da psicoterapia tradicional, Esther disse que ela oferecia um tipo de terapia que abordava a pessoa "inteira", integrando formas de bem-estar espiritual, mental e emocional para despertar nosso eu autêntico e redescobrir quem realmente somos. Yara não tinha certeza do que isso significava, mas gostou da promessa de desenvolver uma compreensão mais profunda de si mesma em todos esses níveis. Quem era ela, realmente?

A própria natureza da pergunta ia direto à tenra raiz de tudo, levando-a de volta a uma época em que ela queria desesperadamente provar seu valor, tomando decisões que pensava serem dela, mas será que foram? Ou elas foram guiadas pelas crenças que outros colocaram sobre ela? Ela pensou em uma aula de escultura que teve na faculdade, na qual estudou o *David* de Michelangelo. Ao esculpir, Michelangelo disse que estava apenas retirando o mármore que não fazia parte da escultura. Talvez fosse assim que ela descobriria seu verdadeiro eu. Desbastando a pessoa que seu ego tinha construído, descobrindo o que tinha sido enterrado sob as camadas e eliminando as coisas que não lhe serviam mais. Yara não tinha certeza se isso era um sinal, mas marcou uma consulta para a semana seguinte.

· 44 ·

O consultório de Esther ficava no sétimo andar de um antigo prédio de tijolos aparentes no centro da cidade. No caminho atá lá, Yara passou pelo campus da faculdade e continuou por quilômetros por uma estrada de mão única segurando o volante com as duas mãos. Ao passar por postes de luz com cestas de flores penduradas e vitrines piscando com placas abertas, ela se perguntou como sua experiência com Esther se compararia com seu tempo com William. Yara conseguiria deixar Esther entrar? Ela finalmente se abriria por completo para outra pessoa, ou talvez para si mesma? Ela suspirou ao entrar no prédio, lembrando-se de que era sua escolha continuar ou não, que não precisava marcar outra sessão se as coisas não parecessem boas.

A sala de espera era simples, com paredes cinza-claro e móveis neutros, mas havia um pôster grande e colorido na parede detalhando os sete chakras. Na mesa de centro, havia uma seleção de folhetos sobre tratamentos alternativos: reiki, ioga, respiração e meditação.

Uma mulher de meia-idade saiu para a sala de espera e sorriu calorosamente.

— Yara? Eu sou Esther. Entre, por favor.

Ela era linda, seu cabelo escuro frouxamente preso para trás com presilhas, e havia algo na inclinação de sua cabeça, na abertura de seus olhos castanhos, que lembrava Mama. Naqueles raros dias felizes, antes de Yara estragar tudo.

Yara escolheu uma poltrona rechonchuda de couro, sem conseguir tirar os olhos do rosto da mulher. Quando ela finalmente conseguiu desviar o olhar, percebeu quão sereno o escritório parecia, com o sol derramando-se através das cortinas brancas e vaporosas. No fundo da sala havia uma grande moldura com uma cópia de uma citação que dizia:

"Não somos seres humanos tendo uma experiência espiritual. Somos seres espirituais vivendo uma experiência humana".

Ela perguntou para Esther:

— O que isso significa?

Algo em seu rosto ficou determinado, e seus olhos estavam brilhantes.

— O mundo físico está constantemente nos lembrando de que estamos tendo uma experiência humana — disse Esther. — Os nossos cinco sentidos nos dizem o que ouvimos, vemos, sentimos, cheiramos e provamos. Mas algo em nós, lá no fundo do nosso coração, sabe que somos compostos por mais do que a soma total de nossos pensamentos e sentimentos. Nós entramos neste mundo com um conhecimento inato de nossa natureza espiritual infinita, mas através do condicionamento humano esquecemos quem realmente somos, a verdadeira grandeza do nosso ser.

Yara ouvia em silêncio, tentando processar suas palavras. Ela se sentia pequena e incerta na maior parte de sua vida. Ela realmente podia ser mais do que isso?

— Você já teve uma sensação que não conseguia explicar completamente? — Esther perguntou. — Um impulso repentino e inexplicável, um conhecimento em suas entranhas?

Yara assentiu.

— O tempo todo.

— Isso é a sua intuição, o seu espírito, guiando você.

Yara sentiu seus ombros relaxarem. A possibilidade de ser maior do que seu ego parecia aliviante, mesmo que ela não pudesse acessar esse conhecimento diretamente. As paredes brancas e suaves do escritório pareciam se expandir, enquanto ela continuava a observar a sala.

Por uma fração de segundo, ela pensou ter sentido uma vibração em seu peito que parecia certeza. Algo sobre essa afirmação lhe soou verdadeiro, ou pelo menos ela queria que fosse assim.

Na parede em frente a ela havia uma pintura da ponte do Brooklyn em um dia nublado, o horizonte de Manhattan enuviado à distância. Yara se inclinou para a frente em seu assento para olhar para ela, fixando-se nas pinceladas vívidas, o redemoinho de cores se unindo.

Esther sentou-se na cadeira de couro à sua frente e cruzou as mãos no colo.

— Por que você veio me ver hoje?

— Não é um motivo específico, exatamente — disse Yara, pensando em tudo o que acontecera desde o seu desentendimento com Amanda. — Acho que estou me sentindo mal há algum tempo. Eu estava em terapia com um conselheiro no meu antigo emprego, mas não trabalho mais lá e achei que era hora de tentar novamente.

— Bem, estou feliz que você esteja aqui — disse Esther. — Quando você começou a se sentir assim?

Ela pensou em como tudo isso começou, no verão passado, quando soube da notícia da morte de Mama. Como uma coisa levou a outra, até que suas emoções ficaram tão intensas e confusas que ela não conseguia diferenciá-las. Mas, sentada diante de Esther agora, ela sabia que a semente de seu descontentamento tinha sido plantada muito antes disso, como veio crescendo dentro dela por anos, esperando que a menor ruptura se abrisse.

— Desde que me lembro — disse Yara.

Esther assentiu.

— Entendo. Por que não começamos do começo, então?

Yara manteve os olhos na imagem da ponte do Brooklyn o tempo todo em que falou. Ela contou a Esther sobre sua infância, saindo de casa para se casar, sua vida com as filhas e no trabalho, e como perdeu o emprego. Falou sobre Mama e Baba, como eles vieram para este país em busca de uma vida melhor, ou talvez para tentar se curar de seus próprios passados danificados. Descreveu suas visitas na infância à Palestina e seu sentimento de impotência ao ouvir as histórias de Teta sobre a *nakba*, as tragédias que sua família sofreu. Como Mama queria ser cantora, mas em vez disso passava os dias em casa com seis filhos, cozinhando e limpando até que Baba chegasse do trabalho à noite. Como ela assistia por trás da porta do quarto enquanto Mama era espancada, como ela ainda podia ouvir os sons sufocados e gritos quando fechava os olhos à noite. Contou como Baba ligou para ela um dia com a notícia da morte repentina de Mama e como ele simplesmente continuou com sua vida como se nada tivesse acontecido, como se ela fosse pouco mais que um eletrodoméstico que parou de funcionar. Yara retrocedeu, então, para o quão invisível ela se sentia quando criança, observando seus irmãos fazerem coisas que ela não tinha permissão para fazer. Como se casou com Fadi e se mudou para longe, desesperada para recomeçar. Para provar que não havia nada de errado com ela, que não era fraca, que era possível ser alguém, mesmo sendo mulher. Para se livrar desse sentimento.

Só que ela não conseguiu. Contou a Esther sobre ter engravidado logo após o casamento e ficar com muito medo. Como não queria repetir a vida de Mama, presa pelo casamento e pela maternidade, então ela terminou a graduação e fez mestrado, apesar da reprovação da sogra. Como Fadi a tinha apoiado no começo, mas ela ainda sentia que algo não estava certo entre eles. Como não poderia ser uma boa esposa, embora ele fosse muito melhor para ela do que Baba fora para Mama.

Quando as palavras saíram dela, Yara sentiu como se algo pesado estivesse sendo levantado. Ela desviou o olhar da pintura e encontrou os olhos de Esther.

— Achei que poderia ser uma mulher melhor do que Mama, mas me enganei. Estou pior. Eu tive coisas muito melhores do que ela e ainda estou infeliz.

— Sinto muito — Esther disse isso baixinho, apertando as mãos no colo. — Você passou por muita coisa.

O alívio de liberar essas palavras deu lugar a uma sensação avassaladora de tristeza. Balançando e se contorcendo na cadeira, segurando a parte interna das coxas com as duas mãos, Yara percebeu que sua necessidade de chorar era tão repentina que olhou para os joelhos até que passasse. Como ela poderia dizer a Esther que todos os seus anos de culpa por causa de Mama estavam amplificados agora, sentada ali em sua poltrona de couro, com o privilégio de ser ouvida?

— Como sua mãe morreu? — perguntou Esther.

Yara ficou em silêncio. A vontade de se levantar e sair da sala era como uma ferida latejante, mas ela se forçou a permanecer sentada, os pulmões lutando para respirar.

Até hoje ela não sabia o que estava pensando quando ouviu pela primeira vez a notícia da morte de Mama. Na verdade, muito disso ela não conseguia se lembrar. O funeral foi realizado em uma mesquita escura com vitrais, e um imã em uma túnica branca em camadas recitou versos do Alcorão. O caixão foi fechado e permaneceu assim enquanto o baixavam ao centro da terra. A sensação de peso se instalou em seu corpo enquanto ela estava ali, imobilizada pela dor. Então a raiva que sentiu ao ver Baba e seus irmãos se movendo tão facilmente enquanto o corpo de Mama se desintegrava sob eles. A sensação de culpa em seu peito era aguda, intolerável.

— Ela morreu durante o sono, embolia pulmonar — Yara disse finalmente, percebendo que era a primeira vez que deixava as palavras saírem de sua boca. — Há pouco mais de dois anos. Foi inesperado. Eu não tive a chance de me despedir dela.

— Lamento saber disso — Esther disse com uma voz gentil. — Parece que a morte de sua mãe, assim como seu relacionamento com ela, teve um grande impacto em sua vida.

Sentindo-se exausta, Yara fechou os olhos, sentindo as lágrimas arderem em sua garganta. Ela queria que a sessão já tivesse acabado, mas estava grata por Esther estar dando a ela a liberdade de compartilhar apenas o quanto ela estivesse pronta.

Depois de um momento, ela disse:

— Eu bloqueei muito da minha infância, incluindo o quanto ela me machucou. Acho que talvez tenha sido mais fácil, para mim, lembrar dela como a vítima do que lembrar dela me fazendo sentir como se eu não fosse nada.

Ela balançou a cabeça.

— Eu ainda tenho muitos sentimentos conflitantes. Estou chateada com ela por não me mostrar amor, por ter um caso, por não enfrentar Baba. Mas ela também foi uma vítima, sabe? Sofreu muito com meu pai. Como eu poderia ficar chateada depois de tudo que ela passou? Parece tão egoísta e cruel, especialmente quando eu... — Sua voz falhou, e lágrimas correram por seu rosto.

Esther entregou a ela uma caixa de lenços da mesa de centro.

— Não se apresse — ela disse gentilmente. — Posso ver que não é fácil. Você está indo muito bem.

Yara olhou de volta para a pintura, o contorno da ponte contra o céu noturno, camadas aparentemente intermináveis de pinceladas azul-violeta profundas, os discos dispersos de estrelas brilhando em um amarelo quente. Ela pensou na mãe, em como desejava que ela ainda estivesse aqui e em como queria muito ter se despedido.

Era um sentimento estranho, passar de estar zangada com sua mãe para se perguntar por que tinha esperado até que ela se fosse para se aproximar dela, por que não tinha tentado perdoá-la mais cedo.

Sem olhar para Esther, ela disse:

— Acho que o que mais dói, o que tem sido mais difícil de aceitar, é que não sou tão diferente dela. — Yara olhou para o colo enquanto Esther esperava que ela continuasse. — É difícil para mim estar presente com minhas filhas. Eu não sou uma boa mãe. Eu não sou uma boa esposa. Quando paro para pensar na mulher que sou, fico com nojo de mim mesma por ter falhado, como Mama disse que aconteceria. Ela estava certa.

— Sei que esses sentimentos devem ser extremamente desoladores para você — disse Esther. — Mas o que você está descrevendo é uma resposta típica ao trauma. Parece que sua mãe suportou muito sofrimento quando jovem na Palestina e também como jovem, esposa e mãe nos Estados Unidos. Ela pode não ter sido capaz de deixar de passar um pouco disso para você. Ela teve algum tipo de apoio?

Yara balançou a cabeça.

— Não, e acho que ela estava lutando contra uma doença mental. Ela nunca foi a um terapeuta e nunca foi diagnosticada. A questão da saúde mental é estigmatizada em nossa comunidade.

— É muito comum que traumas não curados sejam transmitidos nas famílias, e isso pode ser especialmente forte em minorias étnicas, que frequentemente lidam com mais estigma e discriminação — disse Esther. — Sua mãe foi uma vítima, claro, mas ela também foi uma perpetradora. Ela talvez nem estivesse ciente disso, e seus comportamentos simplesmente espelham o que foi transmitido de geração em geração em sua família. Mais e mais pesquisas mostram agora que os padrões de comportamento que reforçam o trauma não são apenas transmitidos em uma família, mas também através do DNA.

Yara ficou em silêncio. Ela pensou no que Teta disse, em como a tragédia da *nakba* tinha sugado a cor de suas vidas. Ela pensou em Mama vindo para os Estados Unidos para escapar da impotência que sentiu na Palestina, mas sendo incapaz disso. Em como Yara então tentou escapar de sua dor, mas também não conseguiu.

— Mas Mama e Teta tinham motivos para ser assim — ela disse por fim. — Teta cresceu no meio de uma guerra. Mama estava cercada de pobreza e violência antes de vir para este país. Minhas lutas não são nada em comparação.

— Não há hierarquia de dor quando se trata de experiências traumáticas — disse Esther. — Sei que é difícil aceitar que seu sofrimento também é legítimo, mas garanto que é.

Yara agarrou a beirada da poltrona. Ela esfregou os olhos e desviou o olhar, controlando a vontade de colocar o rosto entre as mãos e chorar como uma criança.

— Ou talvez Mama estivesse certa sobre mim. Talvez eu seja apenas uma pessoa má.

— O que te faz pensar que isso é verdade?

Yara abriu a boca, mas não suportou evocar as palavras, muito menos pronunciá-las em voz alta. Em vez disso, com uma risada nervosa, ela contou a Esther sobre a vez em que quebrou a caneca dos Tar Heels de Fadi. Ela contou sobre jogar o telefone do outro lado da sala. Ela contou como quebrou pratos com raiva, como caiu de joelhos como uma criança e se recusou a se levantar depois, não apenas porque estava com muita vergonha do que tinha feito, mas porque seu corpo fisicamente não conseguia se mexer de tão pesado de raiva e nojo.

— Você sempre teve problemas para regular suas emoções? — Esther perguntou suavemente.

Ela assentiu.

— Por muito tempo, pensei que estava sobrecarregada ou lutando para me adaptar ao casamento, tão jovem, e à mudança para longe de casa. Mas, depois do meu incidente no trabalho, o terapeuta queria que eu procurasse um médico para tomar antidepressivos.

— Você decidiu fazer isso?

— Não.

— Por que não?

— Eu cresci não acreditando em remédios. Mas agora estou começando a perceber que é mais do que isso. — Ela encontrou os olhos de Esther. — Eu não confiava em William para me dizer o que fazer com meu corpo. A última coisa de que eu precisava era receber ordens de um homem branco. Durante toda a minha vida mandaram em mim e não adiantou muito.

— O que ele achou que você tinha?

— Depressão e ansiedade.

— Você acha que é um diagnóstico preciso?

Yara parou para pensar.

— Eu me sinto ansiosa às vezes, e alguns dias fico deprimida. Mas eu não sei. Na maioria das vezes, sinto que sou péssima em ser uma pessoa, que estar viva é realmente difícil.

— Pode me falar mais sobre isso?

Yara riu nervosamente.

— Eu me sinto insegura em meu próprio corpo, como se ele estivesse me prendendo de alguma forma — disse ela, mordendo a parte interna da bochecha. — Sinto que estou constantemente em guerra comigo mesma, como se houvesse algo ruim dentro de mim tentando sair. — Ela parou de repente, sentindo falta de ar. — A sensação é tão intensa e envolvente que é difícil explicar com clareza.

— Você está explicando bem — disse Esther. — Sinto muito em saber como tudo foi difícil para você. Você conseguiu tudo isso sozinha todos esses anos, e é preciso muita força para isso.

Yara respirou fundo e olhou novamente para a ponte do Brooklyn estendida sobre o rio. Ela pensou em seus pais de pé, na margem, olhando para a água. Ela os viu parados ali, incapazes de passar para o outro lado. Mama e toda a sua solidão. Baba e sua raiva. Embora tivessem deixado a Palestina em busca de uma vida melhor, passaram a vida inteira presos emocionalmente, afogados em sua dor não reconhecida, até que finalmente ela escorreu deles para ela. Se Yara se sentia assim, então como eles devem ter se sentido? Baba chutando uma bola de futebol nos campos de refugiados, Mama colhendo azeitonas em um jardim que seria queimado em poucos anos, uma terra que seria arrancada deles. Em seguida, vindo para os Estados Unidos, um lar que nunca seria um lar. Eles passaram a vida inteira sofrendo, incapazes de encontrar uma solução, e a tristeza deles acabou se tornando dela. Mas agora ela entendia. Talvez ela pudesse mudar seu destino antes que fosse tarde demais. Talvez ela pudesse impedir que isso acontecesse com suas filhas.

Ela assentiu com a cabeça e disse:

— Quero me consertar.

— Quero que você pense em reformular isso — disse Esther. — Você não está quebrada. Não há nada para consertar. Você está sofrendo. O que você precisa é se curar, e posso garantir que já vi muitas pessoas fazerem isso e levarem vidas muito mais felizes. Você gostaria disso?

— Sim — disse Yara, sentindo as lágrimas escorrendo pelo rosto.

— Gostaria de começar esse processo ajudando você a fazer amizade com as sensações de seu corpo — disse Esther. — O primeiro passo é tomar consciência dessas sensações e da maneira como você responde ao mundo ao seu redor. Você pode aprender a fazer isso observando e descrevendo as sensações físicas em seu corpo quando ele é acionado. Pode tentar isso quando for para casa hoje?

Ela inspirou e expirou lentamente.

— Sim. Vou tentar qualquer coisa.

— Ótimo. Vou agendar uma sessão para você e nos vemos na semana que vem.

Yara se levantou de seu assento, enxugando o rosto. Ela queria abraçar Esther, mas apenas apertou sua mão e disse:

— Obrigada.

· 45 ·

Quando ouviu a chave de Fadi na porta naquela noite, Yara percebeu sensações subindo por seu corpo, começando por um estremecimento por causa do som. No corredor, recuou em passos vacilantes enquanto ele se movia em sua direção. Ao seu redor, cada ruído parecia mais alto, cada fonte de luz ampliada. Ele estava dizendo algo enquanto subiam juntos as escadas, mas ela não conseguia ouvi-lo. Em sua cabeça, repassou a conversa que teriam, todas as diferentes maneiras que o marido poderia reagir se ela dissesse que tinha ido ver uma nova terapeuta. Ficaria orgulhoso? Aliviado? Ela ensaiou as palavras enquanto colocavam as meninas na cama, seus joelhos moles quando se inclinou para dar-lhes um beijo de boa-noite.

Só por hoje, Yara decidiu entrar no banho com ele, esperando que isso fosse aliviá-la de sua tensão. No chuveiro, fechou os olhos e passou o rosto na água quente. Ela não falou, mas Fadi também estava quieto, com um olhar distante. Ele passou uma bucha no peito, esfregando com força, depois lavou o cabelo, olhando fixamente para o ladrilho do chuveiro. Os momentos pareciam uma eternidade enquanto a água rugia entre suas orelhas.

De volta ao quarto, Fadi pegou o telefone e seus dedos tremiam enquanto ele digitava. Ele não pareceu notar que ela o observava, e cresceu a sensação incômoda dentro dela. Yara sentiu como se algo o estivesse incomodando esta noite, podia sentir isso em seus movimentos inquietos. Mas talvez fosse apenas porque ela estava mais consciente das sensações em seu corpo e, por extensão, no dele.

Ela terminou de se secar, seu corpo contraindo e relaxando, então foi para a cozinha preparar os pratos do jantar. Enchendo um copo com água, pensou em sua sessão com Esther, como parecia que ela finalmente tinha o começo de uma explicação para a tristeza que manchara toda sua vida. Quando voltou para o quarto, Fadi estava sentado na cama e abriu seu laptop, algo que raramente fazia à noite. Ele não estava vestindo uma camisa, e ela notou uma tensão em seus ombros, apertando a mandíbula, mas ele não pareceu notar que ela estava ali. Lentamente, ela colocou os pratos em suas respectivas mesinhas de cabeceira, mas quando se aproximou dele na cama, ele se assustou e fechou o laptop.

— Tudo bem? — ela perguntou.

Ele pegou o prato e colocou o computador na mesinha de cabeceira, evitando os olhos dela.

— Sim, só estou com fome.

Na cama, sentaram-se encostados na cabeceira com os pratos quentes no colo. Fadi pegou o controle remoto e encontrou um episódio de *Grey's Anatomy*. Enquanto ele olhava fixamente para a tela, ela se imaginou lhe contando sobre Esther, e então a expressão no rosto de Fadi depois que ele largasse o controle remoto e se virasse, os olhos brilhando de compaixão em sua direção. Mas ele apenas olhava fixamente para a frente, absorto na história que se desenrolava na tela, e o suor se formava em suas têmporas enquanto mastigava.

— Ah, quase esqueci — disse Fadi, pausando o programa. — Meus pais vêm jantar amanhã.

O coração de Yara afundou.

— Amanhã? Assim, em cima da hora?

Ele deu uma garfada e mastigou lentamente.

— Eu sei — disse ele. — Mas minha mãe se convidou e eu não pude recusar. O que mais você teria para fazer?

O edredom estava enrolado em volta dela, e ela o alisou com dedos trêmulos. Se Fadi tivesse feito esse comentário em qualquer outra noite, ela teria explodido, com as mãos nos quadris, pronta para atacar. Mas, esta noite, notou as sensações em seu corpo como se as estivesse sentindo pela primeira vez: a forma como seu rosto começou a endurecer quando ele a olhou; o fluxo instantâneo de sangue em sua garganta, como se fosse vomitar; o súbito suor frio em sua testa, maçãs do rosto e nariz; o formigamento nos braços e nas pernas. Seus olhos ardiam e ela os fechou. Ela contemplou descarregar o que aconteceu em sua sessão e soluçar em seu peito como uma criança. Em vez disso, disse que estava cansada, e se virou e foi dormir no meio do episódio, não querendo acordar nunca mais.

✻

— Você ainda não terminou de cozinhar? — disse Nadia, olhando os pratos no *sufra*. Seu cabelo estava recém-tingido com hena vermelha, e ela passou os dedos por ele.

Yara andava pela cozinha em uma correria, ofegante, parando apenas para responder às perguntas da sogra. Ela tinha passado o dia em frenesi. Depois de deixar as meninas de manhã, voltou para casa e limpou todas as superfícies da cozinha, passou o aspirador no chão e tirou o pó dos lustres. Em seguida, temperou um frango inteiro com cardamomo, feno-grego e açafrão, antes de colocá-lo em uma cama de cenouras e batatas e levá-lo ao forno. Foi só depois de buscar as filhas na escola, apressar o dever de casa de Mira e Jude e levá-las ao treino de futebol que ela conseguiu preparar o resto do jantar: cuscuz de alho, *shakshuka* e salada de pepino.

— Estou quase terminando — disse Yara, evitando o peso do olhar de Nadia. Ela acrescentou limão e tahine a uma tigela de pepinos em cubos, deixando toda a sua frustração se dissolver enquanto os misturava.

— Não parece — disse Nadia.

Ela desejou ter dito não para aquela visita dos sogros. A última coisa que queria era falar com qualquer outro ser humano, muito menos com Nadia. Yara não se sentia preparada para lidar com seu tom condescendente, e tudo o que desejava era se sentar sozinha e reprisar sua sessão com Esther.

— Tem certeza de que não precisa de ajuda? — disse Nadia, arregaçando as mangas e dando um passo em sua direção. — Eu vou...

— Não, obrigada — Yara disse bruscamente. — Está tudo bem.

Nadia olhou para ela com os olhos arregalados.

— Sem problemas, então.

Do lado de fora da janela da cozinha, Yara viu Mira e Jude jogando bola com Fadi e o pai dele. Ela limpou a garganta e encontrou os olhos de Nadia.

— Por que você não fica com o pessoal até o jantar estar pronto?

✻

À mesa, Yara mal dizia uma palavra. O lustre estava muito brilhante, e ela olhava fixamente para o prato, torcendo os dedos nas tiras do avental para se distrair. Ao seu redor, as vozes de Fadi e dos pais dele soavam muito distantes. De vez em quando as meninas chamavam seu nome, e ela se inclinava para encher seus pratos, aliviada por ter algo para fazer. Estava mais consciente das sutilezas do ambiente: Nadia enfiando comida na boca, Fadi se mexendo na cadeira sempre que o pai lhe fazia uma pergunta, a sua própria pele queimando sempre que alguém a olhava. Parecia que a tensão na sala vibrava dentro de si enquanto ela mastigava a comida lentamente, respirando lenta e profundamente.

Sentada ali, entendeu por que Esther queria que ela prestasse atenção em seu corpo. Muitas vezes sentiu-se tensa e pesada, como se algo a pressionasse por todos os lados, mas nunca tinha notado com clareza essas sensações individuais enquanto elas aconteciam. Agora podia sentir que elas estavam vindo de algum lugar dentro de si, em vez de chegarem aleatoriamente de fora. Ainda podia ser culpa dela, mas pelo menos sabia mais sobre o porquê de se sentir daquele jeito. Agora não era mais um mistério para si mesma, a dor em seu corpo não era mais um quebra-cabeça a ser resolvido.

Por volta das dez, depois de terminarem o jantar, de beberem *chai* e de Yara pedir licença para colocar as meninas na cama, Nadia e Hasan, enfim, foram embora.

— O jantar foi ótimo esta noite — disse Fadi quando ela desceu as escadas para encontrá-lo de pé sobre a panela de cuscuz, usando uma colher de pau para dar outra bocada. — Sério, estava muito bom — disse ele, com a boca cheia.

— Obrigada — Yara disse, e então foi até a pia e começou a lavar a louça.

Em certo momento, ele trouxe a panela vazia para ela, colocando-a na pilha de pratos sob a água corrente.

— Não sei como você faz isso — disse ele. — Parece mágica.

— Obrigada — ela disse secamente.

Ele ficou parado por um momento, franzindo a testa, então pegou um copo d'água e foi para o quarto. Quando ela ouviu a TV ligando, suspirou. Seu rosto endureceu enquanto ela examinava a sala, vendo que os balcões ainda estavam uma bagunça. Fechou a torneira e foi para a porta do quarto.

— Você pode me ajudar a limpar, Fadi?

— Ah, não — ele disse sem tirar os olhos da tela. — O jogo começou e estou exausto.

Ela enxugou as mãos no avental.

— Eu também.

— Bem, eu trabalhei o dia todo.

Seus pulmões agora lutavam para respirar.

— Sério?

Ele jogou o controle remoto no edredom e balançou as pernas para o lado da cama. — Tudo bem, tudo bem. Vamos limpar.

— Olha, Fadi, não é isso que eu quero.

— Você acabou de dizer que queria que eu te ajudasse.

— Não assim.

Ele suspirou, balançando a cabeça.

— Por que você sempre começa brigas sem motivo?

A franqueza dessa pergunta e a visão de seus olhos redondos a fizeram querer chorar. Com uma mão pressionada contra a boca, ela disse:

— Fui ver uma nova terapeuta.

— Verdade? — disse ele, ainda na beira da cama. — Isso é bom.

— Ela acha que tenho algum trauma não curado.

— Trauma?

Ela fez uma pausa, e o silêncio no quarto era tão alto.

— Ela acha que é por causa do que aconteceu quando eu era mais jovem. Você sabe, com meus pais.

Fadi revirou os olhos.

— Você não acha isso muito dramático? Quem você conhece que não teve uma infância de merda?

Em sua expressão, ela viu condenação e julgamento, e sentiu uma onda de vergonha.

— Eu sei, mas ela disse que isso pode explicar por que às vezes eu ajo dessa maneira quando eu...

— Ah, vai, isso não é desculpa — interrompeu Fadi. — Você acha mesmo que é a única com problemas? Meu relacionamento com meu pai é ruim o suficiente para encher um livro de psicologia, e não saio por aí perdendo a cabeça. Não dá para você simplesmente culpar seus pais quando sua vida não está indo do jeito que você quer.

Ela cerrou os punhos com tanta força que suas unhas poderiam ter tirado sangue.

— Mas você nunca reconhece como me sinto ou o que passei.

— Viu? Esse é o seu problema. Você acha que o mundo inteiro gira em torno de você. Seu comportamento sempre foi diferente, Yara. Isso não é culpa de ninguém, só sua.

— Para com isso! — Ela podia sentir sua mandíbula apertando. — Estou tentando melhorar, mas você não está ajudando.

— É sério isso? Então agora a culpa é minha?

— Não é isso que estou dizendo.

Ele a encarou. Ela nem sabia dizer o que queria naquele momento, se a compreensão dele ou a capacidade de perdoá-lo por ser tão cruel. Dando um passo em direção à cama, ela disse:

— Eu me sinto completamente sozinha.

— Você age como se eu tivesse saído a noite toda para ficar bêbado e trepar — disse Fadi, levantando-se do colchão e dando um passo em direção a ela. — Estou me arrebentando para que você possa viver assim... — Ele acenou com as mãos ao redor do quarto. — Para que você tenha uma bela casa e um carro chique e possa ser demitida sem ter que se preocupar. — Ele deu mais um passo e ela recuou, pressionando o corpo contra o batente da porta. — Você acha que eu não me sinto sobrecarregado? Quem recebe as contas todo mês sou eu! Quem paga tudo sou eu! Fala para mim, quem vai fazer isso se eu ficar em casa com você, limpando a cozinha o dia inteiro?

Se afastando, ele balançou a cabeça em negação.

— Eu sei que nunca vou ganhar o suficiente para sustentar esta família — disse ela. — Mas eu não sou uma de suas filhas. Você age como se eu fosse desmoronar se não fosse por você.

— A verdade — ele disse, e ela abriu os olhos para ver desgosto em seu rosto — é que você iria sim.

Ela correu para a mesa de cabeceira, com o corpo vibrando de raiva, e agarrou o copo de água de Fadi. Ela apertou os dedos ao redor da xícara, mas, antes que pudesse arremessá-la contra a parede, ela parou. Quebrá-lo não aliviaria a raiva que ela sentia por dentro.

Ela pousou a xícara.

— Você é uma louca — disse Fadi enquanto ela entrava no closet e fechava a porta atrás de si.

Na escuridão, ela caiu de joelhos e se encolheu, sentindo o pânico e a vergonha se instalando. Não sabe quanto tempo ficou ali, mas quando finalmente se levantou do chão, seu crânio zumbindo, a porta do quarto ainda estava fechada.

Silenciosamente, espiou e encontrou Fadi na cama, dormindo.

As persianas estavam tão fechadas que nenhuma luz entrava no ambiente. Ela subiu na cama, puxou as cobertas sobre o corpo e piscou na escuridão. Por que parecia que não importava o quanto tentasse, as coisas só iriam piorar? Ela fechou os olhos e ficou ali ouvindo sua respiração. Esther validou seus sentimentos, até mesmo lhe deu esperança de uma solução. Mas, em uma breve conversa, Fadi conseguiu acabar com essa esperança. Como poderia se curar quando a pessoa que deveria estar mais próxima dela não reconhecia sua dor?

Ela pressionou o rosto no travesseiro e chorou. O que deveria fazer? Se ela se divorciasse de Fadi, arruinaria sua vida, a vida de suas filhas. Ela sabia disso, ouvia isso desde criança. Só agora, no silêncio do meio da noite, via o futuro deles juntos. Ela permaneceria nesse caminho com ele, dando voltas e voltas até o fim dos tempos. Chegando a lugar nenhum, tornando-se ninguém.

Ela não tinha certeza de como seria sua vida se deixasse Fadi, mas agora tinha certeza do que aconteceria se ficasse. Passaria a vida sob o peso de sua dor não reconhecida e, quando não pudesse mais suportá-la, faria o possível para acalmá-la, mesmo que isso significasse ferir as pessoas ao seu redor. Yara sentiu seu corpo vibrar de vergonha com o pensamento. Podia ver suas filhas crescendo e se sentindo do jeito que ela tinha se sentido, como uma presença monótona e misteriosa que elas nunca poderiam acessar. Pela primeira vez, o futuro delas ficou claro, preso atrás das faíscas de um mau-olhado, um filtro de tristeza manchando tudo o que elas conheciam. Não foi assim que ela viveu todos esses anos, olhando o mundo através de lentes distorcidas, sempre com medo? Yara não podia fazer isso com elas. Na escuridão, tudo se tornava muito claro: talvez a maneira de não seguir o caminho de Mama não fosse mudar o casamento, mas deixá-lo.

· 46 ·

— Tenho pensado em deixar meu marido — disse Yara a Esther durante a sessão seguinte. Ela precisava falar isso a alguém, para não desistir e mudar de ideia.

Yara e Fadi não se falavam desde a briga, andando pisando em ovos em casa, de cabeça baixa, mas no dia anterior ele tinha enviado uma mensagem para ela com uma foto de família que eles tiraram em Asheville, na primavera anterior. Os quatro estavam juntos na varanda de um chalé, com as montanhas azuis ao longe, Mira em um vestido rosa brilhante com flores brancas, Jude sorrindo loucamente para a câmera para mostrar seu dente faltando, Yara e Fadi com os braços em volta delas, com risos em seus rostos. O que a foto não revelava, mas ela lembrava claramente, era a sensação dentro de seu corpo. Não mostrava sua confusão de pensamentos, a culpa que sentia por ser uma mãe ruim, a discussão que tivera com Fadi mais cedo naquele dia, a tensão em seu rosto enquanto representava a felicidade. Tudo na foto era mentira, uma história higienizada para fazê-la se sentir melhor consigo mesma.

E, no entanto, olhando para os rostos cintilantes de suas filhas, ela foi tomada por uma torrente de lágrimas. Mesmo que conseguisse partir, poderia se arrepender de ter desmantelado tudo o que tinha construído com Fadi.

— Está claro que a culpa tem sido uma força decisiva em sua vida — disse Esther quando Yara articulou tudo isso. — Existe mais alguma coisa prendendo você?

— Bem, a logística do divórcio, para começar — disse Yara, acomodando-se ainda mais em seu assento.

Para começar, ela nunca morou sozinha. Baba cuidou dela quando criança e Fadi assumiu o lugar dele quando se casaram. Ele estava encarregado de suas finanças desde o dia em que se casaram. Ela se sentiu sobrecarregada com a ideia de morar sozinha, ganhar dinheiro e manter um orçamento. Sem mencionar o quão sozinha ela estaria no mundo. Baba a deserdaria. Os pais de Fadi provavelmente nunca mais falariam com ela. Toda a sua comunidade, tal como era, a veria como um fracasso, uma desgraça.

Mas pelo menos ela não era impotente como Mama tinha sido. Pelo menos ela teve o privilégio de estudar, pelo menos ela nasceu em um país que protegia os direitos das mulheres e sabia o básico sobre como navegar o cotidiano, ao contrário de sua mãe, que enfrentou a barreira linguística, a cultura e o medo.

— Parece que você tem muito a considerar aqui — disse Esther. — Eu sei que você mencionou que deixou seu emprego há alguns meses. Você seria capaz de sustentar suas filhas?

— Sempre dá para encontrar trabalho. — Ela balançou a cabeça, rindo baixinho para si mesma. — Quando eu estava conhecendo pretendentes para o casamento, insisti em fazer uma faculdade porque queria me proteger caso isso acontecesse. Eu não queria ser como Mama, presa em um casamento sem amor porque não conseguia se sustentar. Eu estava me preparando para o pior, eu sei, mas pelo menos consegui fazer algo certo.

— Então, o que está prendendo você agora? Do que você tem medo?

De repente, Yara se sentiu exausta com tudo aquilo. Ela não foi a primeira mulher na história a querer o divórcio e se descobrir despreparada para viver sozinha, a acordar e perceber que tinha passado anos de sua vida vivendo passivamente com medo. Mas não era apenas Baba ou seus sogros ou a dificuldade de montar uma casa sozinha.

— Acho que o que mais me assusta é a possibilidade de tomar a decisão errada e machucar minhas filhas. — Yara mordeu o lábio, sentindo os olhos arderem. Esther esperou que ela continuasse. — Tem muita coisa que pode dar errado, e não é culpa delas que me tenham como a mãe que sou em vez de uma pessoa normal. E se elas acabarem me odiando por deixar o pai delas? E se eu passar meu trauma para elas? É tudo muito exasperante quando penso nisso. Imagino que esse seja o tipo de pensamento que Mama também teve. — Ela balançou a cabeça. — Eu quero ser corajosa e tomar as decisões certas, mas parece que não importa o que eu faça, elas ainda vão sofrer.

Esther assentiu.

— Transmitir traumas não resolvidos é um medo comum entre meus pacientes — disse ela. — É uma preocupação legítima, esteja você considerando o divórcio ou não. Traumas da infância é algo tão profundo que mesmo os pais com as melhores intenções podem transmiti-los de geração em geração.

Yara sentou-se muito quieta e sentiu uma nova onda de lágrimas escorrer por suas bochechas. Ela enxugou o rosto com as costas das mãos e as deixou cair de volta no colo.

— Sei que tudo isso parece muito assustador — disse Esther. — Mas é possível quebrar o ciclo, mesmo que pareça muito difícil no momento.

Ela olhou para o chão.

— Como faço isso?

— Você já deu o passo mais importante, vindo aqui e conversando com alguém sobre isso — disse Esther. — Estar ciente de como seu passado afeta sua maternidade exige uma coragem tremenda. Isso significa que você está pronta para fazer seu próprio trabalho de cura e lidar com o trauma de sua família. Posso ajudá-la a examinar seu passado em busca de sinais de trauma, para que você não passe sem querer suas feridas emocionais para suas filhas. Você não terá que fazer isso sozinha.

Yara levou a mão às costelas, sentindo o peito inflar. Ela queria ser melhor, e como queria fazer as coisas de maneira diferente, mas a mudança não aconteceu a partir de um único reconhecimento, um único passo na direção certa. Foi confusa, a coragem veio e se foi, passos dados para a frente e depois para trás. Era bravura misturada com medo. Ela sabia disso, e sentia tão profundamente dentro de si mesma neste momento que parte dela conhecia as respostas certas, mas outra parte não estava pronta para reivindicá-las.

— Sei que o futuro é assustador e incerto — disse Esther. — Mas e o tanto que você se sente sozinha agora? Não te amedronta? Tem certeza de que a alternativa é mesmo pior?

· 47 ·

Ela decidiu que iria vender suas pinturas. Se planejava deixar Fadi, precisaria de uma nova renda. Em casa, tirou fotos das pinturas feitas no mês anterior e as postou no Instagram. Então colocou uma tela em branco no cavalete, dissolvendo sua excitação e medo nas voltas e espirais brilhantes.

— Elas são incríveis — Silas disse a Yara uma tarde.

Eles estavam almoçando com Josephine, que tinha pedido a Yara que trouxesse alguns de seus quadros.

Usando pinceladas ousadas e dramáticas, Yara pintou imagens de sua infância na Palestina: um caramanchão envolvendo um telhado com uma parreira, vasos de flores bem cuidados alinhados à janela, as folhas de uma oliveira. Em alguns dias ela desenhava com lápis, giz preto e carvão. Em outros, usava uma paleta de amarelos, laranjas, verdes e azuis. Outras vezes ela espremia a tinta do tubo diretamente na tela. Ela queria capturar tudo: campos de trigo, o sol amarelo, oliveiras, árvores floridas.

— Posso comprar um? — perguntou Josephine.

— Muito gentil da sua parte — disse Yara, com o rosto caloroso. — Mas você não precisa fazer isso.

— Claro que não preciso — disse Josephine. — Mas eu quero um.

Yara tinha certeza de que seu rosto denunciava seu constrangimento. Ou era espanto? Ela colocou a mão contra o esterno, uma sensação expansiva em seu peito.

— O que eu quero é este aqui — disse Josephine, apontando para uma pintura da pequena aldeia de Yaffa com uma lua brilhante. — Gostaria que exibisse alguns outros no meu escritório de recrutamento? — ela sugeriu. — Pode te ajudar a ganhar alguma exposição.

— Eu adoraria — disse Yara e, sem pensar, inclinou-se para abraçar Josephine. — Obrigada por ser tão gentil comigo.

Um mês se passou desde que ela levantou a ideia do divórcio com Esther e, embora tivesse caído em uma nova rotina, pintando de manhã depois de deixar as meninas na escola, ainda não tinha contado a Fadi que pretendia deixá-lo. Esther a encorajou a manter o diário, como uma forma de continuar descobrindo seu eu autêntico e de enfrentar seu medo de confrontá-lo. Assim, todas as noites após o jantar, enquanto Fadi assistia a suas séries, Yara se retirava para a marquise para escrever. Ela pegava seu diário, abria-o sobre a mesa e sentia a cada palavra escrita que estava mais perto de entender como tinha se tornado a mulher que era agora. Ela podia ver como estava vivendo em uma caixa em que não cabia mais, as histórias e paradigmas de seus pais pesando sobre ela, e como era difícil para ela excluí-los, quebrar o hábito e ir embora por um caminho próprio. Mama já tinha chegado tão perto de deixar Baba? Ela esperava que a cartomante sugerisse que ela poderia ter um futuro diferente? Que não estava destinada a tal miséria?

Yara percebeu que tinha algo que sua mãe não tinha, além de seu trabalho ou educação: ela tinha apoio, e mesmo que tivesse que se forçar a aceitá-lo, ele estava lá agora. Em Esther. Em Silas. Em Josephine. Ela tinha amigos e, entre eles e seus novos rituais de pintura e escrita, era quase o suficiente para reunir coragem e agir.

✻

— Tenho pensado em uma coisa ultimamente — Silas disse a ela uma tarde enquanto eles penduravam uma nova pintura (uma mulher colhendo azeitonas) no escritório de Josephine. — Desde que isso me ocorreu, na verdade, estou maravilhado.

Ele parou por um momento, e Yara esperou, ansiosa para ouvir o que ele diria.

Silas se afastou da pintura dela e, enquanto a olhava, detalhou tudo o que sabia sobre ela, capítulo por capítulo, os principais acontecimentos de sua vida, como se estivesse contando a história de uma estranha. Ele descreveu como ela foi criada por pais que mal falavam inglês, em um país estrangeiro. Como por doze anos ela foi para uma pequena escola particular só para meninas, protegida do mundo que a cercava. Como em casa observava sua mãe cozinhar e limpar, seu pai trabalhar e pagar contas, e a mãe engolindo a própria resistência. Como a primeira vez que ela saiu de casa sem os pais foi para ir à primeira aula da faculdade, Introdução à Filosofia. Como deve ter parecido impossível que alguém como ela algum dia pudesse fazer algo significativo ou causar impacto em outras pessoas. Como aos dezenove se casou com alguém depois de vê-lo duas vezes. Depois se mudou, tendo como únicas habilidades que adquiriu ao longo de dezenove anos: cuidar de uma casa e seguir as regras. Então engravidou alguns meses depois. Como aos vinte anos estava aprendendo o que significava ser mãe quando ainda não tinha aprendido o que significava ser uma pessoa. Como ela ainda conseguiu permanecer e se formar na faculdade, apesar disso. Como ela estava cuidando de suas filhas, de Fadi, de sua casa, ao mesmo tempo que tentava se fortalecer. O que ela era agora, aquilo que apenas sonhava em se tornar, uma artista.

— Você não percebe? — Silas disse quando terminou. — Com tantos obstáculos em seu caminho, olha o que você fez. — Ele indicou para a pintura e olhou para ela. — Isso requer muita coragem e força, sabia? Estou maravilhado com você.

Yara não disse nada. Ela ficou chocada por alguém enxergá-la dessa maneira. Era um espanto ser reconhecida assim, descrita daquele modo.

— Você bem pode ser a pessoa mais corajosa que já conheci — disse Silas agora.

— Obrigada — Yara conseguiu dizer, a voz tremendo enquanto as lágrimas rolavam em suas bochechas. — Eu não tinha pensado por esse lado.

· 48 ·

No final do mês, Yara tinha vendido catorze pinturas. Quando ela contou o dinheiro que ganhou, não conseguia acreditar. Era consideravelmente mais do que seu salário mensal na faculdade. Tudo aquilo enquanto fazia algo de que gostava? Parecia bom demais para ser verdade. Ela passou o dedo na corrente do colar, sorrindo, e soube: era hora de ir adiante.

Naquela noite, em casa, enquanto fervia arroz temperado em uma panela, os aromas de alho e cominho ao seu redor, teve uma lembrança de Teta, uma em que ela não pensava havia anos. Elas estavam agachadas em frente ao forno *tabon*, o fogo aberto aquecendo suas peles. Enquanto sovavam bolas de massa entre as palmas das mãos, Teta contou sua história da *nakba*:

— Aquele momento foi o fim de nossa vida como a conhecíamos — disse ela, com lágrimas nos olhos. — Num só instante, como se fosse um feitiço lançado, nossa vida foi dividida em um antes e depois. Todo um povo condenado a uma vida de exílio e desenraizamento. Uma maldição ininterrupta por mais de cinquenta anos.

Já se passaram mais de setenta anos, pensou. *Uma vida inteira.*

Yara agarrou a alça da panela, olhando para o vapor preso sob a tampa. Sua mãe e avó sempre se sentiram assombradas pela maldição do passado, e ela também, se continuasse assim, sua mente presa olhando para trás, presa por essa dor antiga. Mas ela não iria mais viver assim.

Ela tirou o arroz do fogão antes de subir para o quarto das filhas. Da porta, observou Mira e Jude construindo um castelo com peças de montar no chão e enxugou uma lágrima solta.

— Venha brincar conosco — disse Mira, e Yara deu alguns passos para dentro do quarto.

Jude entregou a ela um punhado de blocos e disse:

— Quer sentar do meu lado?

Yara assentiu e ocupou um lugar no tapete ao lado dela. Talvez tivesse perdido o emprego, arruinado o casamento e perdido a mãe sem se despedir, mas não decepcionaria as filhas.

Durante a hora seguinte, as três construíram torres altas e coloridas, rindo enquanto as desmontavam e recomeçavam. Yara sentou-se muito perto delas, passando os dedos pela trança de Mira e penteando os cachos selvagens de Jude, impressionada com a beleza delas. Observando-as, lembrou-se de ser grata por esta vida, pela chance de melhorar.

Quando Fadi voltou para casa, Yara estava lendo uma história para as meninas dormirem. Quando ele entrou para colocá-las na cama, as meninas riram e se esconderam sob as cobertas. Yara saiu, mas ainda podia ouvi-lo no corredor:

— Por favor, meninas, esta noite não — disse Fadi. Ele continuou olhando para o telefone, franzindo a testa. As meninas não paravam de rir, mesmo depois que ele apagou a luz. — Eu não tenho tempo para isso agora — disse ele bruscamente, saindo do quarto. — Vão dormir.

No andar de baixo, Fadi se despiu em frente ao espelho do banheiro enquanto Yara se sentava na beirada da cama. Ele estava de costas para ela, mas em seu reflexo ela podia ver sua expressão de sofrimento.

— Está tudo bem? — ela perguntou.

Ele balançou a cabeça, desafivelando o cinto.

— Não.

— O que aconteceu?

Sem erguer os olhos, ele disse:

— Acabei de largar meu trabalho.

Ela olhou para o reflexo dele.

— O que você quer dizer com largar? Você é o dono do negócio.

— Eu briguei com Ramy e desisti da minha metade.

— Você desistiu de metade do seu negócio?

Ele franziu a testa, respirando pela boca. Algo, talvez a maneira como ele estava de costas para ela enquanto falava, a fez pensar que não era bem essa a história.

Ela se levantou da cama e parou na porta do banheiro.

— O que aconteceu?

Ele olhou para o reflexo dela no espelho, em seguida desviou o olhar, tirando as calças.

— Tivemos um desentendimento sobre uma de nossas contas. Não quero falar disso. Melhor assim.

— Eu não entendo — disse ela, olhando para ele. — Você está construindo seu negócio há anos. Por que você desistiria de tudo?

— Estou pronto para algo novo — disse ele, tirando a camisa. Olhando para trás, para ela, ele disse: — Achei que você ficaria feliz. Você está sempre reclamando sobre o quanto eu trabalho. Como não podemos viajar e tudo mais.

— Mas desse jeito? Não faz o menor sentido.

— Que merda! — disse ele, balançando a cabeça. — Por que tudo tem que fazer sentido para você?

Ela percebeu que seu corpo estava contraído, sua respiração presa.

— Não sei. Isso simplesmente não parece certo.

— Nada nunca parece certo para você.

Por um momento ela ficou quieta. Talvez nada estivesse errado. Talvez essa fosse sua visão distorcida das coisas.

— Desculpe — ela finalmente disse. — Só queria entender o que aconteceu.

— Sinceramente, não sei o que dizer a você — disse ele, abrindo a porta do chuveiro. Ele ainda estava de cueca, inclinando-se para dentro para abrir a água. — Ramy e eu discutimos. Ele me acusou de não trabalhar tanto quanto ele. Mas tenho estado tão ocupado me preocupando com você e tentando chegar em casa na hora, então perdi meu trabalho. É isso que você queria ouvir?

— Você está falando sério? — Yara perguntou. Ele realmente andava tão preocupado no trabalho? Distraído com o que estava acontecendo com ela? — Eu não sabia. Quero dizer, você deveria ter me dito que eu estava causando problemas para você no trabalho.

— E depois? — Fadi testou a água, para ver se estava morna. — Eu não queria que você pensasse que foi sua culpa. Mas tem sido muito difícil me concentrar, Yara. Então foi melhor assim.

Cada momento de clareza e alívio que ela sentiu em suas sessões com Esther abandonaram seu corpo de repente. Ela deixou o corpo pesar na moldura da porta. É claro, é claro, todas aquelas insatisfações dela, as reclamações, a pressão para viajar. Ele estava preocupado com isso porque se importava. Ele se importava com ela.

— Sinto muito — disse ela. — Eu não sabia.

— Não é o fim do mundo — disse ele, franzindo a testa. — Tenho uma boa quantia de dinheiro economizado e há muitas coisas que posso fazer para trabalhar. Vou começar a procurar emprego amanhã.

Yara manteve o corpo imóvel, controlando a vontade de chorar enquanto o vapor enchia a sala e penetrava em sua pele.

— Tudo vai ficar bem — disse Fadi do outro lado do vidro.

Mas ela sabia que não era o caso.

Na cama, quando Fadi já estava adormecido, ela olhou para o teto muito depois de ouvir a respiração dele diminuir, indicando que tinha adormecido. Ela mordiscou o interior da bochecha, tocando seu colar. Como poderia deixar Fadi agora? Não importava o quanto ela corresse ou o quanto tentasse. Coisas ruins sempre aconteceriam e sempre seriam sua culpa. Ela nunca seria capaz de se livrar da maldade dentro de si. Mama sussurra em seu ouvido: *Uma vez amaldiçoada...*

· DIÁRIO ·

— Ela trouxe um homem enquanto você estava fora — diz o proprietário a Baba assim que ele volta da Palestina, com as malas ainda não desfeitas.

Eu os observo no final do corredor, a cor desaparecendo do meu rosto. Baba inclina a cabeça para olhar para mim, sua expressão se enchendo de algo que não reconheço totalmente.

— Yara — ele diz quando o proprietário volta para dentro de seu apartamento e fecha a porta. — Venha aqui.

Atravesso o corredor e desço dois lances de escada com ele até chegarmos do lado de fora. O sol queima meu rosto e seguro minha mão para bloquear a luz amarela, apertando os olhos. Acima de mim, as nuvens parecem listras de tinta branca sobre uma tela azul leitosa. Eu era tão jovem.

Desde aquele dia, eu estava tendo pesadelos em que caía num céu de nada, mas a queda parecia nunca ter fim. Mesmo quando acordei, meu corpo ainda estava caindo.

Baba se agacha para me olhar nos olhos.

— Sua mãe trouxe outro homem aqui enquanto eu estava fora?

— Não. — Eu olho para o céu.

— Olhe para mim. — Ele abaixa meu queixo com um dedo. — Não é suficiente que sua mãe seja uma sharmouta? Também não preciso de uma mentirosa como filha. Diga-me a verdade.

Meus olhos ardem com as lágrimas e o punho dentro de mim se aperta. Eu não sei se é o seu sorriso deslumbrante, ou o olhar em seu rosto que me leva a fazer isso. Não tenho certeza se é retaliação por todas as vezes em que você não olhou para mim, enojada ao ver meu rosto, mas *neste momento, sob o sol quente da tarde, o suor escorrendo pelo meu rosto, eu conto tudo a Baba.*

Quando Baba bate em você naquela noite, ele não faz nenhum esforço para esconder isso de nós. Meus irmãos enterram o rosto no meu colo enquanto ouvimos os sons vindos da sala ao lado. Meu coração incha no peito até que mal consigo respirar. Tapo os ouvidos dos meus irmãos e canto uma melodia para abafar seus soluços.

— O que você esperava? — você ruge, sua voz dominando a música. — Você ameaça me matar se eu me divorciar de você! Para levar meus filhos embora! Que escolha eu tenho?

Cantarolo a música um pouco mais alto, balançando suavemente para a frente e para trás.

— Você me força a viver uma vida que eu não quero! Esta não é uma vida que vale a pena ser vivida!

Eu começo a cantar. Vê como o oceano é tão grande? A grandeza do oceano é o meu amor por você.

— Você achou que isso me faria te amar? — você grita.

Vê como o céu está tão longe? A profundidade do céu é o meu amor por você.

— Diga-me — você diz. — Você acha que isso faz de você um homem? Estou de pé então, observando você e Baba pela fresta da porta.

— Fiquem na cama — sussurro para meus irmãos, tentando manter minha voz calma. — Está tudo bem. Não se preocupem.

Mas meu coração é um punho na minha garganta. Pressiono meu rosto contra a porta, tentando distinguir as figuras na sala ao lado.

Você está deitado no chão da cozinha, enrolada como uma bola. A sala está iluminada e um pedaço de lua entra pela janela. De repente, Baba aparece, sua sombra rastejando atrás dele. Ele agarra a cadeira da cozinha e a coloca sobre os ombros, sua sombra fazendo o mesmo, como uma gárgula abrindo as asas. Você rasteja de volta, como uma maré diminuindo. Mas Baba se inclina para a frente e bate a cadeira em seu corpo, repetidas vezes, até que ela se torne estilhaços.

— Está tudo bem, está tudo bem — digo aos meus irmãos quando eles ouvem o barulho da madeira contra o osso. — Não se preocupem. É só a televisão. É um episódio assustador, mas vai acabar logo.

· 49 ·

Os dias seguintes se passaram em câmera lenta. Yara demorava demais preparando as meninas para a escola de manhã e fazendo o jantar à noite. Ela se arrastava para o chuveiro antes de Fadi chegar em casa para não ter que tomar banho com ele. Fadi ia de entrevista em entrevista, o dia todo, foi o que lhe contou, pensando em novas ideias para os negócios. O peso de sua culpa não diminuía, e ela colocava as meninas na cama todas as noites sem encará-las, para que não pudessem ver isso em seu rosto. Era uma penitência pensar em todas as formas como as tinha magoado. Ela não conseguia abandonar o passado e agora estava dando às filhas o que teve em sua infância: uma mãe que queria ser melhor, ser feliz, mas não conseguia.

Ela chorou a caminho do consultório de Esther para sua sessão semanal, a dúvida sussurrando em sua cabeça. Yara tinha sido tola, ela se perguntou, ao acreditar que tinha coragem de deixar Fadi para superar a culpa e a vergonha e começar uma nova vida para si mesma? Na sala de espera, inclinou a cabeça para trás contra o sofá, piscando para afastar os olhos úmidos.

— Yara, você está bem? — Esther perguntou quando saiu para buscá-la.

Ela não conseguia encontrar as palavras. Ergueu as duas mãos e cobriu o rosto.

— Não quer entrar?

De alguma forma, conseguiu se levantar do sofá e arrastar seus pés imensamente pesados pela sala. Dentro do consultório de Esther, a luz estava forte demais. Ela afundou em seu assento e baixou a cabeça.

— O que está acontecendo?

— Não posso deixar Fadi.
— Por quê? Aconteceu alguma coisa?
— Ele saiu do emprego. — Ela olhou para o chão, sentindo-se enjoada. — Ele disse que foi por causa de como eu tenho estado ultimamente, dos problemas que tenho dado a ele em casa. — Yara fez uma pausa, levando as mãos à testa, e colocou os cabelos para trás. — Fadi trabalhou tanto construindo seu negócio com Ramy, todos esses anos... Era muito importante para ele. E é minha culpa que ele tenha perdido tudo.
— Posso entender por que você se sente assim — disse Esther. — Mas o que aconteceu com o trabalho de Fadi não é sua culpa.
Yara balançou a cabeça.
— Não é verdade. Eu sou a razão pela qual ele brigou com Ramy, a razão pela qual ele teve que desistir de sua metade do negócio. Porque ele não conseguia se concentrar. Por que eu não pude ser mais grata?
— Eu sei que isso é muito doloroso, mas você não é responsável pelas decisões de negócios de seu marido ou pelo comportamento dele.
Yara cobriu o rosto com as mãos.
— Estou arruinando a vida dele assim como arruinei a da minha mãe.
Quando Esther falou novamente, seu discurso foi mais lento.
— Crescendo do jeito que você cresceu, Yara, é natural se perguntar se você trouxe dor para as pessoas ao seu redor. Tenho certeza de que foi muito difícil ver sua mãe sofrer com um casamento abusivo. Mas a dor dela também não foi culpa sua.
— Você não sabe se isso é verdade.
— Você era uma criança. Você não causou o abuso e não poderia ter impedido que acontecesse. — Ela fez uma pausa, tornando sua voz mais suave. — O que seu pai fez com sua mãe não é sua culpa.
— É sim. Sua voz saiu em um silvo baixo que ela não reconheceu. — Eu contei ao meu pai sobre o caso da minha mãe. Eu não precisava ter feito isso. Ninguém me obrigou. Eu nunca tentei proteger minha mãe. É por isso que não consigo tirar a voz dela da cabeça. Ainda falo com ela às vezes. Como se tivesse alguma chance de ela me perdoar. — Yara parou de novo, enxugando o rosto. Esther empurrou a caixa de lenços para ela por cima da mesinha de centro.
— Sentir culpa é uma reação muito normal — Esther disse lentamente. — Mas você era a criança e seus pais eram os adultos. Era responsabilidade deles proteger você, o que eles não fizeram. Você era uma criança. Você não tem nada... *nada*... pelo que se culpar.

Com voz assustada Yara disse:

— Mas foi minha culpa, foi mesmo.

Ela encostou a cabeça no assento e olhou para a luminária. Queria fechar os olhos e cair em um sono profundo, cair no nada, mas continuou olhando para a luz até ver manchas.

— Quando meu pai me perguntou sobre o caso, eu traí minha mãe. Ela estava feliz e eu estraguei isso. Então, pensei que se criasse uma vida melhor para mim, não me sentiria mais tão culpada de ter tirado dela o pouco de felicidade que lhe restava. Mas sou uma pessoa ruim e nada que eu faça vai mudar isso. Veja o que fiz com Fadi. — Ela piscou para a luz. — Qual é o sentido de estar viva se eu faço todos ao meu redor sofrerem?

Soou mais perturbador do que pretendia, e quando ela finalmente olhou para baixo e para longe da luz, as sobrancelhas de Esther estavam franzidas.

— Parece que você está tendo muitos sentimentos intensos — disse ela. — Você está pensando em se machucar?

Yara esfregou a língua no céu da boca. Ela começou a falar, mas parou. Parecia impossível articular para Esther que desde criança, talvez desde a maldição de sua mãe, ela não se sentia muito apegada à ideia de estar viva. Muitas vezes parecia difícil viver, tudo o que ela queria era fechar os olhos e ficar imóvel até não sentir nada. Que, embora pensasse em morrer, com mais frequência pensava nas filhas, como elas se sentiriam, como se preocupariam se a culpa fosse delas.

Como Yara ainda não tinha falado, Esther disse:

— Você entende que sentimentos suicidas não são algo para não se levar a sério?

Ela olhou para os joelhos.

— Sim, entendo.

— Há algumas opções de tratamento a serem consideradas — disse Esther. — Para começar, eu recomendaria aumentar suas sessões para duas vezes por semana. E podemos falar sobre a opção de medicação, se for algo com o qual você se sinta confortável. E, mais do que tudo, é importante que você tenha um forte sistema de suporte. Seu marido precisa entender que isso é sério.

A linha de visão de Yara ficou turva com as lágrimas quando Esther disse isso. Ela fechou os olhos novamente. Nos primeiros dias de casamento, logo após o nascimento de Mira, Fadi chegou em casa uma vez do trabalho e encontrou Yara no chão do closet com a cabeça entre as mãos.

Ele parecia ter medo de perguntar por quê, mas pegou um copo d'água para ela e o pressionou contra os lábios dela.

— Você parece estar com sede — ele disse.

Quando estava grávida de Mira, ela passou muitas noites no banheiro, com a cabeça apoiada no assento do vaso sanitário. Ele comprou-lhe um travesseiro de pescoço um dia, entregando-lhe sem encontrar seus olhos. O quanto ela queria que ele dissesse algo mais, mas o marido não disse nada. Ela se perguntou como aprendera a bloquear as pessoas tão bem — talvez como um mecanismo de defesa para as críticas de seu pai. Ou talvez fosse parte de ser humano — acabou aprendendo a se proteger, mesmo à custa de se conectar com outra pessoa.

— Existe mais alguém que possamos contatar além de seu marido? — Esther estava dizendo agora.

— Não — Yara disse, afundando ainda mais na cadeira. — Ninguém mais.

· 50 ·

Naquela noite, Fadi voltou para casa tarde. Se ele estava procurando emprego ou fazendo outra coisa, Yara não ousou perguntar. Mal se falaram durante o jantar, exceto quando Fadi mencionou que passaria as próximas semanas pesquisando ideias para um novo negócio. Ele a tranquilizou novamente dizendo que tinha muitas economias e não teria problemas em abrir algo novo.

— Isso é bom — ele dizia. — Um novo começo.

Yara fez um barulho na garganta. Não conseguiu perguntar mais sobre suas economias ou se Ramy o tinha procurado: não queria ser lembrada do que tinha feito. Esther poderia dizer o quanto quisesse que não era culpa de Yara, mas no fundo ela sabia que era sim, e Fadi também. Para seu alívio, ele não parecia incomodado, provavelmente preferia essa versão mais quieta dela, cheia de culpa e vergonha, de volta à mulher que ela era antes de ele perder o trabalho. Mas ela não era nada como aquela mulher. Ela não podia acreditar que houve uma vez em tudo o que ela queria era se sentir conectada a ele. Agora tudo o que queria era não sentir nada. Agora, só abria a boca para comer comida sem sabor e na frente da TV, para a qual olhava, mas não enxergava nada.

Naquela noite, Yara sonhou que estava de volta em sua cama em seu quarto de infância, apenas um feixe de luz vindo da janela. Ela podia ouvir as vozes de seus pais no corredor. Murmúrios a princípio, baixos e fortes, ficando cada vez mais altos. Baba estava falando com os dentes cerrados. Mama estava respondendo, suas palavras rápidas como um chicote. Yara se enrolou e puxou as cobertas sobre o corpo. Ela balançava para a frente e para trás, tentando abafar o barulho. Mas os sons ecoaram ao seu redor, suavemente a princípio, depois cada vez mais alto.

— Me solta! — Mama disse.

Baba rugiu, sua voz como um oceano, e Yara puxou o travesseiro sobre a cabeça. Os sons de fundo diminuíram, porque é claro que Yara tinha adormecido. Claro, ela não se levantou para ajudá-la. Foi assim que Yara soube que era má, que merecia ser amaldiçoada.

· 51 ·

No dia seguinte, a cafeteria estava lotada. Yara estava sentada a uma mesa de canto perto da janela, olhando para o estacionamento, onde o asfalto brilhava sob a chuva. As pessoas entravam, algumas sacudindo guarda-chuvas, outras saindo correndo, com sacolas na cabeça. Outras ficaram olhando para seus telefones e Yara se perguntou quanto tempo levaria até que levantassem a cabeça. Suas expressões vagas e distantes a lembravam de como ela passara toda a vida, vagando de um momento para o outro, aqui, mas também longe.

Yara enfiou a mão na bolsa e tirou a câmera. Ela a colocara na bolsa naquela manhã sem saber bem por quê. Ao agarrá-la, sentiu o metal frio entre seus dedos. Ela estava tão acostumada com a leveza de uma caneta em sua mão que a câmera agora parecia pesada.

Sem pensar, ela a puxou até o rosto. Do outro lado da janela, o mundo parecia diferente. Yara girou a lente e a imagem ficou mais nítida. Uma mulher cruzou os dois lados de sua jaqueta sobre a cintura enquanto corria pelo estacionamento, com o rosto franzido. Yara tirou uma foto. A mulher entrou na loja e ficou na fila, impassível. Quando chegou ao caixa, endireitou a coluna e ajustou o rosto em um sorriso.

Por um longo tempo, Yara ficou sentada observando as pessoas entrando e saindo, sem saber o que esperava descobrir. Tristeza, confusão, exaustão? Alguma se sentia como ela, enojada com a vida que levava? Alguém era como ela, arruinando tudo e todos que tocavam?

Ela entrou na fila para pedir outra bebida e olhou pela janela enquanto esperava. Do lado de fora, a chuva tinha parado, a neblina estava diminuindo e raios de sol brilhavam. Ela congelou quando notou um homem familiar atravessando o estacionamento e percebeu que era Ramy. Ele passou pelas portas da frente e ocupou um lugar na fila logo atrás dela, mas, para seu alívio, estava olhando para o telefone. Ela deu um passo à frente e fingiu olhar dentro da carteira, esperando que ele não a notasse. Mas quando a fila começou a se mover, ela olhou para cima e eles se encararam.

Para sua surpresa, Ramy sorriu e ergueu o queixo em uma saudação.

— Yara — disse ele, colocando o telefone no bolso. — Que bom te ver.

Ela esfregou o zíper de sua carteira.

— Bom te ver também.

Sob as luzes brilhantes da cafeteria, ela se sentiu tonta, mas tentou parecer normal.

— Como estão as meninas? — Ramy perguntou.

— Bem.

— Fico feliz em ouvir isso. — Ele assentiu e olhou para o chão. — Ouça, sinto muito que as coisas entre nossas famílias tenham terminado assim.

Sentindo uma onda de alívio por ele ter tocado no assunto, Yara disse:

— Eu queria ligar para você e me desculpar, mas Fadi disse que eu deveria deixar para lá. Sinto muito por lhe causar problemas.

Ele ficou sem entender.

— Como assim?

— Por criar esses problemas para você e Fadi no trabalho — disse ela. — Tenho passado por momentos difíceis ultimamente e não percebi que isso estava afetando os negócios até que fosse tarde demais. Eu não queria ter distraído meu marido. Sei o quanto a empresa significa para vocês dois e sinto muito.

Ele não pareceu reconhecer suas palavras.

— Do que você está falando?

— Fadi... Fadi me disse que você estava chateado com o desempenho dele por causa de nossos problemas em casa, e é por isso que ele desistiu de sua metade do negócio.

Ramy deu um passo para trás.

— Uh, eu não sei do que... — Ele fez uma pausa, balançando a cabeça. — É a primeira vez que estou ouvindo falar disso.

— Mas Fadi disse...

Ele a interrompeu.

— Fadi tem relaxado no trabalho e prejudicado nossos negócios, ficando até tarde para sair por aí, usando o cartão de crédito da empresa para viagens pessoais, e até alegou estar pagando por um depósito que não existe.

A marquise, pensou Yara, olhando para Ramy, incrédula.

— Um monte de coisas obscuras, na verdade, mas nada que tivesse a ver com você.

Suas palavras a atingiram como um raio. Ela estava esperando que sua respiração voltasse. No fim, conseguiu dizer:

— Não, não. Não é possível.

— A julgar pela sua reação, você não sabe muito sobre o que está acontecendo — disse Ramy. — Mas Fadi está descuidado no trabalho há algum tempo. Se eu fosse você, ficaria atenta às suas finanças no futuro.

Ela não se lembrava do que disse em seguida, mas deve ter respondido algo antes que ele saísse da loja com o café. No caminho de volta para sua mesa, parecia que tinha algo cobrindo seu rosto, impossibilitando a respiração. Piscando ao olhar para a luz do sol que agora entrava pela janela, ela tentou desesperadamente entender o que Ramy acabara de lhe dizer, mas não conseguiu. Por fim, pegou suas coisas e foi embora sem tomar a sua bebida.

No carro, pegou o telefone para ligar para Fadi e depois desligou. Não era uma conversa de se ter por telefone. Ela precisava olhá-lo nos olhos. Ela não podia dar-lhe tempo para inventar outra história, para encontrar uma maneira de bancar a vítima e jogar a culpa de volta nela. Quantas vezes ele mentiu para ela? E por que foi tão fácil acreditar nele?

· 52 ·

— Tenho ótimas notícias — disse Fadi assim que voltou para casa naquela noite.

As meninas já estavam dormindo e Yara estava sentada no sofá da sala lendo um livro, embora não conseguisse se concentrar nas palavras. A cálida luz amarela do abajur brilhava fraca atrás dela, e ela largou o livro ao ver Fadi caminhar em sua direção. A poucos metros dela, ela podia detectar um forte cheiro de fumaça em sua pele.

— Um dos meus antigos amigos está abrindo um salão de narguilé — disse Fadi. — Ele me pediu para entrar como sócio. Eu penso que é uma grande ideia. Esta cidade precisa de um espaço assim.

Yara não se mexeu, apenas ficou sentada olhando para ele. De repente, ela teve uma sensação terrível do que ela e Fadi eram capazes: ele continuaria encobrindo seus rastros e ela continuaria fingindo acreditar nele. O pensamento a assustou tanto que ela se levantou do sofá, com as mãos tremendo.

— O que foi? — Fadi disse.

Seu coração batia forte enquanto ela falava.

— Encontrei Ramy na cafeteria hoje.

Fadi empalideceu e ela não conseguiu interpretar sua expressão. Choque, talvez, ou medo.

— O quê? — ele disse.

— Ele disse que você está abusando do cartão da empresa em viagens que não têm a ver com os negócios. Foi por isso que você foi para Las Vegas? Você disse que era para o trabalho.

Seus olhos se arregalaram e ele se encolheu de surpresa, embora parecesse forçado para ela.

— Ele está mentindo.

— Por que ele mentiria sobre isso? E por que ele diria que você mentiu sobre pagar por um depósito?

— Não sei — disse Fadi, em tom defensivo. — Ele é quem está tendo casos pelas costas de Hadeel. Ele me tirou da empresa porque sabia que eu contaria a ela.

Muito lentamente, ela disse:

— Você não tinha dito que ele deixou você sair por minha causa?

Fadi balançou a cabeça.

— Bem, teve uma série de razões. — Ele começou a andar pela sala. — Ele está com medo de que eu conte à esposa o que sei, então decidiu arruinar minha reputação antes que eu pudesse arruinar a dele.

Fadi lançou-lhe um olhar ferido.

— Você acha mesmo que eu faria isso?

Ela o encarou.

— Você vai mesmo acreditar nele, e não em mim? — ele continuou.

Uma onda familiar de dúvida a atingiu e, por um breve momento, considerou que ele poderia estar dizendo a verdade. Era possível, claro, que Fadi tivesse pegado Ramy fazendo algo errado. Mas, se esse era realmente o caso, por que Fadi simplesmente não contou a ela o que estava acontecendo? Por que tentou colocar a culpa nela?

Ela encontrou seus olhos.

— Você me disse que era minha culpa.

Ele soltou um suspiro pesado.

— Eu sei, e sinto muito. Mas se eu tivesse contado que ele estava tendo um caso, você poderia ter falado para Hadeel. — Ele franziu a testa. — Era uma situação difícil.

— Eu quero que você me diga a verdade.

— Estou falando a verdade agora — disse ele calmamente. — Desculpe.

Ela olhou pela janela, para as folhas do carvalho, sólidas e perenes sob o sol poente. Ela imaginou o sorriso encantador de Fadi, aqueles olhos gentis e infantis, a maneira como suas bochechas formavam covinhas quando ele ria. Relembrou os anos que passou ao lado dele, sentindo como se estivesse vivendo uma guerra silenciosa, na qual ela era vítima e agressora.

Ela engoliu em seco.

— Eu não acredito em você.

Fadi deu um passo para trás.

— O que você quer dizer com não acredita em mim? Estou falando a verdade.

Pareceu que uma eternidade passou antes que ela pudesse responder. Yara passara uma vida com um homem que nunca conheceu, alguém que nunca a conheceu e nem tentou. Ela olhou para o rosto dele, vendo cada homem que fazia o que queria enquanto uma mulher pagava o preço. Baba, seus irmãos, todos eles. Então ela disse:

— Não, não está.

— Não acredito nisso — disse Fadi. — Você está ficando do lado de Ramy em vez do meu?

— Você tentou fazer parecer que era minha culpa. Não tem nada a ver comigo!

— Eu já te disse, eu...

— Chega. — Sua voz soou fria. — Não importa o que você diz. Não confio mais em você, e acho que nunca confiei.

Por alguns segundos eles ficaram olhando um para o outro em silêncio.

Fadi se aproximou dela, com o rosto tenso, e estendeu a mão como se fosse tocá-la. Mas ela se virou, balançando a cabeça ao sair da sala.

✻

Naquela noite, Yara arrumou o sofá da sala com lençóis. Com as luzes apagadas, ela olhou para o teto, a veia em seu pescoço latejando enquanto ela tentava entender o que acontecera. Por que Fadi tentou culpá-la pela sua saída da empresa, e por que foi tão fácil para ela acreditar nele? Provavelmente teria acreditado nele se ele dissesse que ela era responsável por tudo de pior. Seus olhos se encheram de lágrimas.

Algo em seu corpo endureceu agora. Fadi estava mentindo. Não era culpa dela. Esther tinha razão em avisá-la sobre como a culpa e a vergonha estavam dirigindo sua vida, impedindo-a de demonstrar compaixão por si mesma. E se ela estava certa sobre isso, sobre o que mais estaria? Será que, embora nunca tenha tido a chance de pedir desculpas a Mama, ela não era uma pessoa má? Esfregou as palmas das mãos contra o peito, deslizando o edredom de seu corpo. Parecia impossível, mas de alguma forma uma porta se abriu e um pouquinho de esperança entrou.

Por um momento, parecia possível finalmente se perdoar pela maneira como as coisas terminaram entre ela e Mama. A história que ela contava a si mesma aterrissou chegou de repente: ela nunca parou de esperar que Mama a perdoasse, embora nunca pudesse. Esperava que Fadi a amasse, como se isso de alguma forma provasse que ela não era uma pessoa indigna e desprezível. Bloqueou a morte de Mama porque se sentia muito culpada. Pensou que poderia fugir do passado, mas seu desespero para seguir em frente piorou tudo.

Talvez nunca tivesse confrontado a voz em sua cabeça porque era mais fácil ouvi-la. Tinha sido mais seguro manter a crença de que era uma pessoa má. Pelo menos, então, ela estava no controle. Pelo menos assim poderia organizar sua vida com tanto cuidado que sua maldade não vazaria por todo lado. Mas ela não poderia mais viver com esse arrependimento, paralisada por todas as palavras que não tinha dito. Era chegada a hora de fazer uma escolha antes que fosse tarde demais.

· 53 ·

Na manhã seguinte, a caminho do consultório de Esther, Yara pressionava a mão contra o peito. O amuleto *hamsa* parecia frio e úmido sob seus dedos. Ela pegou a pulseira que Fadi lhe dera de presente e a deixou na cômoda. Dirigia com os dedos apertando o volante, olhando as luzes e as ruas que passavam, o sol entrando pelas janelas. Não era tarde demais para voltar, ela sabia. Não precisava ir lá. Mas foi, de qualquer maneira.

Na sala de espera, ela ficou perto da janela com as mãos nos bolsos, batendo levemente o pé. Do lado de fora, uma dúzia de pássaros estavam unidos em forma de V, voando por entre as nuvens. Yara observou os pássaros se espalharem e voltarem à formação, e então Esther abriu a porta:

— Yara?

Yara tentou contorcer a boca em um sorriso, mas não conseguiu. Em vez disso, abaixou a cabeça e seguiu Esther até o consultório, sentando-se no sofá e esticando o pescoço. Por um momento ela olhou para a luz branca brilhante, até que nivelou a cabeça e falou.

— Você estava certa. Não foi culpa minha Fadi ter saído da empresa.

Seus olhos ardiam com as lágrimas, mas ela não as enxugou.

— Ele mentiu para mim sobre a saída, me culpou por tudo, quando na verdade teve que desistir de seu negócio por abusar das contas da empresa. Não tinha nada a ver comigo. Mas isso me fez perceber uma coisa.

Ela fez uma pausa e Esther acenou com a cabeça para que ela continuasse.

— Acho que também menti para mim mesma.

— Como assim?

Ela sentou-se ereta, as palavras vindo-lhe claramente.

— Passei minha vida inteira tentando escapar desse sentimento ruim dentro de mim. Fiz tudo o que pude para resistir às minhas memórias ou a qualquer coisa que me lembrasse da pessoa terrível que eu era. Apesar disso, sabia que algo estava errado entre mim e Fadi. Eu supus que o erro que pressentia vinha de mim, que eu era o problema.

Por um momento, Esther esperou como se pudesse haver mais, então disse:

— Parece que você foi incapaz de seguir sua intuição, de confiar em si mesma. Conte-me mais sobre seus pensamentos, como você tem lidado com eles.

Yara descreveu a voz, os sussurros em sua cabeça e a maneira como ela escrevia sobre eles.

— Tem um diálogo mental acontecendo que nunca para. É uma vozinha que me deixa insegura, com medo. Uma voz que sempre me vira contra mim mesma. Às vezes é a voz da minha mãe, de suas ideias sobre mim. Às vezes são simplesmente outras pessoas, genéricas mesmo. Outras vezes é a minha própria voz. Passei anos ouvindo essa voz, acreditando que tudo o que ela diz é a verdade absoluta. Foi só quando comecei a escrever que percebi essa tagarelice incessante e tive a chance de dar um passo para trás e enxergar tudo com objetividade. Então comecei a pensar: *Não sou a voz em minha mente.* E então: *E se essa voz estiver errada?*

— Sim. E o que isso significaria para você, Yara?

Lágrimas deslizaram por seu rosto.

— Isso significaria que talvez eu não seja tão terrível assim, e talvez não haja algo de errado, e que eu não mereço que coisas ruins aconteçam comigo. Isso significaria que eu tinha motivos para me sentir triste e sozinha na infância, que merecia ser amada e cuidada, que não sou uma pessoa fria e desagradável. Isso significaria que eu não estava louca por sentir que tinha algo errado entre mim e Fadi, que meu casamento não está fracassando porque sou muito difícil de amar. Que as histórias em que acreditei sobre mim por tanto tempo não são verdadeiras.

Ela enxugou o rosto com uma das mãos e olhou para o chão. Por fim, disse:

— Não quero mais ouvir a voz na minha cabeça.

— E não é preciso — disse Esther.

Yara olhou para os joelhos, o rosto em chamas. A ideia parecia inatingível, apesar de quão desesperadamente ela a desejasse. Ela se perguntou se algum dia seria capaz de superar o trauma familiar ou reunir coragem para deixar Fadi e começar de novo quando a mudança parecesse tão grande, tão difícil, especialmente agora, quando ela se sentia tão fraca.

— Mas como fazer isso?

— Perdão — disse Esther. — Falamos muito sobre a importância de perdoar as pessoas que nos machucam, mas ouvimos muito menos sobre como perdoar a nós mesmos, que é tão importante quanto, se não mais.

Yara balançou a cabeça.

— Eu não sei como fazer isso.

Esther sorriu.

— Você já está fazendo. Falar comigo, com sinceridade, sobre as coisas pelas quais você se culpa é um primeiro passo. Podemos trabalhar juntas para criar narrativas alternativas de por que as coisas aconteceram do jeito que aconteceram, para que você possa aprender novas histórias para contar a si mesma, histórias que não colocam a culpa em você. E podemos te ajudar no cultivo de uma conversa interna positiva.

Yara olhou para as suas pernas, suspirando.

— Não tenho certeza se consigo aprender a falar com mais gentileza comigo mesma — disse ela.

Esther inclinou a cabeça para o lado.

— Vai exigir prática, mas você pode aprender a substituir a voz mental, que tem sido uma fonte de preocupação e distração, por uma enraizada no amor e na compaixão por si mesma. Isso é feito lembrando que você é aquela que percebe a voz falando. Você não é a voz da mente, você é quem a ouve. Depois de perceber isso, você será capaz de escolher o que ouve, o que escuta sobre si mesma. Você será capaz de falar consigo mesma como um amigo ou um pai amoroso fariam. Você gostaria disso?

Yara fechou os olhos por um momento e sentiu uma sensação de flutuar percorrer seu corpo, uma vontade de acreditar que tudo ficaria bem. A sensação era tão estranha para ela que estremeceu.

— Sim, eu gostaria — Yara finalmente disse. — Mas tem uma coisa que preciso fazer primeiro.

· 54 ·

No estacionamento em frente ao consultório de Esther, Yara afundou no banco do motorista como uma boneca de pano. Postes de luz fluorescentes brilhavam acima dela. Um homem entrou em um carro próximo e foi embora. Ela pegou o celular com as mãos tremendo e ficou olhando para ele até seus olhos doerem. Esther estava certa, é claro. Ela poderia aprender a observar seus pensamentos em vez de se perder neles. A única saída era parar de usar sua mente como uma forma de manter a si mesma e seu mundo juntos sempre que ela sentisse medo. Ela sabia o que tinha que fazer; sempre soube. Mas agora era hora de reunir coragem para agir.

Seu coração batia tão forte que podia ouvi-lo entre suas orelhas. Fechou os olhos e pensou em Mama. Em como ela era jovem quando se casou com Baba e se mudou para os Estados Unidos, como deve ter se sentido assustada e sozinha quando era uma jovem mãe. Como ela preparava o jantar para eles todas as noites, os levava às consultas médicas, cuidava deles o dia todo, sozinha. Como ela esperava que Baba voltasse para casa todas as noites, embora soubesse o que aconteceria. Como ela se enrolou no chão da cozinha com sua camisola rosa-pálido, como ela suportou toda aquela dor e ficou com Baba mesmo querendo tanto ir embora, como ela sofreu tanto, tudo por causa deles.

Se Mama pôde fazer tudo isso, certamente ela poderia fazer o que queria. Ela afastou o cabelo do rosto e inspirou. Então ela digitou o número de Baba.

A voz dele veio depois de quatro toques.

— Olá?

— Preciso falar com você — disse Yara.

— Sobre o quê?

Ela levou a mão à garganta, pressionando-a contra o amuleto *hamsa*.

— Sobre Mama.

— O que você quer dizer? O que há para falar?

— Eu quero saber por que você a tratou tão mal.

— De novo? Isso foi há muito tempo. Por que você está trazendo isso à tona agora?

— Porque quero saber por que você não acertou as coisas com ela — disse Yara. — Por que você não se desculpou pela maneira como a tratou todos aqueles anos? — Sua mão estava apertada com tanta força em torno de seu celular que sua palma latejava. — Você fez parecer que ela era louca, mas e todas as coisas que você fez com ela? Você algum dia assumirá a responsabilidade por isso?

— Como!? — Baba estava gritando do outro lado da linha. — Como você pode dizer isso depois de tudo que ela fez nossa família passar? Ela arrastou nossos nomes para a lama!

— Tudo o que importa é a sua reputação. Mas e ela?

— Isso é tudo que temos neste mundo, nossa reputação — disse Baba. — O que mais podemos ter?

— A integridade — disse Yara. — A família. Saber que você está vivendo uma vida honesta. Sendo verdadeiro consigo mesmo. Dando um bom exemplo para seus filhos. Criando todo mundo em uma casa cheia de amor. — Ela enxugou as lágrimas do rosto com as costas da mão. — Quem se importa com o que o mundo vê se você não consegue nem olhar para si mesmo?

— Eu deveria saber que você me culparia — disse Baba. — Você é como sua mãe, colocando todo o fardo em seu marido.

— Sério? É isso que Fadi diz? Que é tudo minha culpa? Ele já te disse que perdeu o negócio e a culpa foi dele? Que ele era descuidado com dinheiro? Que usou as contas da empresa para o que não devia? Ou você também vai encontrar uma maneira de me culpar por isso? Você nunca se importou com a minha felicidade. Bem, para mim acabou. Não vou mais fazer parte disso.

— O que você está dizendo?

— Vou me divorciar.

— *Magnoona*? Você está louca? Quer que eu tenha um infarto? Não vou sobreviver a outra desgraça.

— Você não tem que se meter nesse assunto.

Ele riu, como se estivesse horrorizado.

— Isso é algum tipo de piada de mau gosto, Yara?

— Eu não mereço viver assim — disse ela. — E eu não vou.

— Ah! Você acha que vai se sentir melhor se for embora? Você acha que vai se apaixonar por outra pessoa e viver feliz para sempre? Essa é a besteira na qual este país tenta fazer você acreditar. Por que você acha que metade das pessoas daqui é divorciada?

Ela abriu a boca para responder, mas Baba a interrompeu.

— Você é mãe. Suas filhas vêm em primeiro lugar. E suas filhas?

— Eu não vou desistir das minhas filhas, se é isso que você está insinuando. Fadi e eu podemos compartilhar o tempo das meninas em paz. Não é minha intenção tirá-las do pai. Sei que Fadi também vai querer o melhor para elas.

— O melhor para elas é que os pais fiquem juntos. Se você se divorciar, *khalas*[45], vai perder as meninas. E acabou. Você não pode transmitir nossos valores ou esperar que elas sejam árabes após o divórcio. Esqueça isso. Você fica pelas suas filhas. Você acha que sua mãe e eu éramos felizes? Não. Mas ficamos juntos por vocês.

— Você ainda não entende, não é? — Seus dedos tremiam e ela agarrou o telefone com mais força. — Você realmente acha que nos fez um favor? O que você nos fez passar foi muito pior do que um divórcio. Tornou minha vida muito mais difícil.

— Seu fracasso não tem nada a ver com nosso casamento.

— Tem tudo a ver. Você acredita mesmo que não fez nada de errado?

Ela podia ouvir a respiração pesada dele do outro lado da linha, até que ele enfim disse:

— Não importa no que eu acredito. Isso não vai mudar o passado e não vai trazer sua mãe de volta.

Yara desligou e afundou na cadeira, o coração batendo rápido.

Baba realmente não conseguia acreditar que não tinha participado do sofrimento de Mama? Ele era realmente cruel o suficiente para descartar não apenas a dor de Mama, mas também a dela? Ela inspirou e olhou pela janela. Baba queria mesmo que ela continuasse em um casamento infeliz e achava que estava fazendo o que era melhor para ela?

---

45 Gíria e interjeição árabe; usada como forma de por fim a um assunto. [N. E.]

Yara ajeitou-se no banco e deu partida no motor. Do lado de fora, nuvens espessas cobriam o céu, tudo branco como uma tela fresca. Ela saiu do estacionamento e se perguntou como seria ser vista e compreendida por outra pessoa pelo menos uma vez, sentindo-se verdadeiramente segura.

· 55 ·

Naquela noite, Yara sentou-se entre Mira e Jude no colchão com um livro no colo, seus pés se tocando sob as cobertas. Lá fora, o céu era de um azul-claro, escurecendo gradualmente à medida que ela se aproximava do final da história. Elas estavam lendo sobre um piloto preso no deserto que conhece alguém — um jovem príncipe visitando a Terra a partir de um pequeno asteroide. Enquanto Yara narrava, Jude descansava a cabeça em seu ombro e Mira se inclinava e estudava as ilustrações. Por fim, Yara suavizou a voz, preparando-as para dormir.

Ela não estava nem feliz nem triste com o que ia fazer. Quantas noites guardando suas filhas ela perderia? Como seria a vida delas, como elas se sentiriam sobre a decisão? Tantas perguntas para as quais ela não teria respostas até mais tarde, talvez quando fosse tarde demais.

Mas ela precisava fazer isso. Ela arriscaria a chance de fazer uma curva errada se isso significasse salvá-las de uma vida inteira de dor.

Lentamente, Mira e Jude fecharam os olhos, e ela ficou sentada ali por um momento, observando-as. Eram extraordinariamente bonitas para ela, brilhantes e cheias de vida. Ela não podia controlar a maioria das coisas, mas o que estava em seu poder era o que ela dava àquelas meninas, como ela as fazia se sentir sobre si mesmas, até onde ela iria para manter a chama delas acesa.

Ela beijou as duas na testa e saiu do quarto silenciosamente. No andar de baixo, a luz do banheiro parecia dura, hospitalar. Ela abriu a porta do chuveiro e girou a maçaneta, tirando a roupa enquanto esperava a água esquentar. Enquanto ela tirava a camisa, viu o brilho azul do amuleto *hamsa* no espelho. Ela levou a mão à nuca e abriu o fecho, depois colocou o colar na beirada da pia. O reflexo de seu rosto era o mesmo, mas a maneira como ela se sentia parecia diferente. Ela deslizou para dentro do chuveiro, fechando os olhos enquanto a água quente se derramava sobre seu corpo.

Foi só quando ela ouviu a TV no quarto que ela os abriu novamente. Ela saiu do chuveiro e se enrolou em uma toalha branca. O ar cheirava a sabonete de jasmim e lavanda que ela usara, e o espelho estava embaçado. Rapidamente, ela se secou e vestiu uma camiseta enorme. Quando entrou no quarto, Fadi estava parado ao lado da mesa de cabeceira, semivestido.

— Ei — disse ele sem olhar para ela.

Ele estava lendo algo em seu telefone, a tela iluminando seu rosto, seu cinto desafivelado pendurado em sua cintura.

Ela caminhou na direção dele, o ar frio do quarto contra sua pele. Não via sentido em esperar, não tinha mais que esperar. Ele ainda estava olhando para o telefone quando ela desligou a TV e disse:

— Estou pedindo o divórcio.

Ele olhou para cima.

— O quê?

Yara começou a contar-lhe tudo: que tinha negado a vida por muito tempo. Que ela pensou que, se fingisse com força suficiente, poderia se convencer de que era feliz. Que estava perseguindo todas as coisas erradas à custa de olhar para dentro de si mesma. Mas não dava mais. Nenhum dos motivos dela importaria para ele. Ele nunca entenderia.

— Não podemos continuar juntos depois de você mentir para mim — disse ela. — Preciso resolver as coisas sozinha.

Fadi olhou para ela, as sobrancelhas franzidas.

— Casais brigam o tempo todo. Pessoas cometem erros. Isso não é motivo para você separar nossa família.

— Então talvez isso seja. Somos pessoas muito diferentes, que precisam de coisas diferentes. Você se sente realizado trabalhando o dia todo e voltando para casa para jantar e ver um programa de televisão todas as noites. Eu invejo o quanto você está satisfeito com nossa vida juntos, de verdade. Mas eu quero mais.

— O que você quer dizer com mais? Você nem tem emprego.

Ela olhou para ele. Seu cabelo ainda estava molhado, pingando pelas costas.

— Isso é exatamente o que quero dizer. Você mede a vida em termos de dinheiro e carreira, e tudo bem. Eu não era muito diferente, desesperada para provar a mim mesma meu valor. Mas agora estou mais interessada em uma vida mais rica, significativa e criativa. E eu sei que isso é algo que tenho que fazer sozinha. Sinto muito, Fadi.

Ele olhou para ela, depois para a tela preta da televisão atrás dela, uma das mãos ainda segurando o telefone.

— Você não pode simplesmente ir embora.

— Sim, posso — disse Yara. — Eu tenho uma escolha aqui, e estou escolhendo sair.

Ela pegou a toalha que estava na porta do banheiro, sentou-se na beirada da cama e começou a secar o cabelo. Ele se aproximou dela, observando-a atentamente.

— E as nossas garotas?

— Não precisa ser uma briga — disse Yara. — Podemos dividir a custódia. Não estou interessada em arrastar nossa família para o tribunal. Podemos fazer tudo o mais pacificamente possível.

— Tudo isso parece bom em teoria, mas o que você está ensinando a elas ao ir embora? Desistir quando as coisas ficam difíceis?

Ela se virou para ele.

— Você já pensou no que estamos ensinando a elas agora? Somos como nossos pais.

— O que você está falando? Não somos como eles.

Eles se entreolharam, e ocorreu-lhe que ela não tinha sido a única em negação.

— Eu sei que você quer acreditar que está tudo bem entre nós — ela disse. — Faz muito tempo que tenho tentado me convencer disso também. No fundo, eu sabia que algo estava errado. Mas eu estava com medo de admitir isso para mim mesma, porque isso significava que eu tinha falhado e que teria que desistir de tudo pelo que trabalhei tanto. Mas eu não posso mais viver assim.

Ela podia ouvir a urgência em sua própria voz enquanto prosseguia:

— Temos vivido uma vida falsa. Você tem que enxergar isso. Você deve sentir isso, não é?

— Nossa vida está bem — disse Fadi assim que ela terminou, mas ele olhou para as mãos, não encontrando mais os olhos dela. — Você é que é cega demais para ver isso. Você tem alguma ideia do que vai fazer com nossas garotas? E para quê? O que você está procurando lá fora? O que você espera encontrar?

Ela abriu a boca, depois a fechou.

— Viu? Você nem sabe. — Ele olhou para ela agora. — Você está tomando essa grande decisão sem considerar as consequências. É infantil. É egoísta, Yara.

— Talvez você esteja certo. E talvez não tenha nada melhor lá fora para mim. E tudo bem. Eu só quero parar de fingir.

— Você é uma merda de uma louca, sabia?

Para isso, ela não respondeu nada. Ela se levantou da cama, pendurou a toalha na porta do banheiro, levantou o travesseiro e o cobertor do colchão e foi até o corredor. Na sala, ela se espreguiçou no sofá. *É verdade*, pensou. Todo esse tempo ela se convenceu de que estava louca porque a alternativa parecia muito pior. Se não fosse louca, teria que admitir que Fadi estava errado, e admitir isso significava que teria que mudar sua vida drasticamente ou aceitar que ficaria com ele apesar disso. Mas agora sabia que não podia mais continuar mentindo para si mesma.

Alguns minutos depois, Fadi atravessou a sala e entrou na cozinha. No caminho de volta pelo corredor, ele disse, sem parar:

— Você vai se arrepender disso, você vai ver.

Ele foi para o quarto e fechou a porta atrás.

Ela deslizou para baixo do cobertor, não percebendo nada enquanto permanecia ali, piscando na escuridão, nem o murmúrio da TV no quarto, nem os sapos coaxando lá fora, nem o zumbido das cigarras nas árvores. Ela ficou lá e pensou em uma vida sem Fadi, lamentando a perda da única identidade que ela já tinha tido como adulta. Ele disse que ela iria se arrepender, claro que ele diria isso.

Mas ele estava errado. A dor de estar sozinha nunca poderia ser comparada à solidão que ela sentia com ele. Yara fechou os olhos, respirou fundo. Seu peito parecia incrivelmente leve e cheio de esperança. Esse foi o primeiro momento real de sua nova vida. Amanhã ela chamaria um advogado e começaria a procurar um lugar para morar. No começo seria difícil para as meninas, mas elas se adaptariam. "Vai ficar tudo bem", ela sussurrou para si mesma. De manhã, respiraria fundo outra vez e começaria de novo.

· 56 ·

Em outubro, as flores tinham desaparecido, as plantas perenes ao longo da estrada estavam brancas e o sol brilhava por entre as árvores vermelho-alaranjadas. A chegada do outono deu a Yara uma estranha sensação de renovação. Era o fim de um ano que ela estava feliz em ver terminar. De uma forma discreta e silenciosa, ela já estava do outro lado.

Yara havia passado o verão procurando um apartamento pelo qual pudesse pagar e, apesar de ter conseguido um *freela* de fotografia além de vender suas pinturas, foi só quando as meninas voltaram para a escola que ela finalmente conseguiu encontrar um. "Tenho o privilégio de poder fazer isso", disse a si mesma quando começou a se sentir mal.

Durante a maior parte do verão, ela e Fadi dormiram em quartos separados e mal se falaram, mas ela teve o cuidado de agir normalmente perto das meninas, não querendo assustá-las até que o divórcio fosse, de fato, oficializado. O mínimo que ela podia fazer era dar a elas um verão tranquilo e despreocupado; passava os dias na piscina da comunidade, ou iam ao parque, onde, em um dia claro, o céu azul brilhante era coberto por nuvens brancas que flutuavam preguiçosamente na brisa suave. Lá, estenderam um cobertor na grama e comeram sanduíches de homus com pepino e beberam limonada gelada de menta.

— É uma boa vida — ela disse a si mesma, o sol quente contra sua pele.
— Uma vida pela qual agradecer.

✣

— Você tem alguma ideia do que fez? — Baba perguntou quando ela contou-lhe que o divórcio estava em andamento. — O que as pessoas vão dizer?

— As opiniões delas não importam para mim — disse Yara. — Por favor, tente entender...

— Entender o quê? Que você arruinou sua família?

— É a coisa certa para mim e para minhas filhas.

— Ah, pelo amor de Deus. Você age como se fosse a primeira pessoa a ter dificuldades em um casamento. O que aconteceu com a paciência e a força quando as coisas ficam difíceis? Você acha que não sofremos em nossas vidas? Você acha que não resistimos?

Levou um momento para Yara absorver isso. Ela pensou em todas as formas como sua família sofreu, como seu pai deveria estar cansado agora. Se ao menos ele tivesse coragem de ser honesto com ela, consigo mesmo.

— Tenho resistido o tempo todo, Baba — ela disse enfim. — E você também. Mas agora eu quero viver.

Houve um longo silêncio antes de Baba dizer:

— Vá viver, então, mas não conte comigo para estar ao seu lado.

Toda a sua vida ela sentiu como se estivesse vivendo com duas pessoas dentro dela, cada uma puxando em direções diferentes, mas agora uma delas estava liderando o caminho. Ela tinha que confiar em si e seguir em frente apesar da dor.

✣

Agora, esperando a carona para pegar as meninas na escola, Yara se perguntava como Mira e Jude se sentiriam com a notícia de que ela havia encontrado um apartamento. Fazia apenas algumas semanas, mas parecia tanto tempo atrás que ela estacionou em frente à escola das filhas a tarde toda, pensando em como contaria a elas sobre o divórcio, apavorada com todas as incertezas que a esperavam. Como ela estava com medo!

Mas, certa noite, em seu quarto, enquanto ela pegava o travesseiro e se dirigia para o sofá, Fadi desligou a TV.

— Yara — disse ele quando ela se virou para sair. Ela parou, forçou-se a encontrar seus olhos. — Podemos falar sobre as meninas?

Ele continuou a observá-la por mais um momento, balançando a cabeça levemente. Por fim, ela disse:

— Sim.

Eles tinham conversado sobre levar as meninas a um restaurante naquela tarde, um lugar neutro, com mesas do lado de fora e sol, para explicar a elas o que estava acontecendo. Mas Yara ainda não tinha certeza do que estava acontecendo, pelo menos não com as meninas, até que Fadi chegou e caminhou até ela.

Ele olhou para ela como se tivesse acabado de largar um grande fardo, e exalou:

— Podemos dividir o tempo das meninas igualmente. Ok?

— Sim — Yara disse, tentando não sorrir muito. — Tudo bem, sim. — Que doce alívio isso tinha sido.

Ela olhou para Fadi, enquanto ele apertava os olhos para passar por ela, olhando para o manto de montanhas ao longe, e agradeceu.

— Obrigada, Fadi — dizendo isso por si mesma, mas também pelas meninas. Aquele era o momento mais feliz de sua vida. Foi o maior alívio que sentiu em muito tempo.

❋

— O que você fez requer imensa coragem — disse Esther durante uma de suas sessões. — Somos condicionados a acreditar que devemos nos sentir bem depois de tomar decisões difíceis, mas não há problema em lamentar o que você perdeu.

Ultimamente, ela e Esther conversavam muito sobre narrativas. Como nossa cultura foi permeada por narrativas construídas em um arco em que lutas, conflitos e desafios sempre foram trabalhados em direção a uma resolução final. Como somos naturalmente atraídos por esse arco narrativo e pela sensação de conclusão que ele oferece. Sentada ali, ouvindo Esther, Yara podia enxergar como ela estava contando uma história para si mesma, podia enxergar claramente suas expectativas. Ela iria se divorciar. Ela faria terapia. Ela embarcaria em uma jornada de recuperação e, apesar dos contratempos, alcançaria o crescimento pessoal. No final de sua jornada, ela ficaria com a impressão de que tinha sido curada de seus desafios e estava totalmente curada. Ela colocaria seu passado de lado, como se entrasse em uma sala e fechasse a porta atrás de si.

Mas Esther a estava ajudando a ver as coisas de maneira diferente. No mundo real, a recuperação de uma doença mental pode ser uma luta para toda a vida, como passar por uma porta giratória. Progresso seria feito e perdido, os contratempos eram inevitáveis e não havia linha de chegada ou final perfeito. Ela passou a aceitar isso. Mas às vezes uma onda de solidão e medo a invadia, e a profundidade da dor podia surpreendê-la.

— Você mencionou que teve pensamentos de não querer estar viva — disse Esther. — Ainda sente isso?

Não. Ela não queria se machucar. Mas havia dias em que a dor era tão insuportável que ela não queria viver. Disse isso a Esther, as palavras pesadas em sua língua.

— Mas acho que acabei aceitando esses sentimentos como parte de quem eu sou.

Era verdade. Esta era ela. Era como se o seu corpo fosse um oceano, e esses sentimentos sempre iam e vinham como ondas. A tarefa era não se deixar levar por uma delas. A tarefa era aceitar que seu interior às vezes parecia violento e tumultuado, e ficar em paz com isso.

※

Na manhã seguinte, depois de deixar Mira e Jude na escola, ela voltou para casa para fazer as malas. O céu estava nublado, e ela ligou o rádio enquanto dirigia. Yara observou a vista ao seu redor. O orvalho brilhava no chão, névoa e vapor no ar. As ruas pareciam estranhamente silenciosas, azuladas sob os postes de luz. Folhas secas e mortas rodopiavam na calçada, trituradas sob seus pneus. Ela dirigiu de volta para a casa que dividia com Fadi, sentindo-se sem limites, no controle de si mesma, livre.

Em casa, ela ficou no meio de seu quarto, olhando para o que restava para ser empacotado. Ela passou os dedos por todas as roupas que colecionou ao longo de seu casamento: inúmeras blusas, suéteres, calças, vestidos e sapatos, em várias cores e estilos. Itens que ela mal usara, mas dos quais nunca pensou em se livrar. Um vestido azul royal que ela comprara para seu aniversário de quatro anos de casamento. Um par de saltos vermelhos que ela esperava que Fadi achasse sexy. Coisas que ela esperava que a fizessem se sentir melhor em seu próprio corpo, o que nunca aconteceu.

Quando deu por si, estava de joelhos, enchendo sacos de lixo de plástico até a borda. Quatro pares de saltos. Vinte vestidos. Treze blusas. Uma jaqueta com estampa de leopardo. Ela arrumou a mala com suas coisas favoritas: dois suéteres de caxemira, um cardigã velho, um vestido de seda, seu suéter favorito. Um jogo de chá *vintage* com flores azuis e brancas, cartas de tarô, girassóis em um bule de terracota. Um novo começo.

A caminho de seu apartamento, ela deixou o resto das coisas para doação, livrando-se de tudo que não lhe servia mais.

✣

Na cozinha de seu apartamento, Yara serviu-se de uma xícara de café. Ela estava pensando em uma conversa que teve com Jude naquela manhã antes da escola.

Jude andava mais carrancuda do que o normal.

— Você está bem? — Yara perguntou.

— Sim.

— Tem certeza?

Jude deu de ombros.

— Posso te contar uma coisa? — Yara disse, chegando mais perto de sua filha. — Eu era muito parecida com você quando jovem. Sentia as coisas um pouco mais profundamente e lutava para me expressar. Fazia tempo que não percebia o quanto eu engolia minhas emoções, mas ultimamente tenho aprendido a administrá-las melhor.

Jude deu de ombros.

— Nossas emoções são energia — continuou Yara. — Energia em movimento. O objetivo é mover as emoções para dentro e para fora do seu corpo. Quando você não expressa suas emoções, quando guarda os sentimentos dentro de si, a energia fica presa. Portanto, é importante sentir as emoções e falar sobre elas, porque quando você as guarda, você cresce se sentindo muito triste, deprimido e pesado.

— É por isso que você pinta? — Jude perguntou. — Para mover a energia para fora?

— Sim — Yara disse, sorrindo, emocionada por poder ensinar isso às filhas.

❋

Fazia dois meses desde que ela se mudara. As meninas passavam metade do tempo na casa dela, metade na de Fadi. Nas noites com elas, Yara segurava Mira nos braços e cantava uma música para ela, depois passava os dedos pelos cabelos de Jude, beijava sua testa e sussurrava que tudo ficaria bem, que elas sempre seriam uma família.

O apartamento de Yara não ficava longe da casa de Fadi; era no mesmo bairro, mas os arredores ali pareciam extraordinariamente diferentes, de alguma forma mais vibrantes: um cobertor de céu azul, luz dourada explodindo entre os galhos das árvores. Pessoas atrás das janelas, conversando entre si, rindo. Do lado de fora, até poderia parecer que não mudara muito, mas a maneira como Yara agora vivia sua vida em momentos de solidão, totalmente e só para ela, era completamente nova. Pela primeira vez, ela sentiu que não precisava de tanto esforço para simplesmente viver. E isso bastava.

Alguns dias eram assim, claros e livres, como se ela flutuasse em águas calmas. Mas, em outros dias, sua antiga dor se renovava, vindo à tona por motivos nem sempre claros. Nesses momentos, ela se sentava silenciosamente sozinha e se recolhia em si mesma. Então ela escrevia, usando palavras para se recuperar centímetro por centímetro. Seu caderno era uma âncora que a impedia de sair do curso. Ela escreveu sobre Mama. Sobre Teta. Sobre as oliveiras na Palestina, como elas foram cortadas na raiz.

Como, embora parecessem mortas, eram as árvores mais resistentes e tinham crescido duas vezes seu tamanho original.

Em alguns dias, a linguagem parecia insuficiente. A distância entre o que ela sentia e o que ela podia comunicar tornava-se um abismo. Ainda assim, a cada dia ela abria uma nova página e trazia seu pincel para uma nova tela. Havia infinitas oportunidades para o dia, para seus sentimentos mudarem de rumo, iluminarem-se, tornarem-se compreensíveis para ela.

Hoje era sexta-feira, por exemplo, dia da semana em que ela se encontrava com Silas na cafeteria, depois de ele dar a última aula do dia.

— O que você me trouxe hoje? — Yara perguntou a Silas.

Eles estavam sentados juntos numa pequena mesa redonda perto da janela. Ele quase sempre trazia consigo um recipiente com tudo o que tinha cozinhado para o almoço do corpo docente — espaguete à carbonara, risoto, torta de maçã.

— *Gratin* de cenoura e batata com parmesão e tomilho — disse Silas. — Mas você pode não gostar.

— Por que não?

Ele se inclinou para a frente, empurrando o recipiente para ela.

— Aparentemente, não tem o mesmo sabor que os chefs criariam na Cote d'Azur — disse ele, revirando os olhos.

Eles riram.

Ela costumava pensar que não precisava de outras pessoas, mas sua amizade com Silas mostrou como estava errada.

Desde o divórcio, Silas se relacionou com Yara de maneiras que ela nunca tinha experimentado antes. Eles iam ao cinema juntos ou ficavam em casa e pediam comida. Ela tocou para ele todas as canções árabes que Mama costumava cantar; ele comprou ingressos para ela ver sua banda favorita. Eles faziam longas caminhadas pelo bairro dela e levavam as meninas ao parque na maioria dos fins de semana. Ela o ajudou a escolher vestidos para Olivia. Ele se sentava com ela nos dias em que Fadi ficava com as meninas e ela não parava de chorar de tanta saudade delas. Ele entendeu que ela não tinha capacidade emocional para iniciar planos, então sempre tinha convites prontos para ela: Yara viria ajudá-lo a pintar o quarto da filha? Ela poderia almoçar na casa da mãe dele no próximo fim de semana? "Vejo você para um café na sexta-feira!"

— Por que você está olhando assim para mim? — Silas estava dizendo.

— Ah, nada, desculpe. Ela balançou a cabeça, enrolando os dedos em torno de sua caneca. — Eu só estava pensando.

— Sobre o quê?

Ele olhou para ela, seus olhos brilhando na luz da janela.

Discretamente, ela disse:

— É estranho você se importar comigo quando meu próprio pai não se importa.

Por alguns segundos ele não disse nada, sua expressão suavizando. — Eu sei que é difícil para você confiar nas pessoas depois de tudo o que você passou — disse ele. — Mas eu me importo com você. De verdade.

Ela esfregou os olhos com a ponta dos dedos.

— Eu sei. Mas às vezes é difícil não questionar. Desculpe.

— Você não precisa se desculpar — disse Silas. — Você só precisa de tempo. E alguém com quem contar.

— Mas e se eu sempre tiver medo de me decepcionar?

Ele se inclinou para a frente e pegou as mãos dela.

— Você não vai se decepcionar.

Ela assentiu. Por alguns momentos, eles ficaram sentados sem falar. Yara olhou pela janela, observou as pessoas entrarem e saírem. Ele se importava com ela. Alguém se preocupava com ela, alguém que não tinha nenhuma obrigação disso. Não era o que ela queria ouvir por toda a sua vida? Ela não queria ser amada e sentir amor em troca? Olhando para a mesa agora, ela pensou em sua solidão e dor. A maneira como ela se sentia quando Mama olhava para ela quando criança, quando Baba parava de atender suas ligações, quando Fadi se afastava dela à noite. A dor dessas experiências era real, mas também era a alegria que ela encontrou com Silas.

Ele ainda estava olhando para ela, a expressão amável e aberta.

— Tudo vai ficar bem, você sabe disso? Eu estou bem aqui.

Ela podia ver que ele estava sendo sincero, de verdade. Pegou a mão dele por cima da mesa e a segurou. Sim, por que não? Entregar-se à vulnerabilidade do amor e deixar-se amar pelos outros não é o ato mais corajoso de todos?

Na noite seguinte, com as meninas, Yara as levou a um de seus novos lugares favoritos que tinha descoberto recentemente, andando pelo centro da cidade: um estúdio de pintura. Do lado de fora estava perfeitamente fresco. O sol tinha se posto e o céu era um redemoinho rosa e roxo de sonho. Fios de luzes tremeluzentes pendiam acima delas, e lojas animadas as cercavam de ambos os lados. De mãos dadas, as três saíram do carro para o estúdio, caminhando lentamente pela calçada.

— Podemos colocar essas luzes em nosso novo quarto? — Mira disse.

— Por favor, Mama? — Jude insistiu. — São tão bonitas.

Yara sorriu.

— Claro. Vai ficar legal.

Elas passavam metade da semana na casa dela e a outra metade na casa de Fadi. No começo, Yara não queria desistir de ter muito tempo com elas — ela nunca tinha passado um segundo longe das filhas fora a escola. Mas o divórcio não significava que ela tinha desistido de ser mãe delas. Na verdade, ela se sentia mais viva quando estava com elas, mais disponível, e Jude e Mira presenciavam uma versão dela melhor do que nunca. Em noites como essa, Yara se perguntava como teria sido a vida de Mama se ela tivesse a chance de encontrar uma versão melhor de si mesma. Ela nunca saberia a resposta, é claro, mas não desperdiçaria a chance que tinha de ser uma mãe melhor agora.

Dentro do estúdio, elas lavaram as mãos, vestiram os aventais e foram para seus lugares. Yara sentou-se entre Mira e Jude. As pessoas se aglomeravam ao redor delas, a maioria carregando garrafas de vinho. Elas cumprimentaram a instrutora, uma mulher asiática de um metro e sessenta e cinco com um cabelo preto sedoso, e então tomaram seus lugares ao redor das mesas salpicadas de tinta. Pratos de papel com porções de tinta foram distribuídos em cada estação, ao lado de telas com contornos da pintura da noite apoiadas em pequenos cavaletes.

A imagem da noite era um retrato de Frida Kahlo, cuja reprodução estava no centro da sala. Yara escolheu trazer as meninas naquela noite por esse motivo específico, esperando que elas se divertissem.

Todos os lugares estavam ocupados quando a aula começou. Na frente da sala, a instrutora mostrou a reprodução e explicou como Frida Kahlo começou a pintar para lidar com o isolamento.

— Sua capacidade de expressar tantas emoções em suas pinturas é um dos presentes que ela deu à humanidade — disse ela.

Jude se virou e olhou para Yara, e as duas compartilharam um sorriso.

Mira olhou para a pintura com a boca aberta, aparentemente hipnotizada. Sentada entre elas, Yara sentiu-se expandir. Ela piscou com força, tentando conter as lágrimas. Mas a imagem e as reações de suas filhas a emocionaram. Passou o resto da noite se sentindo leve, flutuando em um estranho estado de admiração. Como era possível que uma pintura a comovesse dessa maneira? Frida pode nunca ter previsto que seu trabalho poderia falar por uma garota como Yara, mas foi isso que aconteceu.

— Quero ajudar outras pessoas — ela disse a Esther durante a sessão anterior. — Quero ser uma voz para os palestinos e abrir portas para outros grupos sub-representados e pessoas historicamente marginalizadas. Eu quero fazer as pessoas se sentirem vistas.

— Como você vai fazer isso? — Esther perguntou.

Mas não foi até então, do lado de fora do estúdio de arte com suas meninas, que Yara soube exatamente como faria. Durante toda a sua vida, acreditou que representatividade nunca seria para alguém como ela. Mas mesmo que suas experiências nunca pudessem falar por todos, falariam por algumas pessoas, mulheres como ela, que buscavam a si mesmas na arte ao seu redor, mulheres cujas experiências precisavam ser legitimadas. Mesmo que ela não mudasse a maneira como a supremacia branca dominava o mundo da arte, ela poderia fazer sua pequena parte para mudar isso. Poderia criar um espaço para pessoas como ela se sentirem representadas, um espaço que desafiasse a história da marginalização e tornasse visível a presença de pessoas não brancas no mundo da arte. Talvez isso fosse o suficiente.

Mais tarde, naquela noite, depois de pendurarem as pinturas acabadas em seu novo quarto, Mira perguntou:

— Podemos ir de novo?

— Que tal algo melhor? — Yara disse.

— Tipo o quê?

— E se abrirmos nosso próprio estúdio de arte?

Ela não sabia como ou quando, mas podia ver o estúdio em sua mente, tão vívido quanto uma pintura. Criaria um espaço que inspirasse criatividade e cura — pintura, fotografia, escultura, gravura e arte popular — com foco na arte criada por pessoas não brancas. Um espaço com seu próprio trabalho, ao mesmo tempo que promoveria uma comunidade diversificada de designers, fotógrafos, pintores, escultores e seus filhos. Um espaço com a intenção de amplificar as vozes de indivíduos de comunidades historicamente sub-representadas. Um espaço que educaria, inspiraria e aumentaria a consciência social. Ela fechou os olhos e pintou esse sonho em sua mente, uma ousada pincelada após a outra, então ela o descreveu em voz alta para as meninas, as duas ouvindo com muita atenção, como se essa fosse a melhor história para dormir que Yara já havia contado.

· DIÁRIO ·

— Onde você conseguiu seu colar? — pergunto à Mama uma tarde.
Esta é uma memória à qual continuo voltando ultimamente, segurando-a como uma xícara quente de chai de menta em minhas mãos em um dia chuvoso.
Estamos em nosso apartamento no Brooklyn, enrolando folhas de uva na mesa da cozinha. Lá fora, os trens roncam ao longe e o sol se esconde atrás das árvores, um feixe de luz amarela entrando pela janela aberta. Na minha frente, Mama está sorrindo, os dedos brilhando com azeite. Ela está debruçada, como se tentasse desaparecer, como se estivesse se desculpando por alguma coisa, mas minha pergunta a fez sorrir.
Isso foi depois da morte de Teta, na época em que Mama de repente ficava mal-humorada, sua tristeza como um gás no quarto, envenenando nossa respiração. Mas sentadas juntas naquela tarde, segurando o arroz entre os dedos e arrumando-o cuidadosamente em uma folha, uma leve brisa entrando pela janela aberta, eu sabia, mesmo naquele dia, que este era um momento que eu gostaria de reter, talvez para sempre, assim como a corrente de ouro brilhante que pendia de seu pescoço.
Quero estender a mão e tocá-lo, mas tenho medo de que a magia se quebre e a escuridão que parece estar ao lado de Mama ultimamente volte. Em vez disso, pergunto a ela sobre o colar.
— Nunca te disse? — Mama pergunta.
— Não.
Uma fraca faixa de sol está espalhada em seu peito, e o pingente brilha como um tesouro.

— Minha mãe me deu — diz Mama. — Sua avó era uma mulher muito supersticiosa, sabe? Já te contei sobre a vez em que ela costurou uma conta de hamsa no cabo do meu oud na esperança de me proteger da inveja de nossos vizinhos?
— Não.
— Bem, ela estava convencida de que minha voz era bonita o suficiente para inspirar inveja... — Mama começou.

Ao ouvir minha mãe falar, imagino Teta sentada à mesa conosco, enrolando as folhas em forma de dedos antes de colocá-las num pote. Imagino-a rindo enquanto Mama conta a história. Teta dizendo:
— Eu só estava cuidando de você.
E Mama respondendo:
— Eu sei que você teve boas intenções.

Eu enxugo o suor do meu lábio superior, observando Mama enquanto ela coloca um monte de arroz em uma folha de uva.
— Posso usar seu colar um dia?
Ela se recosta, enxuga os dedos em um pano molhado. Seu olhar, enquanto ela olha para o peito e depois de volta para mim, endurece.
— Por que você quer isso?
— E se um dia eu precisar? Para me proteger.
Algo passa pelo rosto de Mama — desconforto, talvez.
— Você não precisa de um feitiço para proteção — diz ela.
— Não?
Ela desvia o olhar, os olhos marejados. Quando ela não responde, eu digo:
— Então você vai me proteger?
Ela balança a cabeça, tocando a ponta do pano molhado. Quase sussurrando, ela diz:
— Sinto muito, habibti, mas infelizmente não consigo.

Enquanto ela desvia o olhar e coloca mais arroz entre os dedos, posso sentir meu rosto queimar sob a forte luz da cozinha. No silêncio repentino, enquanto continuamos a enrolar as folhas, Mama diz baixinho:
— Receio não poder te ensinar as coisas de que você precisa porque eu não as aprendi. Minha mãe não podia me ensinar porque ela também nunca tinha aprendido e... — Ela fez uma pausa, seu rosto se contorcendo. — Esse sempre será o meu maior arrependimento. Não saber como te proteger. Em vez disso, só sei o que é ser amaldiçoada.

Neste momento ela olha para o próprio colo, enxugando discretamente as lágrimas dos olhos. Tive vontade de abraçá-la, mas ainda não conseguia me mexer.

— Sinto muito — Mama diz. — Eu gostaria de poder voltar e fazer as coisas de forma diferente. Mas eu sei que você vai. Posso ver em seus olhos. Nesses seus olhos escuros e profundos, há tanta coisa boa pela frente. Eu sinto.

— De verdade?

Mama assente.

— Um dia você fará tudo melhor do que nós fizemos. Inshallah, *você fará.*

©2023, Primavera Editorial Ltda.

© Etaf Rum

Equipe editorial: Lu Magalhães, Larissa Caldin, Manu Dourado, Joice Nunes e Joana Atala
Tradução: Diego Franco Gonçales
Preparação de texto: Joice Nunes
Revisão: Fernanda Guerriero Antunes
Projeto gráfico e diagramação: Editorando Birô
Capa: Nine Editorial

Dados Internacionais de Catalogação na Publicação (CIP)
Angelica Ilacqua CRB-8/7057

Rum, Etaf
 Eu não quero contar uma história / Etaf Rum ; tradução de Diego Franco Gonçales. —- São Paulo : Primavera Editorial, 2023.
 368 p.

ISBN 978-85-5578-135-3
Título original: Evil Eye

1. Ficção norte-americana I. Título II. Gonçales, Diego Franco

23-4930   CDD 813.6

Índices para catálogo sistemático:

1. Ficção norte-americana

PRIMAVERA
EDITORIAL

Av. Queiroz Filho, 1560 – Torre Gaivota Sl. 109
05319-000 – São Paulo – SP
Telefone: + 55 (11) 3034-3925
+ 55 (11) 99197-3552
www.primaveraeditorial.com
contato@primaveraeditorial.com

•

edição	setembro de 2023
impressão	plena print
papel de miolo	pólen natural 80g/m²
papel de capa	cartão supremo 250g/m²
tipografia	Sabon LT Std

PRIMAVERA
EDITORIAL